«PANDORA»

Della stessa autrice

UNA VERA DONNA
LA VOCE DEL CUORE
L'EREDITÀ DI UN SOGNO
I NODI DEL DESTINO
SEMPRE DI PIÙ
LE DONNE DELLA SUA VITA
RICORDA
COME UN ANGELO
LE MAREE DEL DESTINO
UN SEGRETO È PER SEMPRE
UN SOGNO TUTTO NUOVO
IL POTERE DI UNA DONNA
L'UOMO GIUSTO
GLI IMPREVISTI DEL CUORE
AMORE LONTANO
UN POSTO PER ME NEL TUO CUORE
UNA STELLA SPLENDE A BROADWAY
APPUNTAMENTO A PARIGI
IL SEGRETO DI EMMA
UNA PROMESSA DAL PASSATO
LA DINASTIA DI RAVENSCAR - PASSIONI E TRADIMENTI
LA DINASTIA DI RAVENSCAR - L'EREDITÀ
LA DINASTIA DI RAVENSCAR - L'AMORE NON PUÒ ATTENDERE
UNA DONNA CONTRO*
L'AMORE NON È UN GIOCO*
LETTERA DA UNA SCONOSCIUTA*
I SEGRETI DEL PASSATO*
I SEGRETI DI CAVENDON HALL*

* Di questi libri è disponibile la versione ebook.

BARBARA TAYLOR BRADFORD

I SEGRETI DI CAVENDON HALL

Traduzione di Sofia Mohamed

Sperling & Kupfer

Questa è un'opera di fantasia. Nomi, personaggi e avvenimenti qui raffigurati sono frutto dell'immaginazione dell'autrice e qualsiasi rassomiglianza con persone realmente esistenti o esistite, fatti o località reali è puramente casuale.

Realizzazione editoriale a cura di Selida Grafica Editoriale.

ISBN 978-88-200-5899-9

I Edizione novembre 2014

Anno 2015-2016-2017 - Edizione 3 4 5 6 7 8 9 10 11 12

Nota dell'autrice

SUCCEDE spesso che un personaggio prenda rapidamente vita nella mia mente. È come se vi aleggiasse una persona pienamente formata che conosco intimamente.

Era già accaduto con Emma Harte, Blackie O'Neill e Paul McGill, i protagonisti di *Una vera donna*. Appena immaginai Victor Mason per *La voce del cuore* seppi chi era. E Maximillian West di *Le donne della sua vita* mi apparve già completo, un'immagine cristallina nella mia testa. E di certo conoscevo Serena Stone quando iniziai a scrivere *I segreti del passato*.

Accadde la stessa cosa circa sei anni fa, quando all'improvviso iniziò a ronzarmi nella mente un'adorabile ragazzina di nome Cecily Swann. Non solo la conoscevo bene, ma sapevo come si sarebbe svolta tutta la sua vita. E in mente avevo già immagini di DeLacy Ingham e Miles Ingham. Sapevo che l'amicizia tra Cecily e i fratelli Ingham sarebbe durata per sempre. Delineando la trama vidi che la storia si sarebbe dipanata per molti anni e capii che doveva essere il primo libro di una serie.

Sfortunatamente si misero in mezzo altri progetti e libri e dovetti accantonare la saga di Cecily Swann fino a due anni fa, quando riprese vita; appena terminato *I segreti del passato* mi misi al lavoro.

Mentre ero alle prese con il primo capitolo, cambiai alcuni particolari della trama, ma la casa, Cavendon Hall, sorse in tutto il suo splendore e il suo storico passato. E naturalmente gli Swann e gli Ingham divennero per me persone reali. Come spero lo saranno per voi. Questo romanzo è il primo libro della serie e voi potrete condividere le vicissitudini, le gioie e i dolori di tutti i personaggi della saga. Non vedo l'ora di iniziare a scrivere la prossima puntata e di riprendere questi fantastici personaggi. Per me, cominciare un libro è come intraprendere un'avventura, non so mai cosa aspettarmi. O cosa succederà, proprio come in questo volume. Saranno gli Swann e gli Ingham a raccontare le loro storie.

Personaggi

Ingham

Gli Ingham nel 1913

Charles Ingham, sesto conte di Mowbray, 44 anni. Proprietario e custode di Cavendon Hall. Verrà sempre chiamato Lord Mowbray.

Felicity Ingham, sua moglie, la contessa di Mowbray, 43 anni. Possiede un ingente patrimonio personale ereditato dal padre. Per tutto il libro sarà lady Mowbray.

I loro figli

Guy Ingham, erede al titolo di conte, 22 anni. Studia a Oxford. Ha il titolo di onorevole Guy Ingham.

Miles Ingham, secondo figlio, 14 anni, frequenta Eton. Anche lui si fregia del titolo di onorevole.

Lady Diedre Ingham, la figlia maggiore, 20 anni, vive a casa.

Lady Daphne Ingham, seconda figlia, 17 anni, vive a casa.

Lady DeLacy Ingham, terza figlia, 12 anni, anche lei vive a casa.

Lady Dulcie Ingham, quarta figlia, 5 anni, la piccola della famiglia; di lei si occupa la tata.

Il personale di casa chiama le ragazze Ingham le Quattro Dee.

Altri Ingham

Lady Lavinia Ingham Lawson, sorella del conte, 40 anni. Quando visita lo Yorkshire soggiorna nella tenuta nella Skelldale House, ma per lo più vive a Londra. È sposata con John Edward Lawson, chiamato Jack, un magnate degli affari.

Lady Vanessa Ingham, sorella nubile del conte, 34 anni, ha un suo appartamento privato a Cavendon Hall che usa quando viene nello Yorkshire, ma vive per lo più a Londra.

Lady Gwendolyn Ingham Baildon, la zia del conte, 72 anni, risiede nella tenuta nella villa chiamata Little Skell. Vedova di Paul Baildon.

L'onorevole Hugo Ingham Stanton, cugino del conte, 32 anni. È il nipote di lady Gwendolyn, sorella della madre defunta, lady Evelyne Ingham Stanton. Ha vissuto a lungo all'estero. Suo padre era Ian Stanton, un allevatore e proprietario di cavalli da corsa.

Swann

La seconda famiglia: gli Swann

La famiglia Swann è stata al servizio della famiglia Ingham per più di centosessanta anni e le loro esistenze si sono intrecciate in molti e diversi modi. Generazioni di Swann hanno vissuto nel villaggio di Little Skell che confina con il parco Cavendon e ancora ci vivono. Gli attuali Swann sono devoti e leali agli Ingham come lo erano stati i loro avi e difenderebbero qualsiasi membro della famiglia con la vita. Gli Ingham si fidano incondizionatamente di loro e viceversa.

Gli Swann nel 1913

Walter Swann, valletto del conte, 35 anni. Capo della famiglia Swann.

Alice Swann, sua moglie, 32 anni. Ottima sarta, si occupa del guardaroba della contessa e cuce abiti e completi per le sue figlie.

Harry, il figlio, 15 anni. È apprendista giardiniere a Cavendon Hall.

Cecily, la figlia dodicenne, cui è consentito di seguire le lezioni a Cavendon Hall con DeLacy.

Altri Swann

Percy, fratello minore di Walter, 32 anni. Capo guardacaccia a Cavendon Hall.

Edna, moglie di Percy, 33 anni. Lavora saltuariamente a Cavendon.

Joe, loro figlio, 12 anni. Allievo guardaboschi.

Bill, cugino di Walter, 27 anni. Capo giardiniere a Cavendon, scapolo.

Ted, cugino di Walter, 38 anni. Capo della manutenzione interna e della falegnameria a Cavendon. Vedovo.

Paul, figlio di Ted, 14 anni. Apprendista presso suo padre come progettista.

Altri Swann

Eric, fratello di Ted, cugino di Walter, 33 anni. Maggiordomo nella casa di Londra di lord Mowbray, scapolo.

Laura, sorella di Ted, cugina di Walter, 26 anni. Governante nella casa londinese di Lord Mowbray, nubile.

Charlotte, zia di Walter e Percy, 45 anni. Non lavora più a Cavendon Hall. È la matriarca della famiglia Swann e viene trattata con grande rispetto da tutti e con una certa deferenza dagli Ingham. Charlotte era stata segretaria e assistente personale di David Ingham, il quinto conte, fino alla sua morte. Erano corse voci sulla vera natura del loro rapporto.

Dorothy Pinkerton, nata Swann, cugina di Charlotte e degli Swann. Vive a Londra con il marito, Howard Pinkerton, un ispettore di Scotland Yard.

Altri personaggi di Cavendon Hall

Henry Hanson, maggiordomo.
Agnes Thwaites, governante.
Nell Jackson, cuoca.
Olive Wilson, cameriera personale della contessa.
Malcolm Smith, capo valletto.
Gordon Lane, valletto.
Elsie Roland, capo cameriera.
Mary Ince, cameriera.
Peggy Swift, cameriera.
Polly Wren, aiutante in cucina.
Stanley Gregg, autista.

Altri dipendenti

Maureen Carlton, la bambinaia, nubile.

Audrey Payne, istitutrice. Non vive a Cavendon durante l'estate, quando i bambini non sono a scuola.

Lavoratori nella tenuta

Una magione grande come Cavendon Hall, con migliaia di acri di terra e una vasta brughiera impiega molte persone della zona. È questo il suo scopo d'essere come pure fornire una dimora per una grande famiglia. Offre lavoro agli abitanti del villaggio e terra per fittavoli della zona. I villaggi che circondano Cavendon erano stati costruiti da svariati conti di Mowbray per fornire alloggi ai dipendenti; erano state costruite chiese e scuole e in seguito anche uffici postali e piccoli negozi. I villaggi attorno a Cavendon si chiamano Little Skell, Mowbray e High Clough.

Ci sono numerosi dipendenti che lavorano all'esterno: un capo guardacaccia con cinque dipendenti, guardaboschi e battitori e fiancheggiatori assunti per la stagione della caccia, mentre dei giardini si prende cura una squadra di sei giardinieri.

La stagione della caccia ai galli cedroni inizia in agosto e termina in dicembre. La stagione della caccia alle pernici inizia a settembre e in questo periodo si spara anche ad anatre e altri volatili selvatici. La caccia ai fagiani comincia il primo di novembre e continua fino a dicembre. Gli uomini che si radunano per la caccia a Cavendon sono di solito nobili e, dato che usano fucili, tutti li chiamano i Fucilieri.

A Bob con tutto il mio amore, sempre

PARTE PRIMA

Le belle ragazze di Cavendon
Maggio 1913

Lei è bella e quindi può essere corteggiata;
è donna e quindi può essere conquistata.

WILLIAM SHAKESPEARE

Rispettate le donne: esse intrecciano e tessono
Rose paradisiache nella vita terrena.

JOHANN VON SCHILLER

L'uomo è il cacciatore; la donna è la sua preda.

ALFRED TENNYSON

1

Cecily Swann era eccitata. Sua madre le aveva dato un incarico speciale e lei non vedeva l'ora di iniziare. Camminava veloce verso Cavendon Hall, con mille idee che le frullavano nella giovane testolina. Doveva cercare eventuali difetti in alcuni splendidi vestiti, un compito importante, come le aveva spiegato la madre, che solo lei poteva svolgere.

Non voleva arrivare in ritardo e allungò il passo. Le era stato detto di presentarsi alle dieci in punto e alle dieci sarebbe arrivata.

Sua madre, Alice Swann, sottolineava spesso che puntualità avrebbe potuto essere il secondo nome di Cecily e lo diceva con una punta di ammirazione. Alice era molto orgogliosa della figlia e ben conscia di alcuni suoi speciali talenti.

Cecily aveva solo dodici anni, ma sembrava molto più grande, dotata di un insolito senso di responsabilità. Tutti la ritenevano molto più matura delle ragazze della sua età, e particolarmente affidabile.

Cecily alzò lo sguardo sulla cima del colle. Lassù si ergeva Cavendon, uno dei palazzi più imponenti d'Inghilterra, un capolavoro.

Dopo avere acquistato migliaia di acri nelle Yorkshire Dales, Humphrey Ingham, primo conte di Mowbray, per costruirlo aveva assunto due straordinari architetti: John Carr di York e il famoso Robert Adam.

La costruzione era stata completata nel 1761. Lancelot «Capability» Brown aveva allora progettato splendidi giardini che sono rimasti intatti fino a oggi. Vicino alla residenza c'era un lago ornamentale artificiale e sul retro un giardino d'acqua.

Cecily andava a Cavendon Hall fin da quando era una bimba e per lei era il luogo più bello al mondo. Ne conosceva ogni angolo, proprio come suo padre, Walter Swann, valletto del conte, come lo era stato suo padre prima di lui e il suo prozio Henry ancor prima.

Gli Swann di Little Skell avevano lavorato nella grande casa per più di centosessant'anni, generazioni di Swann, fin dai tempi del primo conte nel diciottesimo secolo. Le due famiglie erano strettamente legate e per l'estrema fedeltà sempre dimostrata agli Ingham, gli Swann avevano acquisito alcuni privilegi. Walter sosteneva che si sarebbe preso una pallottola diretta al conte e non erano parole vuote.

Affrettandosi, persa nei suoi pensieri, Cecily venne colta di sorpresa e si fermò di colpo. Una sagoma era saltata sul sentiero davanti a lei, spaventandola. Ma poi si rese conto che si trattava della giovane zingara, Ginevra, che spesso si aggirava furtiva da queste parti.

La ragazza rom si fermò in mezzo al viottolo, sorridendo, le mani sui fianchi, gli scuri occhi scintillanti.

«Non avresti dovuto farlo!» esclamò Cecily, cercando di passarle accanto. «Mi hai spaventata. Da dove sei saltata fuori, Ginevra?»

«Da là», rispose la zingara, agitando la mano verso il prato. «Ti ho vista arrivare, piccola Cecily. Ero dietro quel muro.»

«Lasciami passare, non voglio arrivare in ritardo», borbottò Cecily in tono freddo e altezzoso. Tentò invano di aggirare la giovane.

La zingara si spostò, sbarrandole la strada. «Ahi. Sta andando a quella vecchia casa lassù. Dammi la mano e ti predirò il futuro.»

«Non posso farti una croce sul palmo con una moneta d'argento, non ho neppure un mezzo penny.»

«Non voglio i tuoi soldi e non mi serve neppure vedere la tua mano, so tutto su di te.»

Cecily si accigliò. «Non capisco...» Lasciò stare, era troppo impaziente di riprendere il cammino, non voleva perdere altro tempo con la zingara.

In silenzio Ginevra rivolse a Cecily un'occhiata strana, quindi si voltò e fissò Cavendon. In quel luminoso mattino di maggio le sue numerose finestre scintillavano e le pareti in pietra chiara brillavano come marmo levigato. Di fatto, tutta la casa pareva luccicare.

La giovane rom sapeva che era un'illusione ottica creata dalla luce del sole, eppure Cavendon aveva una speciale aura di cui lei era sempre stata consapevole. Per un attimo rimase perfettamente immobile, persa nei suoi pensieri, fissando il palazzo... Ginevra possedeva il dono della preveggenza. E vide il futuro, ma subito serrò gli occhi, per cancellare ciò che aveva appena previsto.

Alla fine si girò verso Cecily e la fissò a lungo con un'aria molto seria.

«Perché mi stai guardando in questo modo?» chiese Cecily, conscia dell'attento esame della zingara. «Che c'è?»

«Niente», bofonchiò Ginevra. «Va tutto bene, piccola Cecily.» Si chinò, raccolse un lungo rametto e iniziò a fare graffi nella terra. Disegnò un quadrato, poi sopra il quadrato la forma di un uccello, quindi guardò la ragazzina.

«Che significano?» chiese Cecily.

«Niente.» Ginevra lasciò cadere il ramoscello, con un'ombra negli occhi neri. E di colpo il suo strano ed enigmatico umore svanì. Iniziò a ridere e si allontanò a passo di danza verso il muro a secco.

Pose le mani sul muretto, sollevò le gambe e saltò dall'altra parte.

Dopo essersi sistemata la bandana rossa attorno ai riccioli scuri, attraversò il lungo prato saltellando e scomparve nella macchia. La sua risata continuò a echeggiare nel silenzio della campagna.

Cecily scosse il capo, confusa dallo strano comportamento della zingara, e si morse il labbro. Strusciò i piedi nella terra, cancellando i simboli tracciati da Ginevra e riprese il cammino.

È sempre stata strana, mormorò Cecily tra sé. Sapeva che Ginevra abitava con la famiglia in due carri dipinti all'estremità del bosco delle campanule, oltre il lungo prato. Sapeva anche che la tribù di nomadi aveva il diritto di vivere lì.

Erano accampati sulla terra del conte di Mowbray ed era stato lui a dare loro il permesso di rimanere lì durante i mesi estivi. D'inverno scomparivano e nessuno sapeva dove andassero.

La famiglia rom veniva a Cavendon da tantissimo tempo, era stato Miles a spiegarlo a Cecily. Miles, il secondo figlio maschio del conte, le aveva confidato che non sapeva perché il padre fosse tanto gentile con loro. Miles aveva quattordici anni; lui e sua sorella DeLacy erano i suoi migliori amici.

Il sentiero attraverso i campi portava direttamente dal villaggio di Little Skell al retro di Cavendon Hall. Cecily stava attraversando di corsa il cortile acciottolato quando l'orologio nella torre della scuderia cominciò a battere le dieci. Non era in ritardo.

Cecily si fermò un attimo per riprendere fiato e dall'altra

parte della porta sentì l'allegra voce della cuoca che bacchettava la sguattera: «Non startene lì a guardarmi con quella faccia da ebete, Polly. E perdio, spingi il cucchiaio nel vaso della farina prima di chiuderlo con il coperchio, o si riempirà di farfalline!»

«Sì, cuoca», biascicò Polly.

Cecily sorrise, sapeva che non era cattiva. Suo padre diceva sempre che Nell Jackson abbaiava ma non mordeva ed era vero. Era una donna buona, che nascondeva nel cuore un animo materno.

Quando aprì la porta ed entrò nella cucina, venne accolta da nuvole di vapore, aria calda e dai più deliziosi aromi che salivano da casseruole e padelle gorgoglianti. La cuoca stava già preparando il pranzo per la famiglia.

Nell si girò di colpo nel sentire la porta che si apriva e fece un gran sorriso nel vedere Cecily entrare nel suo regno. «Salve, tesoro», esclamò con calore. Tutti sapevano che era la sua preferita e lei non lo nascondeva.

«Buongiorno, signora Jackson», la salutò Cecily lanciando un'occhiata alla sguattera. «Ciao, Polly.»

Polly annuì e si ritirò in un angolo, timida e impacciata come al solito quando Cecily le rivolgeva la parola.

«Mamma mi ha mandata a dare una mano con gli abiti di lady Daphne», spiegò Cecily.

«Lo so. Vai allora, tesoro. Lady DeLacy ti sta attendendo di sopra. Immagino che ti farà da assistente.» Mentre parlava, la cuoca ridacchiò e strizzò l'occhio alla ragazzina.

Cecily scoppiò a ridere. «Mamma arriverà per le undici.»

La cuoca annuì. «Pranzerete entrambe qui con noi. E anche tuo padre. Una sorpresa speciale.»

«Grazie, signora Jackson.» Cecily attraversò la cucina e si diresse verso le scale che portavano ai piani superiori della grande casa.

Nell Jackson la seguì con lo sguardo, socchiudendo leggermente gli occhi. Quella dodicenne era deliziosa. All'improvviso vide in quel visetto giovane e innocente la donna che sarebbe diventata. Un'autentica bellezza. Una vera Swann. Era evidente da dove proveniva, con quegli zigomi alti, la carnagione eburnea e gli occhi color lavanda... Occhi chiari, fumosi, di un verde bluastro. La caratteristica degli Swann. E poi quei capelli rigogliosi, folti, lussureggianti, d'un castano acceso da riflessi rossastri. Assomiglierà a Charlotte quando crescerà, pensò e sospirò tra sé. Che vita sprecata quella di Charlotte Swann. Sarebbe potuta arrivare lontano, senza alcun dubbio. Spero che la ragazza non resti qui, come ha fatto sua zia, pensò ora Nell, girandosi e dando una mescolata in una delle pentole. Scappa, Cecily, scappa. Scappa a gambe levate. E non guardarti indietro. Salvati.

2

La biblioteca di Cavendon Hall era una stanza ben proporzionata, con scaffali in legno di mogano che coprivano due pareti fino al soffitto a cassettoni dorati, dipinto a colori brillanti con immagini di flora e fauna. Una serie di alte finestre davano sulla terrazza lunga quanto la facciata della casa. A ciascuna estremità della parete c'erano le portefinestre.

Sebbene fosse una soleggiata giornata di maggio, nel camino ardeva come sempre un bel fuoco. Charles Ingham, il sesto conte di Mowbray, seguiva semplicemente l'usanza stabilita da suo nonno e da suo padre che avevano richiesto il camino acceso, quale che fosse il tempo e ne conosceva il motivo: la biblioteca era la stanza più fredda di Cavendon, anche nei mesi estivi, una peculiarità che nessuno era stato capace di comprendere.

Questa mattina, entrando nella biblioteca e dirigendosi verso il caminetto, notò che un quadro di George Stubbs raffigurante un cavallo era leggermente storto. Lo raddrizzò, quindi prese l'attizzatoio e pungolò i ciocchi nel caminetto, che sprigionarono scintille e crepitarono. Rimise poi l'attizzatoio nel suo ceppo.

Charles restò per un momento di fronte al fuoco, la mano sulla mensola, immerso nei suoi pensieri. Sua moglie Felicity era appena partita per andare a trovare sua sorella a Harrogate e lui si chiese di nuovo perché mai non avesse insistito per accompagnarla. Perché lei non lo voleva, gli ricordò una voce interiore. *Accettalo.*

Felicity aveva portato con sé Diedre, la figlia maggiore. «Anne sarà più a suo agio, Charles. In tua presenza si sentirebbe obbligata a intrattenerti e ciò sarebbe per lei un grosso sforzo,» gli aveva spiegato Felicity a colazione.

Lui si era arreso, come gli capitava spesso in quel periodo. E poi sua moglie era sempre molto razionale. Sospirò e pensò alla cognata, la cui malattia aveva preoccupato tutti. A quanto pareva oggi aveva delle buone notizie da dare e aveva invitato sua sorella a pranzo per condividerle con lei.

Si allontanò dal caminetto e si sedette all'antica scrivania in stile georgiano, senza riuscire a scacciare l'ansia per Anne. Poi però ricordò a se stesso quanto pratica e con i piedi per terra fosse Diedre e si rasserenò, ma lo colpiva il fatto che Diedre, a vent'anni, fosse con ogni probabilità la figlia più giudiziosa. Guy, l'erede ventiduenne, era un giovane relativamente affidabile, ma sfortunatamente troppe volte si lasciava trascinare da un'indole ribelle.

Miles, naturalmente, era il cervello della famiglia; a soli quattordici anni era portato per tutto ciò che era intellettuale e artistico.

Poi c'erano le altre tre figlie. A diciassette anni, Daphne era la bella della famiglia, uno splendore che avrebbe infranto il cuore di ogni uomo. Aveva grandi ambizioni per lei, cui avrebbe pianificato un matrimonio importante. Il figlio di un duca, nulla di meno.

A voler essere sinceri, la dodicenne DeLacy era la più divertente, una vera monella. DeLacy riusciva sempre a farlo ridere e lo deliziava con le sue comiche buffonate. A cinque anni la sua ultima figlia, Dulcie, era già una personcina che ragionava con la sua testa.

Sono stato fortunato, pensò, allungando la mano per prendere la posta del mattino. Sei figli adorabili, ognuno straordinario a modo suo. Sono stato favorito dalla sorte ad avere mia moglie e la famiglia che abbiamo creato. Sono l'uomo più felice al mondo.

Mentre sfogliava la posta una busta colse la sua attenzione. Il timbro indicava che proveniva da Zurigo. Perplesso, l'aprì con un tagliacarte d'argento ed estrasse la lettera.

La firma lo meravigliò. Era di suo cugino, Hugo Ingham Stanton. Non aveva più avuto sue notizie da quando se ne era andato da Cavendon a sedici anni, anche se aveva saputo dal padre di lui che aveva avuto successo. Si era spesso chiesto che fine avesse fatto. Senza alcun dubbio ora l'avrebbe scoperto.

26 aprile 1913
Zurigo

Mio caro Charles,

sono certo che rimarrai sorpreso nel ricevere questa mia dopo tanti anni. Quando ho dovuto abbandonare Cavendon in circostanze tanto strane e in conflitto con mia madre, ho deciso che sarebbe stato meglio rompere ogni contatto con la famiglia. Da qui il mio lungo silenzio.

Ho continuato a vedere mio padre fino al giorno della sua morte. Nessun altro mi ha mai scritto a New York e per questo non avevo mai trovato il coraggio di prendere la penna in mano. E così sono passati tanti anni senza alcun contatto.

Non ti annoierò con un lungo racconto della mia vita di questi ultimi sedici anni. Basterà che tu sappia che me la sono cavata bene e che era stata una fortuna per me che mio padre mi avesse mandato dal suo amico Benjamin Silver. Ho fatto pratica nella società immobiliare del signor Silver a New York. Era un uomo buono e in gamba che mi ha insegnato tutto ciò che c'era da imparare sul mondo immobiliare e, posso aggiungere, è stato un ottimo insegnante.

Ho appreso moltissimo e, con mia grande sorpresa, ho avuto successo. A ventidue anni ho sposato la figlia del signor Silver, Loretta. Per nove anni è stato un matrimonio felice, anche se purtroppo non abbiamo avuto figli. La salute di Loretta è sempre stata fragile e, con mio grande dolore e angoscia, un anno fa è deceduta. Dopo la sua morte ho continuato a vivere a Zurigo, ma la solitudine mi ha sopraffatto e ora provo un grande desiderio di rivedere il mio Paese natale. E così ho deciso di tornare in Inghilterra.

Vorrei stabilirmi permanentemente nello Yorkshire. Per questo motivo mi piacerebbe venire a trovarti e spero sinceramente che mi accoglierai a Cavendon. Ci sono molte cose che desidero discutere con te e in particolar modo le mie proprietà.

Ho intenzione di andare a Londra in giugno, dove soggiornerò al *Claridge*. Spero di poterti venire a trovare in luglio nel giorno a te più conveniente.

Non vedo l'ora di avere presto tue notizie.

Cordiali saluti a te e a Felicity,

tuo cugino,

Hugo

Charles si appoggiò allo schienale, la lettera ancora in mano. La posò lentamente sullo scrittoio e chiuse un attimo gli occhi, pensando a Little Skell, la casa che era appartenuta alla madre di Hugo e che ora era sua. Senza alcun dubbio Hugo avrebbe voluto entrarne in possesso, come era suo diritto.

Gli sfuggì un lamento, aprì gli occhi e si raddrizzò. Non

sarebbe servito a nulla girare le spalle alle apprensioni che lo invasero. Il guaio era che in quella casa viveva ora la loro zia, lady Gwendolyn Ingham Baildon, che a settantadue anni, se Hugo avesse tentato di cacciarla, si sarebbe impuntata.

Il solo pensiero della zia e Hugo che si scontravano fece rabbrividire Charles e le idee si accavallarono nella sua mente, alla ricerca di una soluzione a quell'improvvido pasticcio.

Alla fine si alzò, andò alla portafinestra e fissò la terrazza, desiderando che Felicity fosse lì. Aveva bisogno di qualcuno con cui parlare di quel problema. *Immediatamente.*

Poi la vide scendere di corsa i gradini diretta verso il viottolo ricoperto di ghiaia che portava a Skelldale House. *Charlotte Swann.* Proprio la persona che, senza alcun dubbio, avrebbe potuto aiutarlo.

Uscì sul terrazzo e la chiamò: «Charlotte! Charlotte! Vieni qui!»

Nel sentire il suo nome, Charlotte si girò, e il suo volto si illuminò di un sorriso. «Buongiorno», esclamò, alzando la mano in segno di saluto e ritornando sui suoi passi. «Che c'è?» chiese fermandosi davanti a lui. «Sembri sconvolto... c'è qualcosa che non va?»

«Probabilmente», rispose lui. «Hai un paio di minuti per me? Ho bisogno di mostrarti una cosa e di discutere con te una questione di famiglia. Se hai tempo, se per te ora andasse bene. Potrei...»

«Oh, Charlie, suvvia, non essere sciocco. Naturalmente mi va bene. Stavo solo andando a Skelldale House a prendere un abito per Lavinia. Vuole che glielo mandi a Londra.»

«Che sollievo. Temo di avere un piccolo problema.» La prese sottobraccio e la condusse nella biblioteca, dicendo: «Ciò che intendo dire è che è successo qualcosa che potrebbe diventare un problema. O una battaglia vera e propria».

3

Quando erano da soli, tra Charles Ingham e Charlotte Swann s'instaurava una serena familiarità.

Questo disinvolto, vicendevole gradimento nasceva dalla loro amicizia fin dai tempi dell'infanzia e da una profonda lealtà che era rimasta intatta nel corso degli anni.

Charlotte era cresciuta con Charles e le sue due sorelle minori, Lavinia e Vanessa, e aveva seguito con loro le lezioni nella stanza di Cavendon Hall adibita ad aula.

Era questo uno dei privilegi conferiti agli Swann più di cento anni prima, dal terzo conte di Mowbray: una ragazza Swann era invitata a seguire le lezioni giornaliere assieme ai figli Ingham. Il terzo conte, un uomo gentile e generoso, rispettava gli Swann, apprezzava la loro dedizione e lealtà nel corso di generazioni e questo era stato il suo modo per ricompensarli. L'usanza era continuata fino a oggi ed era ora Cecily Swann a seguire le lezioni impartite dalla signorina Audrey Payne, l'istitutrice, assieme a DeLacy Ingham.

Quando erano piccoli, Charlotte e Charles si divertivano a irritare le sorelle di lui chiamandosi a vicenda *Charlie*, ridacchiando alla confusione che creavano. Erano stati inseparabili fin quando lui non era partito per Eton. La lealtà e la sollecitudine vicendevoli erano comunque durate, anche se in modo leggermente diverso. Dopo che Charles era andato a Oxford non avevano più socializzato, anzi, avevano vissuto in mondi assolutamente diversi. In presenza della famiglia di Charles o di altre persone, si rivolgevano la parola in modo formale e corretto.

Quel legame infantile continuava però a esistere ed entrambi erano consapevoli del loro legame, sebbene non ne parlassero mai. Lui non aveva mai dimenticato come lei lo avesse coccolato e protetto quando erano piccoli. Lei aveva soltanto un anno più di lui, ma era stata Charlotte a occuparsi di tutti loro.

Aveva confortato Charles e le sue sorelle quando la loro madre era morta all'improvviso d'infarto e aveva solidarizzato con loro quando, due anni dopo, il padre si era risposato. La nuova contessa era l'onorevole Harriette Storm e tutti l'avevano detestata. Era una donna snob, aggressiva e dispotica, con un'inclinazione alla cattiveria. Aveva conquistato l'afflitto conte con la sua bellezza e a Charlotte piaceva far notare che quella bellezza era solo superficiale.

Si erano divertiti a giocarle brutti tiri e più brutti erano meglio era, ed era stata Charlotte a inventare per lei una serie di nomignoli: Brutto Tempo, Uragano Harriette e Giornata Uggiosa, tanto per citarne solo tre.

Un matrimonio spaventoso per il conte che si era rinchiuso in un suo guscio e non era durato a lungo. L'odiosa Harriette era tornata ben presto a Londra dove era morta non molto tempo dopo la sua partenza da Cavendon, il fegato distrutto dalle enormi quantità di alcol che aveva consumato fin dal suo debutto in società.

Nell'osservare Charlotte che raddrizzava il quadro di George Stubbs, Charles ricordò quanto spesso l'avesse fatto quando lavorava per suo padre.

Con una risata esclamò: «Ho appena fatto la stessa cosa.

Quel dipinto continua a pendere, ma non devo certo dirlo a te».

Charlotte si girò di colpo. «È stato riappeso un sacco di volte, come ben sai. Chiederò al signor Hanson un vecchio turacciolo e lo sistemerò definitivamente.»

«Come può riuscirci un turacciolo?» domandò Charles, perplesso.

Charlotte gli si avvicinò e spiegò: «Taglio un pezzetto di turacciolo e lo incastro tra la parete e la base della cornice. Quel pezzetto di sughero lo tiene fermo. L'ho fatto per anni».

Charles annuì divertito pensando a tutti i pezzettini di turacciolo che aveva raccolto da terra e gettato via per anni. Ora finalmente aveva capito a cosa servivano.

«Per favore, siediti, Charlotte, ho bisogno del tuo consiglio.»

Lei si accomodò e gli lanciò un'occhiata, pensando che era un bell'uomo. Aveva quarantaquattro anni, ma sembrava un ragazzo. Era uno sportivo, come suo padre, e si manteneva in forma. Come la maggior parte degli uomini Ingham era alto, attraente, con limpidi occhi azzurri, carnagione chiara e capelli biondo scuro. Un vero inglese, anzi, un gentiluomo inglese dall'aspetto distinto, l'aria elegante e un comportamento decoroso.

Allungandosi sulla scrivania, Charles le porse la lettera di Hugo. «L'ho ricevuta questa mattina e devo ammettere che mi ha sorpreso.»

Lei la prese, chiedendosi chi fosse il mandante. Charlotte era sveglia, intelligente e astuta. Inoltre, avendo lavorato per anni come assistente personale del quinto duca, non c'era molto che non sapesse su Cavendon e su chiunque vi fosse collegato. Non si sorprese nel vedere la firma di Hugo, aveva sempre sospettato che un giorno o l'altro si sarebbe presentato a Cavendon.

Lesse rapidamente la lettera. «Pensi che stia tornando per rivendicare Little Skell Manor, vero?» domandò subito.

«Naturalmente, per quale altro motivo tornerebbe?»

Charlotte annuì, poi si incupì e contrasse le labbra. «Ma di certo Cavendon è pieno di infelici ricordi per lui, no?»

«L'avrei pensato anch'io; d'altra parte, come hai visto, Hugo scrive che desidera parlare con me delle sue proprietà e m'informa che intende vivere permanentemente nello Yorkshire.»

«A Little Skell Manor. E forse non gli importa di scacciare una vecchia signora dalla casa in cui ha vissuto per tanti anni, da molto prima che morissero i genitori di Hugo.»

«Sinceramente, non lo so. Non lo vedo da sedici anni, in verità, da quando lui aveva sedici anni. Comunque non può non sapere che sua zia vive ancora là.» Lanciò un'occhiata interrogativa a Charlotte, inarcando un sopracciglio.

«È piuttosto facile controllare questa famiglia, anche a distanza», asserì Charlotte. «Ricordo Hugo, era un bambino carino, ma potrebbe essere cambiato, visto come gli è andata qui. È stato trattato male. Ricordi di certo quanto si era adirato tuo padre quando sua sorella aveva spedito Hugo in America.»

«Sì. Mio padre pensava che fosse una cosa ridicola. Non credeva affatto che Hugo fosse colpevole della morte di Peter. Peter aveva sempre amato il rischio, era uno spericolato. Era stato un irresponsabile a uscire sul lago, in una piccola barca, di notte e ubriaco. Mio padre aveva sempre sostenuto che Hugo aveva cercato di salvare suo fratello, e poi è stato accusato della sua morte.»

«Non dobbiamo dimenticare che Peter era il prediletto di lady Evelyne. Tua zia non ha mai prestato molta attenzione a Hugo. Una faccenda molto triste, davvero tragica.»

Charles si chinò in avanti, appoggiando i gomiti sulla scrivania. «Sai quanto confido nel tuo giudizio. Dimmi allora, che devo fare? Se Hugo si riprenderà la villa ci sarà una lite pazzesca, uno scandalo. Cosa che può fare, legalmente? Cosa sarà di zia Gwendolyn? Dove andrà a vivere? Qui da noi nell'ala est? È l'unica soluzione che mi è venuta in mente.»

Charlotte scosse il capo con veemenza. «No, no, questa non è una soluzione! Sareste in troppi, tu, Felicity e i sei ragazzi e tua sorella Vanessa, la tata, l'istitutrice e tutto il personale. Sarebbe come... ecco... come un albergo. Almeno così la vedrebbe lady Gwendolyn. È anziana, legata alle sue consuetudini, indipendente, abituata a comandare. E tiene moltissimo alla sua privacy.»

«Forse hai ragione», borbottò Charles. «Sarebbe inorridita.»

Charlotte proseguì: «Qui tua zia si sentirebbe come... un'ospite, un'intrusa. E credo che non le piacerebbe essere stipata qui con voi, con tutto il dovuto rispetto, Charles. Si opporrebbe con tutte le sue forze, temo, non sopporterebbe di dover abbandonare la sua casa».

«Non è sua», rimarcò Charles sottovoce. «Purtroppo sua sorella Evelyne non ha mai cambiato il testamento. Mia zia dovrà trasferirsi, non c'è modo di evitarlo.» Si appoggiò allo schienale, un'espressione cupa sul viso. «Vorrei che mio cugino Hugo ci ripensasse, che cambiasse idea. Che seccatura.»

«Non voglio peggiorare le cose», iniziò Charlotte, «ma c'è qualcosa d'altro. Non...»

«Dove vuoi arrivare?» la interruppe rapidamente, in tono allarmato.

«Sappiamo che lady Gwendolyn verrà sloggiata, ma non pensi che la presenza di Hugo nella tenuta sconvolgerà anche altri? Ci sono ancora persone che ritengono Hugo responsabile della morte di Peter, e...»

«Solo perché non sono a conoscenza dei fatti», la interruppe con stizza. «O non vogliono accettarli.»

Charlotte rifletté velocemente in silenzio.

Charles si alzò e si avvicinò al caminetto, immaginando scenari da incubo. Riteneva ancora che l'unica soluzione fosse quella di invitare la zia a casa sua. Forse Felicity avrebbe potuto parlarle, sua moglie sapeva essere convincente e aveva molto fascino.

Si alzò anche Charlotte e gli andò vicino, pensando a quanto assomigliava a suo padre, specie negli atteggiamenti. Non poté fare a meno di ricordare David Ingham, il quinto conte di Mowbray, per il quale aveva lavorato vent'anni, fino alla sua morte, avvenuta otto anni prima. Nel rammentare quei giorni felici, ancora tanto vividi, le venne in mente l'ala sud di Cavendon. Era lì che aveva lavorato assieme al signor Harris, il ragioniere, al signor Nelson, l'amministratore della tenuta, e a Maude Green, la segretaria.

«L'ala sud, ecco dove potrebbe vivere lady Gwendolyn!» esclamò.

«Le stanze che papà usava come uffici? Dove lavoravi tu?» chiese Charles e sul suo viso si aprì un gran sorriso. «Charlotte, sei un genio. Potrebbe vivere benissimo lì. E anche in modo confortevole.»

Charlotte parlò con sempre maggior entusiasmo: «Tuo padre, se te ne ricordi, vi aveva fatto installare alcuni bagni e un cucinino. Quando hai fatto costruire l'ufficio annesso alle scuderie, nell'ala sud sono stati portati i mobili, i divani, le sedie e i mobili del salotto che si trovavano nelle soffitte».

«Proprio così. E so che l'ala sud è stata mantenuta bene da Hanson e dalla signora Thwaites. Ogni ala di Cavendon è tenuta in condizioni perfette, lo sai anche tu.»

«Se lady Gwendolyn accettasse, avrebbe un appartamento indipendente e totale privacy», sottolineò Charlotte.

«È vero e io sarei felice di fare tutti i cambiamenti che desiderasse.» Afferrandole il braccio continuò: «Andiamo a dare un'occhiata a quelle stanze, hai tempo, non è vero?»

«Sì, buona idea, Charles», rispose. «Perché non puoi non invitare Hugo a Cavendon. Credo che devi prepararti al peggio. Potrebbe voler prendere possesso di Little Skell Manor immediatamente.»

Charles si sentì stringere il cuore, ma sapeva che lei aveva ragione.

Mentre passavano di stanza in stanza nell'ala sud, e specialmente in quelle che suo padre aveva usato come ufficio, Charles pensò alla relazione tra suo padre e Charlotte.

C'era stata una storia tra loro?

Quando aveva iniziato a lavorare per lui era giovane, aveva solo diciassette anni, ed era rimasta sempre al fianco del quinto conte, aveva viaggiato con lui ed era stata sua accompagnatrice oltre che assistente personale. Charlotte era stata accanto a suo padre anche nel momento in cui era spirato.

Charles sapeva che si erano fatte ipotesi sul loro rapporto, ma mai autentiche insinuazioni. Nessuno sapeva niente. Non erano scoppiati scandali, ma forse era stato solo per la totale discrezione da parte di suo padre e di Charlotte.

Le lanciò un'occhiata. Erano nella stanza dalle pareti color lavanda e lei gli stava dicendo che forse a sua zia sarebbe piaciuto averla come camera da letto. Lui la stava ascoltando distrattamente.

La brillante luce del sole che entrava dalla finestra aveva trasformato i suoi capelli ramati in un elmo brunito. Come sempre, Charlotte era pallida e i suoi occhi blu-grigiastri parevano enormi. Per la prima volta da anni la guardò obiettivamente e si rese conto che era una donna molto bella che dimostrava metà dei suoi anni.

Costretto in sua compagnia per vent'anni, come avrebbe potuto suo padre resisterle? Charles Ingham era ora convinto che fossero stati legati in ogni senso.

Era solo una sua teoria, non c'erano prove. Eppure in questo momento gli sembrò una cosa tanto ovvia. Charles era cresciuto con suo padre e Charlotte e li conosceva bene, addirittura meglio di Felicity. Ne aveva conosciuto difetti e virtù, sogni e desideri e così credeva, nel profondo del suo animo, che era più che probabile che fossero stati amanti.

Si voltò, rendendosi conto di averla fissata tanto intensamente che lei se ne era accorta. Borbottando qualcosa sulla cucina un po' troppo piccola, si affrettò a uscire dalla stanza lavanda.

Perché dovrebbe avere qualche importanza adesso? si chiese. Suo padre non c'era più e lui non poteva che essere contento se Charlotte l'aveva reso felice e aveva alleviato il suo fardello. Charles sperò che si fossero amati.

Ma adesso, come si sentiva Charlotte? Le mancava suo padre? Di colpo si sentì in ansia per lei. Avrebbe voluto chiederle come si sentiva, ma non osò. Sarebbe stata una imperdonabile intrusione nel suo mondo privato e non desiderava metterla in imbarazzo.

4

L'ABITO da sera era steso su un candido lenzuolo sul pavimento della camera da letto di lady DeLacy Ingham, la dodicenne figlia del conte e della contessa e la migliore amica di Cecily. Quella mattina era elettrizzata perché le avevano permesso di aiutare Cecily con i vestiti che erano stati portati giù dalla soffitta. Alcuni erano appesi nella stanza da cucito, in attesa dell'ispezione di Alice; due erano lì.

L'abito su cui erano chine era una sfavillante cascata di perline di cristallo verdi, azzurre e turchese e, per le due bambine inginocchiate lì vicino, era la cosa più bella che avessero mai visto.

«Daphne sarà uno schianto con questo abito», disse DeLacy, lanciando un'occhiata a Cecily. «Non lo pensi anche tu?»

Cecily annuì. «Mia madre vuole che cerchi dei difetti, come perline rotte, fili rotti, qualsiasi piccola imperfezione. Deve sapere di quante riparazioni ha bisogno.»

«È quello che faremo», affermò DeLacy. «Comincio qui? Dalla scollatura e le maniche?»

«Buona idea», rispose Cecily. «Io esaminerò l'orlo, secondo mia madre gli uomini lo rovinano. Con le scarpe, intendo. Calpestano sempre l'orlo quando ballano.»

«Goffi, ecco cosa sono», ribatté DeLacy, senza tanti complimenti com'era nel suo stile. «Guarda, Ceci, come brilla quando lo tocco.» Lo scosse lievemente. «Si muove come il mare, come onde. S'intonerà agli occhi di Daphne. Oh, spero che incontri il figlio di un duca quando lo indosserà.»

«Sì», mormorò Cecily, concentrata nell'ispezione dell'orlo dell'abito ornato di perline. Era stato creato a Parigi da un famoso sarto e la contessa l'aveva messo solo poche volte. Era stato poi riposto con cura, avvolto in un telo bianco di cotone e sistemato in una grande scatola. Daphne l'avrebbe sfoggiato durante uno dei ricevimenti estivi, appena fosse stato adattato alla sua taglia.

«Non c'è quasi alcun danno», annunciò Cecily pochi minuti dopo. «Come sono la scollatura e le maniche?»

«Quasi perfette. Non mancano molte perline.»

«Mamma sarà contenta.» Cecily si alzò. «Rimettiamolo sul letto.

Le due ragazzine lo sollevarono e lo distesero sul letto di DeLacy. «Perbacco, è davvero pesante!»

«È per questo che gli abiti coperti di perline si tengono in scatole o cassetti», spiegò Cecily. «Se lo si appendesse, le perline lo appesantirebbero, facendolo allungare. Si sformerebbe.»

DeLacy annuì, sempre interessata a ciò che le diceva l'amica, specialmente a proposito dei vestiti.

Cecily ricoprì l'abito con una lunga pezza di cotone, quindi andò a guardare dalla finestra. Sperava di vedere sua madre arrivare dal villaggio, ma restò delusa.

DeLacy rimase accanto al letto a osservare l'altro vestito da sera estivo, un vaporoso capo di tulle bianco, taffettà e pizzo fatto a mano. «Credo che questo mi piaccia di più», disse a Cecily senza girarsi. «È un *vero* abito da ballo.»

«Lo so. Mamma mi ha detto che tua madre l'ha indossato una sola volta e che è stato tenuto per anni in una sacca di cotone in un armadio di legno di cedro. Per questo il bianco è ancora bianco, non è cambiato.»

«Che intendi dire?»

«Il bianco cambia colore. Può diventare crema, ingiallirsi o sbiadirsi. Ma questo abito da ballo è stato ben protetto ed è come nuovo.»

D'impulso DeLacy raccolse il vestito e si scostò dal letto. Tenendolo vicino al corpo, iniziò a danzare per la stanza, ruotando e piroettando, canticchiando, immaginando di ballare un valzer in una sala da ballo. La gonna sprigionava lampi di luce seguendo i suoi movimenti.

Cecily non poté credere ai suoi occhi. Era rimasta senza parole e fissava DeLacy che ballava aggraziata con il delicato abito tra le braccia. Era incredula, sconcertata. Non voleva afferrare il vestito per tema di danneggiarlo e così rimase ferma, impaurita, preoccupata per il pizzo e il tulle.

«Per favore, DeLacy, fermati!» esclamò quand'ebbe ritrovato la voce. «Il tessuto potrebbe rovinarsi, è delicatissimo. Per piacere, rimetti il vestito sul letto!»

Fece un passo avanti per avvicinarsi all'amica, che subito si allontanò danzando con il vestito ben stretto contro il corpo. «Non lo rovinerò, Ceci, te lo prometto.»

«Fermati! Devi fermarti!» gridò disperata Cecily, stridula. Stava per scoppiare in lacrime.

DeLacy Ingham non prestò attenzione a Cecily Swann.

Si stava divertendo troppo, persa per un attimo in un mondo tutto suo. E poi accadde. L'incidente.

Cecily lo vide accadere al rallentatore e non c'era nulla che potesse fare per evitarlo.

Il piede di DeLacy s'impigliò nell'orlo del vestito, lei barcollò, perse l'equilibrio e allungò la mano per non cadere. Afferrò il bordo della scrivania, senza lasciare andare il vestito, ma, così facendo, rovesciò il calamaio che rotolò sul tavolo verso di lei. Fece un passo indietro, ma non fu abbastanza veloce. L'inchiostro blu schizzò sul pizzo bianco della gonna.

Cecily trasalì con gli occhi sgranati. Inorridita da ciò che era appena successo e spaventata al pensiero delle conseguenze, rimase come paralizzata.

DeLacy abbassò lo sguardo sull'inchiostro in un'espressione di puro orrore. Quando guardò Cecily i suoi occhi si riempirono di lacrime.

«Guarda cosa hai combinato!» gridò Cecily, la voce tremante. «Perché non mi hai ascoltata? Perché non mi hai dato retta?»

DeLacy non seppe che dire e restò lì, con l'abito tra le braccia e le lacrime che le inondavano le guance.

5

«DELACY! Che diavolo è successo?» esclamò Daphne dall'uscio, per poi correre dalla sorella.

DeLacy non rispose, sapeva quanto si sarebbe agitata Daphne nel vedere l'indumento ridotto in quel modo. Avrebbe dovuto indossarlo al ballo estivo che i loro genitori davano ogni anno a Cavendon. Con gli occhi colmi di lacrime, deglutì, spingendo giù la paura. Sapeva di essere nei guai, era stata proprio stupida a trastullarsi con quel fragile abito.

«Perché stringi così il vestito? Mio Dio, che cosa è, inchiostro? Come ha fatto l'inchiostro a finire sul pizzo?» La voce di solito calma di Daphne era cresciuta di un'ottava o più e la sua faccia aveva perso colore.

Di fronte al silenzio e all'espressione terrorizzata di DeLacy, Daphne si girò e fissò Cecily. «Che stavate facendo? Come è potuto accadere?»

Cecily, profondamente leale verso la sua migliore amica, si schiarì la voce, non sapendo come rispondere a Daphne senza mentire. Non voleva farlo, ma non voleva neppure spiegare gli eventi che avevano portato al disastro.

Mentre si chiedeva cosa dire, sua madre entrò nella camera. Cecily iniziò a tremare, prevedendo un'accusa immeritata e una conseguente sfuriata.

Alice si diresse verso Daphne e DeLacy, ma nel vedere l'abito da ballo tra le braccia di DeLacy, si fermò di colpo, allibita. «È rovinato!» sentenziò. «Così non serve a nessuno.» Lanciò un'occhiata interrogativa alla figlia. «Allora, che hai da dire? Puoi spiegare come ha fatto questo speciale abito da ballo a rovinarsi così?»

Con la bocca secca, Cecily scosse il capo e si appoggiò alla finestra.

«Ti avevo dato un compito, Cecily», continuò imperterrita sua madre. «Ti era stato detto di esaminare l'abito e il vestito da ballo, ti avevo chiesto di averne cura. Li avevo affidati a te, eppure è evidente che non ci hai messo molta buona volontà, vero?»

Cecily ricacciò le lacrime che stavano per sgorgare e scosse di nuovo la testa. «È stato un incidente, mamma», mormorò. Stava ancor proteggendo DeLacy quando aggiunse: «Mi dispiace di averti delusa».

Alice annuì, tenendo a freno il suo disappunto. Ma poi comprese che la responsabile del disastro non poteva che essere DeLacy, la quale, prima che Alice potesse rivolgersi direttamente a lei, le si avvicinò.

«Non dia la colpa a Ceci, signora Alice!» disse concitata, con un tremito nella voce. «La prego, non lo faccia. È innocente. È tutta colpa mia. Ho preso io l'abito e mi sono messa a danzare per la camera. Poi sono inciampata, ho perso l'equilibrio e ho fatto cadere il calamaio...» S'interruppe, poi, tra le lacrime, soggiunse: «Sono stata una sciocca».

«Grazie per avermelo detto, lady DeLacy, e, per favore, mi dia il vestito, lo sta schiacciando. Su, dia qua.»

DeLacy lo lasciò finalmente andare. «Mi dispiace, signora Alice. Mi dispiace tanto.»

Alice distese l'abito sul letto, esaminò le macchie, sapendo che sarebbe stato molto difficile eliminare l'inchiostro, anzi impossibile.

A diciassette anni, Daphne Ingham era una ragazza non comune. Non era solo bella in modo sconvolgente, ma anche una giovane dolce, compassionevole e riflessiva, con un cuore tenero. Mise un braccio attorno alla spalla della sorellina e dolcemente le disse: «È chiaro com'è andata, Lacy cara, è stato un incidente, come ha detto Ceci. Mamma capirà. Queste cose possono succedere e tutti sappiamo che non l'hai fatto apposta».

Nel sentire quelle parole e conoscendo la dolcezza di Daphne, DeLacy si strinse a lei e iniziò a singhiozzare. Daphne la tranquillizzò, non sopportava di vederla tanto sconvolta, e per di più a causa di un vestito.

Lady Daphne Ingham non era particolarmente vanitosa, gli abiti le interessavano solo perché era stata educata a considerarlo un dovere specifico del suo ceto sociale. Sapeva inoltre che suo padre poteva permettersi di comperale un nuovo abito.

Dopo un po' Daphne si staccò da DeLacy. «Suvvia, smettila di piangere, le lacrime non servono.» Poi si rivolse ad Alice: «Si potranno pulire il pizzo e le sottogonne, signora Swann?»

«Credo di no, milady. Potrei provare con del succo di limone, sale e aceto bianco...» S'interruppe. «No, no, non servirebbero, l'inchiostro è terribile, come una tintura. E parlando di inchiostro, è su tutto lo scrittoio e sul tappeto. Devo andare a cercare la signora Thwaites? Chiederle di mandare su una delle cameriere?»

«No, non occorre, farò salire Peggy, signora Swann. Pulirà lei lo scrittoio e il tappeto. E noi facciamo bene a stare alla larga. Non dobbiamo sporcarci le mani, con gli altri abiti in giro.»

«Ha ragione, lady Daphne. Non...»

«Mamma», la interruppe Cecily. «Io posso sistemare l'abito da ballo. Davvero, mamma.» Cecily si voltò, fissò la madre, di colpo sicura di sé. Aveva le guance arrossate per l'eccitazione, gli occhi scintillanti. «Sono certa di poterlo salvare. E lady Daphne potrà indossarlo al ballo estivo.»

«Non riuscirai mai a togliere l'inchiostro, Ceci», ribatté Alice, più calma ora che sapeva che sua figlia non aveva colpe.

«Mamma, per piacere, vieni qui e anche tu, DeLacy. E pure lei, lady Daphne, desidero spiegarvi cosa posso fare.»

Tutte e tre le si avvicinarono e fissarono il bianco abito steso sul letto.

«Taglierò via la parte sul davanti della gonna dalla vita all'orlo», spiegò. «Poi la rimodellerò con un pannello che parte stretto alla vita e si allarga scendendo verso terra. Farò la stessa cosa con la sottogonna in taffettà e con il tulle. Se anche il secondo strato del tulle fosse macchiato d'inchiostro, taglierò via pure quello.»

«E poi?» domandò Alice, perplessa.

«Sostituirò i pannelli di pizzo, taffettà e tulle. Sarà difficile trovare del pizzo bianco che s'intoni all'abito e forse dovrai andare a Londra.»

Malgrado il suo iniziale scetticismo Alice capì esattamente cosa intendeva fare Cecily e si rese anche conto che poteva avere trovato la soluzione. «Mi pare un buon piano, Cecily, molto intelligente. Sfortunatamente, hai ragione riguardo al pizzo, sarà dura trovarne uno che vada bene. Con ogni probabilità dovrò provare a Londra, da Harrods.»

Alice s'interruppe e corrugò la fronte. «Ci sono altre cose da prendere in considerazione. In primo luogo, un pannello di pizzo molto diverso dal resto della sopraggonna si noterebbe troppo. In secondo luogo, ci saranno delle cuciture vistose lungo il davanti.»

«Ci ho già pensato», rispose Cecily. «Potrei nascondere le cucitura con uno stretto nastro di pizzo e cucirne uno alla vita come rifinitura.» Si morse il labbro. «Oppure possiamo fare una nuova gonna con del nuovo pizzo», propose poi.

«Capisco», ammise Alice. «Ma il nuovo pizzo non s'intonerebbe con il corpino. E non pensare nemmeno di rifare il corpino, Cecily, sarebbe troppo difficile per entrambe.»

«Non dobbiamo toccare il corpino, mamma.»

«Credo che Cecily abbia ragione, signora Swann», s'intromise Daphne. «Ha avuto un'idea brillante.» Sorrise alla ragazzina. «Penso che un giorno diventerai una grande sarta, come Lucile di Hanover Square.»

«Forse», osservò sottovoce Alice. «Ho sempre saputo che Cecily aveva del talento, un estro per i vestiti. E un occhio speciale.»

Pragmatica per natura e volendo continuare a parlare dell'abito da ballo, Cecily domandò: «Il pizzo costerà molto, vero?»

Si era rivolta a sua madre, ma Daphne precedette Alice. «Oh, non preoccuparti di questo, Ceci», la tranquillizzò. «Sono sicura che salverai l'abito e so che papà sarà felice di pagare per il pizzo e gli altri tessuti di cui avrai bisogno.»

Alice consegnò l'abito da ballo alla figlia. «Andiamo nella stanza del cucito e mettiamolo su un manichino per esaminare a dovere le macchie. Io porterò l'abito con le perline. È pesante.» Si rivolse a Daphne. «Viene con noi, lady Daphne? Penso che dovrebbe provare entrambi i vestiti per capire come accomodarli.»

«Volentieri, ma prima vado in camera mia e m'infilo una vestaglia.» Poi si rivolse alla sorella: «Ora chiamo Peggy e, dopo che sarà arrivata per rimuovere l'inchiostro, potrai raggiungerci nella camera del cucito. Può venire, vero, signora Alice?»

«Naturalmente, milady», rispose Alice con un sorriso, uscendo con sua figlia dalla camera da letto di DeLacy.

* * *

Ora che sua madre non era più adirata con lei, Cecily si sentiva sollevata, ma quanto era stata sciocca a non costringere DeLacy a smetterla. Avrebbero dovuto essere più ragionevoli entrambe. Dopotutto erano adulte.

«Vado a tirar fuori la pedana su cui far salire lady Daphne», annunciò Alice, andando verso il grande armadio nella stanza del cucito. «Mi sarà più facile controllare l'orlo.»

«Ti aiuto, mamma.»

Alice scosse la testa. «No, tesoro, non preoccuparti.» Capovolse la cassetta bianca che aveva preso e la spinse verso lo specchio a bilico. Molti anni prima, Walter Swann aveva attaccato due piccole ruote a un lato della pedana per facilitarne lo spostamento.

In quel momento la porta si spalancò e lady Daphne entrò con indosso una vestaglia in seta azzurra e dietro di lei sgusciò dentro DeLacy, con fare furtivo, come se non volesse essere notata.

Cecily la vide e le fece un cenno, cui DeLacy rispose con un sorriso, ma era solo un fantasma di sorriso. La ragazzina pareva imbarazzata, mogia e anche un po' impaurita.

«Andiamo a sederci là, Lacy, accanto alla parete», la incoraggiò Cecily.

DeLacy chinò il capo, seguì l'amica, ma rimase in silenzio.

«Eccomi, signora Swann», disse Daphne. «Mi scusi se l'ho fatta aspettare.»

«Nessun problema, milady. Se volesse mettersi dietro lo schermo, le porto l'abito con le perline e l'aiuto a infilarlo.»

Cecily, dispiaciuta per DeLacy, le prese la mano e gliela strinse. «Mamma non è più arrabbiata», mormorò. «Su con il morale.»

Nel giro di pochi secondi Daphne era in piedi sulla cassetta di legno davanti allo specchio in bilico e anche lei, che non aveva un grande interesse per i vestiti, rimase colpita dal suo aspetto.

Le perline in cristallo verdi, azzurre e turchesi che coprivano tutto l'abito scintillavano a ogni suo minimo movimento. Si faceva notare e le stava benissimo. Sorrise ad Alice. «Ondeggia, è speciale!» Si girò lentamente, guardandosi da ogni lato, chiaramente attratta dalla lunga e slanciata colonna di perline e dal magico effetto che creavano.

Alice era felice. L'abito si adattava perfettamente alla sinuosa bellezza di Daphne come se fosse stato creato appositamente per lei e finalmente anche Daphne cominciava a mostrare interesse per i vestiti. Pensò che la contessa aveva avuto ragione a scegliere quel particolare vestito tra tutti i suoi abiti da sera riposti negli armadi in legno di cedro. Era... *splendido* su Daphne. Non c'era altro termine per descriverlo, ma del resto era un pezzo di *haute couture* parigina. Era stato realizzato per la contessa dalla Maison Callot, la famosa casa di moda gestita dalle tre sorelle Callot che creavano abiti eleganti per donne dell'alta società.

«L'abito le va a pennello, lady Daphne.» Alice sorrise e andò a mettersi davanti a lei, quindi, molto lentamente girò attorno alla pedana, esaminando il vestito, annuendo di tanto in tanto.

«L'orlo pende in alcuni punti, nulla di preoccupante, succede spesso con gli abiti ricoperti di perline, colpa del peso. Segnerò con alcuni spilli dove devo correggere. La veste alla perfezione, lady Daphne.»

«Grazie, signora Alice.»

«Non mancano neppure molte perline, mamma», intervenne Cecily.

Alice le sorrise, poi riprese la sua ispezione.

Cecily si accomodò e osservò la madre dalla quale imparava sempre qualcosa. Alice era ora inginocchiata sul pavimento con un piccolo puntaspilli attaccato al polso sinistro. Ogni tanto puntava uno o due spilli nell'orlo, segnando il punto esatto da riprendere in seguito.

Gli spilli hanno un linguaggio tutto loro, un linguaggio che sua madre le avrebbe presto insegnato, come le aveva promesso, e sua madre manteneva sempre le promesse.

Daphne andò a cambiarsi e Alice fece cenno a Cecily di aiutarla a togliere il bianco e vaporoso abito da ballo dal manichino che portò dietro il séparé. Era sicura che anche quello le stesse più che bene, disegnato nello stesso periodo in cui era stato confezionato quello con le perline.

Daphne uscì da dietro lo schermo, tanto bella, tanto eterea nell'abito bianco che Cecily trattenne il fiato per la sorpresa. Poi esclamò: «Sembra la principessa di una favola!»

Daphne avanzò sorridendo, poi girò su se stessa, facendo gonfiare le gonne, volteggiò di nuovo e tanto era incantevole che nessuno notò più le macchie d'inchiostro.

«La sposa perfetta per il figlio di un duca», gridò DeLacy, per poi rifarsi piccola sotto gli sguardi delle altre.

Il duca fantasma che non è stato ancora trovato, pensò Alice, quindi nessun figlio da sposare. Ma non dubito che presto ne arriverà uno. Dopotutto ha solo diciassette anni, troppo giovane per maritarsi. Sotto molti aspetti è ancora una bambina. E una tale bellezza. Ma tutte le quattro dee sono adorabili, come la mia Cecily. Sì, sono le belle ragazze di Cavendon, nessun'altra può misurarsi con loro.

Alice sorrise, ammirandole e pensando che per tutte loro, tra cene, balli e i ricevimenti sarebbe stata una bella estate... un felice periodo di festa.

Non poteva sapere che si stava sbagliando. L'estate sarebbe stata un periodo di tremende afflizioni che avrebbero profondamente scosso la famiglia Ingham.

6

«CHE silenzio, signora Jackson», rimarcò dall'uscio della cucina il maggiordomo, esaminando il regno della cuoca.

«Ha pensato che fossimo tutti morti e andati in paradiso?» chiese ridendo la signora Jackson. «Mi sono solo seduta un attimo per riprendere fiato prima di iniziare a cuocere la portata principale. Potrò cominciare solo all'ultimo minuto. La sogliola di Dover è un pesce delicato, non deve stare troppo a lungo in padella.»

Il signor Hanson annuì. «Sono sicuro che il trambusto riprenderà molto presto», commentò.

«Eh, sì. Al momento tutti sono impegnati di sopra, ma tra poco si precipiteranno giù e sarà la solita baraonda. Ho spedito a letto Polly, signor Hanson. Ha la gola infiammata e mal di testa. È meglio che resti nella sua stanza finché si sentirà meglio. Potrebbe avere un raffreddore e non voglio che diffonda germi.»

«Giudiziosa come sempre, signora Jackson. Lord Mowbray è maniacale quando si tratta di malattie. Non vuole che il personale lavori quando sta così e così. Per il loro bene e per il nostro. Riuscirà a farcela ugualmente, oggi ci sono solo tre persone a pranzo, la contessa e lady Diedre sono a Harrogate.»

«Non è un problema, signor Hanson», lo rassicurò la cuoca. «Elsie e Mary mi daranno una mano a disporre il cibo sui piatti da portata e Malcolm e Gordon porteranno il tutto di sopra.»

«E io servirò il vino e veglierò come sempre su tutto e tutti», aggiunse lui con un sorriso. Percorse il lungo corridoio ed entrò nel suo ufficio. Era una delle sue stanze preferite tra quelle della grande casa che amava per la sua eleganza e lo spirito del passato di cui erano saturi gli ambienti; ne aveva cura come se fosse casa sua.

Hanson aveva occupato l'ufficio già da qualche anno e col tempo la stanza aveva acquisito l'atmosfera dello studio di un gentiluomo. Henry era arrivato a Cavendon Hall nel 1888, venticinque anni prima, quando ne aveva ventisei. Dal primo giorno, Geoffrey Swann, il maggiordomo di allora, l'aveva preso sotto la sua ala protettrice; aveva intuito qualcosa di speciale in lui, un «potenziale per eccellere», come l'aveva chiamato.

Geoffrey aveva accompagnato Hanson in una brillante carriera, insegnandogli tutto quello che il mestiere richiedeva che si dovesse sapere. Hanson aveva iniziato come servitore, era stato promosso valletto e poi valletto capo e infine era stato nominato assistente del maggiordomo alle dipendenze dirette di Geoffrey Swann che, sorprendendo tutti, era deceduto all'improvviso per un attacco di cuore nel 1898.

Il quinto conte aveva chiesto a Hanson se se la sentiva di prendere il suo posto e Hanson aveva accettato immediatamente e non se ne era mai pentito. Gestiva Cavendon Hall con grande efficienza, cura, abilità e un forte senso di responsabilità.

Sedutosi allo scrittoio, controllò i menu per il pranzo e la cena che gli aveva dato la signora Jackson. Poi sarebbe sceso in cantina per i vini. Forse un Pouilly Fuissé per il pesce e un Pomerol per l'agnello in programma per la cena.

Si concesse un minuto per lasciar vagare la mente su altre questioni, poi prese una decisione e si alzò. Uscì dall'ufficio e si diresse verso il salotto della governante.

La porta era socchiusa, bussò, la spinse e guardò dentro. «Sono Hanson, signora Thwaites. Può dedicarmi un momento?»

«Naturalmente! Entri, entri.»

Hanson si chiuse la porta alle spalle. «Volevo scambiare due parole con lei... su Peggy Swift. Mi chiedevo come sta andando. Vi soddisfa?» s'informò, andando dritto al punto come al suo solito. «Si adatterà alla casa?»

Agnes Thwaites non rispose immediatamente e lui non poté evitare di preoccuparsi. Stava per chiederle se non era contenta della nuova cameriera, quando Agnes finalmente parlò.

«Non posso criticare il suo lavoro, signor Hanson. Davvero. È svelta ed efficiente. Eppure, c'è qualcosa in lei che non riesco a inquadrare... qualcosa che non mi va a genio.» La signora Thwaites scosse la testa.

«L'ho notato anch'io», confessò Hanson. «Aveva lavorato a Ellsford Manor e aveva portato ottime referenze, ma quella residenza non è certo Cavendon.»

«Oh, sì, questo lo so», commentò lei, reprimendo un sorriso. Tutti sapevano che per Hanson come Cavendon non c'era nient'altro in tutto il Paese, fossero anche Buckingham Palace, il castello di Windsor e Sandringham, tutte residenze reali. «Ho notato una certa freddezza tra Peggy e le altre cameriere, ma non ne ho capito il motivo», continuò la signora Thwaites.

«La signora Jackson le ha detto cosa pensa di Peggy?» chiese Hanson, sollevando un sopracciglio.

«Ecco, naturalmente la signora Jackson è soddisfatta della sua efficienza, della sua rapidità. Forse Peggy non è adatta a questa casa.»

«Farà bene a tenerla d'occhio, visto che le cameriere sono compito vostro, come i valletti sono un problema mio. E lo farò pure io, due paia d'occhi vedono molto più di uno.»

Hanson tornò nel suo ufficio, si accomodò alla scrivania e rifletté un attimo sulla situazione in generale. Avevano perso un terzo valletto e, se avessero dovuto licenziare Peggy, si sarebbero trovati anche con una cameriera in meno. Un problema da risolvere prima dell'estate, dal momento che sua signoria e la contessa avevano programmato numerosi eventi e ci sarebbero stati ospiti per i fine settimana. Sospirando, Hanson aprì il cassetto più in basso, prese le chiavi e scese in cantina.

Poco dopo, tornando verso il suo ufficio con due bottiglie di vino, incontrò Walter Swann, marito di Alice, padre di Cecily, e valletto personale di lord Mowbray.

«Eccola qui, signor Hanson», esclamò Walter in tono allegro e sorridendo. «Stavo proprio venendo da lei per avvisarla che sua signoria vuole che oggi il pranzo finisca prima. Sa che Alice e Cecily pranzeranno con noi e non vuole che noi si mangi 'nel bel mezzo del pomeriggio', come si è espresso. Voleva che lo sapeste.»

«Molto premuroso, devo dire», replicò Hanson, contento di questa bella notizia.

«Vado a dirlo alla cuoca, poi torno di sopra. Ho un sacco da fare per lord Mowbray oggi», spiegò Walter.

«Ci vediamo più tardi. Non vedo l'ora di pranzare con Alice e sua figlia. Tutti adorano Cecily.»

Walter sorrise e si incamminò verso la cucina.

Tornato nell'ufficio, Hanson mise le due bottiglie su un tavolino vicino alla finestra, gettò il mazzo di chiavi nel cassetto della scrivania e si sedette lanciando un'occhiata all'orologio. Mancavano dieci minuti alle dodici, per cui aveva qualche attimo prima di dover salire a verificare la situazione. Lesse la lista che aveva scritto prima e notò che la questione più urgente era la stanza dell'argenteria. Avrebbe dovuto controllarla al più tardi il giorno seguente. I valletti avrebbero avuto da lavorare con tanta posateria da lucidare per i ricevimenti estivi.

Ripensò poi a Walter, tanto elegante nella giacca nera e i pantaloni in gessato grigio. Sorrise pensando ai due valletti, Malcolm e Gordon, che avevano una così alta opinione del loro aspetto. Erano due vanitosi.

Ma quei due non reggevano il confronto con Walter Swann. A trentacinque anni era nel fiore della vita, di bell'aspetto, intelligente e un gran lavoratore. Era inoltre l'uomo di cui Hanson si fidava di più. Al lavoro non portava preoccupazioni, solo sorrisi, ed era sempre beneducato e riflessivo, una persona gradevole.

Hanson lo conosceva da quando Walter Swann era un ragazzino di dieci anni e l'aveva visto crescere e trasformarsi nell'uomo che era oggi. L'aveva visto turbato solo quando era successo qualcosa di veramente triste: quando erano morti suo padre, suo zio Geoffrey e poi il quinto conte. E quando era deceduto re Edoardo VII. La sua morte aveva sconvolto Walter che, da vero patriota, amava il suo re e il suo Paese.

Gli tornò alla mente il giorno del funerale di sua maestà come se fosse avvenuto il giorno prima. Nel maggio del 1910 lui e Walter avevano accompagnato la famiglia a Londra per aprire la casa di Mayfair per la stagione estiva.

L'improvvisa morte del re aveva sconvolto tutti; quando Hanson aveva chiesto al conte se lui e Walter potevano avere la mattinata libera per andare a vedere la processione del funerale che partiva da Westminster Hall, il conte aveva gentilmente acconsentito.

Era stato il 20 maggio di tre anni prima, il giorno del funerale dopo l'esposizione della salma nella camera ardente. Hanson e Walter non avevano mai visto le vie di Londra così affollate: centinaia di migliaia di persone afflitte e silenziose, gente comune che piangeva Bertie, il principe playboy che era diventato un buon regnante e padre della nazione. C'era stata più gente al suo funerale che a quello di sua madre, la regina Vittoria.

Qualcuno bussò alla porta e Hanson si riebbe con un sussulto. «Avanti», gridò, poi si alzò e attraversò la stanza. Toccò la bottiglia di vino bianco, che era ancora fredda di cantina. L'avrebbe portata di sopra nella dispensa pronta per il pranzo.

La signora Thwaites aspettava sulla soglia e lui le fece cenno di entrare, incuriosito dalla sua espressione molto seria.

Lei restò un attimo immobile davanti allo scrittoio, poi esclamò: «L'istinto mi aveva suggerito che c'era qualcosa in Peggy che non mi andava e ora so cosa mi metteva a disagio. È un tipetto provocante, incoraggia gli uomini... sa cosa intendo».

Quell'affermazione stupì Hanson che si accigliò e la fissò. «Che cosa glielo fa pensare?»

«L'ho appena vista. O per meglio dire, *li* ho appena visti. Peggy Swift e Gordon Lane. Erano come incuneati insieme nel piccolo ripostiglio vicino alla sala da pranzo. Si stavano sbaciucchiando. Io stavo attraversando la sala sul retro e ho fatto rumore, in modo che capissero che stava arrivando qualcuno. Poi ho cambiato direzione. Non mi hanno vista. Sento che Peggy Swift è una di quelle ragazze che portano guai, signor Hanson, mi creda.»

Hanson rimase per un po' in silenzio, poi commentò: «Succede sempre, signora Thwaites, sono giovani».

«Lo so, e lei ha ragione, ma questo mi è parso qualcosa di più di un semplice flirtare. Inoltre erano di sopra, dove avrebbero potuto vederli il conte, la contessa e le signorine.»

La signora Thwaites era visibilmente scontenta. «Ho pensato che lei dovesse saperlo.»

«Ha fatto la cosa giusta e noi qui non possiamo ammettere questo genere di relazioni. Questa casa non può essere sfiorata da pettegolezzi o scandali. Non facciamone parola, evitiamo chiacchiere inutili che potrebbero danneggiare la famiglia.»

«Non dirò una sola parola, signor Hanson. Può fidarsi di me.»

7

SEDUTA alla toletta, Daphne contemplava la propria immagine riflessa nell'antico specchio in stile georgiano e per la prima volta in vita sua decise che *era* bella, come aveva sempre asserito suo padre.

All'improvviso aveva una considerazione diversa di sé e tutto a causa dei due vestiti da sera che aveva appena provato.

Era rimasta sorpresa dall'aspetto che le avevano dato l'abito azzurro e verde con le perline, che scintillava con i colori del mare, e poi il vestito bianco, quello da ballo. Anche se macchiato d'inchiostro, l'aveva fatta sentire felice, allegra, piena di vita, mentre il lungo e stretto abito dalle brillanti perline le aveva dato una sensazione di eleganza e raffinatezza che non aveva mai provato prima.

Si protese in avanti e studiò il proprio viso con un interesse nuovo e vide una ragazza diversa. Una ragazza che il figlio di un duca avrebbe potuto trovare incantevole come la trovava suo padre.

Pensò che lui le avesse già scelto qualcuno, anche se non l'aveva mai ammesso. Ma era deciso a garantirle una brillante unione e così sarebbe stato. Suo padre era saggio e conosceva tutti quelli che avevano rilevanza in società. Dopotutto, era uno dei conti più importanti d'Inghilterra.

L'emozione e il senso di anticipazione le imporporarono le guance e i suoi occhi scintillarono di gioia. L'idea che un giorno sarebbe stata una duchessa la elettrizzava. Non ne vedeva l'ora.

Il prossimo anno, a diciotto anni, sarebbe stata presentata a corte in presenza di re Giorgio e della regina Maria, insieme alle altre debuttanti. Ogni famiglia avrebbe tenuto balli per le figlie debuttanti e lei avrebbe partecipato a tutti. E alla fine della stagione, per quale motivo non avrebbe potuto ritrovarsi fidanzata con il figlio del duca scelto da suo padre?

Mentre appoggiava il gomito destro sulla toletta con la testa sulla mano distesa, le sfuggì un piccolo sospiro. Con un'espressione sognante sul dolce viso innocente, fluttuò sull'onda delle sue romantiche fantasie, la mente colma di sogni meravigliosi d'innamoramenti, di un vero amore. Un brillante matrimonio, una casa sua. E un giorno dei figli.

Un improvviso colpo sordo alla porta la destò dalle sue fantasticherie e lei fece ruotare lo sgabello mentre la porta si apriva.

Fece irruzione una bambina con la faccia imbronciata e rossa di collera.

«Che succede?» chiese Daphne, avvicinandosi alla sorellina Dulcie, che di solito era tutta dolcezza e sorrisi.

«Questo vestito non mi piace! La tata dice che devo metterlo. Non lo farò! Non è per una *occasione speciale*!» gridò, rivolgendo un'occhiata truce a Daphne, le mani sui fianchi, indignata.

Daphne represse la risata che le stava salendo per la gola e si sforzò di mantenere un'espressione seria. Se lei non aveva mai badato molto all'abbigliamento in generale, la sorellina se ne era interessata fin da quando aveva potuto esprimere il suo parere. Diedre, la sorella maggiore, la chiamava mocciosa e la evitava più che poteva.

«E quale sarebbe questa occasione speciale?» domandò Daphne in tono amorevole, accucciandosi per scendere a livello del viso della sorella.

«Pranzerò con papà», annunciò la bambina con fare pomposo. «In sala da pranzo.»

«Oh, che bello, mia cara. Ci saremo anch'io e DeLacy.»

Dulcie la fissò, aggrottando le bionde sopracciglia. «La tata ha detto che io pranzerò con papà. Non ha parlato di te o di DeLacy.»

«Ecco, ci saremo anche noi. Ma ora dobbiamo discutere del vestito», si affrettò ad aggiungere Daphne, per calmare la bimba tanto arrabbiata. «Non è proprio adatto, non per pranzare con papà. Hai assolutamente ragione. Andiamo a sceglierne uno più appropriato, va bene?»

Di colpo l'espressione burrascosa sul volto di Dulcie scomparve, trasformata in un ampio sorriso. «Sapevo di avere ragione», esclamò, prendendo la mano della sorella, di nuovo felice.

Insieme percorsero il corridoio fino alle scale che portavano al piano della nursery. A un certo punto Daphne si chinò. «Devi affrontare questa situazione da grande», suggerì. «Di' alla tata che questo vestito ti piace, ma che non è abbastanza bello per un pranzo speciale. Puoi anche far presente che io sono d'accordo con te.»

«Lo farò.»

«Devi dirlo in tono gentile, non devi mai essere sgarbata o adirata», l'ammonì Daphne, mentre salivano le scale.

«Non sono arrabbiata, non più», bofonchiò Dulcie, alzando gli occhi su Daphne, che era la sua sorella prediletta. Le piaceva DeLacy ed erano buone amiche, ma diffidava di Diedre. La sorella maggiore sembrava sempre seccata con lei e questo la sconcertava.

La tata l'aspettava sulla soglia della nursery. «Stavo venendo a cercarti, Dulcie!» l'apostrofò.

Dulcie rimase in silenzio, al che Daphne, non volendo che la tata la rimproverasse, spiegò subito: «Abbiamo risolto il problema». Sorrise calorosamente, poi lanciò alla bambinaia un'occhiata d'intesa. «Non succede spesso che Dulcie pranzi con papà, quindi questa per lei è un'occasione speciale. Penso che dovrebbe indossare un abito più adatto, qualcosa di più elegante. Sono sicura che lei concorda con me.»

«Naturalmente, lady Daphne, ha ragione.» La tata aprì la porta e tutte entrarono nel salottino della nursery.

«Questo vestito mi piace, tata», dichiarò Dulcie, solenne, «ma vorrei tanto indossare quello azzurro con il colletto bianco. Posso?»

«Naturalmente, Dulcie. Andiamo a cercarlo, e lei non vuole venire con noi, lady Daphne?»

«Volentieri.»

Dulcie si stava già dirigendo verso la sua stanza. «Vieni, Daphne, vieni a vedere il mio abito più bello. Me lo ha fatto la signora Alice.»

Daphne seguì la sorellina sorridendo. Aveva imparato da tempo che il metodo migliore per gestire una personalità così cocciuta e indipendente, era quello di concordare subito con lei e poi negoziare.

«Oh, eccola qui, Hanson», esclamò lord Mowbray, entrando nella sala da pranzo. «Stavo per suonare il campanello per chiamarla. Dulcie pranzerà con noi oggi, un'occasione speciale per la piccola. Per favore, può aggiungere un posto a tavola?»

Hanson inclinò il capo. «Naturalmente, milord», e corse nello stanzino adiacente.

Il conte girò sui tacchi e tornò nella biblioteca, dove si

sedette allo scrittoio ed esaminò la lista degli ospiti che lui e Felicity avevano intenzione di invitare all'annuale ballo d'estate in luglio. Aggiunse alcuni nomi, poi si mise comodo, riflettendo, chiedendosi chi era stato escluso, chi potesse aver dimenticato.

Proprio in quel momento vide un paio di occhi azzurri che lo fissavano. Erano appena visibili sopra il bordo dell'enorme scrivania. Un attimo dopo apparve tutto il volto e lui capì che Dulcie se ne stava sulle punte dei piedi.

«Sono io, papà.»

«Lo vedo», ammise ridendo. «Vieni qui e lascia che ti guardi.»

Lei gli si avvicinò e lui fece girare la sedia e le tese le mani. «Hai un aspetto adorabile questa mattina.»

«Grazie papà. È stata la signora Alice a farmi questo vestito. È nuovo. È quello che preferisco.»

«Capisco perché», ammise Charles, attirandola a sé. Era veramente una bambina adorabile, con occhi quasi viola e una massa di riccioli biondi. Il suo visino era ancora paffuto e gli ricordava un angelo di Botticelli. Ma uno con una volontà di ferro, rammentò a se stesso. Nessuna delle altre figlie era altrettanto caparbia.

Dulcie si appoggiò al suo ginocchio e lo fissò. «Posso avere un cavallo?»

La sua richiesta lo stupì. «Perché un cavallo? Un cavallo non è un po' troppo grande per te, mia cara?»

«No, sto crescendo in fretta, come dice la tata.»

«Sono d'accordo con lei, ma non sei ancora pronta.»

«Ma io so cavalcare, papà.»

«Lo so e ti sei divertita a cavalcare il piccolo Shetland. Facciamo così. Ti comprerò un nuovo pony, uno migliore, da montare finché non sarai un po' più grande.»

Dulcie annuì felice. «Grazie, papà! Come dovrei chiamare il mio nuovo pony?»

«Sono sicuro che troverai il nome giusto. Nel frattempo dobbiamo andare a pranzo con le tue sorelle e... manteniamo il segreto sul nuovo pony, vuoi?»

«Oh, sì, è il *nostro* segreto, papà.»

La vizio, pensò Charles, ma non posso evitarlo. È troppo adorabile. Attraversarono l'ampio atrio mano nella mano, mentre Daphne e DeLacy si stavano precipitando giù per lo scalone.

Le due ragazze corsero a salutarlo, poi DeLacy si chinò e baciò la sorellina sulla guancia. «Mi piace il tuo vestito, Dulcie», mormorò, lisciando con la mano i riccioli dorati della bambina.

Dulcie le sorrise e aprì la bocca per parlare, poi la chiuse di colpo. La notizia del nuovo pony era un segreto, aveva detto suo padre, e lei doveva mantenerlo.

8

Dopo quel pranzo speciale, come l'aveva chiamato Dulcie, la piccola venne riaccompagnata nella nursery da DeLacy. Il padre tornò in biblioteca per terminare la sua corrispondenza e Daphne, non avendo impegni, decise di fare un salto a Havers Lodge.

La casa in stile Tudor, in cui abitavano i Torbett, vecchi amici degli Ingham, era dall'altra parte del bosco delle campanule. Daphne e le sue sorelle erano cresciute con i tre figli Torbett, Richard, Alexander e Julian. Il prediletto di Daphne era il diciannovenne Julian, intimo amico fin dall'infanzia.

Mentre attraversava il ponticello in pietra sul torrente, osservò compiaciuta il cielo azzurro, limpido e scintillante di luce solare: il tempo nello Yorkshire era imprevedibile e la pioggia era in costante agguato. Per fortuna non c'era una sola di quelle nuvole scure che annunciavano acquazzoni, ma tirava un venticello fresco, malgrado il sole splendente, ed era contenta di avere indossato cappello e giacca sopra la camicia azzurra e la gonna grigia di lana.

Julian non la stava aspettando quel pomeriggio, ma l'avrebbe trovato al maneggio, perché dedicava sempre il sabato al dressage. Era un bravo cavaliere, amava i cavalli e, fin da bambino, ambiva a servire in un reggimento di cavalleria. Alla fine dell'estate sarebbe entrato nella famosa accademia militare di Sandhurst. Una volta le aveva confessato che puntava a diventare generale e lei non dubitava affatto che ci sarebbe riuscito.

Daphne voleva riferire a Julian che a pranzo suo padre le aveva dato il permesso di invitare Madge Courtney al ballo estivo di Cavendon. I Torbett vi partecipavano sempre e naturalmente erano già stati invitati. Suo padre aveva pensato che sarebbe stato giusto e corretto invitare Madge che era la ragazza di Julian, anche se non ancora ufficialmente sua fidanzata; di lì a qualche anno, appena lui si fosse diplomato alla Sandhurst, si sarebbero sposati.

In fondo al lungo prato Daphne vide Ginevra che la salutò con la mano alzata. Daphne rispose al saluto, poi svoltò a sinistra ed entrò nel bosco delle campanule che amava tanto. Era una macchia di querce secolari e sicomori e altri alberi ancora, grandi tronchi che si elevavano verso il cielo emergendo da un tappeto di erba verde e muschio e cespugli, alcuni carichi di bacche in inverno e altri che fiorivano solo a primavera.

Un torrente correva lungo un lembo del bosco e lì crescevano giuncacee e arbusti e da piccola vi si acquattava dietro a spiare girini e pesciolini nuotare nelle sue acque chiare. A volte balzavano fuori rane, sorprendendo lei e le sue sorelle.

Le accadeva ogni tanto di vedere un airone, fermo come scolpito con le zampe dentro il ruscello, ma quel giorno non c'era. Lungo il corso d'acqua e tra le radici e il fogliame nascevano fiori di ogni genere, e naturalmente c'erano le grandi distese di campanule che adesso cominciavano a sbocciare sotto gli alberi, uno spettacolo che le toglieva sempre il fiato.

E poi i piccoli animali: quanti ce n'erano! In anfratti, nei tronchi, sotto i cespugli. Piccole creature pelose come arvicole e ghiri, topi di campagna e scoiattoli... lei non ne aveva mai avuto paura, anzi, le piacevano molto. Ma gli animali che più amava erano gli uccelli, in particolar modo i cardellini. Aveva appreso molto sulla natura dalla prozia Gwendolyn che era cresciuta a Cavendon ed era stata lei a raccontarle che quegli uccellini producevano tintinnii simili al suono di campanelli. La prozia le aveva spiegato che cantavano in armonia e lei le credeva.

Una volta sua madre aveva chiamato le cime degli alti alberi, dove i rami s'intrecciavano, una «chioma ombrosa» e da quel momento lei aveva usato quella frase. Lo ricordò in quel momento guardando le lame di luce solare filtrare attraverso l'intrico delle fronde.

La loro terra era bellissima e si reputava fortunata di viverci. Alla destra del bosco i moor si estendevano fino all'orizzonte. Deprimenti in inverno, erano una meraviglia verso la fine dell'estate quando fioriva l'erica, un mare viola che si protendeva fin quasi alla costa.

La famiglia intera trascorreva gran parte dell'estate nei boschi, a fare picnic. «Per l'ombra, sapete», spiegava la prozia Gwendolyn agli ospiti. Partecipava a tutti i festini nei boschi, ma il ballo era il suo evento prediletto, uno che non si sarebbe mai persa, diceva, puntualizzando che vi aveva partecipato fin da quando era una giovinetta. «Ero sempre la reginetta del ballo, sapete», aggiungeva.

A quel punto i pensieri di Daphne si focalizzarono sul ballo. Per un attimo pensò alle macchie d'inchiostro, rovinando così l'immagine di sé in quell'abito. Un pensiero fugace subito cancellato. Era sicura che Cecily avrebbe salvato il vestito che doveva indossare.

A pranzo DeLacy aveva riferito al padre il terribile incidente dell'inchiostro, assumendosene la colpa. Lui si era mostrato comprensivo e non l'aveva punita, le aveva solo fatto notare che avrebbe dovuto evitare di usare un abito così prezioso come un giocattolo.

L'unica cosa che aveva evidenziato era stato il comportamento di Cecily che aveva voluto prendersi la colpa per proteggere DeLacy. «È una vera Swann, subito pronta a difendere un Ingham. Il nostro motto, DeLacy, è: 'La lealtà mi vincola'. È anche il loro motto. Gli Ingham e gli Swann sono vincolati per sempre.»

È vero, pensò Daphne. È sempre stato così e lo sarà per sempre. Poi, giunta al limitare del bosco, dove gli alberi si diradavano, attraversò la strada ed entrò nella tenuta dei Torbett.

Daphne arrivò a Havers Lodge da dietro, ammirandone come sempre l'eleganza. I mattoni rosati erano caldi e accoglienti nella luce del sole. L'architettura elisabettiana era splendida, con le numerose finestre e torrette tipiche delle case in classico stile Tudor. E alcune delle siepi erano state scolpite artisticamente.

La lunga striscia di prato ben curato era tagliata da un sentiero in enormi pietre calcaree che portava alla terrazza. Da lì Daphne svoltò a destra e si diresse verso la porta d'entrata in pesante legno di quercia rinforzata da bande di ferro.

Un solo colpo con il batacchio e il portone venne aperto da un sorridente Williams, il maggiordomo dei Torbett.

«Lady Daphne! Buon pomeriggio. Entri, la prego, milady.»

«Grazie, buon pomeriggio a lei, Williams.»

Il maggiordomo chiuse l'uscio e chiese: «Devo avvisare del suo arrivo la signora Torbett? Mi scusi, ma la sta aspettando?»

«No, Williams, sono passata per vedere il signor Julian. Potrebbe fargli sapere che sono qui?»

«Oh, è uscito, lady Daphne e non ha detto quando tornerà. Ma non è uscito a cavallo, l'ho visto avviarsi a piedi.»

Daphne rivolse al maggiordomo un caloroso sorriso. «Gli dica soltanto che sono stata qui, Williams. E per favore gli chieda di passare da Cavendon nei prossimi giorni. Nulla di importante, solo un invito che desidero estendere.»

«Lo farò, milady.» Il maggiordomo l'accompagnò all'ingresso. Era la donna più bella che avesse mai visto, pensava congedandola. E avrebbe sposato il figlio di un duca. Almeno questo era ciò che aveva sentito dire.

9

DAPHNE stava ripercorrendo il sentiero del bosco da pochi minuti quando sentì uno strano fruscio. Si guardò in giro ma non vide nulla di insolito, per cui alzò le spalle e riprese il cammino. Saranno stati degli scoiattoli che giocavano, pensò, poi si fermò di botto nel vedere l'airone sul bordo del ruscello, alto sulle lunghe zampe nell'acqua bassa. Era un uccello tanto elegante.

Sorrise come sempre le rare volte in cui lo scorgeva e come sempre si chiese come mai continuasse a tornare in un posto per lui così insolito. Chissà, forse gli piaceva il ruscello e l'ambiente boschivo. Forse si sentiva a casa...

Questo pensiero venne interrotto di colpo quando qualcosa di duro le colpì la schiena, tra le scapole, facendola cadere in avanti. Sbatté la testa contro un tronco e per un attimo giacque immobile, confusa e stordita. Non impiegò molto a rendersi conto di essere stata aggredita e si sforzò di rialzarsi; riuscì a sollevarsi sulle ginocchia e stava per tirarsi su, quando venne bloccata a terra da dietro con forza brutale.

Lottò per liberarsi, ma il peso su di lei era troppo forte; all'improvviso venne rudemente rovesciata sulla schiena.

Daphne fissò il suo aggressore, l'uomo che la teneva bloccatà a terra con tanta veemenza. Si era avvolto una sciarpa grigio scuro attorno alla testa e al viso e tutto ciò che riusciva a vedere erano i suoi occhi, occhi duri, crudeli. Si sentì attanagliare dal terrore.

Quando capì di non poter in alcun modo liberarsi cominciò a tremare, sopraffatta dalla paura. Cercò ancora una volta di spingerlo via, ma era un'impresa senza speranza.

Quando lui le avvicinò le mani al collo, lei rabbrividì e rimase immobile. Pensò che l'avrebbe strangolata. Lui invece le strappò la parte davanti della camicetta e si chinò su di lei; trovò i suoi seni e cominciò ad accarezzarli, ma poi gliene afferrò uno e cominciò a stringere. Lei gridò dal dolore e lui le mise una mano sulla bocca. Con l'altra le sollevò la gonna.

Irrigidita dalla paura, sapendo che non sarebbe mai riuscita a sfuggirgli, avendo compreso quali erano le sue intenzioni, Daphne chiuse gli occhi e pregò Dio che non la uccidesse quando avesse finito con lei.

Lui la violentò.

La penetrò facendole male, e lei ebbe l'impressione di venire squarciata. Sapeva però che urlare era inutile e così strinse i denti e girò la testa di lato, come per allontanarsi da lui. Non c'era altro che potesse fare... tranne escludere da sé quello che stava subendo.

All'improvviso l'uomo iniziò a muoversi contro di lei rapidamente, tremando e ansando. Con un lungo gemito smise infine di muoversi, cadde contro di lei con tutto il suo peso e il suo corpo si afflosciò.

In quel momento Daphne colse l'attimo, allungò la mano, afferrò la sciarpa e la tirò con forza. Quando lo vide in faccia restò inorridita e incredula.

L'uomo che l'aveva appena violentata era Richard Torbett, il fratello maggiore di Julian. Ancora impietrita per la violenta aggressione, sbigottita nel vedere che era stato qualcuno che conosceva, non riuscì a parlare.

Torbett era invece furioso d'essere stato individuato. Avvampò di rabbia.

Si chinò, la testa vicino alla sua e sibilò: «Parlane con chiunque e le farò uccidere. La tua sorellina e tua madre. Conosco uomini che lo farebbero per una manciata di sterline. Non una parola. Capito?»

Lei riuscì soltanto ad annuire.

Torbett si alzò e la guardò dall'alto. «Ricordati, tieni la bocca chiusa.»

Daphne chiuse gli occhi. Lo sentì allontanarsi tra i cespugli, ovviamente non voleva essere visto sul sentiero. Sentiva male dappertutto, come se fosse finita sotto un carro, così rimase sdraiata immobile, tentando di respirare normalmente, sperando di riprendere le forze, chiedendosi se sarebbe riuscita a camminare. Non era neppure sicura di potersi alzare. Le lacrime sgorgarono da sotto le palpebre e le rigarono le guance, mentre giaceva stordita, incapace di concentrarsi, tutta dolorante. Sapeva che non sarebbe tornato, ormai si era preso ciò che voleva.

Daphne sentì un dito che le cancellava delicatamente le lacrime dal volto e poi una voce che ripeteva il suo nome: «Lady Daphne, lady Daphne».

Aprì gli occhi e vide la zingarella che la osservava ansiosa, inginocchiata al suo fianco.

«Ginevra», mormorò Daphne, tentando di alzarsi a sedere.

La ragazza le porse la mano e aiutò Daphne a sedersi. Poi la esortò. «Forza, andiamo, milady. Nuvole nere, forse pioggia.»

Daphne riuscì a rimettersi in piedi e subito si sistemò i vestiti, tirando la giacca sulla camicetta strappata. Ginevra porse a Daphne il cappello che era caduto e lei se lo mise in testa. Poi si avviò zoppicando verso Cavendon, aiutata dalla ragazza. Arrivate al limitare del bosco, Ginevra si fermò e rivolse a Daphne un'occhiata penetrante. «Sei caduta, milady.»

Daphne la fissò, perplessa.

Ginevra ripeté: «Sei caduta, lady Daphne. È questo che è successo».

Daphne annuì. «Sono caduta», ripeté, rendendosi conto che Ginevra aveva assistito all'aggressione. A quel pensiero si sentì sporca e umiliata.

La ragazza rom annuì, si girò e indicò Cavendon. «Vai, lady Daphne, via! Là sarai al sicuro.» Sorrise, poi corse via.

Daphne la guardò allontanarsi, provando un senso di gratitudine per lei. Non l'ho neppure ringraziata per avermi aiutata, si rimproverò. Si dispiacque d'essere stata così ingenerosa, ma d'altra parte era ancora sconvolta per ciò che le era accaduto, l'orrenda violenza carnale, e sconcertata per essere stata aggredita da una persona della sua classe, niente di meno che un aristocratico, uno che conosceva da tutta la vita.

10

GINEVRA aveva visto giusto, cominciò a piovere. Arrivando a casa Daphne sentì le prime gocce caderle sulla fronte. Per non incontrare nessuno evitò sia la cucina sia le porte d'entrata e sgattaiolò in casa dalla veranda, il locale che usavano solo lei e sua madre, e sua madre era a Harrogate.

Risollevata d'essere al sicuro, si chiese come fosse riuscita a salire la collina. L'ultimo tratto le era sembrato un muro. Senza l'aiuto di Ginevra, che l'aveva sorretta per tutta la strada, era sicura che non ce l'avrebbe fatta.

A metà delle scale di servizio dovette sedersi un attimo. Le faceva male la schiena, era dolorante e contusa. Aveva bisogno di un bagno caldo per alleviare il dolore fisico e anche per calmarsi, mettere sotto controllo i sensi sconvolti e annebbiati e accettare ciò che le era successo. Era ancora spaventata e inorridita da ciò che le era stato fatto con tale forza e crudeltà.

Quando sbucò dal corridoio del primo piano, si trovò davanti DeLacy e Cecily, entrambe con le braccia colme di abitini, seguite da Alice.

«Daphne!» gridò DeLacy nel vedere la sorella. «Che cosa è successo? Sei ruzzolata giù per la strada?»

Cecily fissò Daphne senza aprire bocca.

Sgomenta e triste, Daphne rimase in silenzio. Colta di sorpresa e scombussolata, si ritrasse verso la parete.

Alice Swann intervenne con prontezza. Se Daphne era così scarmigliata e affranta, doveva essere accaduto qualcosa di grave.

«Per favore», disse rivolta alle ragazze, «portate i vestiti di sopra, nella stanza del cucito.» Sorrise a DeLacy. «Potrebbe provarne alcuni, milady. Lei e Cecily potete decidere quale le piace di più. Vi raggiungerò tra breve.»

Ubbidirono immediatamente, sapendo che era meglio tacere.

Daphne si era avviata verso la sua stanza e Alice corse da lei, le mise una mano sotto il gomito e dolcemente la accompagnò dentro.

Dopo avere chiuso la porta, Alice cercò un modo diplomatico per affrontare la questione.

Per quanto Daphne cercasse di nasconderlo, Alice aveva visto che aveva la camicetta strappata e la manica della giacca lacerata alla spalla.

Daphne parlò per prima, con voce incerta. «C'è stato...» Non riuscì a proseguire, si voltò e crollò su una sedia, tutta tremante.

Da donna osservatrice qual era, Alice recepì ogni cosa: lo stato angosciato di Daphne, la desolazione nei suoi occhi azzurri, la bocca tremante, l'alone di paura che la circondava. Era profondamente scossa e Alice non poté evitare di pensare al peggio.

La osservò più attentamente. Oltre agli strappi c'erano macchie d'erba e strani segni scuri sulla gonna, fango sulla giacca e, scrutando più da vicino, pensò di riconoscere gocce di sangue sulla gonna. Le si strinse il petto.

«È accaduto qualcosa di terribile, vero, lady Daphne?» chiese dolcemente. Di fronte al suo silenzio domandò: «Ho ragione, milady?»

Daphne non riusciva a rispondere. Tentò inutilmente di smettere di tremare. Voleva confidarsi con la signora Alice, sarebbe stato un sollievo, ma non osava confessarle la verità, non dopo la terribile minaccia di Richard Torbett. Al solo pensarci le si riempirono gli occhi di lacrime e cominciò a singhiozzare.

Alice corse da lei, s'inginocchiò ai suoi piedi e le prese le mani. «Lady Daphne, sono qui per aiutarla. Non abbia paura di piangere. Si sfoghi. Le lacrime aiutano a sciogliere la tensione.» Infilò la mano nel taschino della giacca e porse a Daphne un fazzoletto. Poi attese in silenzio, desiderosa di dare alla giovane donna un po' di conforto, se appena possibile.

Dopo un poco si alzò, andò alla porta e la chiuse a chiave, quindi tornò accanto a Daphne. Lentamente i singhiozzi cessarono. Daphne si asciugò gli occhi e finalmente si sedette diritta. Guardò Alice e affermò: «Sono caduta, signora Alice, e...»

«Non dica altro, milady!» la interruppe Alice. «Non ho bisogno di sapere altro. Nient'altro.» In tono di voce più basso, mormorò: «Non lo dica ad alcuno. A nessuno. Intesi?»

Daphne la fissò. «Sì.»

«Non si fidi di nessuno in questa casa. Mai.»

Quelle parole stupirono Daphne e la spaventarono.

Nel vedere la sua reazione e volendo dissipare ogni timore, Alice le prese una mano. «Solo dei suoi genitori. Può fidarsi di loro, naturalmente. E può fidarsi di me. E di Walter e Cecily. *Noi siamo Swann.* La proteggeremo sempre.»

Daphne fece cenno di avere compreso e nei suoi occhi si accese un barlume di sollievo.

«Più di centosessanta anni fa i nostri antenati hanno fatto un giuramento di sangue. Non è mai stato infranto. Per favore, lady Daphne, reciti il motto.» Mentre parlava Alice tese il braccio destro e strinse il pugno.

Daphne posò la mano destra sul pugno di Alice e in francese disse: «Loyaulté me lie».

Alice ripeté il motto nella sua lingua: «La lealtà mi vincola», e mise la mano sinistra su quella di Daphne che fece altrettanto con lei. «Siamo vincolate per l'eternità», pronunciarono all'unisono.

Dopo alcuni istanti di silenzio, Alice si alzò. «Penso che si debba svestire e fare un bagno caldo, milady», le suggerì. «Un bel bagno le ristorerà il corpo. Vuole che l'aiuti?»

«No, no, grazie, signora Alice. Posso farcela», rispose Daphne imbarazzata.

Comprendendo che desiderava la sua privacy, Alice annuì. «Mi dia il cappello, lady Daphne.»

Daphne glielo consegnò, poi si alzò e si diresse zoppicando verso la stanza da bagno, la mente affollata di pensieri, non ultimo l'ammonimento di Alice a non fidarsi di nessuno tranne i suoi genitori e gli Swann.

«Porterò questi vestiti a casa mia e li laverò e li rammenderò e nessuno ne saprà nulla», annunciò Alice.

Daphne si fermò, si voltò e la fissò. «Ma...»

«Nessun ma, milady. Non possiamo permettere che una delle cameriere li trovi.»

Daphne annuì, rassegnandosi all'evidenza. La signora Alice aveva ragione.

«Ora salirò nella stanza del cucito e soddisferò la curiosità di DeLucy e Cecily. A proposito, dove è caduta, lady Daphne? Nel bosco?»

«Sì», rispose la giovane, deglutendo.

«Chiuderò a chiave la porta, milady. Non vorrà di certo che qualcuno entri inaspettatamente, spaventandola. Sarò di ritorno tra pochi minuti.»

* * *

«Daphne sta bene?» chiese DeLacy appena Alice entrò nella stanza.

«Oh, sì», rispose lei sorridendo. «È incantevole in quello chiffon rosa, lady DeLacy. Credo che sarà perfetto per la cena danzante di fine luglio. Non sei d'accordo, Cecily?»

«Sì, mamma, è un bellissimo colore per DeLacy, un cambiamento dall'azzurro.» Cecily scoppiò a ridere. «Tutti in questa famiglia vogliono solo il colore azzurro.» Lanciò un'occhiata a DeLacy e soggiunse: «Scusami, Lacy, ma è la verità».

«Oh, lo so. La prozia Gwendolyn dice che siamo noiosi e privi di immaginazione. Ritiene che dovremmo indossare abiti viola, il colore *reale*. Addirittura si chiede a voce alta perché vogliamo abiti intonati ai nostri occhi.»

Dovette ridere anche Alice. «Lo va ripetendo da sempre.»

DeLacy girò su se stessa, facendo allargare l'abito da sera in chiffon attorno alle gambe. Poi riprese: «Credo che Daphne sia caduta nel bosco. So che andava a trovare Julian a Havers Lodge... per dirgli che poteva invitare la sua fidanzata al grande ballo. Si sarà messa a correre avendo visto arrivare le nuvole nere e sarà inciampata».

«È proprio così che è andata», confermò Alice, concentrandosi di colpo sui Torbett. Sapeva che al conte e alla contessa l'amicizia tra lady Daphne e Julian non era mai piaciuta, perché avevano temuto che tra loro potesse nascere qualcosa. Per fortuna non era accaduto, perché Julian ambiva a una carriera militare e Daphne non provava alcun interesse romantico nei suoi confronti.

Erano stati solo buoni amici, anche perché Daphne sognava un matrimonio da favola con il figlio di un duca, un'idea che suo padre aveva radicato nella sua mente fin da quando era bambina.

Secondo Alice, nella famiglia Torbett c'era qualcosa di strano. Tendevano a darsi arie e pose, ma non erano ricchi come avrebbero voluto che il mondo credesse. Hanson aveva sempre detto a Walter che erano dei boriosi parvenu.

Hanson era un po' snob e tendeva a respingere chiunque non avesse un titolo nobiliare, ma il suo giudizio così negativo le era rimasto impresso.

Dall'appendiabiti prese un vestito in taffettà color miele e lo portò a DeLacy. «Penso che questo sarebbe adorabile...»

In quel momento si sentì bussare alla porta e, quando Alice gridò di entrare, Walter infilò la testa nella stanza. «Mi dispiace disturbarvi, ma sua signoria desidera che lady DeLacy scenda per il tè del pomeriggio. Lady Gwendolyn è appena arrivata e stanno attendendo in salotto.»

Alice esclamò: «Il tè, naturalmente! Farebbe bene ad affrettarsi, lady DeLacy!» E io farei meglio ad andare a dare un'occhiata a Daphne, pensò, mentre consegnava l'abito color miele a Cecily e correva dietro il marito.

Nel corridoio Alice trattene Walter per un braccio. «La contessa è già tornata da Harrogate?»

«No, non sarà di ritorno per almeno un'altra ora.»

«Ci vediamo stasera a casa.» La moglie imboccò le scale verso il piano delle camere da letto e Walter la seguì, stringendole affettuosamente il braccio, prima di separarsi. DeLacy stava già scendendo lo scalone principale.

Alice aprì la porta della stanza di Daphne, entrò e la richiuse rapidamente. Non la vide, ma notò un mucchietto di vestiti ripiegati su una sedia. Si mise a esaminarli. La camicetta era lacerata, ma Alice pensò che avrebbe potuto accomodarla. Il dietro della giacca era imbrattato di verde e di fango. La gonna era nelle condizione peggiori, con macchie di terra, di erba e di sangue. Avrebbe comunque potuto lavarli per bene.

Alice ripiegò il tutto e prese la sottogonna. Notò del sangue e delle macchie umide. Allora chinò la testa e annusò, quindi si scostò con una smorfia. I suoi peggiori timori erano stati confermati. Un uomo aveva aggredito lady Daphne nel bosco, non c'erano dubbi. Quell'odore maschile aveva intriso la sottogonna. La ripiegò con cura e la mise sotto la pila, scuotendo la testa.

Alice si lasciò cadere sulla sedia. Le sembrava di avere un pezzo di piombo nel petto. Con la mente agitata pensò a Daphne, una ragazza così dolce e sensibile. Chiunque abbia fatto una cosa simile a una innocente diciassettenne dovrebbe soffrire le pene dell'inferno, pensò. Si chiese poi se qualcuno dei giardinieri o dei boscaioli avesse visto qualcosa; c'erano molti Swann che lavoravano all'esterno in vari angoli della tenuta. Walter avrebbe dovuto chiedere loro se avevano visto qualcosa di riprovevole.

Un attimo dopo la porta del bagno si aprì e lady Daphne uscì con indosso la vestaglia. Sorrise ad Alice, ma fu un sorriso di breve durata. «Spero di non essermi ferita il volto, ma c'è un segno, qui sullo zigomo», disse, toccandosi la faccia. «Come potrò spiegarlo a mamma e papà, signora Alice?»

Alice le si avvicinò premurosa. «Niente di brutto, lady Daphne. Lo si può coprire con un po' di cipria e di belletto. E lei è caduta, ricorda, e se si cade in avanti è facile sbattere la faccia su una pietra, un tronco o una radice. Lo spiegherà così. E il resto?»

«Solo contusioni, nulla di rotto. Ha visto DeLacy e Cecily?»

«Sì e ho raccontato loro che era inciampata e caduta. DeLacy ha immaginato che fosse successo nel bosco, perché le aveva detto che sarebbe andata a Havers Lodge per incontrare Julian Torbett questo pomeriggio.»

«È vero. Sono andata per riferirgli che la sua fidanzata poteva partecipare al ballo. Ovviamente DeLacy mi ha sentita dirlo a papà dopo pranzo.»

«A proposito, DeLacy sta prendendo il tè con sua prozia e suo padre. Che pensa di fare, vuole unirsi a loro, milady?»

Daphne fece subito segno di no. «Preferisco riposare. Spero di riuscire a scendere per cena, ma per ora...» La sua voce si spense.

Alice annuì. «Giusto, resti qui e riposi. Io andrei a letto se fossi in lei. Se le va bene, dirò a Walter di informare suo padre che sta riposando dopo avere provato vestiti per tutto il giorno. Dirò che è un po' stanca.»

Daphne inclinò la testa. «Grazie, signora Alice. Gliene sarei grata. E grazie... per tutto.»

11

Lady Gwendolyn Ingham Baildon sostava al centro del grande atrio e si guardava attorno soddisfatta. Era stata a Londra per una settimana e quella era la sua prima visita da quando era tornata nello Yorkshire due giorni prima.

Per lei, Cavendon era il luogo più bello al mondo, non aveva uguali, e solo lì riusciva a provare una sensazione di euforia, di genuina felicità e appagamento. Così tanti ricordi, così tante emozioni erano legate a quella casa, teatro di tutta la sua esistenza.

Sorridendo contemplò i dipinti a olio dei suoi antenati appesi alla parete curva dello scalone. Dall'alto la guardavano i suoi genitori. La sua incantevole madre, Florence, moglie di Marmaduke, il quarto conte. Vicino a suo padre c'era lo straordinario ritratto di suo fratello David, il più affascinante di tutti gli uomini. Era stato il quinto conte e vicino a lui c'era il delizioso ritratto a olio di sua moglie, Constance, morta troppo giovane. Sospirò. Anche suo marito Paul Baildon era morto giovane; era vedova da moltissimo tempo.

Lady Gwendolyn attraversò l'atrio diretta al piccolo salotto giallo, dove da anni veniva servito il tè pomeridiano.

Era nata in questa casa settantadue anni prima e vi era cresciuta con David e la loro sorella Evelyne. Conosceva ogni angolino e posto segreto dove nascondersi. In verità, non c'era molto che non sapesse di Cavendon e della famiglia Ingham. Be', non era proprio vero. C'erano molte cose che non sapeva, come non le conosceva suo nipote Charles.

Un fugace e divertito sorriso le increspò il volto. Solo gli Swann conoscevano tutto e ciò che sapevano l'avevano tramandato da una generazione all'altra. Esistevano diari pieni di annotazioni, così le era stato confidato, e l'informazione le era giunta dalla migliore delle fonti, uno Swann.

Ah, ecco, sospirò Gwendolyn, che cosa avremmo fatto senza gli Swann? Grazie a Dio sono dalla nostra parte e ci proteggono. A uno Swann avrebbe affidato la vita, ce ne fosse stato bisogno.

Appena la vide sulla soglia, suo nipote, che era solo nel salotto giallo, balzò in piedi e le corse incontro.

La baciò su entrambe le guance. «È bello rivederti a Cavendon, zia Gwendolyn», disse poi.

«Grazie, Charles, è bello anche per me.» Si guardò attorno. «Sono la prima?»

«Sì, temo che oggi la nostra truppa sia un po' ridotta. Felicity è ancora a Harrogate da Anne, e Diedre l'ha accompagnata. Ma ci raggiungerà DeLacy.»

In quel momento Hanson entrò silenziosamente nel salotto e, dopo avere salutato lady Gwendolyn, si rivolse al conte. «Desidera che il tè venga servito subito, milord?»

«Sì, Hanson, grazie. Ma forse potrebbe far chiedere a lady DeLacy di scendere.»

«Mi sono preso la libertà di farlo poco fa, milord.»

«Grazie, Hanson. Temo che la puntualità non sia il suo forte.»

«Daphne non si unirà a noi, Charles?» s'informò Gwendolyn mentre Hanson usciva.

«Credo di no. A quanto pare è stata tanto impegnata a

provare vestiti che ora è stanca. Ha chiesto il permesso di restare in camera sua.»

«Scusami del ritardo, papà!» gridò con brio DeLacy entrando a precipizio. Corse dalla prozia, la baciò sulla guancia, poi andò a dare un bacio a suo padre.

«Verrai alle cene danzanti e al grande ballo, vero, prozia Gwendolyn?» domandò DeLacy, sedendosi accanto a lei. «Non è mai la stessa cosa quando non sei presente.»

«Sei gentile, Lacy, e naturalmente ho intenzione di parteciparvi, mia cara. Ho sempre pensato che le feste estive a Cavendon fossero le migliori, le più divertenti.» Chinandosi verso di lei, mormorò: «Ti prego, tesoro, cerca di evitare il color azzurro cielo questa volta. L'ovvio è piuttosto noioso, sai?»

DeLacy la fissò, vide il lampo divertito nei suoi occhi e iniziò a ridacchiare. «Lo eviterò di certo.» In quel momento entrarono i due valletti che spingevano il carrello del tè, seguiti da vicino da Hanson, come sempre presente per assicurarsi che nulla mancasse e che nulla andasse storto.

Mentre si svolgeva il rito del tè, Charles si chiedeva silenziosamente se dire o no alla zia che Hugo stava per venirli a trovare. Preferiva non darle quella notizia all'ultimo momento, ma avrebbe certamente evitato di accennare alla proprietà e a Little Skell.

«Oggi ho ricevuto una lettera dalla Svizzera. Non indovinerai mai chi l'ha scritta», annunciò a un certo punto.

Lady Gwendolyn gli rivolse un'occhiata perplessa. «No, temo di no... Non conosco nessuno in Svizzera.»

«Era di Hugo Stanton», continuò Charles dopo una breve pausa e un sorrisetto fugace.

«Santo cielo!» esclamò lady Gwendolyn. «Hugo Stanton, tra tutti e dopo così tanti anni di silenzio.» Si accigliò e fissò Charles. «Credevo che l'avessero mandato a vivere in America.»

«È vero...»

«Una mossa assolutamente sbagliata, secondo me», dichiarò lady Gwendolyn. «Troppo affrettata.»

«A quanto pare ha avuto successo nel lavoro, come dice nella lettera. E ha fatto anche un buon matrimonio. Purtroppo sua moglie è deceduta un anno fa. Da ciò che ho capito, è vissuto per molti anni a Zurigo.»

«Capisco», osservò lady Gwendolyn in tono vago.

«In ogni caso», proseguì lui, «Hugo mi ha scritto per dirmi che deve venire a Londra per affari e mi ha chiesto se può venire a trovarci. Avrà voluto tastare il terreno, penso.»

«Per quel che mi riguarda, sarà il benvenuto», concluse dopo un attimo lady Gwendolyn. «Mi è sempre piaciuto e non ho mai creduto che avesse avuto qualcosa a che fare con la morte di suo fratello.»

«Sono d'accordo con te.»

«Quando verrà?»

«Oh, durante l'estate. Ho pensato forse in giugno o luglio, è quello che gli ho suggerito nella mia risposta.»

«E io non vedo l'ora di riabbracciarlo», dichiarò lady Gwendolyn con un sorriso convinto.

Charles annuì e decise di non aggiungere altro. Perché menzionare Little Skell Manor o la proprietà e chi era proprietario di cosa e chi no? «Anch'io», si unì Charles rasserenato e prese un pezzetto di torta. «Sarà sempre il benvenuto a Cavendon.»

Pochi minuti dopo DeLacy gridò: «Mamma! Diedre! Siete tornate in anticipo e giusto in tempo per il tè».

Il conte volse lo sguardo verso la porta e sembrò stupito quanto DeLacy. Si alzò immediatamente in piedi e andò a salutare la moglie e la figlia maggiore. Mentre le scortava nella stanza, chiese a Felicity: «Spero sia stato piacevole vedere Anne, cara».

«Sì, molto», rispose Felicity, tentando di nascondere le

sue emozioni mantenendo la voce salda e un'espressione neutra.

Diedre andò a salutare la prozia Gwendolyn e Felicity fece lo stesso. Passando accanto a DeLacy le sfiorò la spalla con la mano. Poi si sedette di fronte a loro.

Hanson, allerta come sempre, apparve con un valletto che versò il tè alla contessa e a Diedre. E il rito del tè pomeridiano riprese.

Dal divano dov'era seduta lady Gwendolyn si concentrò sulla nipote acquisita che le sembrava un po' sulle spine. Felicity aveva il volto tirato e un'espressione penosa negli occhi verde chiaro. C'era qualcosa che non andava, pensò Gwendolyn. Qualcosa di molto sbagliato. Sto guardando una donna angustiata, assillata da qualche preoccupazione. Che le succede? Sembra più agitata che mai.

12

DIEDRE Ingham, la figlia maggiore del conte, era molto legata a lady Gwendolyn e le due donne erano sempre state buone amiche fin da quando lei era una bambina. Erano fatte dello stesso stampo, avevano caratteri simili, entrambe pratiche, concrete e ben organizzate. Si assomigliavano anche fisicamente.

Sebbene Diedre non avesse l'irresistibile bellezza di Daphne né la scintillante leggiadria di DeLacy, era una giovane attraente con lineamenti regolari e quegli occhi azzurri che erano il marchio degli Ingham.

Alta come la prozia, aveva ereditato da lady Gwendolyn eleganza e stile e il suo gusto per abiti di sartoria e gioielli discreti, costosi ma mai volgari o vistosi.

A unirle nel corso degli anni era stata la concretezza che tanto le contraddistingueva. Vedevano le cose allo stesso modo e ogni qualvolta Diedre aveva un problema o una decisione da prendere, si rivolgeva a lady Gwendolyn.

In quel momento Diedre avrebbe voluto poter parlare con lei, ma non era la circostanza adatta. Forse più tardi avrebbe potuto accompagnarla a Little Skell Manor e sfruttare l'occasione. Quel giorno era sorto inaspettatamente un grosso problema. La loro zia, Anne Sedgewick, stava morendo; Diedre aveva bisogno di qualcuno di cui fidarsi, cui chiedere consiglio. Intelligente e dotata di buon senso, aveva però solo vent'anni e a volte la saggezza della donna più anziana l'aiutava a vedere le cose con maggior chiarezza.

All'improvviso Diedre si raddrizzò, si liberò dei suoi crucci e prestò attenzione. Dal tono della voce, suo padre stava parlando di qualcosa d'importante.

«E così, Felicity, mia cara, non so dirti quanto sia rimasto sorpreso nel ricevere la lettera di Hugo, dopo anni di silenzio. Il nocciolo della lettera è questo: verrà presto a Londra e mi ha chiesto se può venire a trovarci a Cavendon.»

Diedre, osservando la madre, vide il suo volto illuminarsi e un lampo di piacere accendersi nei suoi occhi. «Che bello che tu abbia finalmente ricevuto sue notizie, Charles», esclamò Felicity. «Per anni mi sono preoccupata del piccolo Hugo, mi sono chiesta come se la cavasse, sperando che stesse bene. Mandarlo via in quel modo... Una vera tragedia, secondo me.»

«Non era caduto in disgrazia?» domandò Diedre al padre.

«Non era colpevole e la ridicola attitudine di mia sorella era sbagliata», intervenne lady Gwendolyn prima che Charles potesse rispondere. «Glielo avevo detto senza peli sulla lingua, ma non c'è stato nulla da fare e io ho sempre rimpianto di non essermi imposta con maggior forza, di non essere stata più convincente.»

«Non avrebbe fatto alcuna differenza», fece notare Felicity. «Zia Evelyne aveva concluso che non aveva aiutato suo fratello e non c'era nulla da fare per farle cambiare idea. Era una donna estremamente cocciuta e aveva avuto bisogno di un capro espiatorio.»

«Suo fratello non era morto nel lago... annegato?» iniziò a chiedere DeLacy, per zittirsi di colpo nel vedere l'occhiata d'avvertimento di Diedre.

«Basta parlare del passato», decise Charles. «Ora siamo nel presente e guardiamo verso il futuro, un futuro per noi luminoso. E per quello che riguarda Hugo, gli è andata bene e, anche se sua moglie è deceduta un anno fa, credo che andrà avanti con coraggio. È un Ingham, dopotutto, ed è quello che facciamo noi. Non ci accasciamo né ci arrendiamo. E poi ha solo trentadue anni, ha tutta la vita davanti a sé.»

«Giusto», concordò lady Gwendolyn.

«Quando verrà?» domandò Felicity.

«Questo dipende da me o piuttosto da noi. Ha in programma di recarsi a Londra entro qualche settimana, per cui gli suggerirò di venire qui in luglio.»

Felicity annuì.

«Credo che la cosa migliore sarebbe se venisse a passare qui un fine settimana, Charles», propose lady Gwendolyn. «Non sei d'accordo anche tu, Felicity?»

«Sarebbe bello», rispose Felicity, mettendosi comoda, stanca dopo la lunga e difficile giornata a Harrogate.

Charles sorrise a entrambe. «E così la questione è sistemata. Gli scriverò dopo avere esaminato i nostri impegni per le prossime settimane per vedere quale sarà il miglior fine settimana per il suo arrivo.»

«Oh, papà, invitalo qui per la cena danzante. Sai che c'è sempre una scarsità di uomini a quei balli e alcune di noi devono fare coppia tra loro.»

Charles non poté fare a meno di ridere del suo entusiasmo così poco disinteressato. «Su, su, DeLacy, hai solo dodici anni, sai.» Non riuscì comunque a camuffare il tono divertito nella voce e mai era riuscito a rimproverarla per la sua sfrontatezza o sfacciataggine. Era la sua prediletta e sotto sotto la sua impudenza gli piaceva.

Anche lady Gwendolyn era divertita e glielo si lesse in faccia quando si alzò. «Grazie, Charles e Felicity, ora devo tornare alla villa, devo tirare il fiato. La giornata a Londra è stata frenetica, sapete.»

«Posso accompagnarti a casa, prozia Gwendolyn?» chiese Diedre, alzandosi a sua volta.

«Certo, mia cara. La tua compagnia mi fa sempre piacere.»

«Posso venire anch'io?» DeLacy balzò in piedi e guardò Diedre con espressione supplichevole.

Sul punto di rifiutare questa richiesta, Diedre cambiò di colpo idea. «Puoi venire con noi, se lo desideri.» Che DeLacy venga pure a conoscere la verità, al punto in cui stanno le cose, pensò, mentre uscivano insieme dal salotto giallo. È abbastanza grande per sapere quanto può essere dura la vita e ciò che stiamo affrontando: l'imminente morte della zia materna, un lutto in famiglia che avrebbe sconvolto mamma più che mai.

Una volta soli, Felicity andò a sedersi sul divano accanto a Charles. «Ho brutte notizie», sussurrò. «Anne sta morendo.»

Stupito, Charles aggrottò le sopracciglia. «Come è possibile? Mi avevi detto che stava meglio! Che ti aveva rassicurata che stava bene. Oggi sei andata da lei per festeggiare la sua guarigione.»

«È quello che avevo pensato. Venerdì mi aveva informata che era andata dai medici, che le avevano dato i risultati degli ultimi esami. Poi aveva aggiunto che stava bene. Il problema è che avevo frainteso le sue parole.»

«In che senso?»

«Lei stava bene, perché aveva finalmente saputo quale sarebbe stato l'esito della sua malattia e quanto le rimaneva da vivere.»

A quelle parole Charles rabbrividì e strinse la mano della moglie. «Mi dispiace tanto, Felicity. Per Anne e per te, mia cara», la confortò con affetto. La guardò attentamente, ammirò la bellezza del suo viso dai lineamenti delicati, circondato da un alone rosso oro e si perse per un momento nei suoi occhi verdi, ma l'emozione lo lasciò senza parole. Sapeva quanto quella brutta notizia l'avrebbe turbata.

Felicity gli si avvicinò ancora di più e lui la strinse a sé e la tenne stretta, sforzandosi di trattenere le lacrime. Sua cognata, Anne Sedgewick, era una donna intelligente, gentile e spiritosa. Era inoltre una straordinaria artista. Nel corso degli anni, le sue nature morte a olio erano diventate oggetti da collezionisti e ora era famosa. Ma soprattutto era una donna adorabile, di grande spessore, a cui voleva molto bene. Avrebbe voluto chiedere quanto aveva ancora da vivere, ma non osò, non ne ebbe il coraggio.

Felicity si staccò da lui e lo fissò. «Mi dispiace di averlo detto senza tanti giri di parole, Charles, ma non sapevo come darti questa notizia, quando credevamo tutti di festeggiare la sua guarigione... Ho dovuto dirlo così, senza tanti fronzoli.» Cominciò a piangere.

Chinandosi su di lei, Charles l'abbracciò di nuovo e pianse con lei. Erano tanto avvolti nel loro dolore, che nessuno dei due vide Hanson allontanarsi in silenzio, spingendo via i due valletti, guidato dall'accortezza che gli era naturale.

Al piano superiore, nella sua camera oscurata, Daphne giaceva raggomitolata sul letto. Afflitta e sconsolata, aveva pianto fino a che non le erano rimaste più lacrime. Poi si era addormentata, stremata per l'aggressione subita dal suo corpo e dai suoi sentimenti.

Ora che era sveglia, la sua mente si affollò di nuovo di ogni genere di pensieri inquieti e riaffiorò l'ansia. Non sapeva come affrontare la situazione in cui si trovava. Non poteva confidarsi con nessuno, la minaccia di Richard Torbett non glielo consentiva. Inoltre la signora Alice le aveva raccomandato di tenere la bocca chiusa, di non fidarsi di nessuno, a parte i suoi genitori e gli Swann. Non aveva il coraggio di dirlo ai genitori ed era certa che la signora Alice avesse capito cosa era accaduto. Le macchie sugli abiti erano eloquenti.

Fin dall'inizio dell'aggressione nel bosco, Daphne aveva pensato di finire ammazzata. Invece no, quel criminale non l'aveva uccisa, però le aveva rubato la vita. E l'aveva trasformata in un oggetto senza valore. Con la verginità aveva perso anche la possibilità di diventare la moglie del figlio di un duca. Peggio... perché ora nessun uomo l'avrebbe voluta in moglie.

Il suo futuro ora era privo di senso... non era rimasto più niente per lei. Solo desolazione e solitudine.

13

HARRY Swann, aveva tutta l'attenzione di Cecily, che pendeva dalle sue labbra, colpita da tanta sapienza.

«E così», disse il fratello quindicenne, «era stato Richard Neville, il conte di Warwick, a mettere sul trono d'Inghilterra Edoardo Plantageneto, quando era ancora molto giovane. Aveva solo diciotto anni!»

«Di certo hai imparato bene la storia, Harry», commentò Cecily, sorridendo all'amato fratello. «Per forza eri il primo della tua classe a scuola.»

Harry le sorrise. «Il conte di Warwick viveva nel castello di Middleham. Ci siamo andati una volta con zia Charlotte, te ne ricordi? Pensi che potremmo tornarci? Ci porterebbe? È un luogo pieno di storia. E la storia è la mia passione.»

«Non è tanto distante. Possiamo chiederglielo domani pomeriggio al tè. Forse verrà con noi questa estate.»

Harry annuì, chinò la bionda testa e mangiò la mela cotta gustandola in silenzio. Era il suo dessert preferito. I due fratelli stavano finendo di cenare in cucina.

Appoggiandosi allo schienale e osservando il fratello, Cecily non poté evitare di pensare quanto sembrasse maturo, forse per l'intelligenza che animava gli occhi grigi e per il carattere serioso. Ma anche per il fisico. Come suo padre, era alto, un vero Swann. E non era solo l'aspetto, ma c'erano anche il portamento, la sicurezza in sé, il fascino.

Sarebbe sempre stato diligente, svelto, scaltro e buon parlatore. Sarebbe andato lontano nella vita, ne avesse avuto l'opportunità. Zia Charlotte pensava la stessa cosa; lei e la zia concordavano sulle sue capacità e il suo talento di architetto di giardini. Lavorava già a Cavendon con suo cugino Bill.

All'improvvisò lui la fissò. «Quando torna Miles da Eton? Per l'estate intendo», domandò.

«Non lo so, ma immagino presto. Per la fine del mese.»

«Speriamo di poter andare tutti a pescare un fine settimana. Che ne pensi, Ceci?»

«Sì, andremo a pescare e a osservare gli uccelli e faremo un picnic nel bosco. DeLacy verrà con noi.»

«Ci divertiamo sempre insieme», osservò Harry.

«Allora, come va?» domandò allegramente Alice entrando in cucina. Mostrava buonumore, ma il suo cuore era oppresso dalla preoccupazione per Daphne e si sentiva inquieta, in conflitto con se stessa. Non riusciva a togliersi dalla mente la disgrazia che si era abbattuta su quella ragazza.

«Abbiamo mangiato benissimo, mamma. Non è vero, Ceci? Il pasticcio di carne era delizioso e grazie per la mela cotta.»

Alice ne fu subito confortata. Dimenticò per un momento Daphne e contemplò i suoi adorati figlioli. Sapeva che erano speciali, ciascuno a modo suo, almeno per lei e Walter. Avrebbero avuto un buon futuro. Sorrise, prese i piatti vuoti e li mise nell'acquaio. Mentre faceva scorrere l'acqua, pensò di nuovo a lady Daphne e si sentì prendere nuovamente dalla tristezza. Che brutture del genere restassero sempre lontane dalla sua famiglia...

«Ti aiutiamo, mamma.» Cecily balzò in piedi imitata subito da Harry e insieme lavarono e asciugarono i piatti.

Raccontarono alla madre ciò che avrebbero fatto con Walter il giorno seguente. Quella era la sua giornata libera, come sempre una domenica sì e una no, anche questo uno dei privilegi di ogni valletto Swann.

Più tardi quella sera, tornato a Little Skell, Walter e Alice andarono a trovare Charlotte, che viveva dall'altra parte della strada, un rito che rispettavano con piacere. Avrebbero bevuto caffè e cognac, chiacchierando della giornata di Cavendon, e si sarebbero scambiati tutte le novità delle ultime ore. Il legame che c'era tra loro era molto saldo.

Era una fresca serata di maggio. Charlotte aveva acceso il caminetto nel salotto, aveva preparato caffè e brandy sulla credenza e li stava aspettando con un sorriso di pregustazione.

«Ho una notiziola per voi, qualcosa di inatteso che questa mattina ha turbato il conte», esordì Charlotte dopo che si furono accomodati nell'accogliente salotto ed ebbero bevuto un primo sorso di caffè. «Stavo scendendo per caso le scale della terrazza, quando mi ha vista ed è uscito dalla biblioteca per parlarmene.»

«Che genere di notizia sconvolgente?» domandò Walter, subito preoccupato come sempre di possibili sventure ai danni di Cavendon.

«Non ci crederete, ma Hugo Stanton sta per venire a trovare il conte.»

«Questa sì che è una sorpresa!» proruppe Walter. «Che cosa l'ha spinto a tornare a casa? Era stato spedito via senza neppure un arrivederci.»

«Hugo mi è sempre stato simpatico e poi non è vero che ha ucciso suo fratello», dichiarò con forza Alice.

Walter scoppiò a ridere. «Nessuno l'ha mai detto, Alice.»

«Ma l'hanno pensato», ribatté lei. «Non è mai stata neppure una possibilità. Solo assurdità di sua madre.»

«Perché sua signoria era tanto turbato?» volle sapere Walter.

«Perché pensa che Hugo rivendichi Little Skell Manor, che è suo di diritto, e intenda sfrattare lady Gwendolyn.»

«Hugo non lo farebbe mai», protestò Alice. «Non è quel genere di persona.»

Charlotte lanciò ad Alice una strana occhiata colma di perplessità.

«Non ricordi, zia Charlotte?» disse Walter. «Il padre di Alice lavorava per gli Stanton.»

«Che sciocca, per un attimo me ne ero dimenticata. Tuo padre era un allenatore, vero? Si occupava del maneggio degli Stanton vicino a Ripon e aiutava il maggiore Gaunt ad addestrare i loro cavalli da corsa. Giusto?»

Alice annuì. «Sì, e Hugo non la manderebbe mai via. Sua zia era sempre stata dalla sua parte.»

«Se lo facesse, lady Gwendolyn potrebbe trasferirsi nell'ala sud. È un grande appartamento indipendente dove si troverebbe bene. È quello che ho suggerito a Charles», dichiarò Charlotte.

«Una buona idea.» Walter bevve un sorso di caffè. «In ogni caso, forse non si arriverà a tanto.»

«No, ne sono sicura», concordò Alice.

«Anch'io ho una notizia», riprese Walter, «ma temo sia piuttosto triste. La signora Sedgewick non è guarita dal cancro. Sta morendo...» Walter s'interruppe, lasciò passare un attimo di sconforto. «Me lo ha comunicato questa sera sua signoria. La contessa era distrutta, aveva pensato che sua sorella stesse meglio e che avrebbero festeggiato con lei la sua guarigione. A quanto pare le cose non stanno così.»

«Che notizia tremenda per la contessa, deve soffrirne molto. Due sorelle così unite come loro.» Charlotte prese il bicchiere di cognac e bevve un sorsetto. Provava una grande compassione per Felicity Ingham.

«Che infelice equivoco», sospirò Alice.

Rimasero per un po' in silenzio, sorseggiando il cognac, assorti nei loro pensieri. Si sentivano soltanto il crepitio del fuoco, il tic tac dell'orologio e il fruscio degli alberi all'esterno. Meditavano sulla subitaneità degli eventi, sulle rivendicazioni del destino. La vita stabiliva da sé le proprie regole, distribuiva a proprio capriccio le sue carte e le carte raramente erano fortunate.

Alla fine Alice si rianimò, sapendo che avrebbe dovuto informare suo marito e Charlotte della traumatica esperienza di Daphne. «Temo di avere io la notizia peggiore...» cominciò sforzandosi di parlare con sufficiente fermezza nella voce. Lanciò un'occhiata a suo marito, poi a Charlotte che era la matriarca della famiglia Swann e mormorò: «Questo pomeriggio lady Daphne è stata aggredita».

«*Cosa*?» esclamò Charlotte con voce acuta. «*Aggredita*? Che intendi con aggredita?»

«Qualcuno l'ha assalita. Fisicamente.»

«Spero che tu non intenda ciò che penso sia successo, Alice.» Walter la fissò corrucciato.

Alice guardò prima l'uno poi l'altra. Charlotte era inorridita e Walter era sospeso tra incredulità e ansia.

Alice deglutì più volte per inumidire la gola secca. «Quando lady Daphne è tornata a casa questo pomeriggio l'ho incontrata», raccontò attenta a scegliere le parole. «Era tutto in disordine. Sono riuscita ad allontanare Cecily e DeLacy e sono corsa in camera sua. Mi ha confessato che era successo qualcosa. Le ho chiesto se si trattava di qualcosa di brutto, ma non mi ha risposto. Poi mi ha detto di essere caduta.»

«Ma sei certa che sia stata aggredita?» insistette Walter, incapace di credere al suo racconto.

«Sì.»

Sottovoce Charlotte domandò: «Ci stai dicendo che è stata *violentata*?»

«Sì.»

«Oh, mio Dio!» Charlotte non era solo inorridita ma anche spaventata. Tanto scossa da non riuscire a parlare.

Per un attimo anche Walter rimase senza parole. «Chi oserebbe avvicinarsi a lady Daphne?» esplose poi. «Metterle le mani addosso? In nome di Dio, *chi*? Dove è successo, Alice? Te lo ha detto?» La sua voce aspra graffiò il silenzio della stanza.

Alice scosse la testa. «No, ma in seguito, quando ho spiegato a DeLacy e a Cecily che Daphne era caduta malamente, perché avevano visto in che stato era la sorella e dovevo dire loro qualcosa, DeLacy ha immaginato che doveva essere accaduto nel bosco. Ha detto che Daphne era andata da Julian Torbett dopo pranzo e che ci andava sempre attraversando il bosco delle campanule.»

«La nostra terra! È stata stuprata nella nostra tenuta?» gridò Walter furioso. «Perdio, chiunque sia, lo farò nero.»

Charlotte era sbiancata e parlò a voce bassa, trepidante. «Ne sei sicura, Alice? Ti ha confessato di essere stata violentata?»

«No, Charlotte. Appena ha confermato che le era accaduto qualcosa di brutto, l'ho interrotta subito. Le ho detto che non avevo bisogno di sapere altro. E che lei non doveva farne parola con nessuno. L'ho anche avvertita di fidarsi solo dei suoi genitori e di noi Swann.»

«È rovinata», dichiarò Walter. Il tono della sua voce era quasi funereo. «La sua vita è finita. Andata, così, in un lampo.»

«Non ho avuto bisogno che mi dicesse niente, i suoi vestiti me ne hanno dato certezza», sospirò Alice. «La giacca e la camicetta erano lacerate e giacca e gonna erano macchiate.»

Alice s'interruppe e lanciò a Charlotte un'occhiata eloquente. «Era macchiata anche la sottogonna.»

«Dove sono quei vestiti?» chiese Charlotte, preoccupata.

«Li ho portati a casa, li ho lavati e puliti. Li rammenderò, saranno come nuovi.»

«Mossa saggia», dichiarò Charlotte. Stava pensando a Felicity e a Charles Ingham, a tutti i loro piani per Daphne e a tutta la loro angoscia se ne fossero venuti a conoscenza.

Un'improvvisa idea colpì Charlotte che trasse un profondo respiro. «Non è necessariamente rovinata, non lo è finché nessuno viene a conoscenza dello stupro. È possibile celare la perdita della verginità. Dobbiamo esaminare i vecchi libri di medicina, Alice.»

«Li hai tenuti tutti, vero?»

«Sì, con i tomi che contengono tutti i resoconti delle famiglie... la storia di generazioni di Ingham e Swann e delle loro vite intrecciate.»

Walter si rivolse alla moglie. «Sei sicura che non lo dirà ad alcuno, Alice? A volte una giovane donna ha bisogno di confidarsi.»

«Chi può sapere con certezza cosa farà?» rispose Alice. «D'altra parte, conosco lady Daphne da sempre e non è tipo da rivelare segreti. E con chi si confiderebbe? Non con Diedre, non c'è molta intimità tra loro e francamente riterrebbe DeLacy troppo giovane. No, non parlerà, lo so, e non chiedermi come lo so, ma è così.»

«Noi Swann dobbiamo fare quadrato e fare tutto il possibile per proteggerla», dichiarò Charlotte con forza. «Walter, parla con gli altri Swann, con quelli che lavorano all'aperto e vediamo di creare un anello protettivo attorno a Daphne.»

«È come già fatto», disse Walter. «Domani vedrò i ragazzi e i guardaboschi, dirò loro di stare attenti a eventuali intrusi. Parlerò di bracconieri, dirò che abbiamo scoperto che ce n'è stato uno in giro e lo stesso riferirò al conte.»

«Nessuno dovrà chiedersi perché si deve proteggere lady Daphne, quindi l'espediente dei bracconieri è il sistema migliore. Usalo.»

«Lady Daphne era stravolta, quando l'ho aiutata questo pomeriggio, ancora molto scossa. Era... spaventata e stordita, povera ragazza. Ho fatto il possibile per confortarla, Charlotte.»

«Continua a farlo, Alice. Stalle vicina.» Charlotte si alzò, andò a prendere la bottiglia di cognac e ne versò dell'altro. «Sistemeremo ogni cosa. Cancelleremo quella violenza e le restituiremo la sua integrità. Al meglio delle nostre capacità. E, se c'impegniamo, sposerà il figlio di un duca.»

«Questo sì che è parlare!» asserì Walter. «E non dimenticate, gli Swann vincono sempre.»

Alice recitò una silenziosa preghiera, sperando che potesse andare veramente così, che avrebbero salvato il futuro di Daphne. Ma ne sarebbero stati veramente capaci?

14

DAPHNE si stava esaminando la faccia nello specchio della toletta. Il livido non si vedeva più. A dire il vero era stato solo un'ombra bluastra e cipria e belletto erano serviti allo scopo. Nessuno se ne era accorto, tranne Dulcie, le cui insistenti allusioni erano state fortunatamente ignorate da tutti. In casa c'era ben altro a cui pensare.

A sua zia erano stati dati al massimo sei mesi di vita e la notizia aveva messo in agitazione i suoi genitori per tutta la settimana. Li aveva angosciati anche l'imminente arrivo di Hugo Stanton, il cugino di suo padre, con la conseguente necessità di programmare il suo soggiorno in luglio.

E così, con suo grande sollievo, non avevano prestato grande attenzione alle quattro figlie. Non avevano notato la piccola ecchimosi e lei non aveva dovuto inventarsi una caduta nel bosco. Aveva anche chiesto a DeLacy di non farne parola e la sorella l'aveva accontentata.

Era riuscita a superare la settimana senza dover dare alcuna spiegazione, ma non era stato facile. Il suo corpo aveva iniziato a guarire, le escoriazioni si erano rimarginate, i lividi si erano attenuati, ma la profonda ferita allo spirito sanguinava ancora.

Le era impossibile cancellare la violenza subita dalla memoria. Rivedeva il volto furioso di Richard Torbett, quando gli aveva strappato la maschera, e risentiva la sua letale minaccia di far uccidere sua madre e Dulcie.

Quando la signora Alice le aveva riportato gli abiti in perfette condizioni e li aveva riposti nel guardaroba, l'aveva ringraziata senza commenti. Lo stesso aveva fatto la signora Alice. «Ho saputo che hanno avvistato bracconieri nella tenuta», le aveva riferito. «Così non si sorprenda se in giro noterà più guardaboschi del solito. Controllano che non vi siano intrusi.»

Daphne aveva annuito, ma più tardi aveva riflettuto su quell'osservazione. Sapeva comunque che gli Swann non avrebbero mai parlato degli Ingham con degli estranei. Il suo segreto era al sicuro. I guardaboschi, senza saperlo, erano in giro per lei, rifletté. Gli Swann si erano assicurati che lei fosse protetta. Era così che agivano. Sagacemente. Segretamente.

Si passò la mano tra i capelli, poi si picchiettò un po' di cipria sulle guance e sistemò lo jabot della camicetta bianca.

La settimana scorsa, quando Madge Courtney e Julian Torbett erano passati a salutarla, aveva consegnato a Madge l'invito al ballo d'estate di suo padre. E aveva accettato di andare con loro a cavallo. Era sabato mattina e lì per lì provò un imprevisto timore. Julian non era affatto come il fratello maggiore, giovane dissoluto e giocatore d'azzardo. Ciononostante non poté evitare di sentirsi a disagio, anche se Julian era suo amico d'infanzia. La sua vicinanza le riportava alla mente il violentatore.

Ci sarebbe stata Madge e aveva invitato anche DeLacy, che, felice di poter uscire a cavallo con amici più grandi, aveva accettato con entusiasmo.

DeLacy bussò in quel momento ed entrò tutta sorridente. «Sei pronta, Daphne? Ti stiamo aspettando», cinguettò.

Davanti allo specchio, Daphne sistemò lo chignon e si

calò sulla testa l'elegante bombetta da donna. «Sì, sono pronta», rispose alzandosi. Si infilò i guanti. «Non ho voglia di cavalcare oggi, ma non volevo deludere Julian e Madge», confessò.

«Non vuoi neppure deludere papà», ribatté DeLacy.

«Papà! Viene con noi?» Il pensiero che suo padre sarebbe stato della compagnia rianimò il suo spirito abbacchiato.

«Sì. Mi ha detto che una bella galoppata gli farà bene, che aveva bisogno di rilassarsi. Oggi mamma non va a Harrogate e ha invitato Julian e Madge a pranzo, per dopo la passeggiata.»

«Bene», commentò Daphne, tentando di cancellare la vivida immagine della faccia furiosa e ringhiante di Richard Torbett.

Il conte, Julian e Madge le stavano aspettando chiacchierando amabilmente vicino al gruppo dei cavalli. Daphne, dopo avere salutato il padre, andò a salutare Julian e la sua fidanzata.

Madge Courtney era una bella donna dai capelli fulvi, energica e più alta di Julian, estroversa, di buona compagnia e di modi accattivanti.

Daphne aveva sempre trovato strano quanto fossero diversi, Julian, di media altezza, con la carnagione chiara e lineamenti delicati, sembrava molto più giovane di lei. Eppure avevano la stessa età. E Julian era più introverso, meno appariscente.

Julian l'abbracciò, gentile e amorevole come sempre, e le disse che aveva un aspetto splendido. «Che eleganza, Daphne, bello questo tuo abito da cavallerizza blu scuro. Un colore insolito. E adoro la tua bombetta. Un tocco di classe.»

«Grazie, Julian», poi si rivolse a Madge. «Sono tanto felice di averti a pranzo», le disse.

«Non vedo l'ora», rispose Madge, per poi mettersi a conversare con DeLacy.

Pochi minuti dopo erano tutti a cavallo. DeLacy montava Dreamer, il suo cavallo preferito, mentre Daphne era su Greensleeves, un bel roano che possedeva già da alcuni anni, regalo del padre.

Poco dopo stavano trottando tutti fuori dalla scuderia, diretti verso la striscia di campi dove avrebbero potuto galoppare, gareggiando tra loro e facendo fare ai cavalli una bella corsa.

Mentre attraversavano i campi aperti, Daphne cominciò a sentirsi meglio. Suo padre aveva ragione, l'aria fresca era rilassante. Snebbiarsi la mente era stata una grande idea, decise, mentre guidava il cavallo con la sua solita destrezza.

Arrivati in fondo ai campi, euforici per la corsa, rallentarono e piegarono a sinistra. Per tornare lentamente verso Cavendon presero una delle piste che costeggiava il lato destro del bosco delle campanule.

Era una splendida giornata, soleggiata e tiepida, con un cielo azzurro senza presagi di pioggia. Daphne represse l'immagine dell'aggressione nel bosco. Quello era il suo bosco, e lei non l'avrebbe evitato, anche se doveva stringere i denti per tenere a bada il ricordo di un'esperienza così traumatica. Se la sarebbe lasciata alle spalle e non ci sarebbe stata una seconda volta, di questo ne era certa, grazie agli Swann, che facevano pattugliare le terre di proprietà dai guardaboschi.

Trotterellava dietro DeLacy, nella piacevole frescura dell'ombra proiettata dai rami degli alberi, quando scorse l'airone. Eretto nella conca d'acqua calma nel mezzo del ruscello. Sorrise allietata del nuovo incontro. Aveva trovato la sua casa, decise.

Dal bosco sbucò inaspettatamente il fratello di Walter, Percy, il capo dei guardacaccia di Cavendon. Vide suo padre fargli cenno di avvicinarsi. I due uomini parlottarono per alcuni momenti, poi il guardacaccia si allontanò di corsa.

In quel momento in lontananza si sentirono degli spari che sorpresero tutti, soprattutto i cavalli. Greensleeves sbuffò e si alzò sulle zampe posteriori, scrollò la testa, spaventato dal rumore improvviso. Daphne tirò sapientemente le redini, controllando con perizia l'animale innervosito. Poi, inorridita, vide che il cavallo di Julian non era stato solo preso dal panico, ma era partito al galoppo. Con il cuore in gola vide Julian volare dal cavallo e atterrare pesantemente contro un grosso masso, rotolare sulla schiena e giacere immobile.

Anche gli altri cavalli erano agitati, scalpitavano, scuotevano la testa e si impennavano. DeLacy stava ancora cercando di calmare Dreamer, mentre suo padre, con grande sollievo di Daphne, era riuscito a domare il suo stallone Blackstar.

Il cavallo di Julian continuò la sua corsa, ancora atterrito.

DeLacy e Daphne corsero da Julian e smontarono in tutta fretta, subito raggiunte da Charles. Il giovane giaceva immobile, indubbiamente gravemente ferito.

Solo Madge rimase sul suo cavallo, paralizzata dallo choc e dalla paura, incapace di muovere un solo muscolo. Era impallidita, gli occhi sbarrati dall'orrore.

«Da dove sono venuti quegli spari?» domandò DeLacy a nessuno in particolare affiancandosi al padre che si era inginocchiato accanto a Julian.

Il conte scosse il capo. «Non ne ho idea, DeLacy. Ma in questo periodo dell'anno qui non si spara mai.» Tastò il polso di Julian. I battiti erano deboli, ma c'erano. Il giovane era esangue con un taglio sulla fronte profondo e sanguinante. Uno schizzo gli aveva bagnato di rosso i capelli biondi. Privo di sensi, respirava debolmente, ma non era solo questo a preoccupare Charles perché era stata una brutta caduta, scomposta, e gli sembrava che le gambe fossero ripiegate in un modo innaturale.

Percy Swann tornò da loro ansimando. «Non sono stati i nostri ragazzi a sparare. Nessuno di noi è armato. Non ho capito da dove siano venuti quegli spari, milord.»

«Dalla tenuta dei Torbett», disse Daphne e dalla sua voce si capiva che era sicura di ciò che diceva. Indicò dietro di sé. «Sicuramente da quella parte.» Probabile che fosse stato Richard Torbett, che ne stava combinando una delle sue. Poi guardò Julian e rimase colpita dalla sua totale immobilità, dal suo estremo pallore. Ebbe paura per lui, temette che le conseguenze della caduta potessero essere irrecuperabili, la faceva pensare a... a una bambola rotta.

«Sarà meglio non muovere il signor Julian, Swann», decretò il conte. «Né portarlo via. Potrebbe essere pericoloso. Non mi piace com'è messo. Potrebbe essersi rotto il collo o la spina dorsale. Se ricordo bene, non abbiamo qualche genere di barella improvvisata a Cavendon?»

«Sì, lord Mowbray. Era stata fatta l'agosto scorso per sir Redvers Andrews quando aveva avuto un attacco di cuore sul moor dei galli cedroni. E dovrebbe essere ancora nelle cantine, per quanto ne so. Vado a cercarla e torno subito con dei guardaboschi.»

«Grazie, Swann. Dica al signor Hanson di telefonare al dottor Shawcross, dovrebbe riferirgli che abbiamo bisogno di un'ambulanza. Bisognerà portare il signor Torbett in ospedale. Quello di Harrogate è il più vicino.»

«Giusto, milord», rispose Percy e fece per allontanarsi.

«Papà», intervenne Daphne, «Swann potrebbe prendere il mio cavallo, sarà più veloce a cavallo che a piedi.»

«Buona idea, Daphne. Prenda il cavallo di sua signoria, Swann.»

DeLacy era inginocchiata accanto al padre. «Pensi che Julian morirà, papà?» domandò DeLacy. Per la verità pensava che fosse già morto, ma non osava dirlo ad alta voce.

«Non lo so. Prego Dio che non succeda. Ha fatto una

bruttissima caduta e ha una ferita profonda alla testa. Guarda quanto sangue sull'erba. È sicuramente svenuto.»

«Lo so», mormorò DeLacy. Mentre sua sorella parlava, Daphne andò da Madge. Sapeva di dover confortare la giovane donna che era ancora seduta sul suo cavallo, come pietrificata. Sembrava una statua. Il suo volto aveva un anormale color gesso che risaltava contro i suoi vividi capelli ramati.

Le sfiorò il braccio. «Ce la fai a smontare, Madge? O hai bisogno che mio padre ti aiuti?» le chiese con dolcezza.

Madge fissò Daphne e davanti alla sua espressione compassionevole, iniziò a piangere. «Non ho bisogno di aiuto, ce la faccio da sola. Ma ne avrò bisogno più tardi... ne sono sicura.» Rivolse a Daphne un'occhiata triste, scuotendo la testa incredula.

Dopo essere riuscita a smontare con qualche impaccio, Madge seguì Daphne. Il conte e DeLacy erano ancora inginocchiati nell'erba ad assistere Julian che sembrava un cadavere.

Madge si accovacciò accanto al fidanzato, gli toccò il viso, gli passò la mano sul sopracciglio insanguinato. «Sono io, Julian», sussurrò, abbassandosi di più. «Sono qui, mio caro, sono qui.»

Lui non le rispose. Lei cominciò a piangere e Daphne la confortò come meglio poté.

Anche se Percy Swann, i guardaboschi e tutto il personale di Cavendon si erano mossi con tempestività ed efficienza, prima che Julian Torbett arrivasse all'ospedale di Harrogate passarono due ore. Aveva riportato una frattura al cranio e aveva la schiena rotta, ma era ancora vivo. Alle diciotto di quello stesso giorno spirò senza aver mai ripreso conoscenza.

* * *

Il funerale di Julian Baxter Torbett fu celebrato quattro giorni dopo nella cattedrale di Ripon. Vi presenziarono tutte le grandi famiglie dello Yorkshire e numerosissimi amici.

Assistettero alla cerimonia anche il conte e la contessa di Mowbray, le loro tre figlie più grandi e altri Ingham, seduti nelle prime file della cattedrale.

Le donne erano vestite di nero e tutte portavano il cappello, alcune con velette. Lady Daphne Ingham aveva scelto un cappello dalla tesa larga con un velo di tulle nero che le nascondeva del tutto il viso. Si era seduta tra il padre e la madre per sentirsi protetta e al sicuro.

Non rivolse un solo sguardo ai Torbett.

Al termine della funzione, accompagnata dalle sorelle Diedre e DeLacy, porse le condoglianze alla madre di Julian e a Madge. Poi le tre sorelle uscirono dalla cattedrale, sospinte dalla massa delle persone in coda dietro di loro.

Daphne pianse nel proprio cuore la tragica e inaccettabile morte del suo amico d'infanzia, ancora così giovane, ma non provò alcun sentimento di pietà per i Torbett, solo odio per il violentatore che portava il loro cognome.

PARTE SECONDA

L'ultima estate
Luglio-Settembre 1913

È caduta una splendida lacrima
Dal fiore della passione sul cancello.
Sta arrivando, la mia colomba, la mia amata;
Sta arrivando, vita mia, mio destino.

ALFRED TENNYSON

O amore lirico, mezzo angelo e mezzo uccello,
e tutto un miracolo e un pazzo desiderio.

ROBERT BROWING

Ma io, che sono povero, ho solo i miei sogni;
Ho steso i miei sogni sotto i tuoi piedi;
Cammina leggera perché cammini sui miei sogni.

W. B. YEATS

15

«Che cos'ha Daphne?» chiese Miles Ingham, guardando Cecily diritto negli occhi. «Tutti mi dicono che sta benissimo, ma io non ci credo. Sono sicuro che non sta bene.»

Cecily cambiò posizione sulla coperta stesa sull'erba, rimase un attimo in silenzio, poi fece spallucce. «Sembra distante... molto lontana. Ma non credo che ci sia qualcosa di particolare. Sinceramente.»

Miles sospirò. «Ti credo, mi hai sempre detto la verità, e viceversa. Ma tu sai che io le sono molto vicino, Ceci, e non è normale. Alla faccia di quello che sostengono tutti.» Versò della limonata in due vecchi boccali d'argento, che la cuoca gli aveva imposto di usare, dopo qualche spiacevole incidente avvenuto con i bicchieri di vetro.

Porse a Cecily uno dei boccali e lei lo ringraziò. Miles bevve un po' di limonata, poi prese un sandwich ai cetrioli. Aveva la mente in subbuglio, era tornato a casa da Eton da quasi una settimana e, appena messo piede a Cavendon, aveva capito che sua sorella era turbata. Si era addirittura chiesto se fosse ammalata. Era apatica, più pallida del solito e stranamente riservata. Le aveva chiesto se aveva qualche preoccupazione e lei aveva negato con forza, ma non lo aveva convinto.

Miles e Cecily stavano facendo la loro speciale colazione all'aperto sotto un grande sicomoro al limitare del bosco. Era una splendida giornata e a Cavendon tutto andava bene. Almeno in apparenza. La famiglia stava reagendo alla malattia letale di Anne Sedgewick e all'improvvisa, tragica morte di Julian Torbett.

La terribile esperienza di Daphne era un segreto conosciuto solo dagli Swann e quindi sepolto in profondità. I suoi genitori neppure sapevano che fosse caduta nel bosco. Né Daphne né DeLacy ne avevano parlato. Cecily, una Swann, non ne avrebbe mai fatto parola.

Con Miles a casa da Eton e Guy da Oxford, l'intera famiglia era al gran completo. Di solito sarebbero stati tutti a Londra per la stagione estiva, ma la contessa aveva chiesto al conte se potevano passare l'estate nello Yorkshire. Era preoccupata per la sorella e voleva essere nelle vicinanze, nel caso Anne avesse avuto bisogno di lei.

Il conte, che adorava sua moglie, aveva acconsentito. Non erano neppure andati a Londra per la settimana del Royal Ascot in giugno.

«Pensi sia tanto taciturna per la morte di Julian, Ceci?» chiese Miles. «Io non credo. Dopotutto erano solo amici, e amici d'infanzia.» Corrugò la fronte e le lanciò un'occhiata perplessa. «Non starà soffrendo per lui, vero?» Miles, che a quattordici anni era insolitamente perspicace per la sua età, aveva sempre saputo che tra Daphne e Julian c'era sempre stata semplice amicizia.

«Non essere sciocco. È triste, ma non più di te o me...» Cecily s'interruppe di colpo, lo sguardo fisso nel vuoto.

Miles insistette: «Che c'è? Conosco quell'espressione anche troppo bene».

«È solo che... ecco, era caduta nel bosco poco tempo fa. Aveva un livido in faccia che è svanito rapidamente, ma non ha voluto farlo sapere a tuo padre. Daphne non ha parlato della caduta, per cui deve restare un segreto tra noi, Miles. Promettimelo.»

«Lo prometto. Sarò una tomba. La capisco, sai. Papà desidera da sempre che sposi il figlio di un duca e l'avrebbe rimproverata per la sua sbadataggine visto che ha sempre sostenuto che la sua bellezza è il suo bene più grande. E che sia molto bella è sotto gli occhi di tutti. Quindi se deve tenere da conto la sua bellezza, deve anche evitare di ferirsi, no?»

«Una grossa responsabilità per lei», commentò Cecily con una smorfia.

Miles annuì. «Ha spinto Daphne a essere prudente, molto cauta. Finisce che se appena fa un errore, si sente subito in colpa.» Guardando Cecily con affetto, soggiunse: «Anche tu sei bella, Ceci». Si protese sopra il cibo e la baciò sulla guancia. «E tu sei la mia ragazza speciale. Lo sei, vero?»

Tutte le volte che lui la baciava così o le parlava con quel tono affettuoso, Cecily arrossiva. E avvampò anche adesso. Guardandolo da sotto le sue lunghe e scure ciglia, sussurrò: «Sì, e tu sei il mio ragazzo speciale, non è vero?»

Lui le sorrise, annuì e finì il suo sandwich.

Cecily prese il boccale d'argento che Hanson aveva relegato in cucina perché era ammaccato, bevve un sorso di limonata e fissò lo stemma inciso su un lato. «La lealtà mi vincola», disse. Conosceva quel motto a memoria, lo sentiva ripetere da quando era nata.

Miles le sorrise, gli occhi azzurri colmi di ammirazione per Cecily: era cresciuto con lei e non poteva immaginare di starle lontano a lungo. Sentì un rumore di passi e si guardò alle spalle, drizzandosi allarmato.

Era Ginevra che nel vederli si fermò di soprassalto evidentemente colta di sorpresa.

«Oh, la piccola signorina Swann. E il padroncino Ingham in persona. State amoreggiando?» Rise e con un passo di danza si avvicinò alla coperta da picnic e scrutò Miles. Poi bruscamente chiese: «Lady Daphne? Come sta?»

Miles la fissò, allibito, senza sapere cosa risponderle.

Cecily balzò in piedi. «Perché lo chiedi, Ginevra?»

«Sta meglio?» insistette la ragazza.

«Non sta meglio, perché non è mai stata malata», dichiarò recisa Cecily, lanciandole un'occhiataccia.

«Questo lo so, piccola Cecily.»

La zingara spostò gli occhi da Cecily a Miles. Sostenne a lungo lo sguardo del ragazzo e nella luce che lo incorniciava vide il suo destino. Posò allora gli occhi su Cecily e il cuore le balzò in petto nello scorgere di sfuggita il suo futuro, come era successo solo un paio di mesi prima.

Senza aggiungere altro, Ginevra si voltò e si allontanò. Si fermò al limitare del bosco e fissò Cavendon alta sulla collina. I suoi occhi scivolarono sulle scintillanti finestre; la lucentezza delle mura era come un manto d'argento. Il riverbero la costrinse a chiudere gli occhi.

Quando, un attimo dopo, li riaprì, la grande casa le apparve scura, sinistra, e il suo futuro tanto chiaramente visibile che trasalì. Nulla le si era mai presentato così lampante e ineluttabile.

Ginevra, la ragazza rom con il dono della preveggenza, corse nei campi, accecata dalle lacrime. Non poteva cambiare quello che era scritto nel libro del destino. Ciò che doveva succedere sarebbe successo.

16

ALICE Swann stava portando a Daphne tre bei vestitini estivi che erano stati modificati per adattarsi alla sua taglia nella speranza che le facessero ritrovare il buonumore.

Per tutta la settimana precedente, Alice aveva pensato con inquietudine alla diciassettenne, che pareva persa, spenta, vulnerabile ed estranea a tutto quello che le accadeva intorno.

Arrivata davanti alla camera, bussò e, non ricevendo risposta, girò il pomello solo per scoprire che la porta era chiusa a chiave. «Lady Daphne, sono io, Alice», disse a bassa voce ma in tono pressante. «Per favore, mi faccia entrare. Ho i suoi vestiti.»

Silenzio. Bussò nuovamente, con maggiore forza, finché dietro la porta udì rumori sommessi e finalmente sentì la chiave girare nella serratura. La porta venne socchiusa e Alice s'infilò lesta nella camera. Quando vide in che condizioni era Daphne, si spaventò e chiuse immediatamente la porta.

La ragazza era in uno stato pietoso. Aveva gli occhi cerchiati di rosso per il gran piangere, i capelli arruffati e sembrava si fosse vestita prendendo indumenti a casaccio.

«Che succede, lady Daphne?» domandò Alice accorata.

Daphne non rispose, la fissò come se non la riconoscesse

con un'espressione sconfortata. Iniziò a dire qualcosa, poi richiuse bruscamente la bocca.

Alice le mostrò gli abiti. «Guardi, lady Daphne, gli chiffon estivi. Le modifiche sono pronte, potrà metterli per le prossime feste. Sarà adorabile, ne sono certa.»

«Grazie», sussurrò meccanicamente Daphne.

Alice appese i vestiti sui portabiti nel guardaroba, tornò dalla giovane donna, la prese per un braccio e la scortò al divano.

«Per piacere, si sieda, lady Daphne e mi spieghi cosa succede. Sa che io l'aiuterò, se posso, e anche che può fidarsi di me.»

Daphne, cominciò a piangere tremando, in preda a un'angoscia profonda. Doveva essere successo qualcosa di terribile. Sempre più ansiosa Alice pregò che non stesse per avverarsi il suo peggior timore. Collocò una sedia davanti al divano, si sedette e strinse con forza la mano di Daphne.

«Faccia un bel respiro, lady Daphne», la esortò con affetto, «e mi spieghi, perché è tanto sconvolta.»

Lady Daphne Ingham, la seconda figlia del conte di Mowbray da cui ci si aspettava tanto, ammirata per la sua bellezza, rimase in silenzio. Da giorni era sprofondata in uno stato di incredulità e confusione, spinta in una condizione di quasi torpore, e ormai stava per non sapere più come giustificare il fatto che restasse così a lungo chiusa in camera sua. Non sapeva cosa fare né a chi rivolgersi, se non forse alla signora Alice che le aveva detto di non fidarsi di nessuno, tranne che dei suoi genitori e degli Swann. Al pensiero dei genitori provò una stretta al cuore.

Sforzandosi di tener testa a tanto sconforto, Daphne prese dalla tasca un fazzoletto e si asciugò gli occhi. Poi guardò Alice Swann e tentò di parlare, senza riuscirci. Le parole proprio non volevano uscire. Non era in grado di pronunciarle.

Alice si protese verso di lei. «È incinta?» domandò abbassando ancor più la voce.

Daphne si ritrasse bruscamente come inorridita, poi cominciò a tremare in modo incontrollabile, gli occhi azzurri le si riempirono di lacrime e dalla bocca socchiusa le uscì un singhiozzo straziato. Allungò le braccia in un gesto di disperazione e Alice la strinse al seno, cercando di confortarla come meglio poteva.

«Ho saltato due mestruazioni e adesso di mattina ho la nausea», le confidò Daphne in un sussurro.

Oh, mio Dio, pensò Alice, è la fine. La figlia di un conte, incinta senza essere sposata. Una cosa disastrosa per qualsiasi famiglia, e più che mai per quelle importanti. Gli Ingham non avrebbero retto il colpo. Charlotte, pensò, devo andare subito da Charlotte. Solo lei potrà trovare una soluzione, aiutare il conte e la contessa. È una donna di grande saggezza e si fidano incondizionatamente di lei.

«Questa è un'autentica sventura, lo sa bene quanto me», disse Alice ritraendosi. «Ma se la gestiremo nel modo giusto, penso che si possa evitare che la famiglia abbia a patirne.»

«Che intende dire?» chiese la giovane, asciugandosi nuovamente gli occhi. «Gestirla come? Il mio... stato non cambierà.»

«No, ma ci sono modi per *nasconderlo*, diciamo. Modi per rendere certe cose... *invisibili.*»

Daphne si mordicchiò il labbro inferiore, scuotendo il capo. «I miei genitori saranno furiosi, specialmente papà...»

«Non pensiamoci per ora, lady Daphne», disse Alice. «Lasci che per il momento se ne occupino gli Swann. Andrò a parlare con Charlotte. Saprà indicarci una via d'uscita, glielo prometto. Nel frattempo, desidero che lei faccia qualcosa per me e per se stessa. Una cosa molto importante.»

«Cosa vuole che faccia, signora Alice? Farò qualsiasi cosa possa servire.»

«Voglio che si occupi di se stessa, adesso, subito, questo pomeriggio. Voglio che finga di essere felice.»

Daphne la guardò perplessa. «Non sono sicura di capire.»

«Nelle commedie che abbiamo messo in scena per la famiglia lei è sempre stata una brava attrice. Voglio una grande prestazione. Deve comportarsi nel modo più naturale possibile e mostrarsi serena. Deve ingannare tutti. La sua famiglia non deve pensare che ci sia qualcosa che non va o che lei sia malata o infelice. Non può mostrarsi abbattuta o restare chiusa in camera, altrimenti cominceranno a nutrire sospetti, a porsi domande, a indagare.»

«Sì, sì, ho capito, mi comporterò come sempre, lo prometto. Ma che faremo riguardo... l'altra cosa?» domandò con ansia.

«Come le ho detto, parlerò con Charlotte e lei si occuperà di tutto. Non posso aggiungere altro al momento. Mi ascolti attentamente, milady. Tutto dipende da lei e dal suo comportamento. Nessuno, e intendo proprio nessuno, deve sospettare qualcosa. La chiave è la segretezza. Lo capisce vero, lady Daphne? Non può confidarsi con nessuno.»

«Lo so, signora Alice.» Drizzò la schiena con precario coraggio. «Non lo dirò a nessuno, non mi fiderò di nessuno.»

Alice annuì e si alzò. Attraversò la stanza, ma si fermò prima di raggiungere la porta. «Gli Swann la proteggeranno, milady. Se lo ricordi quando si sente preoccupata o sconfortata.»

Quando Alice aprì la porta del suo villino a Little Skell ed entrò, il bollitore stava fischiando. In cucina Cecily stava preparando la cena e aveva apparecchiato la tavola. Tutto era pronto per loro due e l'aria era invasa da appetitosi profumini.

«Sei un po' in ritardo, mamma», la rimproverò Cecily sorridendo. «Ti aspettavo un secolo fa.»

«Ho dovuto aiutare lady Daphne a provare gli abiti di chiffon», improvvisò Alice. «E devo ammettere che le stavano a meraviglia.»

«È bellissima, ma Miles è preoccupato per lei», si lasciò sfuggire Cecily, mordendosi subito la lingua.

Alice non mancò di notare il suo disagio, ma si sforzò di non cambiare espressione. Si tolse la leggera giacca in cotone e cominciò ad aiutare in cucina, lasciando che Cecily terminasse ciò che stava facendo. Ma la sua mente era al lavoro. Miles era molto vicino a Daphne ed era più che normale che avesse notato qualcosa di diverso in lei. Non poteva fare altro che sperare che nessun altro se ne fosse accorto. Dobbiamo agire rapidamente, stroncare sul nascere qualsiasi sospetto, pensò, sedendosi al tavolo della cucina.

Dopo un momento, con noncuranza chiese: «Perché Miles è preoccupato per lady Daphne?»

«Dice che è cambiata. L'ha descritta come apatica», tentò di spiegare Cecily, non volendo peggiorare le cose rivelando a sua madre di aver detto a Miles che Daphne era caduta nel bosco. Si sarebbe di certo adirata.

«Credo che non si sia sentita molto bene ultimamente», disse Alice, parlando come sovrappensiero. «Un semplice raffreddore... ma è già acqua passata. Posso solo dire che era in perfetta salute quando abbiamo provato i vestiti», mentì, cambiando prontamente discorso.

Più tardi Alice pensò che era stato un bene che avesse parlato con Daphne nel pomeriggio. Forse, in quel modo, aveva evitato una crisi famigliare dalle conseguenze imprevedibili.

Per cena Cecily aveva cucinato una torta salata con pancetta e uova e Alice si complimentò con lei. Poco più tardi riprese l'argomento Miles. Desiderava scoprire qualcosa di più.

«Allora, come è andato il picnic con Miles?» domandò.

«Bene, mamma. Ma DeLacy non ha potuto parteciparvi, è dovuta andare con sua madre e Diedre... dal dentista a Harrogate.»

«È vero, lo sapevo. La contessa è andata a trovare sua sorella mentre le ragazze erano dal dottor Potts. Povera signora Sedgewick. Ho sentito che non è stata bene in queste ultime settimane. Anzi, la cuoca mi ha riferito che è stata molto male.»

«Miles ha detto che la salute cagionevole della zia sta influendo su sua madre che non sembra interessarsi ad altro.»

Alice bevve un sorso di tè, pensierosa. Per quanto straziante e triste fosse, in un certo senso quella malattia era un vantaggio inaspettato. Distraeva la contessa che chiaramente non aveva notato l'apatia della figlia, come l'aveva chiamata Miles. Daphne era stata fortunata ad avere evitato un esame troppo minuzioso della madre.

«Miles mi ha raccontato che presto sarà qui Hugo Stanton, il cugino del conte. Per un fine settimana», confidò Cecily alla madre.

«Me lo aveva già riferito tuo padre l'altro giorno», disse Alice. «Ora devo andare un attimo da Charlotte, Ceci. Ma prima ti do un mano a sparecchiare», aggiunse.

«No, no, mamma, faccio io. Tu hai cucito tutto il giorno, devi essere esausta. Sai che ti si affaticano gli occhi.»

Alice le sorrise con affetto. Cecily era una ragazza tanto brava e buona. Un giorno se ne sarebbe andata da Cavendon e si sarebbe imposta nel mondo. Avrebbe creato abiti straordinari e sarebbe diventata qualcuno. Alice se lo sentiva dentro: sapeva quanto era dotata sua figlia e anche che avrebbe avuto successo.

17

Seduto nel suo ufficio Hanson fissava il calendario sullo scrittoio. Era venerdì, 11 luglio, e il venerdì successivo, di lì a una sola settimana, ci sarebbe stata la prima cena danzante dell'estate. Quell'evento veniva di solito atteso con grande eccitazione, ma non quella volta, e lui era deluso e un poco sorpreso.

Il maggiordomo sospirò e fissò la data, chiedendosi che genere di serata sarebbe stata. La contessa era concentrata più sul cancro della sorella che sulla serata danzante, mentre il conte era preoccupato per sua moglie e il suo stato mentale.

Lady Diedre era più distante e distaccata del solito e sembrava distratta, mentre da giorni lady Daphne pareva l'ombra di se stessa. Si chiese ora, senza trovare una risposta, quanto del suo atteggiamento dipendesse dalla morte di Julian Torbett.

Fortunatamente, negli ultimi giorni la prediletta della famiglia aveva ricominciato a vivere, era tornata la stessa di prima: bella, allegra, sorridente, la solita affascinante lady Daphne cui tutti erano abituati e che tutti amavano.

Anche Hanson era amareggiato dalla tragica morte del giovane Julian Torbett e come se non bastasse ancora non si era capito da dove fossero arrivati gli spari che gli erano costati la vita. Guardaboschi e guardacaccia non avevano più smesso di discuterne.

La famiglia Torbett aveva scritto rammaricandosi di non poter partecipare al ballo: tutta la famiglia era in lutto e aveva cancellato ogni impegno mondano.

Tutti nella zona diffidavano dei Torbett che consideravano arroganti e snob, gente scostante. Per questo motivo Henry Hanson non era poi tanto dispiaciuto per la loro assenza. Gli rincresceva però per quel giovane morto prima di avere vissuto. Era stato il più cortese dei tre figli Torbett. Alexander era un patetico ubriacone e Richard, il maggiore, una specie di tiranno, detestato da tutto il personale.

Hanson prese una matita rossa e tracciò una riga sui loro nomi, cancellandoli dall'elenco. Una liberazione, pensò.

Si mise poi a esaminare la lista degli spumanti e dei vini che aveva stilato la settimana precedente con il conte. Avevano fatto ottime scelte, pensò, soddisfatto. Poi passò al menù della cena preparato dalla cuoca, che conosceva i gusti e le preferenze della famiglia e degli ospiti, e approvato dal conte, dato che la contessa era a Harrogate.

Sentì bussare alla porta e gridò: «Avanti». Sulla soglia si presentò lady Daphne. Appena la vide balzò in piedi. «Buongiorno, milady», salutò sorpreso, guardando la giovane donna che era con lei e che teneva tra le braccia un bebè.

«Mi dispiace disturbarla, Hanson», esordì Daphne, «ma mi sono imbattuta in questa giovane signora dietro casa. Stava cercando sua sorella Peggy Swift. Ha bisogno di parlarle di una questione di famiglia.»

«Capisco», replicò Hanson, girando intorno al tavolo, senza staccare gli occhi dalla giovane donna. Era vestita semplicemente ma con cura e assomigliava veramente a Peggy.

«Mi segua, prego. L'accompagno nella stanza della servitù dove potrà attendere Peggy. Posso chiederle come si chiama?»

«Mi chiamo June, signor Hanson. Signora June O'Sullivan. Mi ha portata mio marito a Cavendon da Ripon. Con il calessino. Mi sta aspettando qui fuori.»

«Mi segua», ripeté Hanson e le fece strada lungo il corridoio. Si meravigliò nel vedere che lo stava seguendo anche lady Daphne. «Grazie, milady, per avere accompagnato qui la signora O'Sullivan», le disse allora, «ma da questo momento posso occuparmene io.»

«Oh, va tutto bene, signor Hanson, non mi dispiace fare compagnia alla signora O'Sullivan fino all'arrivo di Peggy.» Sorrise alla giovane che pareva piuttosto stanca. «Si accomodi, prego. Posso farle portare un bicchiere d'acqua o altro?»

«Oh, no, grazie milady. Sto bene. Ma mi siederei volentieri, il bebè è pesante», rispose con un sorriso. «I maschietti lo sono sempre.»

Hanson, un po' contrariato perché non gli andava che lady Daphne si attardasse con una parente del personale, si guardò bene dal darlo a vedere e andò subito a cercare la signora Thwaites.

Daphne rimase sull'uscio. «Quanto ha il suo bambino?» domandò.

«Diciotto mesi e cresce bene, lady Daphne.»

«Come si chiama?»

«Kevin, milady.» Dopo un attimo di silenzio, aggiunse, con un sorrisino: «Patrick, mio marito, è irlandese, quindi abbiamo scelto un nome irlandese».

Prima di poter commentare, Daphne udì rumore di tacchi in corridoio e si fece da parte per lasciar passare una trepidante Peggy Swift, che corse ad abbracciare la sorella. Si ritrasse, guardò il bambino e gli sfiorò la guancia con un dito.

In quell'istante Daphne intuì che la madre era lei e non June. Era troppo eloquente la sua espressione di adorazione e di amore materno. Continuò a osservarla, chiedendosi quale fosse la situazione.

Come se Peggy si fosse accorta dell'attento esame di Daphne, si girò di scatto, la fissò e arrossì.

Sa cosa sto pensando, si disse Daphne. «Suo nipote è un adorabile bimbetto, Peggy», considerò allegramente per mettere a suo agio la giovane cameriera e si allontanò dalla soglia. «Vi lascio sole, so che avete cose da discutere.» Con un sorriso e un cortese cenno della testa, s'incamminò verso le scale di servizio e salì al piano superiore.

Pochi secondi dopo era nella serra, la sua stanza preferita, dove si sedette continuando a pensare a Peggy e a June. Non aveva ancora smaltito la sorpresa per aver trovato June che vagava dietro la casa. Aveva capito che c'era qualcosa che non andava appena June le aveva rivolto la parola, chiedendole di Peggy. E adesso ne era ancora più convinta. Tutti sapevano che era meglio non cercare di vedere un parente sul lavoro. Non era mai capitato. Per cui doveva esserci un problema abbastanza grave da averla spinta a violare quella convenzione. Provò compassione per Peggy. Forse gli O'Sullivan non potevano più occuparsi del bambino...

Mentre si appoggiava ai cuscini, considerò la situazione in cui si trovava lei stessa. Era incinta e nubile, come con ogni probabilità lo era stata Peggy. La differenza era che lei apparteneva a una famiglia ricca e potente che avrebbe potuto aiutarla a superare quel problema e che l'avrebbe fatto con amore. Così almeno era ciò che le aveva detto Charlotte Swann, ma aveva ragione? Non ne era sicura. Getta un sassolino in uno stagno e guarda formarsi i cerchi, pensò. Io sono un sassolino e i cerchi si allargano e si allargano. E la mia vita non sarà più la stessa. Avrebbe forse potuto nascondere lo stupro, ma la gravidanza? Impossibile.

«È gentile», osservò June sorseggiando il tè che Peggy aveva appena portato dalla cucina.

«Intendi lady Daphne?»

«Naturalmente. Ma anche la cuoca è gentile. Puoi tenere per un attimo Kevin? Così posso bere il mio tè.»

«Sì, dammelo», rispose, prendendo il piccolo in braccio. Ma non si sedette. La cuoca le aveva detto di risolvere la questione alla svelta. «La signora Thwaites è venuta in cucina per sapere il motivo della tua visita», spiegò alla sorella.

«Che cosa le hai detto?»

«Le ho spiegato che avevi bisogno della mia firma sui documenti della fattoria di papà. Così li firmerò quando avrai finito di bere il tuo tè.»

«Grazie, Peg. È bello da parte tua cedere la tua parte e noi l'apprezziamo. Patrick farà funzionare bene la fattoria e sarà sempre casa tua, in caso di bisogno.»

«Lo so», annuì Peggy, che fin dal giorno del loro matrimonio aveva capito che avrebbero desiderato entrare in possesso della fattoria. In ogni caso, a che sarebbe servita a lei? Non sarebbe stata capace di gestirla. Eppure usavano il bambino per indurla a concedere loro la sua metà. Non era una sciocca. Sciocca era stata a concedersi ad Andy Newson, che l'aveva messa incinta e poi era scappato lontano, addirittura in America.

Peggy guardò suo figlio, gli sorrise e lo baciò sulla punta del nasino. Era un bel bambino Aveva fiducia in sua sorella, con i bambini ci sapeva fare, June lo avrebbe amato e protetto. Ne era certa.

«Tu ti occupi di lady Daphne, allora? Sei la sua cameriera personale?» domandò June incuriosita.

«No, sono più che altro una cameriera per tutti. Tutte e quattro le dee della casa sono gentili, ma...»

«Chi sono le quattro dee?'»

Peggy sorrise. «Diedre, Daphne, DeLacy e Dulcie. Le quattro figlie del conte. Tutte belle a modo loro, ma Dulcie è una bambina terribile, ha cinque anni ma si comporta da quindicenne ed è un'impertinente.»

June sorrise a quelle parole e scosse la testa. «Ci sono bambine così, che crescono prima del tempo. Quindi ti piace lavorare qui a Cavendon?»

«Direi di sì. La governante è molto cortese e anche la cuoca.» Alzò le spalle. «I valletti invece sono boriosi, si credono superiori.»

«Credevo te ne piacesse uno.»

«Sì, Gordon Lane. È simpatico, e con me è stato carino e non è troppo pieno di sé.»

«Stai attenta, Peggy», l'ammonì June.

Peggy arrossì. «Non farò lo stesso sbaglio, te lo assicuro.» S'interruppe, ascoltò, poi passò rapidamente il bambino a June. «Dammi i documenti da firmare, su, alla svelta. Sento Hanson in corridoio. Governa questa casa con il pugno di ferro. Non gli garberà vedere che sei ancora qui. Dirà che sto sprecando tempo.»

«Abbiamo bisogno di due testimoni quando firmi», disse June posando la busta sul tavolo.

«Oh, mio Dio, no!» gemette Peggy vedendo Hanson entrare nella stanza visibilmente seccato.

«Su, su, che succede?» domandò fissando Peggy con sospetto. «Tua sorella è qui già da troppo tempo e tu sai trascurando i tuoi doveri, Swift.»

«Sì, lo so, mi dispiace molto, signor Hanson. Devo firmare questo foglio, un documento legale. Ma ho bisogno di due testimoni», spiegò imbarazzata.

«Bene», tagliò corto Hanson, desideroso di allontanare la donna con il suo infante e di rimandare al lavoro Peggy. «Andrò a prendere una penna per firmare e porterò qui anche la signora Thwaites. Appena sistemata questa faccenda, tua sorella dovrà andarsene, però. Immediatamente.»

«Sissignore, grazie, signor Hanson, le sono molto grata.»

18

Gli Ingham erano sull'orlo di un precipizio. Un passo falso sarebbe stato fatale. Se fossero scivolati in quel baratro, non ne sarebbero usciti mai più.

Il crollo della famiglia Ingham, pensò Charlotte. No, non posso permettere che accada. Non posso essere l'unica Swann in oltre centosessanta anni a essere venuta meno al suo dovere. Gli Swann hanno protetto gli Ingham fin dal 1749, partendo da James Swann, il mio antenato vassallo di Humphrey Ingham, il primo conte di Mowbray.

Devo inventarmi qualcosa, fare una magia, disse a se stessa. Non posso cadere in disgrazia, non posso fallire.

Non poteva ovviamente far sparire una gravidanza come se niente fosse, semplicemente schioccando le dita. L'unica soluzione era nasconderla, mimetizzarla e tenerla segreta. E per una buona riuscita aveva bisogno di un piano semplice.

Sospirò mentre camminava, vagliando un ventaglio di alternative. Non le sembrava giusto che una disgrazia come quella guastasse un limpido mattino di luglio così bello.

Aprì la pesante porta di legno del roseto, entrò, si sedette su una panchina e si inondò i polmoni dell'aria fragrante dei fiori in piena fioritura. Il profumo era inebriante, quasi ottenebrante, ma le rose erano i suoi fiori preferiti.

Charlotte chiuse gli occhi, tirò il fiato e si concentrò su quel problema apparentemente insormontabile: una ragazza incinta e nubile, la diciassettenne figlia di uno dei più importanti conti d'Inghilterra, una fanciulla di straordinaria bellezza che si voleva predestinata a uno storico matrimonio con il figlio di un duca.

Il sogno di suo padre... un sogno che era stato spezzato in pochi istanti di violenza inimmaginabile.

Rabbrividì senza volere e strizzò gli occhi, per impedire che le sgorgassero le lacrime. Era sul punto di piangere. Era una tragedia dolorosa, toccata a una vittima innocente. Un maniaco, un'anima perversa, aveva violentato un'irreprensibile giovane donna, cancellando ogni sua prospettiva di un radioso futuro. A meno che lei, Charlotte, trovasse il modo di salvarla.

Daphne. Povera Daphne, pensò Charlotte, vedendola con gli occhi della mente... un'immagine che non avrebbe mai dimenticato. Quando quel mattino era uscita sulla terrazza per parlare con lei, le era apparsa così bella da toglierle il fiato.

Indossava un abito color pesca, con una scollatura ad anello, con una gonna lunga e maniche svasate. Charlotte aveva pensato che nessun giovane uomo avrebbe potuto evitare di essere conquistato dalla sua pura avvenenza.

L'abito mosso dalla brezza, il sorriso, la sua apparente spensieratezza... tutto era dipeso da Alice che le aveva raccontato ogni cosa appena aveva scoperto la gravidanza. «Ho spiegato a Daphne che doveva fare la sua migliore esibizione per alcuni giorni, finché non ti fosse venuto in mente un piano. E che non le era consentito fallire.»

E non posso fallire neppure io, rifletté Charlotte, uscendo dal roseto per incamminarsi verso Cavendon, fiero e lucente in cima al suo poggio.

Charles e Felicity la stavano aspettando. Il giorno prima

aveva chiesto se poteva incontrarli entrambi per parlare di qualcosa di molto importante.

Pacato e serafico come sempre, Charles aveva acconsentito senza neppure chiederle di che cosa voleva parlare. Le aveva detto che Felicity sarebbe stata a Cavendon, perché l'unica figlia di Anne Sedgewick, Grace, e suo marito, Adrian, erano finalmente arrivati dal Cairo ed era stata lei ad accoglierli.

Charlotte aveva conferito di nuovo con Daphne e le aveva chiesto se sarebbe stata disponibile il giorno seguente. Vedendola terrorizzata all'idea di affrontare i genitori, si era offerta di parlare prima con loro. L'idea era piaciuta a Daphne che si era calmata.

Davanti alla porta di servizio, Charlotte si tolse di tasca un piccolo orologio. Erano le dieci e dieci minuti. Aveva ancora tempo per una veloce tazza di tè e per scambiare due parole con Hanson.

Quando entrò in cucina, fu accolta con calore dalla cuoca. «Charlotte! Che bello vederla!» esclamò. «So che viene spesso qui, ma mai nella mia cucina, non in questi giorni, almeno.»

Charlotte le strinse affettuosamente le mani per alcuni secondi. «Odio disturbarla, quando ha così tanto da fare, ma oggi ho un paio di minuti liberi prima del mio appuntamento con lord Mowbray e non potevo non venire a salutarla.»

«Bene, facciamoci allora una tazza di tè. O preferisce un caffè? È già pronto.»

«Perché no? Buona idea, signora Jackson.»

«Sa che la giovane Cecily le assomiglia ogni giorno di più, Charlotte, e diventerà bellissima?» disse la cuoca mentre versava il caffè. «Una bambina adorabile, ecco cos'è.»

«Sì, lo so, è proprio un tesoro», concordò Charlotte. «E anche dotata, una piccola artista del taglio e cucito, oserei affermare.»

«Lady Daphne sostiene che un giorno diventerà una

grande sarta. A Londra, dice. Lei che ne pensa?» La signora Jackson rivolse a Charlotte un'occhiata d'intesa. «Ed è riuscita veramente a riparare quell'abitino rovinato con l'inchiostro.»

«È quello che ho sentito dire.»

«La signora Sedgewick è stata veramente male», commentò la cuoca passando ad altro. «E la contessa era molto provata. Ma le cose sembrano essersi placate. Oh, e la nipote della contessa è tornata dall'Egitto.»

«Sì, lo so. Non ci sono molti segreti qui in giro.»

«Più che vero. Di certo ha sentito che il signor Hugo verrà in visita. Quel ragazzo mi è sempre piaciuto. Un vero peccato che l'abbiano spedito in un paese selvaggio.»

Charlotte rise. «Era andato a New York, signora Jackson, non nell'Africa australe. Da quel che sono venuta a sapere, tutti sono ansiosi di rivederlo.»

«Proprio così.» La cuoca corse dalle sue pentole in ebollizione, tolse i coperchi e sbirciò dentro, quindi diede una rimescolata in una casseruola.

«Ora devo andare, signora Jackson», si congedò Charlotte. «Grazie per il caffè. Era molto buono.»

La cuoca sorrise e la salutò inviandole un bacio silenzioso.

Charlotte trovò il maggiordomo nel suo ufficio, assorto come al solito nella lettura di qualche documento. «Buongiorno, signor Hanson», lo salutò Charlotte distogliendolo dalla sua lettura. «Volevo solo farle sapere che tra qualche minuto vedrò il conte e la contessa nell'ala sud. Per un incontro privato. Non volevo che si preoccupasse nel vedere tante luci accese di sabato mattina.»

«Grazie, signorina Charlotte. Apprezzo la sua premura, ma già lo sapevo. Sua signoria mi aveva avvertito.»

Charlotte sorrise e indietreggiò. Percorse il corridoio di servizio e salì al piano superiore, poi si diresse verso l'ala sud, preparandosi all'incontro con il conte e la contessa.

19

CHARLOTTE sentì dei passi alle sue spalle e li riconobbe. Si fermò e si girò. Proprio come aveva pensato, Hanson la stava rincorrendo.

«Mi scusi, signorina Charlotte», la chiamò un po' trafelato. «Non le ho chiesto se voleva che venisse servito un rinfresco durante l'incontro. Il conte non mi ha dato alcuna istruzione e io sono stato negligente a non consultarmi con lei un attimo fa.»

«Penso di no, signor Hanson, ma la ringrazio per averci pensato.» Gli sorrise con gratitudine. Aveva un debole per lui e la sua posata autorevolezza le era di conforto. La sua costante presenza era stata un affidabile punto di riferimento in svariati momenti di crisi e la sua devozione per Cavendon e la famiglia era encomiabile. Sebbene Hanson fosse severo con il personale, non alzava mai la voce e non era mai sgarbato. Sapeva gestire il personale con sagace sapienza. E non solo il personale, pensò con benevola malizia, ma anche la famiglia.

«Se non le dispiace», riprese Hanson, «l'accompagnerò nell'ala sud e l'aiuterò ad accendere le luci. Ci sono molti interruttori sa. Sono comunque grato al quinto duca per aver dotato la casa di un impianto elettrico, ora non ne potremmo fare a meno.»

«Venga con me, Hanson, mi sarà di grande aiuto.» Era ovvio che il maggiordomo moriva dalla curiosità di conoscere l'argomento dell'incontro e ritenne opportuno mettergli il cuore in pace. «Ho consigliato a sua signoria di resuscitare l'ala sud», gli disse in tono confidenziale. «Sarebbe utile riaprirla, perché nell'ala est è ormai ora di fare qualche grosso intervento di manutenzione. Ho inoltre sollevato la questione pensando che il conte potrebbe prenderla in considerazione per lady Gwendolyn.»

Hanson si fermò bruscamente e la fissò, chiaramente sorpreso. «Non capisco. Lady Gwendolyn è soddisfatta della sua sistemazione, mi pare. O mi sbaglio?»

Charlotte annuì. «Sì, lo è, ma le rivelo una cosa che dovrà restare tra noi.»

«Ma naturalmente, non infrangerei mai una confidenza, dovrebbe saperlo dopo tutti questi anni.»

«Lo so. Temo che in un certo senso l'imminente arrivo del signor Hugo preoccupi il conte. Vede, Little Skell Manor appartiene a lui. Era di sua madre, ma lady Gwendolyn ha continuato a vivere là anche dopo la sua morte. In ogni caso è legalmente del signor Hugo.»

«Ah, capisco. Evelyne non ha mai incluso sua sorella nel testamento. È questo il problema, giusto?»

«Temo di sì. Il signor Hugo avrebbe il diritto legale di pretendere la casa. Così ho cercato di pensare a una contromisura. Dove sistemare lady Gwendolyn se il signor Hugo rivendicherà il possesso della casa? E mi è venuta in mente l'ala sud. Lei che ne pensa, Hanson?»

«È la soluzione perfetta, signorina Charlotte. A lady Gwendolyn piace condurre una vita riservata e l'ala sud è bellissima e molto confortevole. Ah, eccoci arrivati. Entriamo e accendiamo le luci.»

Hanson aprì la porta a due ante in legno di mogano e fece strada a Charlotte, che conosceva bene quel lato della grande casa avendo lavorato in quelle stanze per anni con David Ingham, il quinto conte.

«Grazie, signor Hanson», disse abbassando la voce perché aveva sentito delle voci e un rumore di passi. Uscirono insieme per accogliere il conte e la contessa, poi Hanson si congedò frettolosamente e s'inoltrò per il corridoio.

«Hanson si era offerto di darmi una mano ad accendere le luci», spiegò Charlotte.

Lady Felicity si guardò attorno per qualche istante. «Avevo dimenticato quanto fosse bello questo salotto verde chiaro, Charles», constatò poi annuendo. «E gli oggetti antichi sono straordinari. Zia Gwendolyn si troverà bene qui. Ha avuto un'ottima idea, Charlotte.»

«Forse l'ha dimenticato, ma le altre stanze sono altrettanto belle. Facciamo un giro, volete?»

La contessa accettò e si avviò, seguita da Charles e Charlotte. «Più vedo quest'ala, più mi piace.» Charles si rivolse a Charlotte. «Sto pensando di aprirla per le feste d'estate, posto ovviamente che Hugo non voglia indietro la villa.»

Charlotte annuì.

Ne fece cenno alla moglie che concordò immediatamente.

Tornati nel salottino verde, Felicity disse: «Grazie ancora, Charlotte, ma ora devo andarmene. Ho così tante...»

«Non puoi andartene, mia cara», la interruppe il conte. «Quando ti avevo detto che volevo che tu vedessi questa ala, ti avevo anche spiegato che Charlotte desidera parlare a entrambi. Qualcosa di importante.»

«Ha qualche problema?» domandò subito premurosa la contessa a Charlotte.

«No, non io, milady, ma lei e il conte. E quando gli Ingham hanno un problema, lo hanno anche gli Swann.»

«Che c'è, Charlie?» chiese il conte, riprendendo a chiamarla come quando erano piccoli. La sua espressione improvvisamente seria non prometteva niente di buono.

Charlotte prese fiato. «Credo che sarebbe una buona idea se prima vi sedeste...» suggerì e la voce le si affievolì sulle ultime parole.

Felicity parve esitare, era chiaro che non vedeva l'ora di andare a occuparsi delle sue faccende, ma Charles aveva intuito che era successo qualcosa di grave. «Dai, Felicity, vieni a sedere sul divano accanto a me.»

Riluttante, la contessa ubbidì, fissando Charlotte. «Di che cosa vuole parlare? Di certo non può essere una cosa tanto brutta?»

Charlotte prese posto accanto a loro. «È brutta davvero, lady Mowbray. Dovete affrontare una situazione che potrebbe avere conseguenze molto pericolose. Devastanti, forse. Potrebbe distruggere la famiglia Ingham.»

Felicity la guardò a bocca aperta, stupefatta, incapace di accettare un'eventualità tanto assurda.

Charles Ingham, sesto conte di Mowbray, aveva completa fiducia in Charlotte e sapeva che non stava esagerando. Non era quello il suo modo di fare. Impallidì e i suoi occhi si colmarono di ansia.

«Forza, Charlotte, parli», la esortò, facendosi forza.

20

Con un profondo respiro e senza mai staccare gli occhi dai loro Charlotte pronunciò le fatidiche parole: «Daphne è incinta».

Piombarono nella stanza come una bomba.

Per un momento Charles e Felicity non riuscirono a parlare. Si scambiarono un'occhiata poi fissarono Charlotte disorientati. Non riuscivano ad accettare ciò che aveva annunciato senza tanti giri di parole.

«No! No! Non può essere!» esclamò Charles con forza. «Non Daphne! È impossibile! Non conosce nessun uomo, come può essere incinta?» Fremette e scrollò la testa. Charlotte deve essersi sbagliata, pensò, deve essere così. La mia Daphne non può essere incinta.

Felicity ritrovò la voce. «Concordo con Charles», esclamò un po' stridula, portandosi una mano alla bocca per soffocare un singulto.

«Non infrangerebbe mai il suo codice d'onore né ci deluderebbe», riprese poi di slancio. «È parte del piano di Charles, vuole sposare il figlio di un duca. È una ragazza virtuosa ed è vero, non frequenta uomini, a parte Julian Torbett, ma...»

Felicity non riuscì più a dominare le sue emozioni e scoppiò a piangere.

Charles le passò un braccio intorno alla schiena. Voleva confortarla, ma era sconvolto quanto lei; per la prima volta in vita sua era smarrito, sgomento per una notizia che aveva creduto di dover sentire.

Stringendo tra le braccia la moglie in lacrime, fissò Charlotte con disperazione e si schiarì la voce. «Chi l'ha messa incinta?» chiese.

Charlotte deglutì a vuoto. «Non lo so, non sappiamo...» balbettò.

«Vuole dire che non le ha detto chi è... il suo amante?» gridò Felicity, sempre più stridula.

«Non c'è alcun amante, sua signoria. Daphne non aveva alcuna relazione. È una vittima innocente. È stata aggredita da un uomo, uno sconosciuto o un conoscente. È stata stuprata.»

«Sta dicendo che Julian Torbett l'ha violentata?» urlò Charles. Era sbalordito. «Mai, impossibile Julian era un giovane mite, a modo. Non è stato certamente lui.»

«Non so se è stato lui. Daphne è stata evasiva nel raccontare l'accaduto...»

«Quando è successo?» domandò Charles.

«Il sabato quando ha pranzato con lei e le ragazze. Forse il tre. Dopo pranzo era andata a Havers Lodge...» In presenza dei famigliari Charlotte e Charles si davano del lei.

«Me ne ricordo», la interruppe lui. «Daphne mi aveva detto che sarebbe andata a Havers Lodge per incontrare Julian, per dirgli che poteva invitare Madge Courtney al ballo d'estate. Forse mi sbaglio sul suo conto. Forse l'ha costretta, sì, ecco cosa è successo.»

«Hai ragione, Charles», disse Felicity sottovoce. «Deve essere successo in quella casa.»

«No, no», la bloccò Charlotte. «È successo nel bosco delle campanule...» Le morì la voce in gola al riaffiorare della loro angoscia.

«Nella nostra tenuta!» sbraitò Charles, senza più riuscire a controllarsi.

«So che Julian era fidanzato con Madge Courtney», mormorò Felicity, «ma l'aveva fatto soprattutto perché Daphne non aveva mai mostrato alcun interesse sentimentale per lui. Daphne era decisa a rispettare i progetti che Charles aveva per lei, ma ho sempre pensato che Julian fosse innamorato di lei. Secondo me Madge era un ripiego. In ogni caso Madge è ricca, non dimentichiamocelo. E i Torbett preferiscono sempre donne con grandi fortune, lo sappiamo.»

Seguì un lungo silenzio. «Penso di dovervi dire tutto quello che so, dopo di che dovrete parlare con Daphne», concluse allora Charlotte. «È terrorizzata e fuori di sé dal dolore. Sta cercando di far finta di niente, incoraggiata da Alice. Ma ha veramente bisogno di voi, del vostro amore e della vostra comprensione.»

«Certo», convenne Charles. «Daphne è una fanciulla meravigliosa e del tutto innocente. Dobbiamo farle capire che siamo dalla sua parte e che l'aiuteremo in ogni modo.»

«Ci assicureremo che superi tutto questo, Charlotte», fece eco Felicity, «ma che fare riguardo al suo stato? Come mantenere il segreto? Come continuare a vivere normalmente? E se il segreto trapelasse? Sarebbe rovinata. La famiglia intera lo sarebbe, come ci ha avvertiti lei stessa. E l'anno prossimo? Dovrebbe fare il suo debutto in società, essere presentata a corte. Che dobbiamo fare per proteggere la nostra reputazione?»

«Avrei una proposta. In primo luogo vorrei ragguagliarvi sull'esperienza traumatica di Daphne.»

«Sì, Charlie, ci racconti tutto», sospirò il conte tra rassegnazione e ansia.

Charlotte, chinandosi in avanti, le mani giunte, fece esattamente quello: rivelò loro tutto ciò che dovevano sapere, per quanto sgradevole fosse.

Ascoltata tutta la storia, Charles si alzò. Ringraziò Charlotte e si rivolse alla moglie. «Dobbiamo andare da Daphne per consolarla e darle il nostro appoggio. Deve essere al colmo della disperazione.»

«Sì, non so immaginare quanto stia soffrendo.» Anche Felicity si alzò, e in quell'istante si sentì bussare alla porta. Charlotte andò ad aprire.

Era Daphne, più bella che mai in un completo azzurro, ma anche chiaramente sulle spine.

«Enti, entri, lady Daphne. I suoi genitori stavano per venire a cercarla», la invitò Charlotte con un sorriso rassicurante. «Sanno che è del tutto innocente», le sussurrò.

Felicity corse ad abbracciarla e Charles le strinse a sé entrambe in un gesto protettivo.

«Sarò nella stanza color lavanda, qui, nell'ala sud», annunciò dopo un po' Charlotte. «Quando sarete pronti vi rivelerò i miei piani per Daphne. Adesso è il momento dell'affetto e della solidarietà. Ogni cosa a suo tempo.»

Charles inclinò la testa e rivolse a Charlotte un sorriso mesto. «Grazie», mormorò, aspettò di vederla uscire e tornò a dedicarsi a moglie e figlia.

Seduta al piccolo scrittoio antico nella camera color lavanda, Charlotte impiegò il suo tempo a rifinire i piani che aveva ideato negli ultimi giorni. Pensò che avrebbero funzionato, pregò che fosse così. Era sicura di aver escogitato un sistema che con il contributo degli Ingham avrebbero salvato Daphne e la reputazione della famiglia. Quello era il suo obiettivo e il suo dovere. Lei era una Swann e altri Swann l'avrebbero aiutata.

Poco dopo una Daphne visibilmente rasserenata dall'amorevole sostegno dei genitori andò a prendere Charlotte e tornarono nel salotto insieme.

«Chi altri è a conoscenza della situazione, Charlotte?» domandò Charles.

«Noi quattro, Alice e Walter.»

«Quindi siamo al sicuro, è un segreto.» Lanciò un'occhiata a Daphne. «Non l'hai detto a nessuna delle tue sorelle, vero?»

«No, papà. La signora Alice mi aveva detto di non rivelarlo a nessuno, di non fidarmi di nessuno, a parte i miei genitori e gli Swann. Io l'ho ascoltata e le ho ubbidito.»

«Mi fa piacere, Daphne.» Poi a Charlotte chiese: «Allora, quale sarebbe il piano?»

«La prima e più importante regola è mantenere il segreto», replicò Charlotte. «Se sentite la necessità di parlare, se siete turbate», disse rivolgendosi direttamente a Felicity e Daphne, «allora parlatene tra di voi o ad Alice o a me. Cercate di farlo in un luogo appartato dove nessuno possa sentirvi. D'accordo? Ricordate che non devono nascere pettegolezzi.»

Entrambe annuirono e Charlotte proseguì: «La seconda cosa è il vostro atteggiamento, dovete comportarvi nel modo più normale possibile, tutti voi. Nessuno dovrà mai pensare che qualcuno in questa casa stia cercando di nascondere qualcosa. Questo è importante soprattutto per quello che riguarda Daphne che, come ha detto Alice, deve mostrarsi felice». Si mise comoda e rimase in silenzio per qualche istante, poi si rivolse a Charles: «Suo padre una volta mi aveva detto qualcosa che non ho mai dimenticato e cioè: *Non bisogna mostrare mai debolezza né perdere la faccia*».

Charles annuì. «Aveva detto la stessa cosa a me ed è bene ricordare il suo consiglio.»

«Ora passiamo alla gravidanza. L'aggressione a Daphne ha avuto luogo il tre di maggio e oggi è il dodici di luglio, quindi è circa al secondo mese. Penso che per i prossimi quattro mesi sia possibile nascondere lo stato di Daphne.»

«Come è possibile?» domandò Charles.

«Daphne potrà indossare i suoi vestiti ancora per qualche settimana e nel frattempo Alice le preparerà alcuni completi tagliati in modo da nascondere la sua condizione. Inoltre Daphne è alta e snella come sua madre, il che aiuta. Se ben ricordo, per molti mesi sua signoria non aveva mostrato il suo stato.» Così dicendo guardò Felicity per conferma.

La contessa annuì e lo ricordò a Charles. «In effetti non si era notato nulla fino al sesto mese. Speriamo che Daphne sia come me.»

Lui tacque. Sperava solo che sua moglie e Charlotte avessero ragione.

Charlotte si rivolse a Felicity. «Credo che Daphne possa restare qui a Cavendon per tutta l'estate e partecipare a tutte le feste senza farsi scoprire, sua signoria», riprese. «Gli abiti che indossa, il suo portamento e il fisico giocheranno a suo favore. Va bene?»

«Sì ed è giusto che la vita continui normalmente.»

Per un attimo Charlotte rifletté in silenzio. «A un certo punto Daphne dovrà scomparire e a me è venuta in mente un'altra idea», aggiunse poi. «Perché non le organizzate un viaggio in Europa? Molte giovani donne lo fanno prima del loro debutto in società e della presentazione a corte. Non è d'accordo, Charles?»

«Sì, ma chi l'accompagnerà?»

«Se volete, potrei farle io da chaperon. A un certo punto, quando s'incomincerà a notare, Daphne dovrà andarsene da qui.»

«Mi piace l'idea del viaggio in Europa», ammise Charles, sempre più sollevato. «Tu che ne pensi, tesoro?» domandò a Daphne, sorridendole. Dovette resistere all'impulso di stringerla a sé, di tenerla al sicuro per sempre nella protezione del suo abbraccio.

«Mi piacerebbe, papà, e in ogni caso non ci sono molte altre soluzioni. Non potrei vivere nella casa di Mayfair per la presenza del personale. Questo viaggio mi pare l'unica risposta.» Guardò Charlotte. «Sarà bello viaggiare con lei, signorina Charlotte, e stando via potrò vivere senza ansie. Il mio stato non diverrà apparente prima di ottobre, non è vero?»

Charlotte annuì.

«E dopo il viaggio?» domandò Felicity. «Quale sarà il passo successivo?»

«Daphne potrebbe tornare a Cavendon per un paio di settimane e poi annunciarvi che le piacerebbe frequentare una scuola privata di perfezionamento o a Parigi o in Svizzera. Ovviamente non andrà a scuola, ma avrà insegnanti privati e apprenderà molto. Useremo nomi falsi.»

«E Daphne potrebbe tornare a casa per Capodanno, con un francese quasi perfetto e un po' di vero charme parigino?» Charles rivolse a Charlotte un'occhiata interrogativa.

«È proprio ciò che avevo in mente, lord Mowbray.»

«Dove partorirà Daphne?» domandò Charles sottovoce.

«In un buon ospedale nel sud dell'Inghilterra, forse nel Kent, in ogni caso in una delle contee meridionali e sempre sotto falso nome.»

«E cosa sarà del neonato?» chiese Felicity con un filo di voce.

«Questo dipenderà dalla famiglia, ma penso che avrete sufficiente tempo per prendere una decisione riguardo un'adozione. Non credo che abbiate altre alternative.»

«Penso che lei abbia alleggerito le nostre preoccupazioni», disse Charles rivolgendo a Charlotte un debole sorriso. «Le siamo molto grati. Discuteremo la questione e prenderemo le giuste decisioni al momento appropriato. Ma adesso, Charlotte, venga a pranzo con noi.»

«Grazie milord, ma mi sono già accordata con Alice. Potrei però passare nel pomeriggio per il tè. Vi andrebbe bene? Mi piacerebbe rivedere Guy.»

«Perfetto. Verrà anche zia Gwendolyn, sarà presente tutta la famiglia e naturalmente lei è la benvenuta.»

21

Più tardi, quel pomeriggio, Charles Ingham giunse a un affioramento di enormi lastroni che risalivano al tempo in cui lo Yorkshire era ricoperto di ghiacciai. Erano chiamate High Skell.

Le rocce monolitiche erano disposte a semicerchio e formavano un'area protetta e isolata. Era il luogo preferito da Charles fin dall'infanzia.

Mentre saliva verso i massi il cielo si era coperto, ma non c'era minaccia di pioggia. Sotto una coltre di nubi scure andò a sedersi su una sporgenza, appoggiò la schiena alla pietra e chiuse gli occhi, per un momento, smaltendo un po' della tensione che gli contraeva i muscoli. High Skell era il suo rifugio speciale, dove poteva pensare con maggiore chiarezza e sbrogliare l'intrico di trame che gli aveva invaso la mente.

In quel paesaggio brullo, tra la vòlta del cielo e la spoglia distesa dei moor, visitato solo dal vento che nelle brutte giornate soffiava tagliente dal Mare del Nord, trovava una certa tranquillità.

Quegli spazi lo proteggevano dalle intrusioni, lì era solo con i suoi pensieri, poteva riordinarli, cercare le soluzioni ai problemi. Era salito lassù per stare da solo con il suo dolore.

La rivelazione di Charlotte era stata un fulmine a ciel sereno. Che sua figlia fosse vittima di un abuso così proditorio e disgustoso era pressoché impossibile. Che una sua figlia fosse stuprata nella sua stessa tenuta era un fatto inimmaginabile, agghiacciante. Sulla sua famiglia si era abbattuta una sciagura che gli aveva spezzato il cuore, spazzando via in un sol colpo tutti i sogni e i progetti di un padre e una figlia.

Ancora inesperta com'era, sempre vissuta nella protezione della famiglia, chissà che dramma aveva devastato il giovane cuore di Daphne. E quanta forza d'animo, quanto coraggio aveva dimostrato, che tempra da autentica Ingham. Era orgoglioso di lei.

Charles sospirò. Pensò al concreto pericolo a cui sua figlia era sfuggita, quello d'essere uccisa. Lo sconosciuto che l'aveva violentata avrebbe potuto scegliere di toglierle la vita per evitare che Daphne lo denunciasse.

Nella disgrazia dovevano ringraziare il cielo che fosse ancora viva e che il suo bel viso non fosse stato sfigurato. Stava iniziando a riprendersi almeno fisicamente, se non psicologicamente, e lui e Felicity le avrebbero dato tutto l'aiuto possibile, loro due e anche Charlotte e Alice. Era stato un bene che l'avesse scoperto Alice e che avesse messo tutto a tacere. Ora avrebbero protetto Daphne fino alla nascita del bambino.

Ma che cosa fare del neonato? Era per sempre un Ingham, sangue del suo sangue. Chiuse gli occhi e lasciò vagare la mente.

Chi l'aveva stuprata? Era poco probabile che fosse stato un estraneo, un intruso entrato nelle sue terre giusto per aggredire sua figlia e poi darsi alla fuga.

Quando aveva menzionato Julian Torbett, Daphne aveva abbassato lo sguardo sulle mani strette in grembo e aveva pianto. Ripensandoci ora, l'impressione che aveva avuto era che in quel momento Daphne ammettesse implicitamente che il colpevole fosse Julian.

Charles ripensò al giovane Torbett, che gli era sempre parso mite e sottomesso, un individuo dalla personalità un po' labile, come sosteneva Felicity. Dove aveva trovato il coraggio di costringere Daphne a subire un atto sessuale?

Eppure anche l'uomo più mansueto sapeva trovare forza interiore e grinta per conquistare qualcosa che desiderava ardentemente. Era stato un momento di lucida follia a infuocare la mente di Julian quel tre di maggio? Non lo sapeva e non l'avrebbe mai saputo. Julian era in ogni caso il candidato più probabile, l'uomo che presumibilmente aveva violentato Daphne. Ormai però era morto e sepolto, e loro avevano un'altra realtà da affrontare, la realtà di un futuro pieno di insidie.

Se avessero accettato il piano di Charlotte, Daphne avrebbe potuto riprendere la sua vita nel febbraio del 1914 come se nulla fosse accaduto. Sarebbe stato il loro segreto.

Sarebbe rientrata dal suo soggiorno sul continente, istruita in storia e arte, padrona della lingua francese e alfiere della raffinata eleganza di scuola parigina. Avrebbe avuto un nuovo guardaroba di capi scelti nelle migliori case di moda di Parigi, avrebbe debuttato al cospetto della coppia reale, sarebbe stata festeggiata da un ballo in suo onore organizzato da Felicity.

E Daphne avrebbe sposato il figlio di un duca.

Charlotte aveva assicurato loro che si poteva sistemare ogni cosa e Charles si fidava di Charlotte Swann, l'aveva sempre fatto, come suo padre prima di lui. Ripensando al passato, si rese conto che durante l'infanzia aveva sempre fatto conto su di lei. Quel giorno aveva rifiutato di sedersi a tavola con loro, ma aveva accettato di prendere il tè nel pomeriggio, scegliendo un'occasione meno formale. Charlotte non era una serva ma nemmeno una loro pari, era una dipendente leale e devota, una figura in un certo senso intermedia, ed era conscia della sua posizione.

Charles controllò l'ora, si alzò e lasciò quella piccola enclave di pietre, imboccando il sentiero che portava a casa. Sulla via del ritorno incrociò due guardaboschi che camminavano insieme lungo una cresta più bassa di quella che percorreva lui e li salutò con la mano. I due risposero al suo saluto.

Dall'incontro del mattino con Charlotte aveva capito come mai da qualche giorno c'erano tanti guardaboschi che vagavano per la tenuta. Percy Swann, il capo guardacaccia, gli aveva parlato di possibili bracconieri, ma ora sapeva che non era vero. Chiaramente Charlotte aveva creato una rete di protezione intorno alla famiglia. Approvò la sua mossa, la presenza dei suoi dipendenti lo confortava.

Quando Charles entrò frettoloso nello spogliatoio contiguo alla sua camera da letto, c'era Walter Swann ad attenderlo.

«Temo di essere in ritardo, Swann. La contessa è già scesa per il tè?»

«Sì, milord, circa dieci minuti fa. Lady Gwendolyn è arrivata un po' prima di quanto ci si aspettasse.»

«Come al solito», borbottò Charles, mentre Walter gli sfilava la giacca. «Mia zia ha sempre paura di perdersi qualcosa ed è così da anni.»

«Hanson mi ha portato un messaggio per lei, milord. Il signor Hugo Stanton ha chiamato da Londra. Hanson mi ha dato il suo numero di telefono.» Porse a Charles un foglietto, lui gli diede un'occhiata e lo mise sul cassettone.

«Prima mi vesto», disse, entrando nella stanza da bagno. «Indosserò l'abito grigio e lei per favore mi scelga una cravatta intonata.»

«Subito, milord.»

In bagno Charles si guardò allo specchio. Brutta faccia,

si rimproverò, cerca di mostrarti meno teso, fai uno sforzo. Ma perché mai Hugo gli aveva telefonato? Sperò che avesse cambiato idea. Sarebbe stata una buona notizia in un momento in cui tutto sembrava andare per il verso sbagliato. Nella situazione attuale, qualsiasi visita sarebbe stata inopportuna, ma lui non avrebbe impedito a Hugo di andarli a trovare. Però con un po' di fortuna avrebbe potuto rinunciare lui stesso.

DeLacy si accomodò sul piccolo divano accanto a Miles. «Un piacevole tè oggi, non è vero? E mamma pare stare molto meglio.»

«È vero», convenne Miles, guardandosi intorno. Nella famiglia Ingham lui era quello dotato di maggior spirito d'osservazione, non gli sfuggiva nulla. Aveva già notato l'umore di sua madre che dopo una settimana in cui era stata sempre in ansia era tornata a ridere e sorridere. Lei, che non era mai stata frivola, ora lo era anche troppo. Miles lanciò un'occhiata a Daphne. Anche lei era migliorata, sembrava più serena. E suo padre era decisamente gioviale.

Estremamente percettivo per la sua età, Miles decise che non si stavano comportando in modo normale. Cosa stava succedendo? Era sicuro che stesse accadendo qualcosa di strano, ma non riusciva a immaginare che cosa i suoi parenti si dessero tanta pena di tenere nascosto.

«Una monetina per i tuoi pensieri», buttò lì DeLacy, toccandolo col gomito. «Sei preoccupato, ma perché?»

«Niente, Lacy, davvero. Stavo solo pensando alla cena danzante di venerdì prossimo. Non posso dire di aspettarla con ansia», improvvisò.

«Oh, per favore, non essere noioso, Miles. Ci divertiremo. E io ballerò con te, e lo faranno anche Diedre e Daphne.

Così sfuggirai a tutte quelle ridacchianti ragazze che ti muoiono dietro.»

«No, non è vero!» esclamò arrossendo. «Smettila di prendermi in giro. Non mi piace e lo sai. In ogni caso, non sono interessato ad alcuna di quelle sciocche femmine delle famiglie di qui. Non capisco perché vengano invitate.»

«Perché mamma e papà sanno di essere la più importante famiglia dello Yorkshire e di dover organizzare alcuni degli eventi sociali dell'estate.»

«Oggi pomeriggio ho visto Harry Swann e gli ho promesso che andremo a pescare al fiume Skell sabato prossimo», annunciò Miles cambiando argomento. «Possiamo fare un picnic nel bosco. So che a te e Ceci piacerà. Ti va?» Miles le sorrise. DeLacy era la sorella preferita e non voleva destare i suoi sospetti sul comportamento innaturale della famiglia. Sapeva quanto fosse curiosa, sempre a ficcare il naso nelle faccende altrui.

«Sarà bellissimo!» esclamò e subito la sua attenzione si trasferì su Peggy Swift, che era nell'atrio vicino al salotto giallo. La cameriera si stava avvicinando a Gordon, il valletto. DeLacy trattenne una risatina. Quei due pensavano che nessuno li potesse vedere.

Per evitare di guardarli, la ragazzina si alzò e andò a sedersi accanto a Daphne, più bella del solito quel pomeriggio, in un vestito di seta verde lime. «È un abito nuovo?» le domandò. «Ti sta proprio bene, Daphne.»

«No, non è nuovo. La signora Alice me lo aveva fatto l'anno scorso. L'avevo indossato una sola volta.»

«Guarda come Peggy flirta con Gordon», le sussurrò DeLacy.

Daphne seguì la direzione del suo sguardo. «Non credo che stia amoreggiando», ribatté sottovoce, prendendo le difese di Peggy. L'averla vista con il suo neonato le aveva toccato il cuore ed era dispiaciuta per la difficile situazione in cui si trovava. «Penso che stiano soltanto controllando se devono servire altro cibo.» Daphne sorrise alla sorellina. «Il vestito da sera bianco è bellissimo, sembra nuovo, Lacy. Cecily ha fatto un lavoro fantastico, ha una mano fatata.»

Dall'altra parte della stanza Charlotte era seduta accanto a Guy Ingham e si stava divertendo. Era contenta di essere venuta per il tè, un'occasione meno impegnativa delle cene, che erano formali, spesso pretenziose e duravano troppo a lungo.

Guy, che di solito riusciva a farla ridere, non si smentì. «Zia Gwendolyn mi ha appena informato di avere trovato la ragazza più adatta a me», le confidò. «Me la presenterà alla cena danzante il prossimo fine settimana. Può scommettere che sarà brutta come il peccato, ma è un'ereditiera che entrerà in possesso di un grande patrimonio.»

«A lady Gwendolyn piace combinare matrimoni e riesce davvero a scovare ereditiere», commentò Charlotte. Dopo una breve pausa, chiese: «Che è successo con Violet Lansing? Credevo che fosse piuttosto interessato a lei, Guy. Almeno questa è l'impressione che avevo avuto a Pasqua». Lo fissò negli occhi. Guy era il suo preferito, lo conosceva da quando era nato, ma ora notò che il suo viso era improvvisamente cambiato. La sua espressione era inaspettatamente afflitta, i suoi occhi celesti addolorati.

«Mi è stato fatto notare che Violet non è adatta all'erede di una contea», le confessò amareggiato. «Ero stato sul punto di... ecco, di impegnarmi con lei e mi sono fermato in tempo. Ho lasciato che il rapporto...» Alzò le spalle e continuò sottovoce: «... si esaurisse da solo. Sentivo il bisogno di essere gentile con lei, non volevo ferirla».

Fece una smorfia, ma a un tratto sorrise. «Inutile battere la testa contro il muro, non servirebbe a niente», dichiarò con stoica rassegnazione. «Non l'hanno voluta nella mia vita.»

«Mi dispiace, ma incontrerà di certo la persona giusta per lei. Un giorno o l'altro succederà.»

«Lo so, è quello che mi ha detto papà. Ma non ci sarà più nessuna come Violet...» Sapeva che da tempo avevano organizzato la sua vita, per cui non valeva la pena insistere sul suo amore perduto... con ogni probabilità, l'amore della sua vita.

Charlotte stava per dirgli qualcosa, quando Diedre si sedette accanto a lei e si rivolse a Guy. «Papà ti ha rivelato nulla sulla stagione londinese?» chiese. «O quest'anno non andremo in città?»

«Non lo so e sinceramente, Didi, non m'importa», rispose il fratello. «Amo l'estate a Cavendon. Tennis, cricket, nuotare, pescare, le cene danzanti e le altre feste estive. E la caccia che inizia il dodici di agosto.»

«Ma per quel giorno siamo sempre qui. È un dato di fatto. Sto parlando di ora, Guy, di luglio», obiettò Diedre.

«Non credo che andremo a Londra quest'anno, perché zia Anne è gravemente malata e mamma non vuole allontanarsi troppo. Almeno così mi ha detto Daphne.»

«Oh, che diavolo ne sa Daphne, lei pensa solo alla sua bellezza.»

Guy rivolse alla sorella un'occhiata perplessa, chiedendosi perché fosse tanto maligna e cambiò argomento. Era interessato all'arrivo di Hugo Stanton e pose un sacco di domande a Charlotte.

D'un tratto si sentì un gran rumore e una piccola sagoma, decisa a far notare la sua presenza, si precipitò nel salotto esclamando: «Sono venuta al tè, papà! Posso, vero? Devo partecipare al ricevimento».

Charles saltò in piedi, intercettò Dulcie e la sollevò tra le braccia, giusto in tempo per impedirle di inciampare nei piedi di Mary, la cameriera che stava portando un vassoio di panini a Hanson in attesa accanto al carrello da tè.

«Sì, avrai il tuo tè, cara», rincuorò Dulcie sorridendole. «Ma prima, perché non vieni con me a fare una telefonata importante?»

«Oh, sì, papà. Posso parlare al telefono?»

Tutti risero alle pagliacciate della bella e vivace bambina, mentre Charles usciva dal salotto, contento di avere evitato uno scontro e una rovinosa caduta.

In biblioteca posò Dulcie sulla scrivania. «Ora fa' la brava bambina e, dopo la telefonata, torneremo insieme in salotto e berremo il nostro tè», si raccomandò. «Ti andranno bene una fetta di rotolo alla marmellata e fragole e panna?»

«Oh, sì, papà, farò la brava», dichiarò Dulcie. Adorava suo padre ed era felice di essere lì con lui. Ora le sue sorelle avrebbero capito che era *lei* la prediletta!

Charles chiese di essere collegato al numero di Londra annotato sul pezzetto di carta. Un attimo dopo, un'operatrice annunciò che in linea c'era il *Claridge's Hotel* di Londra. Allora chiese del signor Stanton.

Poco dopo una voce maschile disse: «Pronto, parla Stanton».

«Sono tuo cugino Charles, Hugo. Ho ricevuto il tuo messaggio e ti ho richiamato appena mi è stato possibile.»

«Che bello risentire la tua voce dopo tutti questi anni!» esclamò Hugo. Sembrava sinceramente contento. «Ti ho telefonato perché speravo di poter cambiare la data della mia visita nello Yorkshire.»

Preso alla sprovvista, Charles rimase un attimo in silenzio. «Naturalmente. Quando preferiresti venire?» domandò poi.

«Speravo che mi dicessi che posso venire questo venerdì. Per pochi giorni, come avevamo programmato.»

Charles esitò. «Nessun problema, Hugo», si sentì costretto a rispondere. «Ma devo avvertirti che ci sarà una cena danzante quella sera. Ma se questo non ti crea problemi...

Dovrò verificare con Felicity, naturalmente, ma, perché no?» concluse, volendo mostrarsi cordiale.

«Grazie Charles. E per inciso, a me piace ballare, vorrà dire che ballerò per pagarmi la cena, per così dire. Di solito non cambio programmi già stabiliti con un preavviso così breve, te lo assicuro», aggiunse, «ma mi è stato appena riferito che devo partecipare a un'importante riunione cui non posso mancare a Zurigo proprio il fine settimana che avevo deciso di trascorrere nello Yorkshire. Purtroppo le date si sovrappongono e alla riunione non posso mancare.»

«Ti capisco, sono cose che succedono. Nessun problema. Abito da sera, naturalmente. Ti richiamerò domani per confermarti ogni cosa.»

«Grazie, Charles, non vedo l'ora di tornare a Cavendon. Buona serata.»

«Buone serata a te», replicò Charles, posando il ricevitore. Poi prese tra le braccia Dulcie e uscì dalla biblioteca.

«Non mi hai fatto parlare», lo rimproverò lei.

«Lo so. Mi dispiace, Dulcie, quell'uomo aveva fretta. Ora possiamo andare a mangiare il rotolo e le fragole e la panna. Una delizia.»

Sulla soglia del salotto giallo Charles si fermò. «Ascoltate tutti», esclamò.

Tutti si girarono e lo fissarono.

«Ho appena parlato con Hugo Stanton: arriverà qui già venerdì pomeriggio.»

«Che bello!» esclamò lady Gwendolyn. «Non vedo l'ora di rivederlo.»

«Qualcuno di nuovo con cui ballare, papà!» gridò DeLacy.

«Come mai, Charles?» volle sapere Felicity.

«Hugo aveva telefonato prima, mentre passeggiavo sul moor. Soggiorna al *Claridge's Hotel*. Un improvviso impegno inderogabile per i giorni in cui voleva essere qui. Va bene, vero? Il prossimo fine settimana?»

«Nessun problema. E DeLacy ha ragione, sarà piacevole avere un nuovo ospite, specialmente un cugino che non vediamo da tanto. Può ballare con le ragazze giovani, come ha proposto Lacy. E forse anche con alcune delle meno giovani.»

22

«ANDIAMO a fare un giro?» chiese Gordon Lane a Peggy. «Ho voglia di farmi un tiro e di prendere un po' d'aria.»

«Perché no? Vado ad avvisare la cuoca.»

Gordon si tolse cravatta, gilet e giacca, appese tutto a un gancio e infilò il pacchetto di sigarette e i fiammiferi nella tasca dei calzoni.

«Alla cuoca sta bene, ma ci chiede di non stare fuori troppo a lungo», gli riferì Peggy, tornando nel locale della servitù. «Ci aspetterà. La signora Jackson non vuole che Hanson ci chiuda fuori.»

«E lo farebbe, quel vecchio bastardo.»

«Gordon, sta' attento», sibilò Peggy, togliendosi il copricapo e il grembiule e appendendoli su un altro piolo. «Forza, facciamo quei quattro passi prima che arrivi lui a impedircelo.»

Uscirono dalla porta sul retro e Gordon le prese la mano «Andiamo fino al bosco», propose. «Fumo una sigaretta e torniamo. Una mezz'ora al massimo. Ti va bene?»

Lei annuì. «In ogni caso non voglio entrare nel bosco, Gordon. Al buio mi fa paura.»

«Ma ci sono qui io a proteggerti, ragazzina, e poi non è

tanto buio questa sera. Guarda che luna splendente. Romantica, eh?»

Peggy rimase un attimo in silenzio. «Non lo farò, Gordon», affermò con fermezza. «Spero tu lo capisca. Qualche carezza e qualche bacio mi stanno bene, ma niente di più.»

«Lo so. Non fai che ripetermelo. Solo un bacio e quattro coccole allora. In ogni caso non possiamo restare in giro a lungo, non vogliamo che ci chiudano fuori e ci tocchi dormire nelle stalle.»

Peggy sorrise senza commentare.

Camminarono in silenzio, persi nei loro pensieri. Senza saperlo, ognuno pensava all'altro.

Peggy era sempre più innamorata di Gordon, un giovane alto, robusto e bello; ma ciò che più la attraeva era il suo animo cavalleresco. Da quando aveva iniziato a lavorare a Cavendon Hall le era sempre stato vicino, sempre pronto a difenderla.

Anche Malcolm Smith, il capo valletto, era attraente, ma non cortese come Gordon. E lei l'aveva visto amoreggiare con le altre due cameriere, Mary Ince e Elsie Roland. Gordon le aveva detto che Malcolm era un donnaiolo e per lei era stata solo la conferma di una cosa che già sapeva. Aveva cercato di toccarle i seni e lei gli aveva stampato cinque dita sulla guancia. Da quel momento non le si era più avvicinato.

Peggy e Gordon erano innamorati, ma la loro storia d'amore aveva un intoppo. Lui voleva che lei gli si concedesse, e l'avrebbe desiderato anche Peggy, che però dopo la brutta esperienza passata, aveva paura e aveva giurato a se stessa di non mettersi nei guai una seconda volta.

E così quella sera stava in guardia come sempre, non voleva che il desiderio avesse la meglio sul suo voto.

Da parte sua Gordon si era preso una bella cotta. Si era innamorato follemente di lei dal primo istante che l'aveva vista. Era bella, con occhi molto espressivi, curve attraenti e un carattere delizioso. E quanto a testa, la sua intelligenza faceva a gara con il suo aspetto desiderabile.

Voleva sedurla, ma aveva capito che Peggy era la donna che avrebbe desiderato sposare. E se voleva essere sicuro di costruire un futuro con lei, doveva rispettare le sue volontà e tenere a freno le sue emozioni e la sua passione.

Peggy non sospettava che Gordon sapesse di suo figlio, impossibile arginare i pettegolezzi tra i membri della servitù. Sapeva anche che l'uomo che l'aveva lasciata nei pasticci era scappato. In America era andato a nascondersi! Quel bastardo, pensò mentre si fermava e tirava fuori le sigarette.

«Farò il bravo», promise. «Non ti farò mai male e non ti metterò nei guai. Ma qualche bacio me lo concedi, vero?»

«Va bene, ma niente di più.»

Si sedettero in una radura erbosa al limitare del bosco e Gordon l'abbracciò e iniziò a baciarle il collo, poi, inaspettatamente, la spinse a terra, la baciò con passione e, apertole la camicetta, le accarezzò i seni.

Peggy si dibatté. «No, Gordon, no. Per favore.»

Lui non prestò attenzione alle sue parole e mentre le succhiava un capezzolo, l'attirò a sé e premette il suo corpo contro quello di lei.

Gordon era eccitato e lei stava cominciando a lasciarsi andare, quando fu come se nella sua mente scattasse un allarme opponendosi al richiamo dei sensi.

«Basta così», sussurrò, e Gordon fu tanto saggio da smettere immediatamente. Aveva promesso e non l'avrebbe perduta mostrandosi debole e sleale.

Ma la baciò di nuovo e nello stesso tempo le sollevò la gonna con una mano e le fece scivolare le dita nelle mutandine, scendendo fino al centro della sua femminilità.

Si appoggiò a un gomito e la contemplò con ammirazione. «Sei così bella al chiaro di luna, Peggy. Desidero toccarti.

Ti voglio, ma non ti costringerò... dimmi solo che posso toccarti... qui, così.»

Lei aveva la bocca secca e riuscì soltanto ad annuire. Lui le baciò il viso, poi continuò ad accarezzarla lentamente, finché non la sentì gemere.

«Lasciati andare, rilassati, lascia che ti faccia godere. Voglio solo soddisfarti, Peg.» Lei si abbandonò alle sensazioni che lui le procurava e nel giro di pochi secondi s'irrigidì, poi iniziò a contrarsi, gridando il suo nome.

Gordon la strinse a sé come se non volesse più lasciarla libera. «Ti ho dato piacere? Sì, lo so, ho visto il tuo viso, ho visto quanto ti è piaciuto.»

«Sì», sussurrò lei, all'improvviso intimidita. «Mi hai fatto godere, ma non è stato leale da parte tua. E io...» Peggy non terminò la frase. S'interruppe, allerta, tendendo l'orecchio.

«Cosa c'è?» chiese lui.

«Ssst», rispose sottovoce Peggy. «C'è qualcun altro nel bosco, Gordon.»

Entrambi si misero seduti in ascolto. Sentirono dei rami spezzarsi, i rumori di qualcuno che si stava allontanando di corsa nel bosco.

Gordon si alzò in piedi, aiutò Peggy a rialzarsi e insieme corsero fuori dal bosco e su per la collina. Raggiunsero il cortile dietro la casa senza più fiato e si appoggiarono ansanti al muro di pietra. «Era un uomo, ne sono sicura, Gordon. Aveva il passo pesante, ecco perché abbiamo sentito i rami spezzarsi. Mi sono spaventata, non è bello scoprire che qualcuno ti spia. Sarà stato un guardone?»

«Chi poteva aggirarsi là fuori a quest'ora?» si chiese Gordon ad alta voce.

«Ecco, noi due», replicò Peggy, sorridendogli. «Grazie per essere stato... rispettoso, Gordon.»

Lui le prese la faccia tra le mani e la baciò con dolcezza. Poi prese lì per lì una decisione importante. «Vuoi sposarmi,

Peggy Swift?» domandò. «Vuoi essere mia per sempre? Vuoi diventare mia moglie?»

Quella proposta la stupì a tal punto che per un attimo Peggy non riuscì a parlare, poi esclamò: «Sì, Gordon Lane. Lo voglio! Lo voglio!» Lo abbracciò e si baciarono. Rimasero stretti per qualche secondo prima di riprendere fiato.

Peggy sentì di amare quell'uomo con tutto il cuore e capì che doveva dirgli tutta la verità su di sé. Sarebbe stato disonesto non parlargli di Kevin.

«C'è qualcosa che ti devo dire, Gordon. Io ho...»

Lui la interruppe e continuò per lei: «Un bambino. Lo so e per me non cambia niente. Ti amo, Peggy e, appena sistemeremo le cose, tuo figlio verrà a vivere con noi. Sarò suo padre oltre che tuo marito».

Peggy gli gettò le braccia al collo mettendosi a piangere di gioia. «Grazie, Gordon, grazie, ti prometto che sarò la migliore delle mogli», farfugliò sulla sua spalla.

In quel momento la porta si aprì e la cuoca, illuminata dalla luce del corridoio, fece loro cenno di affrettarsi a entrare.

Corsero dentro tenendosi per mano. La cuoca li sospinse in cucina. «Hanson è in giro a cercarvi», li informò. «Accenditi una sigaretta, Gordon, svelto. E ora ascoltate. Siete stati a fumare nel cortile per pochi minuti e io vi ho appena detto di rientrare. Ed è proprio ciò che ho fatto, vero?»

Hanson arrivò pochi secondi dopo e quando li vide annuì soddisfatto. Andò a sprangare la porta di servizio, quindi si avviò lungo il corridoio dicendo a voce alta: «Buona notte. Buona notte a tutti».

«Buona notte, signor Hanson», lo salutarono all'unisono tutti e tre.

* * *

Molto più tardi quella notte, già a letto pensando a Gordon e alla sua proposta di matrimonio, Peggy si sentì colmare da una crescente felicità. Era sicura che sarebbero stati bene assieme. Dopo un po' i suoi pensieri tornarono al bosco e alla persona nascosta tra gli alberi e si chiese se li avesse visti amoreggiare.

Un guardone? Ma chi? Difficilmente un guardaboschi. Forse un abitante del villaggio? Si domandò se avrebbe fatto bene a riferirlo alla cuoca o alla signora Thwaites. Al signor Hanson? No, si rispose, avrebbe svelato dove era stata con Gordon. Inoltre, a che sarebbe servito? Al mattino avrebbe dovuto dire a Gordon di non farne parola. Nessuno doveva sapere che erano stati là, dal momento che non era consentito uscire dalla casa di notte. Le regole a Cavendon erano rigide. E Hanson si accertava che venissero rispettate.

Il mattino seguente Peggy arrivò per prima in cucina. Era tanto felice che avrebbe avuto voglia di cantare, ma era proibito anche quello. Sorrise comunque alla cuoca appena la vide.

«Sei allegra e raggiante, ragazzina», notò Nell Jackson, ricambiando il suo sorriso. «È un bravo giovane, quel Gordon Lane. Sincero e di animo gentile. Il che è più di quanto possa dire di Malcolm Smith, vanitoso come un pavone.»

«È vero, signora Jackson», concordò Peggy. Poi le si avvicinò accanto alla stufa. «È un segreto, ma abbiamo intenzioni serie», le confidò.

«Mi fa piacere, Peggy. Non potrei desiderare un ragazzo migliore per te.»

Un attimo dopo comparve la signora Thwaites. «Buongiorno Nell e buongiorno Swift. Dato che sei la prima in cucina, faresti meglio a salire di sopra ad accendere il caminetto nella biblioteca per il conte. Appena arriverà Ince, la manderò su a darti una mano ad apparecchiare la tavola della colazione. Forza, ragazzina, gambe. Non abbiamo tutta la giornata.»

Peggy corse via e poco dopo era inginocchiata davanti al focolare a spalare la cenere rimasta dal giorno prima.

Dopo avere posto sulla grata rametti, trucioli e fogli di giornale preparati dai valletti, accese un fiammifero e lo avvicinò alla carta. In pochi istanti presero a crepitare le prime fiamme e Peggy, prima di alzarsi, collocò su di esse tre o quattro piccoli ciocchi.

Scese a lavarsi le mani annerite dalla cenere e in corridoio accanto alla credenza delle porcellane trovò Mary Ince ed Elsie Roland che stavano bisbigliando tra loro. Smisero di colpo di parlare appena la videro.

«Buongiorno», le salutò Peggy sorridendo.

Le due cameriere borbottarono un saluto, ma nessuna delle due con particolare entusiasmo. Peggy si chiese se stessero parlando di lei e Gordon. Ultimamente avevano fatto strani commenti.

In quel momento Malcolm Smith arrivò correndo giù per le scale: «Il signor Hanson vuole un altro scaldavivande d'argento. Che una di voi si sbrighi a trovarne uno».

Peggy, che era vicina alla piccola credenza dell'argenteria, aprì l'anta e si chinò. All'improvviso percepì la presenza di Malcolm alle sue spalle che le ansimava sul collo. «Ti ha messa incinta eh? Scommetto che lo ha fatto, sgualdrinella.» Prima che lei potesse reagire, le pizzicò il sedere e si ritrasse immediatamente mentre la porta di servizio si apriva ed entrava Gordon.

Peggy si voltò di scatto. «Non farlo mai più, Malcolm Smith», sibilò gelida. «Altrimenti riferirò al signor Hanson che ti prendi delle libertà con me.»

Malcolm scoppiò a ridere. «Tutti gli uomini qui si prendono libertà con te, Peggy Swift.»

Gordon attraversò come un lampo la cucina, si lanciò su Malcolm e cominciò a picchiarlo.

Il capo dei valletti lottò, ma non era forte come il suo sottoposto. Tirò un pugno a Gordon, ma lo mancò, scivolò e cadde sulla schiena, agitando le braccia. Gordon stava per saltargli addosso, ma Peggy gli afferrò un braccio e la cuoca l'altro. Insieme lo trascinarono via.

Un attimo dopo un irritato Hanson li fissava rabbioso: «Che succede? Azzuffarsi come ragazzi di strada! Ed entrambi al servizio di uno dei più importanti conti d'Inghilterra. Il conte di Mowbray ne sarà costernato. Mai visto un comportamento tanto riprovevole. Non vi vergognate di voi stessi?» Fissò Malcolm che era ancora per terra. «Alzati immediatamente!» ordinò. «E sistemati la livrea, Smith. Per quanto riguarda te, Lane, spiegati.»

Prima che Gordon potesse rispondere, s'intromise la cuoca. «Ho assistito alla scena, signor Hanson ed è stata tutta colpa di Malcolm», asserì. «Ha provocato lui Gordon, mi creda sulla parola.»

«Come?» chiese Hanson. «Mi servono più dettagli.»

«Ha insultato Peggy, che un giorno sposerà Gordon e Gordon stava difendendo il suo buon nome. Ho sentito ogni sua parola. Oh, mio Dio!» esclamò poi trasalendo sorpresa. Sorrise a una piccola donna con i capelli rossi che le spuntavano da sotto un cappello verde e che era appena entrata in cucina trascinando una valigia.

Le corse incontro. «Miss Wilson!» proruppe. «Che bella sorpresa. Ben tornata! Pensavo che sarebbe tornata solo la settimana prossima.»

«Sono riuscita a sistemare ogni cosa prima di quanto mi fossi aspettata», rispose Olive Wilson, stringendo la mano della cuoca e abbracciandola. Erano vecchie amiche, buone amiche; entrambe avevano lavorato a Cavendon per anni.

Lanciando ai due valletti un'occhiataccia severa, Hanson

andò a salutare Olive Wilson. Era la cameriera personale della contessa e lui sapeva quanto le fosse mancata. «Bentornata. Spero vada tutto bene, signora Wilson.»

«Sì, signor Hanson, finché non sono entrata in questo manicomio.»

Hanson sorrise. «Un manicomio davvero. Mi scusi un secondo.» Si voltò e guardò i due valletti. «Mi occuperò di voi più tardi», dichiarò. «Ora datevi una mossa, tutti e due.» Controllò l'orologio da parete. «Salite di sopra immediatamente, apparecchiate la tavola per la colazione e preparate il buffet. E voi due, Ince, Roland, salite con loro e aiutateli a far ordine in sala da pranzo.»

Mentre i due valletti e le cameriere uscivano di corsa, Hanson si rivolse a Peggy. «Tu farai meglio a restare qui. Puoi aiutare Polly...» Si guardò in giro, cercando la ragazza e la vide tremante in un angolo. «... voi due mettete il cibo negli scaldavivande appena sono pronti, date una mano alla cuoca.»

«Sì, signor Hanson. E grazie mille, signore.»

«E tieniti lontana da Smith.»

«Lo farò, signore. È stata colpa mia.»

Hanson sospirò. «Ci sentiamo più tardi, signora Wilson», disse prima di uscire dalla cucina. Era adirato e mortificato che la cameriera personale della contessa avesse assistito a quella scena disdicevole.

Olive Wilson guardò Peggy e sorrise. «Stavano litigando per te?» domandò con un accenno di riso nella voce e un brillio allegro negli occhi verdi.

«No. Gordon è il mio ragazzo e Malcolm aveva fatto un commento offensivo. Gordon se l'è presa, a dire la verità, mi sono sentita insultata anch'io.»

«Tipico. Quel ragazzo è uno zoticone sempre pronto a pizzicare sederi. Sta' in guardia. E per inciso, io sono la cameriera personale di lady Mowbray.»

«L'avevo capito. Ho sentito parlare molto di lei.»

«Solo cose carine, spero.»

«Proprio così, hanno detto solo cose carine, cantato le sue lodi.»

«E così ha sistemato ogni cosa e ora è qui», intervenne Nell Jackson, sempre indiscreta. «È molto presto, come ha fatto ad arrivare qui dalla stazione ferroviaria di Harrogate?» si meravigliò poi perplessa.

«Sono arrivata ieri sera da Londra e sua signoria aveva chiesto all'autista della signora Sedgewick di venire alla stazione e di portarmi qui. Ho dormito dalla signorina Charlotte. Sapevamo che non sarei arrivata prima delle dieci e non volevo disturbare tutti.»

«Bene, sono felice che sia tornata. Questi tre mesi mi sono parsi più come tre anni.»

«So cosa intende dire, Nell. Siete mancati tutti anche a me.»

23

Aveva sedici anni quando se ne era andato, un imberbe scolaro di Eton che si preparava per Oxford. Era tornato nello Yorkshire per la prima volta in sedici anni, un trentaduenne nel fiore degli anni. Hugo Ingham Stanton era attraente, ambizioso, molto motivato e di grande successo.

Era un magnate nel settore immobiliare, dinamico, abile nel concludere affari e imprenditore di grande intuito. Ma era anche un uomo affascinante che incantava facilmente il prossimo, persino i bambini, che sapeva conquistare trattandoli da adulti.

Ora, mentre la Rolls-Royce attraversava il centro di Harrogate, Hugo guardava fuori dal finestrino una cittadina che trovava profondamente cambiata. C'erano edifici nuovi e molti più alberghi. Harrogate era stata una località termale per secoli, dal 1571, quando erano state scoperte sorgenti sotterranee di acque curative. Da quel che aveva letto su *The Times* del giorno precedente, nella prima settimana di luglio c'erano stati spettacoli di ogni genere, concerti e altri eventi mondani, con ospiti reali venuti a bere l'acqua e fare bagni.

Nel gesto cortese di Charles che aveva mandato la sua auto con l'autista a prenderlo alla stazione, Hugo aveva visto l'indicazione dell'accoglienza calorosa di cui in realtà non aveva mai dubitato.

Charles Ingham era sempre stato un'ottima persona. Sorrise tra sé, chiedendosi se la famiglia l'avrebbe trovato troppo americanizzato. Non si sentiva sicuramente plagiato lui stesso, ma altri avrebbero potuto riconoscere in lui assuefazioni di cui non si era reso conto.

Non vedeva l'ora di rivedere Charles, Felicity e il resto della famiglia. Non provava alcun imbarazzo nel tornare a Cavendon, dove era cresciuto. Non aveva fatto nulla di male; eppure sua madre lo aveva allontanato, perché le era servito avere qualcuno da incolpare per la perdita del figlio prediletto, non potendo accettare che fosse stato lui stesso il suo peggior nemico, viziato e imprudente com'era.

Lady Evelyne Ingham Stanton, sorella del quinto conte, si era comportata in modo ingiusto e irrazionale. Suo padre, Ian, era stato dalla sua parte e con il figlio aveva deciso che sarebbe stato meglio per lui andare a New York a lavorare da Benjamin Silver, suo caro amico. «Se tu restassi, in un modo o nell'altro ti punirebbe e continuerebbe a prendersela con te», l'aveva avvertito il padre. Hugo aveva concordato con lui e insieme avevano organizzato la sua partenza per New York.

Suo padre non aveva mai tagliato i ponti con il figlio, gli aveva scritto ogni settimana ed era andato a trovarlo ogni anno fino a otto anni prima, quando era deceduto.

I suoi genitori vivevano vite separate già molto prima dell'incidente di suo fratello, ma non avevano mai divorziato. Il modo in cui sua madre l'aveva trattato sedici anni prima aveva fatto infuriare il padre e incrinato ancor più il loro rapporto. Sua madre era rimasta a Cavendon, dove era nata, diventando una specie di reclusa, interessata solo alla sua musica e al giardino.

Suo padre era vissuto nel mondo dell'ippica, delle corse di

cavalli e dell'allevamento che possedeva a Middleham, non lontano da Ripon. Il maneggio Stanton a Endersby House era stato gestito per anni dal maggiore Gaunt, un allevatore e allenatore assunto dal padre. Ora il maneggio apparteneva a lui ma continuava a essere gestito dal maggiore Gaunt, con grande soddisfazione di Hugo che amava i cavalli, sebbene non tanto quanto suo padre.

Gaunt viveva a Endersby House e Hugo aveva intenzione di andarlo a trovare durante questa visita per congratularsi con lui per i suoi successi e rassicurarlo sul suo futuro. Non aveva intenzione di chiudere l'allevamento, che era un'attività molto redditizia.

Endersby House era una delle numerose proprietà di Hugo nello Yorkshire, ma finché il maggiore fosse stato in vita, non avrebbe mai venduto la casa né la scuderia. E poi c'era Little Skell Manor, lasciatogli da sua madre, e la casa di suo padre a East Witton. Mi occuperò di tutto più tardi, decise Hugo, mettendo da parte quei pensieri e ricordando invece l'ultima volta che aveva superato il cancello di ferro che intravedeva in lontananza: il cancello di Cavendon Hall che si apriva sul lungo viale alberato.

Era in macchina con suo padre, diretto a Liverpool, da dove sarebbe salpato per New York.

Per come erano andate le cose, Manhattan era stato il luogo perfetto per lui. Benjamin Silver gli si era affezionato e in breve aveva cominciato a trattarlo come il figlio che non aveva mai avuto e gli aveva insegnato tutto ciò che sapeva sul mondo immobiliare e bancario. Hugo era stato uno scolaro fervente, Benjamin un illuminato insegnante.

Aveva sposato l'unica figlia di Benjamin, Loretta Silver. Grazie al suo talento e alla sua intelligenza Hugo era diventato multimilionario e la prematura morte della moglie l'aveva reso ancora più ricco. Aveva ereditato tutte le proprietà che alla sua morte Benjamin aveva lasciato alla figlia.

Benjamin e Loretta erano stati i suoi migliori amici e sentiva di avere contratto con loro un debito inesauribile. Era stato il senso di perdita, di solitudine che l'avevano spinto a tornare nello Yorkshire, dove era cresciuto e dove aveva i suoi veri legami di famiglia.

Lì era finita la sua gioventù, a New York aveva trovato se stesso, aveva ricominciato da zero ed era diventato l'uomo che era ora. E forse adesso avrebbe trovato proprio lì un nuovo inizio, in quel luogo di cui aveva fatto parte e di cui desiderava tornare a fare parte.

24

APPENA la Rolls-Royce accostò davanti all'imponente porta d'ingresso di Cavendon Hall, Hugo si sentì cogliere da una forte emozione. Mentre scendeva dall'automobile e alzava gli occhi su una delle case più maestose d'Inghilterra, si sentì invadere da infiniti ricordi e per un attimo fu riportato indietro nel tempo.

La porta si aprì e Charles e Felicity si precipitarono a salutarlo, seguiti da Hanson che a sua volta era accompagnato da due valletti per i bagagli.

Charles lo abbracciò, gli strinse la mano ed esclamò: «Benvenuto, Hugo, bentornato a casa!»

«È stupendo essere qui, Charles», disse Hugo, girandosi per abbracciare Felicity che gli sembrava uguale a quando l'aveva lasciata. Era ancora la bella bionda che ricordava da adolescente, affettuosa, amichevole ed elegante come sempre. «Non sei cambiata, non sei per nulla invecchiata», si complimentò dopo l'abbraccio. «Adorabile come sempre, senza una sola ruga. Non so come fai.»

Felicity rise. «È il clima dello Yorkshire, caro Hugo. Ma tu sì che sei cambiato. Eri uno studente quando sei andato via e ora, guardati. Un uomo fatto e non un uomo qualunque, ma un uomo di mondo e di successo.»

Lui annuì e le strizzò l'occhio, quindi si rivolse a Hanson. «Che bello rivederla, Hanson», disse, stringendogli la mano.

«Sono felice anch'io», rispose il maggiordomo. Abbassò la voce. «È mancato a molti. Suo padre mi aggiornava su di lei quando tornava da New York. Sapeva che volevo sue notizie. E non solo io, ma tutto il personale.»

«Me lo diceva, Hanson», replicò Hugo.

Nell'atrio Hugo si guardò attorno e sentì la gola stringersi per l'emozione. Era come l'aveva sempre ricordata, ma ancora più bella dal vero, più perfetta e abbellita, fosse stato possibile, con la curva dello scalone, gli antenati sulle pareti, i lampadari di cristallo, gli eleganti oggetti d'antiquariato e i vasi pieni di fiori. Aveva sempre desiderato tornare e ora era lì, accolto come uno della famiglia con grande affetto. Provò un profondo senso di sollievo, soddisfatto d'avere infine trovato il coraggio di fare quel passo, di tornare alle sue radici.

«Desideri qualcosa?» gli chiese Charles. «Qualcosa di fresco da bere? Qualcosa da mangiare? Oppure preferisci aspettare l'ora del tè?»

«Oh, sì, aspetterò. In tutto il mondo non c'è niente come il tè del pomeriggio a Cavendon.»

«Ma prima ti accompagno in camera tua, Hugo», intervenne Felicity, prendendolo sottobraccio. «La stanza azzurra. So che ti era sempre piaciuta.»

«È la mia preferita.»

«Scendi quando ti farà più comodo, Hugo. Mi troverai nella biblioteca. Ci sono alcune cose che vorrei discutere con te prima che tu venga assalito dalle donne di casa.»

«D'accordo, a tra poco, Charles.»

Come entrò nella stanza azzurra, Hugo sorrise. Era uguale a come era stata il giorno in cui era partito per l'America. Pareti bianche, stoffe bianche e azzurre, tutto fresco e gradevole. E naturalmente vasi di fiori ovunque, anche le peonie rosa, le sue preferite. Il tocco di Felicity. «Non so dirti quanto sia felice di essere tornato a Cavendon, Felicity», confessò.

«Ne siamo felici pure noi, Hugo.» Felicity si avviò alla porta. «Hanson ti ha assegnato Gordon Lane come valletto», aggiunse. «Uno dei migliori.»

«Grazie, Felicity.»

Rimasto solo, Hugo si aggirò per la stanza e alla fine sostò a contemplare per un po' dalle finestre i prati e il gruppetto di alberi vicino al giardino delle rose. Poi andò in bagno a rinfrescarsi.

Stava per scendere quando sentì bussare alla sua porta. Attraversò la stanza, l'aprì e rimase senza fiato per la sorpresa. Era al cospetto della bambina più bella che avesse mai visto. Un angelo di Botticelli che lo fissava con curiosità.

Accovacciandosi al suo livello, si ritrovò a fissare un paio di grandi occhi azzurri molto seri.

«Ciao», la salutò.

«Non ho parlato al telefono perché papà ha detto che avevi fretta», gli spiegò. «Mi dispiace.»

Per un attimo Hugo si sentì confuso. «Ah, ma ora possiamo parlare di persona», rispose alla fine cercando di intuire a cosa alludeva. Io sono Hugo.» Tese la mano e lei gliela strinse.

«E io sono lady Dulcie Agatha Ingham. Sono lieta di conoscerti.» Fece un piccolo inchino, poi continuò, in tono solenne. «Sono la prima delle sorelle a vederti?»

Hugo trattenne un sorriso, si alzò, spalancò la porta e rispose. «Per favore, entra, lady Dulcie, e sì, sei proprio la prima.»

Raggiante, la bimba ridacchiò. «Mi piace avvantaggiarmi su di loro.»

«Ecco dove sei!» gridò qualcuno in quel momento e subito dopo sull'uscio si affacciò una giovane donna, che doveva essere la bambinaia.

«La prego di perdonare Dulcie, signor Stanton. L'ho cercata dappertutto. Non immaginavo che vi avesse già trovato.»

Hugo scoppiò a ridere. «Va tutto bene.»

«Desiderava tanto vederla prima delle sorelle», spiegò la bambinaia. «E ci è riuscita.»

«Giusto e non mi ha importunato affatto. Al contrario, è stata... incantevole.»

Dulcie gli rivolse un sorrisone. «Ora devo andare, Hugo», e con un'altra riverenza seguì la sua tata.

Lui rimase fermo per un attimo, scuotendo la testa e ridendo sommessamente. Quella bambina era bellissima e ovviamente in competizione con le sorelle. Un tipetto intraprendente davvero.

25

Hugo entrò nella biblioteca e Charles si alzò e gli si fece incontro. «Eccoti, Hugo, vieni, andiamo a sederci accanto al caminetto e chiacchieriamo un poco. Abbiamo così tante cose da raccontarci.»

Hugo annuì e avvicinandosi al caminetto ricordò che quella stanza era sempre fredda, anche quando fuori faceva un gran caldo e non c'era stagione in cui non venisse acceso un fuoco.

«Hai mai scoperto cosa rende la biblioteca tanto fredda per tutto l'anno?» domandò a Charles.

Charles scosse il capo. «No, amico mio, anche se ci sono tutte queste leggende secondo cui Cavendon è costruita su un antico cimitero druido, o sorga su misteriose sorgenti d'acqua sotterranee rimaste dal tempo dell'era glaciale... Ma nessuno ha una teoria verificabile.»

Una volta accomodatisi nelle poltrone, Charles andò subito al sodo. «Nella lettera che mi hai spedito da Zurigo hai menzionato la tua proprietà nello Yorkshire. Di quale particolare casa parlavi, Hugo?»

«Di tutte. Ecco, non esattamente, non avevo incluso Endersby House, dove vive il maggiore Gaunt. È stata casa sua fin da quando aveva iniziato a gestire la scuderia. Mio padre mi ha lasciato Beldon Grange a East Witton e quella casa penso di venderla, e poi c'è Little Skell Manor, qui nella tenuta. Io...»

«Sai che zia Gwendolyn vive lì, vero?» lo interruppe Charles. «E da sempre, in pratica, per quanto posso ricordarmi.»

«Oh, sì, lo so. E devo tranquillizzarla appena la vedrò questo pomeriggio.» Fissò Charles e sollevò un sopracciglio. «Sta bene, vero? Verrà al tè?»

«Certamente, nulla potrebbe tenerla lontana. Non vede l'ora di incontrarti e da quando ho annunciato che saresti venuto a trovarci non ha smesso di parlare della tua visita.»

«E non escludo di trasferirmi definitivamente qui», ammise Hugo. «Ma tornando a Little Skell Manor, voglio dirle che potrà viverci finché vuole, fino al giorno della sua morte. Dopo la renderò a te, so che deve restare nella famiglia e che per tradizione passa a una discendente femmina. E tu hai *quattro* figlie... una di loro potrebbe avere bisogno di un tetto sulla testa, un giorno o l'altro. Toccherà a te scegliere.»

«Ma tua madre l'ha lasciato a te nel suo testamento, Hugo. E ora mi dici che non la vuoi?» Charles era sorpreso, anche se positivamente.

«Non per me, no, non per viverci. Non è abbastanza grande né abbastanza, come dire, di prestigio, senza offesa. Ho intenzione di cercarmi una dimora grandiosa, se ce ne fosse una disponibile qui in zona, Charles, e avrò bisogno del tuo aiuto per trovarla.»

«Farò tutto il possibile», lo rassicurò Charles, tanto sollevato che avrebbe fatto qualsiasi cosa per aiutare Hugo a realizzare il suo proposito. Zia Gwendolyn e pure Charlotte sarebbero state felici di sapere che Little Skell Manor era salva, che l'anziana signora non sarebbe stata sfrattata e che l'ala sud sarebbe rimasta libera, a sua disposizione.

«Ho aperto l'ala sud, Hugo», lo informò Charles. «Ti farà un certo effetto rivedere quei locali. È bellissima e questa sera terremo lì la cena danzante. La prima della stagione.»

«Mi fa piacere, ho sempre pensato che fosse una delle parti più belle di Cavendon. Sono contento di essere qui per questo evento e che voi siate riusciti a ospitarmi, nonostante abbia anticipato la mia visita quasi senza preavviso.»

«Nessun problema, Hugo. Per tornare alle case, hai intenzione di tenere la tua villa a Zurigo?»

«Per il momento. Potrei venderla se scoppiasse una guerra, ma anche in quel caso dovrebbe essere al sicuro, la Svizzera è un paese neutrale.»

Charles si rabbuiò. «Perché parli di guerra? Siamo in pace da così tanto tempo. L'Inghilterra è al sicuro, siamo il più grande impero che il mondo abbia mai conosciuto e il più ricco. Londra è il centro del mondo, anzi, dell'universo. Pensi che questo periodo di prosperità sia in pericolo?»

Hugo rispose misurando le parole. «In quello che dici, Charles, c'è molto di vero», convenne. «L'impero con la I maiuscola è il più grande mai esistito, nessun dubbio. Ma io credo che questa sarà l'ultima estate... l'ultima estate di spensieratezza per un lungo periodo. Il mondo è irrequieto, ci sono guai in vista.»

Di fronte al tono grave di Hugo, Charles sentì un brivido corrergli lungo la schiena. «Approfondisci il tuo pensiero, Hugo. A Londra nessuno mi ha parlato in questi termini.»

«Nessuno lo farà. Non vogliono affrontare la realtà o forse non sanno ciò che so io. Ricorda, vivo a Zurigo e a New York, sento cose, mi dicono cose.»

Hugo si mise comodo e unì le mani. «La Germania si sta riarmando», riprese dopo qualche secondo. «Ha intenzione di governare il mondo. L'imperatore Guglielmo II, il Kaiser, è in marcia o lo sarà tra poco. L'atmosfera in Europa è pesante e soffiano venti di... guerra. La Russia è in pericolo. Lo zar Nicola II non ha governato bene, è troppo influenzato da sua moglie e Alessandra non è stata una buona consigliera. Il Paese è diviso tra aristocrazia e proletariato. Troppe ineguaglianze. E poi ci sono i bolscevichi. Scoppierà una rivoluzione, è quasi inevitabile.»

«Avrà effetto su di noi?»

«Sì e questo è uno dei motivi per cui devo partecipare a quella riunione a Zurigo. Non posso mancare... sono quasi sempre i banchieri di Zurigo a comandare. Comunque, io ascolto senza intervenire più di tanto. Ricordi cosa diceva mio padre?»

«Un uomo saggio parla poco.»

«Proprio così.»

Sentirono bussare alla porta che si spalancò di colpo. Entrò una giovane donna, esclamando: «Papà, a proposito di questa sera, io....»

S'interruppe nel vedere che Charles non era solo e si fermò dopo pochi passi.

Hugo si alzò, si girò e rimase colpito. Si sentì come se gli avessero tirato un pugno nello stomaco. Non aveva mai visto una creatura di uguale avvenenza. Una bellezza mozzafiato. Sembrava brillare dalla cima della testa dorata dalla luce del sole, all'orlo dell'abito di satin. Un abito dal colore insolito, né giallo né pesca, più albicocca. E rendeva il color blu fiordaliso dei suoi occhi ancora più intenso.

Gli si avvicinò porgendogli la mano. «Immagino lei sia Hugo. Io sono Daphne, la seconda figlia.»

Hugo non riusciva ancora a spiccicare parola e gli tremavano le gambe. Le afferrò la mano e, passando direttamente al tu, disse: «Sono felice di rivederti, Daphne. Quando ci siamo conosciuti avevi solo dodici mesi».

Daphne sorrise, liberò la mano e andò dal padre.

Hugo la osservò. Ne ammirò grazia e scioltezza, il fluttuare del vestito intorno alle gambe, il portamento fiero delle spalle, l'elegante inclinazione della testa.

La *desiderò*. Non per una notte, non per una settimana, non per un mese. *Per sempre*. Desiderò possederla, tenerla accanto a sé. Doveva averla, doveva renderla sua per tutta la vita. E ci sarebbe riuscito.

Zaffiri, pensò. Voglio avvolgerla in zaffiri intonati a quei suoi occhi meravigliosi. Zaffiri al collo... alle orecchie... attorno alle braccia. Zaffiri e diamanti e qualsiasi altra cosa desiderasse... Le darò il mondo intero.

Dovette schiarirsi la voce un paio di volte prima di riuscire a parlare. «Scusatemi un attimo, Daphne, Charles», gracchiò. Chinò il capo, sorrise e uscì di corsa.

Appena entrato nella stanza azzurra, si sfilò la giacca e la gettò su una sedia, andò nella stanza da bagno, immerse un asciugamano nell'acqua fredda e se lo applicò per parecchi minuti sul viso in fiamme. Poi, guardandosi allo specchio, si accorse di avere la camicia umida di sudore freddo.

Andò a stendersi sul letto e chiuse gli occhi. Ti stai comportando come uno scolaretto, si ammonì. Ed era vero, ma non poteva farci niente.

Non aveva mai visto una donna bella come lei. Non aveva mai desiderato una donna come desiderava Daphne. Cosa doveva fare?

Era meravigliato della propria reazione così irruente. L'aveva appena conosciuta, ma ne era stato subito colpito profondamente, anche se pensava di essere troppo vecchio per lei, che aveva solo diciassette anni contro i suoi trentadue. Lui inoltre era un vedovo, un uomo di mondo. Per di più erano cugini, anche se in Inghilterra non aveva alcuna rilevanza legale. Ma la differenza di quindici anni era comunque un ostacolo.

C'era poi da tenere in considerazione i sentimenti di lei. Lui era stato folgorato, amore a prima vista, mentre lei non pareva essersi nemmeno accorta di lui. Era stata educata, gentile, ma nulla di più. Non aveva mostrato il benché minimo accenno d'interesse.

Con ogni probabilità era innamorata di qualche affascinante giovanotto. O forse no, a ben pensarci, perché era più probabile che Charles avesse dei progetti per lei. Una fanciulla così bella era sicuramente predestinata a un matrimonio di gran conto.

Forse Charles aveva già sott'occhio il figlio di un duca. Era così che gli Ingham pensavano e agivano. Sempre avanti. L'ambizione era endemica.

Hugo sospirò, lady Daphne era al di fuori della sua portata. Avrebbe fatto meglio a togliersela dalla mente, a concentrarsi sull'acquisto di una casa e di una tenuta nello Yorkshire, a focalizzarsi sui suoi affari. Sì, era la cosa migliore da farsi e si sa che il denaro lenisce qualunque dolore.

Quando Cecily arrivò nel salotto giallo lo trovò affollato di persone ansiose. Tutti volevano incontrare Hugo, chi per la prima volta, chi per rivedere il cugino perso di vista per così tanto tempo.

Cecily era emozionata per essere stata invitata da DeLacy che aveva ricevuto dalla contessa il permesso di farla partecipare, mentre Alice era stata fatta venire dal conte.

Lanciò un'occhiata a sua madre che era seduta accanto a Daphne, adorabile come sempre, in un vestito da sera di seta blu delfinio intonato ai suoi occhi.

Automaticamente Cecily guardò lady Gwendolyn che la stava fissando. La prozia le strizzò l'occhio e osservò Daphne, poi scosse la testa.

Cecily represse una risatina. Trovava divertente che lady Gwendolyn rimproverasse le donne di casa Ingham perché indossavano abiti che s'intonavano ai loro occhi.

Diedre era seduta accanto alla prozia, mentre DeLacy era

in piedi con Guy e Miles, vicino all'uscio, in spasmodica attesa di Hugo.

Un attimo dopo il conte entrò nel salotto tenendo per mano Dulcie, seguito dalla contessa che era accompagnata da Charlotte Swann. Mancava solo l'ospite d'onore, Hugo Stanton.

All'improvviso Dulcie lasciò la mano del padre e attraversò di corsa la stanza per fermarsi di fronte a Diedre. «Ho visto Hugo per prima!» affermò con orgoglio. Sebbene temesse la sorella maggiore, Dulcie era coraggiosa, a volte persino sfacciata, stranamente competitiva per una bimba tanto piccola. E poi le piaceva fare annunci provocatori.

Diedre alzò un sopracciglio, borbottando: «Come se a qualcuno interessasse».

Dulcie si offese e corse dalla sorella adorata, Daphne. «*Tu* sei la più bella delle sorelle maggiori», esclamò a voce alta.

«E tu sei la bimba più bella che io abbia mai visto», dichiarò Daphne abbracciandola. «Ti regalerò uno dei miei fermacapelli in guscio di tartaruga con le pietre preziose e un nuovo fazzolettino di pizzo.»

«Oh, grazie Daphne.» Poi abbassò la voce: «Diedre è arrabbiata, perché ho incontrato io Hugo per prima».

«Oh, non preoccuparti, solo perché Hugo ha voluto conoscerti per prima, la colpa non è tua.»

Dulcie si accigliò un secondo, poi esclamò: «Oh! Devo dire a mamma che...»

Il conte la chiamò a sé. «Vieni a salutare zia Gwendolyn, sai che le piace chiacchierare con te.»

«E io ho un regalo per lei.»

Il conte inarcò le sopracciglia. «Dov'è?»

«In tasca», rispose la bambina, dando un colpetto all'abitino in organza.

«Ah, eccoti qui, Dulcie, e così elegante nel tuo vestitino, *azzurro*, naturalmente.» Lady Gwendolyn sorrise, pensando a quanto fossero fortunati Charles e Felicity... le quattro dee erano tutte adorabili e i due figli dei gran bei ragazzi. «Capisco perché tutti dicono che assomigli a un angelo di Botticelli.»

«Con una volontà d'acciaio», borbottò Diedre, andando dalla madre che stava chiacchierando con Charlotte e Cecily vicino al bovindo affacciato sui prati.

Il conte, sorpreso da quel commento, indirizzò un'occhiata perplessa alla zia. «Non riesce a evitare di fare quel genere di osservazione malevola», mormorò, irritato.

«Non le piaccio», affermò Dulcie. «Per lei sono una seccatura, mi chiama mocciosa.»

Quelle parole uscite dalla bocca di una bambina sbalordirono sia il conte sia lady Gwendolyn. Poi Dulcie rivolse un gran sorriso alla prozia e le disse: «Ho un regalo per te».

«Che bello, sei una bimba tanto cara. Amo i regali, sai. Come tutti, immagino.»

Dulcie infilò la mano in tasca, tirò fuori una caramella d'orzo e la porse alla prozia.

Lady Gwendolyn la prese con cautela, guardando incuriosita i pezzettini di lanugine e di pelucchi che vi si erano appiccicati. Chissà da quanto tempo se la portava in giro scartata. «Sei molto generosa, Dulcie», ringraziò infine, sorridendo. Infilò la caramella nella borsa. «La conservo per più tardi», spiegò. «Non voglio rovinarmi il tè pomeridiano.»

«Ma non dimenticartene, zia, l'ho messa da parte apposta per te.»

Divertito, Charles sorrise alla zia, poi accompagnò la figlia minore dalla madre, seduta ora sulla panca nel vano del bovindo. Si chiese dove fosse Hugo, che apparve sulla soglia del salotto proprio in quell'istante.

«Scusate il ritardo!» esclamò Hugo. Si guardò intorno, riconoscendo alcuni dei presenti, ma non tutti. «Finalmente sono qui! Buon pomeriggio a tutti!»

Risposero al suo saluto all'unisono e risero e alcuni lo applaudirono mentre lui avanzava, salutando con naturalezza con un bacio quelli che conosceva o stringendo la mano e presentandosi a quelli che gli erano sconosciuti.

Vide Alice Swann con piacere e si fermò qualche momento a parlare con lei. Sorrise a Daphne che le era seduta vicino e mormorò: «Sei particolarmente bella, Daphne».

«Grazie, Hugo», passando anche lei al tu e sorridendogli.

Hugo sentì il cuore perdere un paio di colpi e rapidamente si allontanò per raggiungere la zia. Si controllò, sapendo che non poteva assolutamente mostrare alcuna emozione di fronte alla famiglia, specialmente in presenza di Daphne. Doveva essere calmo e padrone di sé, un vero gentiluomo. Niente doveva essere inadeguato.

Lady Gwendolyn lo accolse con un gran sorriso e lo strinse tra le braccia. Lui si accomodò accanto a lei e le prese la mano.

«Grazie a Dio sei tornato a casa finalmente», disse l'anziana signora senza poter nascondere un tremito nella voce. «Sono stata così in pensiero per te per tutti questi anni, Hugo.»

«Ebbene, eccomi qui, zia Gwen e felice di essere tornato. Mi sei mancata... mi sono mancati tutti, in verità, ma tu più di tutti.»

Gli occhi della zia luccicarono di lacrime.

Lui continuò sottovoce. «Prima di cominciare ad aggiornarci, desidero che tu sappia che non sono venuto qui per reclamare Little Skell Manor. Non voglio la casa in cui vivi, puoi continuare a starci finché vuoi, per il resto della tua vita, zia Gwen.»

«Non ho mai pensato che mi avresti obbligata ad andarmene, Hugo. Sei sempre stato un ragazzo di cuore e non ho mai pensato che tu fossi cambiato. Ti ho voluto bene e ancora te ne voglio. Sei un po' il figlio che non ho mai avuto e sono sempre stata certa del tuo affetto. La morte di Peter aveva fatto impazzire tua madre, ma non c'era mai stata alcuna ragione per addossartene la colpa. In ogni caso, grazie per la villa, non ho mai creduto che l'avresti pretesa.»

Hugo rimase un attimo in silenzio, commosso dalle sue parole. «Ma ora raccontami cosa è successo da quando me ne sono andato», la esortò.

Lady Gwendolyn fece un risolino. «Non molto, mio caro. Continuo come sempre, faccio lavoretti, di tanto in tanto vado in città a trovare qualche amica e naturalmente non posso vivere senza il teatro. Sono sicura che tu hai molto di più da raccontare. E, Hugo, sono molto dispiaciuta per il tuo lutto. Charles mi ha riferito che sei vedovo da un anno. Mi dispiace molto, caro.»

«Grazie, zia Gwen. Ammetto che è stata dura. Purtroppo Loretta era malata di tubercolosi e proprio per questo ci eravamo trasferiti a Zurigo, per l'aria di montagna e i buoni sanatori. Ma era ormai troppo grave per guarire.»

Si girò a fissare lo sguardo nel vuoto. «Mi ero reso conto di quanto fossi solo a Zurigo e un giorno ho capito che dovevo tornare a vivere in Inghilterra. Era un desiderio tanto forte che infine mi sono deciso a tornare a casa... avevo nostalgia della mia famiglia, di tutti voi e dello Yorkshire, la terra che mi è rimasta nel cuore.»

Terminata la cerimonia del tè, Charlotte, Alice e Cecily tornarono a Little Skell insieme, prendendo il sentiero che attraversava il parco.

«Hugo desidera comprare un proprietà qui, il più possibile vicino a Cavendon», comunicò loro Alice. «Ma non c'è nulla qui in zona, almeno nulla in vendita.»

«Ha detto la stessa cosa anche a me», confermò Charlotte. «Gli ho indicato alcune tenute dalle parti di Middleham, ma non lo interessavano.»

«Mi ha spiegato che vuole stabilirsi nello Yorkshire. Ora che è vedovo, si sente solo. Vuole stare con la sua gente.»

«Forse vuole sposarsi di nuovo, dopotutto ha solo trentadue anni. È un buon partito, è abbastanza piacente e ha un grande successo negli affari.» D'improvviso scoppiò a ridere. «Forse non sta cercando una casa, ma una moglie.»

Cecily drizzò le orecchie, poi, guardando sua madre, disse: «Credo che l'abbia già trovata».

Alice si fermò di colpo, stupita. «Che intendi dire?»

«Credo che Hugo abbia trovato la donna che vorrebbe sposare.»

«Non essere sciocca! È qui solo da un giorno!»

«Lo so, mamma, ma l'ho osservato e non riusciva a toglierle gli occhi di dosso. Voi stavate chiacchierando e mangiando e socializzando. Io ero seduta da sola sotto l'altra finestra e osservavo tutti voi, soprattutto Hugo, perché, ogni qualvolta pensava che nessuno se ne sarebbe accorto, la fissava... be'... con amore.»

«Ma chi fissava?» domandò Charlotte, impaziente.

«Daphne...»

Charlotte restò di sale, poi scambiò un'occhiata con Alice, che era altrettanto incredula.

Ci fu un breve silenzio, rotto da Cecily che gridò: «Non mi credi, mamma? Non lo sto inventando. Davvero!»

«Sì, sì, ti credo», rispose prontamente Alice, lanciando a Charlotte uno sguardo d'intesa. «È solo che non capisco come abbia fatto a non accorgermene, tutto qui.»

«Lo so io. Lui è stato molto furbo, le lanciava occhiate, la fissava... di nascosto, ecco», spiegò Cecily.

«Intendi furtivamente?» chiese Charlotte.

«Sì, è la parola giusta, zia Charlotte.»

«E pensi che Daphne se ne sia accorta?» si chiese ad alta voce Alice.

Cecily alzò le spalle. «Non ne sono sicura... forse. No, penso di no. È abituata a essere fissata dalle persone, perché è tanto bella. Con ogni probabilità, se si fosse accorta di quelle occhiate, le avrebbe date per scontate.»

«E tu, come mai le hai notate? Che cosa ti ha fatto dire che Hugo potrebbe avere già trovato una moglie?» chiese dolcemente Charlotte.

Cecily fissò la prozia che sapeva essere molto intelligente. Meglio essere cauti, si ammonì e rifletté su Daphne e su Hugo. Poi chiuse gli occhi, e, quando li riaprì, disse: «Ce l'aveva scritto in faccia».

«Che cosa c'era scritto?» insistette Charlotte.

«Il sentimento che provava, era come una... brama...» Scosse la testa. «Non so come descriverla.»

«Io sì», mormorò Charlotte, rivolgendosi ad Alice. «Credo si chiami amore a prima vista.»

Ripresero a camminare in silenzio, e giunte nel villaggio, in vista di casa sua, Charlotte le invitò a entrare e le condusse nel salotto che dava sul giardino, dove accese alcune lampade. «Accomodatevi, non vi tratterrò a lungo.»

«D'accordo, abbiamo tutto il tempo che vogliamo.»

Quando furono sedute Charlotte si sporse dalla poltrona verso le sue ospiti. «Ti credo, Cecily, perché sei molto osservatrice», riprese abbassando inutilmente la voce. «Quello che hai notato sul volto di Hugo era un'emozione... con ogni probabilità dovuta a un'insolita attrazione per Daphne.»

Cecily annuì. «So che è così.»

«Non raccontare a nessun altro quello che ci hai appena detto. Deve restare un segreto, il nostro segreto.»

«Ma perché?»

«In questo momento noi Swann dobbiamo proteggere Daphne Ingham. Non chiedermene il motivo, non posso dirtelo. Lo verrai a sapere, perché tua madre e io potremmo avere bisogno del tuo aiuto. Capisci?»

«Vuoi dire che non posso dire né a Miles né a DeLacy che ho visto Hugo guardare con desiderio Daphne?»

«Giusto.»

«Ma sono Ingham.»

«Questo non c'entra», replicò Charlotte con forza. «E se loro avessero notato qualsiasi cosa e te la riferissero, scarta l'idea come sciocca. Ciò che ci hai raccontato su Hugo è il nostro segreto e tale deve rimanere. Non fidarti di nessuno, solo degli Swann.»

Che la zia fosse più che seria era fuor di dubbio. «Ho capito», mormorò Cecily.

«Conosci il nostro motto, vero?»

«Sì.»

«Ora giurerai per la prima volta e onorerai il tuo giuramento per tutta la vita.»

«D'accordo.» Cecily tese il braccio e strinse il pugno. «La lealtà mi vincola», recitò.

Charlotte irrigidì il suo braccio e pose il pugno sopra quello di Cecily. «La lealtà mi vincola», ripeté. Poi fece lo stesso anche Alice.

«Fatto. Hai giurato di proteggere gli Ingham. Come ogni Swann non dovrai mai venire meno al giuramento.»

Quando Charlotte attraversò la strada per andare a parlare con Alice era l'ora del crepuscolo. Stava aprendo il cancello del giardino, quando Alice apparve sulla soglia e le venne incontro.

«Ho riflettuto...» esordì Charlotte, «e credo che sarebbe meglio per gli Swann non farsi coinvolgere attivamente per il momento.»

«Non credo di capirti», mormorò Alice, appoggiandosi al cancello.

«Ceci ha detto che Hugo guardava Daphne con desiderio, è questo il termine che ha usato. Non che significhi molto, vero? È il modo in cui gli uomini guardano normalmente le donne.»

«È vero, ma tu hai sostenuto che si era trattato di amore a prima vista», le ricordò Alice.

«Sì, perché Ceci aveva affermato che Hugo aveva un'espressione bramosa sul volto. Forse non sarei dovuta saltare a conclusioni.»

Alice si morsicò il labbro. «Capisco, ma tu sai che lei non può farsi coinvolgere da lui a nessun livello, Charlotte, non nel suo stato. Mio Dio, e se lui scoprisse in qualche modo il nostro segreto? Sarebbe un disastro!»

«Tu sei sempre nella casa, ti occupi del guardaroba e io dovrò andarci più spesso. Charlie mi ha chiesto di fargli da segretaria. Dovremo tenere gli occhi ben aperti, Alice, vegliare soprattutto su Daphne.»

«Hai ragione, è l'unica cosa che possiamo fare.»

«Quando avevo un problema o l'aveva David e non riuscivamo a risolverlo», raccontò Charlotte, «lui alzava le spalle e diceva: 'La vita di solito si prende cura di se stessa'. In questo caso, immagino che dovremo avere lo stesso atteggiamento. Lasciamo che la vita si prenda cura di se stessa.»

Alice le posò una mano affettuosa sul braccio. «Giusto, dobbiamo aspettare e vedere cosa succede. Potresti avere ragione, forse era *veramente* amore a prima vista. Se così fosse saremmo nei pasticci?»

Charlotte scosse la testa. «Non necessariamente», sussurrò e guardò Alice dritto negli occhi.

26

Dopo solo i primi minuti Felicity fu certa che la cena danzante sarebbe stata un gran successo. Prima le tre figlie maggiori, poi anche i due maschi avevano ammirato con entusiasmo la bellezza delle stanze dell'ala sud e ora Hugo faceva la stessa cosa.

«Non so come ci sei riuscita, ma hai trasformato il salotto verde in un giardino da favola, Felicity», commentò Hugo guardandosi attorno. «È magico, Charles, non trovi?»

Il conte sorrise, annuì, era più che compiaciuto, ma non disse niente, perché sapeva, come lo sapeva sua moglie, che lei non ci aveva messo mano.

«Non posso prendermi alcun merito, Hugo, e neppure Charles», si schermì Felicity. «Hanson e la signora Thwaites hanno avuto la buona idea di liberare le tre stanze principali, spostando i mobili nelle camere da letto, poi sono subentrati i giardinieri. Hanno portato piante e fiori per decorare questa stanza, la sala da pranzo rosa e il salotto azzurro.»

«Anche questa è splendida, mamma», intervenne Guy. «Non avevo mai immaginato che si potesse trasformare in una sala da ballo. Invece ha le dimensioni giuste. Ce ne ricorderemo per la prossima volta.»

Felicity sorrise. «Grazie, ma, come ho già detto, questa volta non posso accettare elogi che non merito.»

«Adoro questa sala, mamma», intervenne Diedre guardandosi intorno. «È come un... dipinto. Tutti i colori si accordano tra loro, è l'opera di un artista. Non pensavo che Bill Swann avesse questo genere di talento...»

«Bill è di certo un ottimo capo giardiniere, ma questa stanza è stata creata da un'artista vera, non da lui», ribatté Charles. «L'ha ideata Charlotte Swann. Mi ero ricordato che era solita inventare fantastici giardini interni per mio padre e, quando le ho chiesto di fare la stessa cosa per me, Charlotte si è messa subito al lavoro. E hai ragione, Diedre, è veramente come un dipinto.»

«Oh, mio Dio!» esclamò Daphne e tutti seguirono il suo sguardo e videro Dulcie sulla soglia, in camicia da notte e con il viso e le mani ricoperti di cioccolata.

«Sono venuta alla festa», disse sorridendo.

Felicity fece un passo verso la bambina, poi, memore del vestito di chiffon color lavanda che indossava, pensò con timore alla cioccolata di cui era macchiata sua figlia. Vide che DeLacy stava per correre dalla sorellina e la fermò appena in tempo.

«Non avvicinarti a lei. Qui abbiamo o la migliore artista della fuga o una bambinaia che non è all'altezza della situazione», sentenziò Charles, lanciando un'occhiata a Miles. «Va' a cercare la signorina Carlton, per piacere, e chiedile di venire a prendere Dulcie.»

«Perché non posso semplicemente portarla io dalla bambinaia?» domandò Miles.

«Perché riuscirà di sicuro a sporcarti di cioccolata la camicia bianca e la cravatta», spiegò Charles, scuotendo la testa e chiedendosi come avesse fatto Dulcie a trovare la strada per arrivare nell'ala sud.

In quel momento arrivò Maureen Carlton, in preda a una

grande agitazione. «Mi dispiace, sua signoria», disse subito, rivolgendosi a Felicity. «Ho girato la schiena per un momento e, non so come, è riuscita a svanire. Sono mortificata.»

«Va tutto bene», la rincuorò Felicity. «Credo però che sarebbe una buona idea riportarla nella nursery. Gli ospiti saranno qui a momenti.»

Hugo scoppiò a ridere, imitato da tutti gli altri.

«Grazie a Dio non l'hai presa in braccio, DeLacy», osservò Miles. «Avresti rovinato il tuo bel vestito rosa.»

L'idea di un altro vestito rovinato fece rabbrividire DeLacy che rimase in silenzio. Il vestito bianco macchiato d'inchiostro l'avrebbe ossessionata per sempre.

«Bisogna ammettere che è adorabile», commentò Hugo e Charles rise.

«È vero, ma già tremo al pensiero di come sarà a quindici anni.»

«Sarà sempre una mocciosa», borbottò Diedre.

«Ssst, zitta», l'ammonì Gwendolyn, che era vicino a lei. La condusse dall'altra parte della sala davanti a una lunga composizione di gigli, presso la quale sostava Hugo, che colse subito l'occasione per una doverosa galanteria. «Devo complimentarmi con te, zia Gwen, sei splendida nel tuo abito color porpora reale questa sera», disse. «Non c'è signora che non sia incantevole, questa sera», aggiunse.

I suoi occhi si soffermarono un po' troppo a lungo su Daphne che sfoggiava l'abito da sera con le perline scintillanti che aveva provato in maggio: la sua bellezza era impareggiabile.

Improvvisamente a disagio, attraversò rapidamente la sala, afferrò la mano di Felicity e la baciò. «Sei adorabile come sedici anni fa e Charles è un uomo tremendamente fortunato. Come lo invidio.»

«Grazie Hugo, sei sempre molto galante. Un giorno conoscerai inevitabilmente la donna giusta che saprà colmare il vuoto nel tuo cuore e forse diventerà anche tua moglie.»

«Lo spero.» In quel momento entrò Hanson accompagnato da due valletti.

«Gli ospiti stanno arrivando?» gli chiese Charles.

«Sì, milord e tutti insieme, a quanto pare.»

Felicity era seduta con lady Gwendolyn su un divano a un'estremità del salotto azzurro, trasformato in sala da ballo.

«La cena era deliziosa», commentò la zia, rivolgendo un caldo sorriso a Felicity. «Questa sera la cuoca si è superata. La mousse di salmone era perfetta e io ho gustato in modo particolare le minuscole costolette d'agnello. Quanto ai dessert, facevano venire a tutti l'acquolina in bocca.»

«È vero», concordò Felicity. «E la cuoca ha avuto la saggezza e la lungimiranza di far venire degli aiutanti dal villaggio. A cena eravamo ben in sessantadue, un bel po' di gente per cui cucinare.»

«E ora la maggior parte di loro sta ballando e si diverte. Dove hai trovato questa orchestrina niente male?»

«Li ha pescati Hanson a Harrogate e sono bravi come hai detto.»

«Daphne ha dato il meglio di sé questa sera, Felicity», notò lady Gwendolyn in tono d'ammirazione. «È stupenda e il suo vestito ha fatto scalpore. Basta che Daphne respiri e l'abito scintilla. Questa volta non criticherò il solito colore azzurro.»

«Non puoi, perché ci sono anche perline verdi e turchesi. Era mio, sai, me lo ero fatto fare a Parigi. Ho sempre pensato che fosse un abito di *haute couture* e per questo l'ho conservato. Fortunatamente calza a pennello a Daphne.»

Le due donne osservarono in silenzio Daphne ballare con suo padre, che amava danzare e lo si notava.

Poi Felicity si lasciò intrappolare dai suoi pensieri. Si concentrò su Daphne, incantata per un attimo dalla sua incredibile bellezza, ma poi le si strinse il cuore al pensiero dello stupro e della delicata situazione della figlia, ma anche di tutta quanta la loro famiglia. In questo loro tre erano uniti. Provò gratitudine per gli Swann che li avrebbero aiutati in ogni modo possibile. Se tutto fosse andato bene, la sua reputazione non sarebbe stata infangata e nei primi mesi del 1914 avrebbe potuto rientrare nel pieno possesso della sua vita.

Un improvviso senso di colpa la fece scivolare ancor più in se stessa. Un senso di colpa che la insidiava spesso, perché sapeva di essere stata troppo preoccupata per la salute di sua sorella e di avere così trascurato la sua famiglia. Era consapevole che non avrebbe comunque potuto evitare la violenza, non essendosi trovata nel bosco delle campanule quando Daphne era stata aggredita tanto selvaggiamente.

Lei e Charles avevano colto al volo l'ipotesi che il colpevole fosse Julian Torbett e Daphne non aveva fatto nulla per dissuaderli. Eppure sia lei sia suo marito qualche dubbio l'avevano. Felicity aveva sempre pensato che Julian fosse debole di carattere e in un certo senso anche un po' effeminato.

Ma che importava adesso? Julian era morto. E se fosse stato qualche altro uomo ad aggredirla, un bracconiere, un estraneo entrato di nascosto nella tenuta, ormai era lontano.

Gwendolyn le stava dicendo qualcosa e Felicity abbandonò quelle riflessioni. «Scusami, cara, non ho afferrato cosa hai detto», disse, girandosi verso la zia.

«Ti stavo chiedendo se pensi che Diedre possa essere infelice.»

Felicity corrugò la fronte. «Come ti è venuta questa idea?»

«È solo che ha un suo modo di dire cose strane.» Lady Gwendolyn abbassò la voce. «Piccole cattiverie, e spesso le persone lo fanno quando sono scontente.»

«E sempre stata un po' acida, è il suo carattere.»

«Spero che non lo abbia ereditato da me», ribatté la zia. «Io sono sempre stata acida e, potrei aggiungere, sono stata spesso rimproverata per questo.»

In quel momento Hugo, splendido nel suo bianco smoking, si fermò davanti a loro «Posso portarti via mia zia, Felicity?» domandò.

«Naturalmente», rispose lei e sorrise guardandolo condurre sulla pista da ballo Gwendolyn, così leggiadra ed elegante nel suo abito da sera color porpora ornato di diamanti.

Spero di essere come lei a settantadue anni, pensò Felicity, prima di ricadere nelle sue penose riflessioni. Una delle sue preoccupazioni era mantenere il suo personale segreto e quello della gravidanza di Daphne. Buona parte di quel secondo segreto avrebbe avuto a che fare con i vestiti che avrebbero nascosto lo stato di Daphne. Questa sera era la sua migliore occasione per indossare il tubino di perline, mentre era ancora snella come un giunco.

«Mamma, posso avere questo ballo, per favore?» domandò Guy, avvicinandosi a lei e porgendole la mano.

«Con grande piacere», rispose, alzandosi e lasciando che il figlio la guidasse sulla pista e cominciasse a farla volteggiare in un walzer.

Hugo aveva capito che non avrebbe preso sonno. Si era girato e rigirato nel letto per due ore e adesso, spinto dalla frustrazione, si era alzato, aveva indossato vestaglia e pantofole ed era sceso in biblioteca, dove si era versato un bicchiere di cognac.

Tornato in camera sua, si era seduto alla finestra e aveva sorseggiato il brandy, pensando a Daphne. Quella sera si era comportato da uomo di mondo qual era, aveva sfoggiato tutto il suo fascino e le sue buone maniere, cortese con tutte le donne e non solo con Daphne. Aveva danzato con loro e con lei e Daphne era stata affettuosa e simpatica. E lui le aveva fatto da bravo cavaliere senza mai eccedere in adulazioni. Nessuna reazione da scolaretto, anche se una reazione l'aveva avuta: si era innamorato di lei e la voleva al suo fianco per tutta la vita.

Hugo era tanto intelligente da capire che doveva gestire la situazione con diplomazia e con discrezione. Nei prossimi giorni avrebbe parlato con Charles per appurare qual era la situazione di sua figlia. Aveva bisogno di sapere se era fidanzata con qualcuno.

Dopo qualche altro sorsetto di brandy, si alzò e si tolse la vestaglia. Nel farlo gli capitò di lanciare un'occhiata dalla finestra, e non riuscì a credere a ciò che vide. La scuderia era in fiamme. Un incendio. Mio Dio, i cavalli, pensò, e si precipitò fuori dalla camera per dare l'allarme.

27

Hugo arrivò alla scuderia sconvolto. Il primo box, con il nome di Diedre sulla targhetta in ottone era vuoto, c'erano solo balle di fieno. Era il fieno che stata bruciando, le fiamme lo divoravano saettavano alte nel cielo arrossato.

Nel box accanto, il cavallo di Daphne, Greensleeves, in preda al panico, s'impennava sulle zampe posteriori, percuotendo la porta con gli zoccoli anteriori. Era terrorizzato, aveva le narici dilatate e schiuma sulla bocca. Doveva liberarlo immediatamente.

Nel tentativo di sollevare il paletto in ferro, Hugo si ustionò le dita sul metallo rovente, ma quasi non se ne accorse. Qualcuno aveva incastrato un cuneo di legno dietro il chiavistello per bloccarlo. Non riuscendo a smuovere la zeppa, Hugo si tolse una scarpa e colpì con il tacco il chiavistello finché non riuscì a farlo saltare via. La porta si aprì, Hugo si spostò di lato e Greensleeves si lanciò fuori al galoppo e attraversò il cortile ventre a terra, diretto ai pascoli.

Hugo corse subito alla stalla adiacente, dove c'era il cavallo di DeLacy, Dreamer, altrettanto atterrito e drizzato sulle zampe posteriori. Liberò il catenaccio, aprì la porta e anche il secondo cavallo scappò sulle tracce di Greensleeves.

Mentre andava al quarto box, sentì Charles che gridava:

«Miles, va' a prendere gli estintori! Guy, tira fori la pompa e le manichette. Dobbiamo evitare che il fuoco si diffonda! Walter, gli dia una mano!»

Charles raggiunse Hugo dentro la scuderia. «Grazie per averci avvertiti. Se tu non avessi visto il fuoco, sarebbe bruciato tutto.»

«Non riuscivo a dormire e mi sono alzato. Per fortuna! Appena ho visto le fiamme, mi è tornato in mente quello che mi avevano insegnato da bambino, e cioè precipitarmi a liberare i cavalli.»

Charles scorse Hanson che accorreva accompagnato da due valletti. «Per favore, Hugo, salva il piccolo pony Shetland di Dulcie in questo box», chiese. «Manderò Hanson e i valletti a liberare i cavalli dell'altra stalla. Dobbiamo riunire tutti gli animali nel pascolo.»

«Devo portare il pony nei campi?» domandò Hugo.

«Buona idea», rispose Charles da sopra la spalla mentre correva da Hanson.

Nel giro di tre ore, l'incendio era domato, la maggior parte dei box inondato d'acqua e ripulito dal fieno bagnato e bruciato. Fortunatamente nessuno dei cavalli si era ferito.

I mozzi di stalla che vivevano in un edificio vicino agli uffici della tenuta all'estremità della scuderia, erano arrivati poco dopo l'inizio dell'incendio. Destati dallo scalpore, si erano precipitati nel cortile e si erano dati da fare. Alla fine i cavalli erano stati riportati nel cortile, esaminati con attenzione e rimessi nei box, dove avevano ricevuto biada e acqua.

Mentre bevevano tè dolce e mangiavano panini alla pancetta, i mozzi di stalla chiacchierarono tra loro, chiedendosi come fosse divampato quell'incendio estremamente pericoloso. La stessa cosa stavano facendo Hanson e i due valletti nella sala della servitù. L'origine del rogo rimase un mistero e per questo non lo dimenticarono.

Una volta ripulitisi e cambiatisi, Charles, Guy e Miles scesero in sala da pranzo per fare colazione e lì trovarono Hugo che si stava curando la mano bruciata. Aveva avvolto le dita in un canovaccio, ma continuava a osservare ansiosamente le ustioni, scuro in volto.

«Su, vecchio mio, lasciami dare un'occhiata a quella mano», lo pregò Charles.

«Nulla di grave, ma brucia un po', lo ammetto.» Sollevò lo strofinaccio.

«Wilson, la cameriera personale di Felicity, si intende di primo soccorso. Miles, fammi un favore e scendi in cucina. Chiedi alla signora Wilson di venire qui a dare un'occhiata alla mano di Hugo. Sono sicuro che avrà l'unguento adatto e delle bende.»

«Guarirai in pochi giorni», disse poi Charles rivolto al cugino. «Sono scottature superficiali, direi che ti è andata bene.»

Hugo annuì. «Non riesco a immaginare come sia divampato l'incendio», commentò. «Quel fieno non stava bruciando senza fiamma, ardeva... come un grosso falò. Non pensi che si sia trattato di un incendio doloso, vero?»

Per un attimo Charles sembrò disorientato, poi si riebbe guardando Hugo un po' sconcertato. «Non mi era passato per la mente. Come mai ti viene questo sospetto?»

«Ci ho pensato mentre mi stavo cambiando. Vedi, Charles, mi sono bruciato le dita sul chiavistello in metallo che non si apriva e, quando ho guardato da vicino, ho visto che dietro il chiavistello era stato incastrato un cuneo di legno. Ho dovuto togliermi la scarpa e usarla come un martello per riuscire a scalzare il cuneo e aprire il cancelletto.»

Charles scosse la testa perplesso. «Perché mai qualcuno dovrebbe farlo?» chiese. «Non occorre fissare così un chiavistello. Il cavallo non uscirebbe mai dal suo box e proprio tu lo sai meglio di chiunque. Hai trascorso la maggior parte dei tuoi primi anni all'allevamento di tuo padre a Middleham.»

«Proprio per questo quel cuneo mi ha incuriosito e mi ha indotto a pensare a un incendio doloso. Ritieni di dover chiamare la polizia?»

«Forse farei bene a farlo, almeno per l'assicurazione. In ogni caso, bisogna sempre denunciare un incendio.»

28

L'ISPETTORE Michael Armitage della polizia di West Riding e il suo partner, il sergente Tim Pollard, erano nel cortile della scuderia con il conte di Mowbray e stavano ispezionando il box dove era iniziato l'incendio.

«Non sono stato io ad arrivare per primo sulla scena, ispettore», spiegò Charles, «ma mio cugino Hugo Stanton. Aveva visto le fiamme dalla finestra della sua camera da letto e aveva bussato alla mia porta dando l'allarme prima di precipitarsi qui. Ah, eccolo che arriva.»

Charles lo presentò ai due uomini, poi spiegò: «Stavo dicendo loro che tu sei stato il primo ad arrivare qui».

«Giusto», concordò Hugo. «Questo box era in fiamme, o per meglio dire, c'era una grossa balla di fieno che stava bruciando. Fortunatamente era vuoto, ma c'erano cavalli negli altri box.»

«E così ha liberato il cavallo imprigionato prima di fare qualsiasi altra cosa, dico bene, signor Stanton?»

«Sì, ispettore. Greensleeves era terrorizzato.»

Poi riferì al poliziotto la storia del cuneo e di come l'avesse scalzato. «Non riesco a capire come mai fosse conficcato lì, dal momento che un cavallo non esce dal suo box, nemmeno se fosse aperto. Per questo mi sono chiesto se l'incendio non fosse stato provocato intenzionalmente. Forse qualcuno che nutriva rancore verso la famiglia? Una persona che aveva di proposito intrappolato il cavallo.»

«Ho capito. Mi dica, signor Stanton, ha sentito qualche odore strano arrivando qui? Benzina o altro?»

«No, niente, solo la puzza del fieno che bruciava. È d'accordo con me che potrebbe trattarsi di un atto doloso, ispettore?»

«In parte sì, non riesco a immaginare come il fieno possa incendiarsi da solo. Qualcuno avrebbe potuto trovarsi qui, avere acceso una sigaretta e avere gettato via il fiammifero. Incautamente. Ma non credo che un fiammifero possa scatenare un incendio di queste proporzioni.» Si rivolse al conte. «Da ciò che mi ha raccontato, lord Mowbray, l'incendio era divampato alla grande già prima che arrivasse lei.»

«Quasi incontrollabile e quando sono arrivato qui con Walter Swann, il mio valletto, e i miei figli, aveva preso fuoco anche il secondo box. Hanno combattuto l'incendio con acqua ed estintori e poi il maggiordomo con i suoi aiutanti è riuscito a domarlo.»

«Non sono stati avvistati estranei nella tenuta, lord Mowbray?»

Charles scosse la testa. «Non del genere che intende lei, ispettore, ma ieri sera abbiamo dato una cena danzante a cui hanno partecipato almeno una cinquantina di amici e tutti erano venuti con macchine guidate da autisti.»

«E così, in un certo senso, c'erano degli estranei nella tenuta. Gli autisti», asserì l'ispettore Armitage.

«È vero», ammise Charles. «Ma dubito che uno di loro sia entrato nella scuderia ad appiccare un fuoco.»

«Dove erano parcheggiate le autovetture, milord?» domandò il sergente Pollard.

«Per lo più davanti alla casa e lungo il viale d'accesso. C'erano comunque meno auto di quante lei pensi. Vede, i nostri ospiti erano per lo più coppie sposate e alcuni avevano portato le loro figlie, quindi la maggior parte delle automobili trasportavano più persone.»

«Capisco, milord.»

Charles e Hugo si aggirarono per il cortile con i due poliziotti, rispondendo alle loro domande. Ben presto, tuttavia, fu chiaro che i due funzionari erano in un vicolo cieco, proprio come lo erano stati Charles e Hugo quel mattino. Non c'erano indizi che suggerissero un incendio doloso e come fosse iniziato il fuoco rimase un mistero.

Hugo stava leggendo *The Times* seduto sulla terrazza, quando all'improvviso, come se avesse camminato scalza e in punta di piedi, da tanto era stata silenziosa, accanto a lui comparve Daphne.

«Spero di non interromperti, Hugo», esordì la giovane donna nel suo solito tono soave.

«No, no, affatto», rispose lui, deponendo il giornale e alzandosi subito in piedi.

«Volevo solo ringraziarti ancora una volta per avere salvato Greensleeves. È un regalo di papà e io l'adoro.» Lanciò un'occhiata alla sua mano sinistra bendata. «Ti fa molto male?» domandò.

«No, sono solo tre dita bruciacchiate, nulla di grave. Guariranno in un paio di giorni, secondo il dottor Shawcross. Non vuoi sederti un momento?»

Sorridendo, lei si accomodò nella sedia vicino a lui. «Sono tua debitrice, se mai avessi bisogno di qualcosa, devi farmelo sapere.»

Ho bisogno di te. Sposami. Diventa mia moglie... Questi furono i primi pensieri che gli vennero in mente, ma li tenne reclusi nella mente. «C'è una cosa per cui avrei bisogno del tuo aiuto, Daphne», rispose invece.

«Dimmi di che si tratta. Ti aiuterò certamente, Hugo.»

Il profumo dei suoi capelli dorati appena lavati, la fragranza di rose che emanava dalla sua pelle, la sua sola vicinanza lo fecero fremere. Se in quel momento avesse dovuto alzarsi, era certo che non ci sarebbe riuscito. Non riusciva neppure a parlare. La fissò in quei suoi occhi di un azzurro intenso e le sorrise, sentendosi un po' stordito.

«Che cosa c'è?» gli domandò Daphne. «Tutto bene?»

Lui annuì, poi, senza riflettere, disse: «Sei tu, Daphne. Sei la donna più bella che abbia mai visto». Poi, con fare scherzoso, aggiunse: «Sono il tuo schiavo devoto e lo sarò per sempre».

Il suo tono burlesco e le parole esagerate la fecero ridere. «Oh, non essere sciocco, Hugo!» si schermì. «Sono solo una delle tante ragazze di questa casa.»

Hugo si protese verso di lei, con la voglia di inalare il suo intossicante profumo. «Ti rivelerò un segreto... è Dulcie che mi ha ridotto in schiavitù», sussurrò.

Questo commento la fece ridere ancora di più. «Non mi hai detto per cosa ti serve il mio aiuto», gli ricordò quand'ebbe finito.

«Ah, sì, è vero.» Hugo ridiventò serio. «Ieri sera zia Gwendolyn mi ha detto che nelle vicinanze c'è una casa che dovrei vedere, che dovrei andarci questo pomeriggio. Mi stavo chiedendo se mi avresti accompagnato. Un secondo paio di occhi sono sempre utili, specialmente quando osservano mattoni e malta. Cosa ne dici?»

«Concordo con te e ti accompagnerò volentieri. Come si chiama la casa?»

«Whernside House. Apparteneva a lady Muschamp, la vedova di un politico di qui e membro del parlamento. È deceduta alcuni mesi fa e sua figlia ha detto a zia Gwendolyn che, se mi fosse piaciuta, sarebbe disposta a vendermela.»

«Sono stata là solo due volte», gli rivelò con entusiasmo

Daphne, «ma è una delle case più belle dello Yorkshire. Non è molto distante da Cavendon, una ventina di minuti in macchina. Ti sei informato se Gregg può portarti là questo pomeriggio?»

«Sì e ne ho parlato anche a tuo padre che mi ha assicurato che sarebbe rimasto in casa tutto il giorno. A causa dell'incendio e altre faccende. A che ora sarebbe più comodo andarci?»

«Subito dopo pranzo. Sono sicura che ti innamorerai di quella casa, Hugo.»

Sono già innamorato. Di te. Per sempre, pensò lui in silenzio La desiderava, la voleva stringere tra le braccia, tenerla vicina, tenerla al sicuro. Farla sua. Smettila, disse a se stesso. Controllati. E così fece.

Rimasero seduti sulla terrazza a chiacchierare del più e del meno, del tutto a loro agio. A un certo punto Daphne si soffermò a riflettere sul suo interlocutore. Sì, concluse, Hugo era un uomo veramente adorabile e affascinante.

29

In cucina regnava la tensione. La cuoca la percepiva chiaramente e sapeva che l'incendio aveva turbato tutti e che la maggior parte del personale era rimasta alzata come lei fin quasi allo spuntar del sole. Che finale per una fantastica cena danzante.

Il mistero su come fosse scoppiato l'incendio era preoccupante e aveva già sentito parlottare della possibilità che fosse doloso.

Ma chi avrebbe mai dato fuoco alla scuderia e messo in pericolo animali splendidi come quelli? Solo un pazzo o qualcuno che nutriva un odio viscerale per la famiglia.

Quest'ultima ipotesi le pareva impossibile. Il conte era un uomo benevolo, un buon datore di lavoro, leale con i suoi dipendenti. Era una persona onesta, sincera e umana che si sentiva responsabile per tutti quelli che lavoravano nella tenuta e nei villaggi di Little Skell, Mowbray e High Clough. Non esisteva un uomo migliore e della stessa opinione erano Hanson, la signora Thwaites e Olive Wilson.

Loro erano i dipendenti di più lunga data e ritenevano che non c'era posto di lavoro migliore di Cavendon. Nessuno della famiglia si lasciava mai andare a scoppi d'ira o capricci, con la sola eccezione forse della piccola Dulcie.

Era stata la signora Thwaites la prima a escludere che si trattasse di un incendio doloso, perché secondo lei non c'era nessuno che potesse portare rancore verso lord Mowbray.

Non ne avevano più parlato, ma le voci erano continuate tra le cameriere e i valletti, anche se Nell Jackson si era accorta che Peggy Swift e Gordon Lane evitavano di lasciarsi coinvolgere in quelle discussioni e si occupavano dei loro doveri con efficienza ma in silenzio.

La cuoca sapeva che Malcolm Smith era un piantagrane, un agitatore che aveva influenza su Mary Ince ed Elsie Roland che lo consideravano un idolo dei matinée, sceso dal palco londinese e finito tra loro solo per intrattenerle.

Le parve di udire un miagolio, distolse lo sguardo dal fornello e scorse Polly in lacrime vicino alla porta della dispensa. «Che c'è Polly? Che cosa ti ha turbata?»

«È Malcolm. Sostiene che toccherà alla casa finire carbonizzata. Mentre dormiamo. È vero?»

«No, Malcolm è uno stupido. Aspetta che lo veda e capirà come stanno le cose qui. Vieni e siediti che ti porto un bicchiere di limonata.»

Poco dopo il valletto entrò in cucina con parecchi vassoi d'argento che posò a una estremità del lungo tavolo. Si stava girando per andarsene, quando la cuoca lo richiamò. «Una parola, Malcolm, se non ti dispiace.»

«Mi dispiace», borbottò lui, burbero. «Hanson mi asfissia, ha bisogno di me di sopra. Non ho tempo da perdere.»

Nell Jackson attraversò la cucina a gran velocità e si fermò davanti a lui, arcigna. «Ascoltami, ragazzo. Ed è tutto quello che sei, solo un ragazzo. Per cui cala le arie e abbassa la cresta. Se non la smetti di spaventare Polly, userò le tue viscere come giarrettiere. Peggio ancora, lo dirò a Hanson e allora sì che ti starà alle costole e tu capirai il significato della parola guaio. Lascia in pace la piccola o te ne pentirai, ragazzo mio.»

«Chi diavolo crede di essere», ringhiò Malcolm, con il volto congestionato dall'indignazione. «È solo la cuoca. Io faccio ciò che voglio, quando voglio.»

«Puoi star certo che non farai a modo tuo, non qui. Questo angolo di Cavendon Hall è il mio regno e lo gestisco io. Le regole le faccio io, ricordatene. Ora vai a fare ciò che devi, ma d'ora in poi lascia in pace la ragazza. Capito?»

La faccia ancora rossa di collera, il valletto uscì, ignorando Elsie e Mary che stavano scendendo le scale. Le due donne entrarono in cucina ridacchiando, ma davanti all'espressione severa della cuoca si calmarono immediatamente.

La cuoca non badò a loro e andò a controllare il menu per il pranzo. Zuppa vichyssoise, poi salmone al vapore con maionese e un'insalata di patate e per dessert un budino estivo. Un pranzo leggero per una giornata calda. Ottima scelta.

Nella sala da pranzo, Gordon Lane si guardò in giro, notò di essere solo con Peggy e le si avvicinò. «Che genere di domande ti ha fatto l'ispettore Armitage, Peg?»

«Era più che altro interessato alla possibilità di estranei che possano essersi introdotti di nascosto nella proprietà. Gli ho detto di non avere visto nessuno.»

«Allora non hai parlato della sera, quando abbiamo sentito qualcuno nel bosco? Ricordi? Avevi pensato che fosse un guardone.»

«No, avevamo deciso di non parlarne, no? Saremmo finiti nei guai con Hanson, se avesse saputo che eravamo fuori quella sera e lo saremmo ancora se lo si venisse a sapere.»

«Lo so, è contro le regole di questa casa. In ogni caso l'ispettore mi ha chiesto la stessa cosa. *Incendio doloso.* È questo che credono. I poliziotti, intendo.»

«Potrebbero avere ragione, Gordon. Io sono cresciuta in una fattoria e non ho mai visto una balla di fieno prender fuoco a meno che qualcuno ci avesse buttato sopra un fiammifero acceso.»

Peggy vide Hanson entrare frettoloso nella dispensa vicina alla sala da pranzo, s'interruppe subito, raccolse alcuni piatti e iniziò a disporli sul tavolo.

Gordon si mise a lucidare con un panno morbido un calice di cristallo.

Hanson stappò una bottiglia di vino bianco, poi entrò nella sala da pranzo. «Grazie Lane e grazie anche a te, Swift. Vi siete comportati con decoro e lealtà. In ogni caso, secondo l'ispettore nessuno ha visto estranei nei paraggi, quindi dobbiamo ritenere che l'incendio sia stato un incidente.»

Polly rimase in silenzio.

«Signor Hanson», disse Gordon a bassa voce, «forse uno degli autisti è andato a fumarsi una sigaretta nella scuderia e chissà, potrebbe avere gettato il mozzicone ancora acceso.» Alzò le spalle. «Non si sa mai di cosa è capace la gente. Una sbadataggine capita a tutti.»

Hanson ignorò quel commento. Andò a controllare la tavola apparecchiata, poi fece un cenno di approvazione. «Saranno in nove a pranzo, per cui tu e Swift dovrete tenervi pronti.»

«Sissignore», rispose Gordon, felice che al momento Hanson fosse soddisfatto di loro.

Walter Swann stava sistemando uno degli armadi del conte, quando Olive Wilson infilò la testa nella camera.

Walter sorrise nel vedere i suoi ridenti occhi verdi, i suoi capelli rossastri e il suo sorriso impertinente.

«Posso entrare?» chiese lei.

Walter annuì. Olive gli piaceva. Avevano sempre lavorato bene insieme e la giudicava affidabile e diligente. E poi era la bontà fatta persona.

«Ho bisogno di essere aggiornata», spiegò Olive.

«Che intendi dire?»

«Sono curiosa... che cosa è successo mentre ero a Londra?»

«Come sai, è finalmente tornato il signor Hugo che ha ricevuto una calorosa accoglienza. La cosa più tragica è la malattia della sorella della contessa. Ma questo lo sai di sicuro.»

«Sì, la contessa me lo ha riferito ed è una cosa molto triste. Sua signoria mi ha fatto capire che sua sorella non rimarrà a lungo su questa terra.»

Walter portò un abito blu alla finestra, per controllarlo meglio. «Nessun'altra notizia, tutto come sempre. E Londra com'era?»

«Non ho visto un granché della città. Ero bloccata a Croydon. Dopo avere sepolto mamma, ho dovuto occuparmi di molte cose, vendere la casa e così via. A essere sincera, sono rimasta piacevolmente sorpresa dall'eredità che mi ha lasciato.»

«Una somma di denaro inattesa?» chiese Walter.

«Sì, e anche grande.»

«Posso chiederti come sta il tuo uomo, Olive? Il signor Dayton?»

Olive non rispose subito, poi abbassò la voce rattristandosi in viso. «Non ci crederai mai, Walter», sospirò. «Ted mi ha abbandonata. È fuggito con una donna sposata. Sono andati in Canada... sono emigrati.»

Walter era incredulo. «Mi dispiace, Olive, mi dispiace molto», disse in tono affettuoso. «Deve essere stato un brutto colpo.»

«No, a dire la verità, neanche tanto, Walter. In realtà sono sollevata. Pensa se fossimo stati sposati! Dato che non lo eravamo, posso dire che sono felice di essermi liberata di lui.»

30

La villa era in stile georgiano, costruita più di duecentocinquanta anni prima ed era spettacolare. La struttura che richiamava il grande architetto Andrea Palladio, sorgeva in cima a un poggio, ai cui piedi c'era un laghetto ornamentale nel quale la casa si rifletteva.

«Furbi gli architetti del diciassettesimo e diciottesimo secolo», osservò Hugo, mentre assieme a Daphne faceva il giro del laghetto artificiale. «Con una topografia adatta erigevano la casa in cima a una collina e poi progettavano un lago per creare un'immagine riflessa. Un trucchetto ingegnoso. Due case al prezzo di una.»

Daphne fu colpita da quell'osservazione. Non aveva mai sentito dire una cosa simile su Whernside House. La gente parlava soltanto della bellezza dell'interno. «Le stanze possono essere accoglienti, perfettamente proporzionate, spaziose e ariose, ma anche l'aspetto esteriore è importante, vero?» chiese, ammirata dalla competenza di Hugo.

«Specialmente per me», confessò lui. «Adoro un parco all'inglese come quello di Cavendon e questo gli assomiglia molto, anche se è più piccolo. Entriamo? Non vedo l'ora di vedere cosa c'è dietro quelle mura. Forse questa villa diverrà casa mia.»

Salirono in cima al colle e sulla terrazza venne loro incontro la custode, signora Dodie Grant. «Il parco è favoloso, non è vero, signor Stanton?» chiese, mentre Hugo e Daphne la seguivano a una portafinestra aperta.

«Lo è davvero», rispose Hugo. «Sono rimasto impressionato anche da tutti quegli alberi secolari. Sono magnifici, in particolare le querce.»

«È vero e io non ho mai visto altri alberi simili se non nel parco di Cavendon», sottolineò la custode.

«Proprio così», fece eco Daphne, entrando nella biblioteca che si apriva sulla terrazza.

«Vi lascerò soli a esplorare», disse a quel punto la signora Grant. «Lady Daphne è già stata qui e penso che conosca la casa. Io sarò nel mio piccolo ufficio accanto alla cucina, se aveste bisogno di me.»

«Grazie, signora Grant.» Hugo le sorrise. «Intendo prendermela comoda, se per lei va bene.»

«Restate quanto a lungo volete.»

Una volta che la custode si fu allontanata, Hugo si fermò al centro della biblioteca e si guardò in giro. «Ora capisco cosa intendevi con proporzioni perfette, Daphne: è una stanza bellissima. Le finestre e le portefinestre lasciano entrare un sacco di luce.»

«E il rivestimento a pannelli aiuta, Hugo. Il mogano è sempre troppo scuro, a parer mio. Preferisco il legno chiaro.»

«Concordo.»

Dopo un giro della biblioteca, passarono in salotto e nella sala da pranzo, visitando tutte le stanze del pianterreno.

Anche al piano delle camere da letto, le stanze erano ampie ma accoglienti e soleggiate. A un certo punto gli venne il dubbio che la villa fosse troppo grande... forse troppo grande per un uomo solo. Ma non sarebbe rimasto solo per sempre, disse a se stesso, avrebbe avuto una sposa con cui dividerla.

Solo Daphne, pensò. Lei è l'unica che desidero. La casa le si adatta. È la giusta cornice alla sua bellezza... ma forse non esiste posto al mondo che non si rimodellerebbe su di lei. È speciale. Una donna veramente seducente.

La osservò guardare dalla finestra della camera da letto padronale.

«C'è una bella vista del lago da quassù, Hugo. Potresti metterci dei cigni, come a Cavendon. Sì, questo lago ha bisogno di una coppia di cigni. Sai che stanno insieme per tutta la vita?»

«Sì, lo so», mormorò lui, pensando: noi dovremmo stare insieme per tutta la vita. E cominciò a sospettare che non sarebbe mai riuscito a togliersela dalla mente.

Quel pomeriggio indossava un vestito di seta color pesca, simile a quello che indossava quando si erano incontrati la prima volta... cioè il giorno prima. Era solo ieri? Certo, lui era arrivato venerdì e quel giorno era sabato. Come era possibile? Gli sembrava di averla conosciuta da anni. Si erano visti alla cena danzante e poi a colazione con la famiglia al mattino. Avevano conversato sulla terrazza, avevano pranzato e poi erano andati lì, alla Whernside House, seduti vicini in automobile. E poi un'ora in giro per la villa.

In quel breve lasso di tempo erano stati molto insieme e lui desiderava stare con lei costantemente. Non era solo una donna bellissima, ma anche intelligente, affettuosa e affascinante. Con lei si sentiva a suo agio e, pur non sapendo cosa provasse lei per lui, era sicuro che anche lei stesse bene in sua compagnia.

La camera da letto era grande, come lo erano tutte le altre stanze. Era una casa pensata per un uomo, sua moglie e la loro famiglia, non per un uomo solo, un vedovo che fantasticava su una fanciulla troppo giovane per lui. Una giovane donna che difficilmente avrebbe mai posseduto.

Daphne si voltò e tornò verso di lui sorridendo, nel sole

che le illuminava i capelli biondi e faceva risplendere il suo bel viso. Lui si sentì nuovamente stordito. Aveva avuto altre donne prima di sposarsi, ma nessuna gli aveva fatto provare una simile sensazione, neppure la sua adorabile Loretta che aveva amato e alla quale era sempre stato fedele.

Si era infatuato di Daphne Ingham e non sapeva cosa fare. Lui, che era un uomo di mondo e un imprenditore di successo si sentiva smarrito.

«Andiamo al piano della nursery», propose Daphne, insinuandosi nei suoi pensieri.

«Perché no?» chiese Hugo, riavendosi a fatica dalle sue fantasticherie.

Salirono le scale e trovarono la nursery. «Oh! Un cavallo a dondolo!» esclamò Daphne entrando. «Proprio come quello che abbiamo a Cavendon.» Lo spinse per farlo dondolare e Hugo le disse che lo ricordava anche lui. «Il tuo cavallo a dondolo era anche un amico mio. Si chiamava Dobbin.»

Daphne annuì e rise. Smise di farlo dondolare, vi montò in groppa e iniziò a cavalcare. Il vestito s'impigliò nella schiena del cavallo, si sollevò e le denudò una gamba.

Il desiderio di Hugo crebbe a dismisura e dovette voltarsi dall'altra parte.

Poco dopo Daphne lo raggiunse alla finestra e gli posò una mano sul braccio. «Grazie ancora per avere salvato Greensleeves», mormorò.

«È stato un bene che mi sia ricordato di infilarmi le scarpe prima di correre fuori dalla mia stanza.»

«Cosa intendi dire?» gli domandò lei, perplessa.

«Quando ho visto il fuoco dalla mia finestra ero in pantofole e prima di precipitarmi fuori mi sono fermato per infilarmi le scarpe. E così, quando non sono riuscito ad aprire il chiavistello del box, ho usato una scarpa come un martello.»

Daphne lo fissò, accigliata. «Perché mai non riuscivi ad aprire il chiavistello? Non capisco.»

«Oh, non te l'ho detto? C'era un pezzo di legno incuneato dietro il chiavistello e non riuscivo a sfilarlo. È così che mi sono scottato le dita. Ma con la scarpa ce l'ho fatta e ho aperto la porta del box e liberato Greensleeves.»

Daphne continuò a fissarlo a bocca aperta. Un brivido le corse giù per la schiena e sentì le gambe cedere. Si sedette su una sedia, scuotendo la testa.

«Daphne, che succede?» le chiese Hugo con apprensione.

«Il chiavistello era un po' allentato ma nessuno vi ha mai incuneato un pezzo di legno per bloccarlo. Ero nella scuderia venerdì mattina per vedere Greensleeves ed era tutto normale.» Si sentì raggelare pensando a Richard Torbett. Aveva minacciato di uccidere sua madre e Dulcie e la notte scorsa aveva cercato di uccidere il suo cavallo. *Era stato lui.* Ne era certa, ma perché? Lei non aveva detto a nessuno che era stato lui ad aggredirla, non aveva mai fatto il suo nome.

«Non ti senti bene?» insistette Hugo preoccupato. Daphne era impallidita e sembrava sofferente.

Daphne riprese il controllo di sé. Devo stare attenta a quello che dico, ammonì se stessa. *Non lo dica a nessuno. Non si fidi di nessuno. Solo degli Swann. Solo dei suoi genitori.*

«Si è trattato di un incendio doloso, sono d'accordo con la polizia», affermò dopo un attimo di silenzio. «Alla balla di fieno è stato dato fuoco volontariamente. Chiunque sia stato voleva uccidere i nostri cavalli e bruciare le stalle. Non so perché abbiano preso di mira Greensleeves, ma l'aveva intrappolata nel suo box e anche tutti gli altri avrebbero preso fuoco rapidamente. C'è qualcuno che odia la mia famiglia.»

«Un'idea terribile, Daphne», commentò Hugo. «Temo di avere pensato che il pezzo di legno fosse stato incastrato per sicurezza, presumibilmente da uno dei mozzi di stalla.»

«No!» gridò lei. «Sai benissimo quanto me che nessun

cavallo esce dal suo box neppure quando la porta è spalancata.»

Lui annuì e le tese la mano. «Forse faremmo meglio a uscire, l'aria fresca ti farà bene. E secondo me devi riferire a tuo padre i tuoi sospetti.»

Prendendogli la mano, Daphne lo fissò per un momento, poi i suoi occhi si riempirono di lacrime. «Grazie di essere tanto comprensivo, Hugo. Rendermi conto che qualcuno cova risentimento verso di noi mi ha spaventata. È così, vero?»

«Forse.»

31

CHARLOTTE Swann procedeva lentamente verso il laghetto di Cavendon. Si era avviata troppo presto, ma la giornata era talmente bella che non aveva resistito all'impulso di uscire di casa.

Alzò la testa e contemplò il cielo che quel pomeriggio era straordinario, di un azzurro brillante, senza una nuvola, traboccante di luce solare. Fino a quel momento era stata un'estate fortunata, con piogge poco frequenti e un tempo meraviglioso, insolito per lo Yorkshire.

Continuando per la sua strada, si chiese come mai Charles volesse parlare con lei e perché avesse scelto il gazebo al bordo del lago come luogo d'incontro. Con ogni probabilità aveva qualcosa di molto privato da discutere e lì nessuno avrebbe potuto ascoltarli, se non, si disse sorridendo, nascondendosi sotto il pavimento del gazebo.

Infilò le mani nelle tasche dell'abito di seta verde pastello e continuò a passo regolare, pensando ai vestiti che Cecily, cui avevano dovuto rivelare il segreto, aveva creato per Daphne per quando si fossero mostrati i primi segni della gravidanza.

Il talento di Cecily la sbalordiva. Gli abiti e i completi erano tagliati in modo astuto.

Charlotte aveva capito come Cecily progettasse gli abiti solo dopo che la nipote le aveva mostrato e illustrato a voce vari disegni, ognuno dei quali era dedicato a un singolo capo.

Charlotte aveva telefonato a sua cugina Dorothy, che viveva a Londra e lavorava nel reparto della moda di Fortnum and Mason a Piccadilly. Omettendo le creazioni elaborate per una donna incinta, Charlotte aveva parlato a Dorothy di Cecily magnificandone il talento.

«Un giorno la manderò a vivere da te», aveva detto Charlotte. «È una vincente, Dottie, avrà successo. Posso garantirti che un giorno Cecily Swann sarà una sarta famosa, celebrata in tutto il mondo.»

Dorothy l'aveva ascoltata attentamente e le aveva assicurato che, appena Cecily fosse stata grande abbastanza da lasciare Cavendon, avrebbe potuto vivere a Londra con lei e suo marito, Howard Pinkerton e le avrebbe anche trovato lavoro da Fortnum. Si fidava incondizionatamente del giudizio di Charlotte.

La voglio lontana da qui, pensò ora Charlotte. Questo luogo è troppo bello, troppo confortevole, troppo perfetto sotto tanti aspetti. E pericoloso. A causa degli Ingham maschi, naturalmente. Erano irresistibili e fatali.

Miles aveva solo quattordici anni, ma Charlotte aveva notato come guardava Cecily, specialmente nelle ultime settimane, da quando era tornato da Eton. Erano sempre insieme e, anche se di solito era in compagnia di DeLacy, sembrava che Miles trovasse il modo di non separarsi mai da Ceci.

Devo stroncare sul nascere questa storia. Lei non può finire come me. Non lo permetterò, si ripromise Charlotte, prima di fermarsi con un sussulto di sorpresa.

Sul sentiero era apparsa all'improvviso Ginevra, la zingarella, che la stava fissando. Da dove era spuntata tanto inaspettatamente?

«Ginevra! Mio Dio! Che ci fai qui?»

La ragazza fece spallucce, sorridendo. «Buongiorno, signora Charlotte.»

«Sai bene che non devi entrare in questa parte della proprietà», la rimproverò Charlotte, ma bonariamente.

La zingarella rimase in silenzio, poi tese la mano e le offrì qualcosa. «Un regalo.»

Ben sapendo che non doveva offenderla, Charlotte prese il regalo e lo osservò attentamente. Sembrava un frammento d'osso o di avorio, su cui erano incise delle croci attorno a un minuscolo cuore. Vi erano legati anche due pezzetti di nastro, uno scarlatto, l'altro azzurro cielo.

Charlotte corrugò la fronte, fissò Ginevra e intuì che per lei quel regalo doveva avere un'importanza speciale. «Grazie mille, Ginevra», disse. «Lo conserverò per sempre con cura. L'hai fatto tu?»

Ginevra annuì. «È un portafortuna. Non perderlo.»

Charlotte se lo mise in tasca. «Lo terrò al sicuro. Ora devo affrettarmi, sono in ritardo.»

«Il bosco delle campanule non buono.» Ginevra scosse il capo. «Intrusi braccati», borbottò, alzando una mano e muovendola come se stesse scrivendo parole nell'aria. Si voltò bruscamente e sfrecciò giù per un tratto di sentiero e per i prati, tornando al campo rom sulle colline.

Charlotte si chiese che senso avessero quelle parole, poi ricordò. Anni prima, il quinto conte aveva fatto affiggere sugli alberi nel bosco delle campanule e in giro per la tenuta dei manifesti di diffida proprio contro gli intrusi. Ginevra intendeva forse dire che sarebbe stato bene rimetterli sugli alberi?

E perché aveva detto che il bosco delle campanule era cattivo? Oh, mio Dio! Ginevra aveva forse visto aggredire Daphne in maggio? Charlotte rabbrividì e allungò il passo verso il gazebo, senza neppure fermarsi a vedere i cigni come faceva di solito.

Arrivò per prima e si sedette nel bersò, riprendendo fiato e tentando di non pensare ai misteriosi intrusi. Dopo pochi minuti entrò Charles Ingham, le toccò leggermente la spalla e si sedette di fronte a lei. «Spero di non averti fatto aspettare, Charlotte.»

«No, Charlie, sono appena arrivata. Immagino tu abbia scelto questo splendido posto per parlarmi di qualcosa di molto importante, di qualcosa che nessun altro deve sentire.»

«Sai, certe volte sei un po' melodrammatica», replicò lui, chiaramente divertito.

«Anche tu», ribatté lei. «Penso sia qualcosa che ci siamo scambiati da piccoli. In ogni caso, ora siamo qui, in questo gazebo fuori mano, e solo i cigni possono origliare. Allora, di che si tratta?»

Charles si chinò verso di lei. «Prima di partire, Hugo mi ha confessato di essersi innamorato di Daphne», cominciò. «Dire che sono rimasto esterrefatto è l'eufemismo dell'anno. Di fatto sono rimasto per un momento senza parole. Poi lui mi ha stupito ancora di più, dicendo che voleva il mio permesso per corteggiarla, se non era già promessa a qualcun altro. Ha sostenuto che le sue intenzioni erano serie. Vorrebbe sposarla... se io non avessi obiezioni.»

«E tu che gli hai risposto?»

«Appena mi sono ripreso, ho cercato di aggirare la questione. Gli ho detto che dovevo pensarci, perché dopotutto lui ha quindici anni più di lei. Gli ho anche fatto presente che dovevo prima appurare quali erano i sentimenti di Daphne nei suoi confronti, se l'avrebbe o no preso in considerazione come pretendente.»

«Non potevi fare altro. E quando vuole una risposta?» domandò Charlotte, mordendosi il labbro inferiore.

«Come sai, è andato a Zurigo per una riunione. Tornerà nello Yorkshire il trenta di luglio, per il gran ballo d'estate del due di agosto. Gli ho detto che avrà la mia risposta quel giorno.»

«Felicity?»

«Ecco, non ne ho ancora parlato con lei. Mi è parsa un po' giù di corda dalla cena danzante, insolitamente agitata e irritabile. Non ho avuto il coraggio di metterla subito di fronte a questo sviluppo così delicato, ho pensato di aspettare qualche giorno.»

Charlotte annuì, ma rimase in silenzio, riflettendo.

Il conte la fissò, socchiudendo gli occhi. «Come mai ho l'impressione che tu non ne sia sorpresa?» chiese.

«Perché non lo sono.»

«Perché no?»

«Perché una ragazzina di dodici anni, Cecily Swann, per la precisione, aveva capito che Hugo si stava prendendo una cotta nel momento stesso in cui avveniva. Durante il tè pomeridiano, il giorno del suo arrivo. Aveva detto ad Alice che lui non aveva avuto occhi che per Daphne e io ero presente. Hugo ha detto quindi la verità, Charles, è stato amore a prima vista. Ha davvero intenzioni serie.»

Charles fissò Charlotte in silenzio, chiedendosi se lei approvava che Hugo corteggiasse Daphne. «Quindi secondo te dovrei prendere in considerazione la sua proposta.»

«Perché no? Se Daphne fosse d'accordo, Hugo è un uomo affascinante, interessante, attraente e, ho scoperto, anche gentile e premuroso. E ha successo negli affari, che non guasta.»

«Come posso prendere in considerazione un'idea tanto assurda? Daphne è incinta di un altro uomo, per l'amor di Dio!» esclamò Charles, con un gesto di esasperazione. «E se quella condizione non è un ostacolo a un matrimonio tra quei due, allora non so cosa sia.»

«Charles, ti prego, calmati. Non arrabbiarti con me, sto solo cercando di aiutarti. Facciamo una passeggiata attorno al lago, scambiamoci qualche riflessione... come ero solita fare con tuo padre. Un po' d'aria fresca e la tranquillità all'aria aperta fanno miracoli.» Charlotte si alzò. «Vieni, andiamo ad ammirare i cigni.»

32

Camminarono lungo le sponde del lago, senza parlare, assorti nei loro pensieri, ma in armonia nel silenzio che li univa.

Charlotte lasciò a Charles il tempo di riflettere. Nel profondo del suo cuore riteneva che l'arrivo di Hugo fosse stato provvidenziale e che il fatto che si fosse innamorato di Daphne fosse alla pari di un miracolo.

Ma non era sicura che Charles la pensasse allo stesso modo. Poteva solo sperare che si rendesse conto di quanto vantaggiosa sarebbe stata un'unione tra Hugo e Daphne. Il matrimonio avrebbe protetto sua figlia.

Si fermarono a guardare due cigni che nuotarono lentamente verso di loro. «Gli Ingham devono a Humphrey, il primo conte, i cigni che hanno», osservò Charles.

«Sì e ne conosco anche il motivo. E tu?»

«Perché il nostro antenato aveva voluto onorare il tuo per la sua lealtà e devozione e per questo aveva promesso a James che gli Ingham avrebbero sempre avuto cigni in questo lago in ricordo del suo nome 'Swann'.»

«E da quel momento, le vite degli Ingham e degli Swann sono state intrecciate tra loro in mille modi, grazie all'amicizia dei nostri padri fondatori», aggiunse lei. «È un legame che nessuno può spezzare, sai... e dura da più di centosessanta anni.»

«Chiedi a chiunque cosa sanno gli Swann degli Ingham e ti risponderà: 'Meglio chiedere cosa non sanno'.»

«Sì, mi hanno indotta a credere che noi sappiamo ogni cosa.»

«Sei tu ad avere i registri degli Swann, vero, Charlotte?»

«Li ho io, perché sono il membro più anziano della famiglia.» Lo scrutò incuriosita. «Come mai ti sono venuti in mente? Non è che tu voglia vederli, vero? Perché non puoi, lo sai, è vietato.»

«Non te lo chiederei mai, Charlotte, ma stavo pensando a quanto gli Ingham abbiano contato sugli Swann, generazione dopo generazione. E come io dipenda da te. Quando ho un problema, è sempre a te che mi rivolgo, l'ho sempre fatto. Parlo con Felicity, certo, chiedo il suo consiglio, come lei fa con me. Ma è del tuo giudizio che ho bisogno, credo perché è stato così anche per mio padre.»

Charlotte non rispose, anche se Charles aveva ragione.

«Allora, aveva o non aveva fiducia nel tuo giudizio?»

«Be', spesso, ma non sempre.» Gli sorrise debolmente. «A volte pensava di saperne di più e naturalmente era vero, era un uomo molto intelligente e saggio. Ma ora riprendiamo a parlare di Hugo e Daphne, è per questo che hai voluto vedermi.»

«Hai ragione, dimmi allora che cosa pensi di questo imprevisto. Devo prendere in considerazione la richiesta di Hugo? Funzionerà?»

«Penso che potrebbe funzionare... a patto che Daphne sia favorevole. Conosciamo le intenzioni di Hugo, ma quelle di Daphne? Deve decidere lei. Dobbiamo sperare che provi sentimenti reciproci.»

«Non l'accetterei in nessun altro modo!» dichiarò Charles. «Non penso che possa essere innamorata di lui, ma, se lui le piacesse, se si fidasse di lui, se andassero d'accordo, allora forse un matrimonio tra loro avrebbe buone probabilità di riuscita. Ma deve decidere lei, io non la costringerei mai.»

«Le tue parole mi rendono felice, Charles, perché una loro unione risolverebbe molti problemi per Daphne e per tutta la famiglia. Sarebbe un sollievo per tutti.»

«Capisco... ma a volte un matrimonio basato su una travolgente passione muore rapidamente, perde ardore, come mi hanno fatto capire certi conoscenti.»

«A volte un uomo appassionato può far funzionare il suo matrimonio alla meraviglia... se la partner è disposta ad assecondarlo. E pensa, Charles, Daphne potrebbe accogliere Hugo a braccia aperte. Quello che abbiamo programmato per lei per i prossimi sei mesi sarà veramente duro. Deve continuare a vivere normalmente, mentre nasconde la gravidanza, sperando di non essere scoperta. Sperando di poter riprendere il totale possesso della sua vita dopo la nascita del bambino. E a proposito del bambino, ti è mai passato per la testa che potrebbe non volerlo dare in adozione?»

«No», rispose. «Felicity e io abbiamo semplicemente messo da parte questa idea. Il neonato dovrà essere adottato. Da una buona famiglia. Se ne occuperà uno studio legale. E garantiremo un aiuto economico a quella famiglia.»

«Cosa pensi dirà Felicity di un matrimonio tra Hugo e Daphne? Acconsentirà?»

«È una donna pratica per natura, sono sicuro che acconsentirà, a patto che Daphne sia felice», rispose convinto. «Voleva che Daphne venisse presentata a corte e stava progettando un gran ballo per debuttanti per l'anno prossimo...»

S'interruppe, scosse la testa. «Ogni volta che parliamo di questa tremenda situazione, il modo in cui Daphne è stata stuprata, ringraziamo Dio che sia ancora viva. È la cosa più importante. Avrebbe potuto ucciderla.»

«Vuoi che torniamo in casa e ne parliamo con Daphne? So che Felicity è andata a trovare sua sorella... ieri mi ha riferito che Anne è di nuovo ricoverata in ospedale.»

Charles fece un sorriso triste. «È vero, povera donna. DeLacy e Miles sono andati con Felicity per farle compagnia. Diedre e Guy sono a Londra. Lo sapevi, vero?»

«Certamente. Diedre mi ha riferito che lei e Guy erano stati invitati alla festa di compleanno di Maxine Lowe e che si sarebbero fermati a Londra per alcuni giorni.»

«Li ha accompagnati zia Gwendolyn.» Rise. «Non era stata invitata al ricevimento di Maxine, ma dal momento che aveva programmato di recarsi a Londra per 'un po' di Mayfair e di teatro', come si è espressa, Diedre ha proposto di prendere il treno insieme.»

Che bella, pensò Charlotte entrando poco dopo con Charles nel salotto giallo e vedendo lady Daphne Ingham, con indosso un vestito di seta celeste, un lungo filo di perle e orecchini di perle. Non c'era da meravigliarsi se Hugo si era innamorato di lei a prima vista. Sembrava una dea. Nessun uomo avrebbe potuto resisterle.

Appena vide suo padre e Charlotte, Daphne si alzò per salutarli e strinse la mano di Charlotte tra le sue. «Entri e si accomodi con me sul divano», la invitò.

Hanson, sempre presente, fece cenno a Malcolm e a Gordon di occuparsi del carrello del tè. «Buon pomeriggio, milord, signorina Charlotte. Vuole che lo serviamo adesso, lord Mowbray?»

«Grazie, Hanson, sono sicuro che già sapeva che saremmo stati solo noi tre.»

«Sì, milord. Ho appurato anche che lady Dulcie verrà a prendere il tè con voi. Sarete in quattro.»

«Ah, davvero?» si stupì Charles. E in quel preciso istante

la figlia minore entrava tutta composta nel salotto. «Ciao papà. Buon pomeriggio, signorina Charlotte. Daphne, posso sedermi accanto a te?»

«Certamente», rispose la sorella, facendo spazio sul divano tra sé e Charlotte.

A Dulcie venne offerto un bicchiere di latte, mentre Gordon e Malcolm versavano il tè e distribuivano tramezzini sotto l'occhio vigile di Hanson.

«Quando arriverà il mio cavallo, papà?» domandò Dulcie, i grandi occhi azzurri fissi sul padre.

«Un cavallo!» esclamò Daphne sorpresa. «Mio Dio!»

«Non un cavallo», precisò Charles. «Sarà un pony Shetland, anche se un po' più grande di quello che hai adesso.»

«Avrai un cavallo quando sarai più grande», spiegò Daphne.

«Allora quando arriverà il nuovo pony, papà?»

«Tra una settimana. Ho dovuto trovare quello giusto per te. Un pony speciale, Dulcie.»

Con un sorriso, Dulcie dichiarò: «Lo chiamerò Hugo».

Charles finse un colpetto di tosse e distolse lo sguardo da Charlotte.

«Come mai hai scelto proprio quel nome, Dulcie?» domandò Daphne incuriosita.

«Perché ho un amico che si chiama Hugo. Sono stata la prima sorella a vederlo e non posso farci niente se lui ha detto che aveva scelto me come la prima persona che lo avrebbe incontrato... me lo hai detto tu, Daphne. Avevi detto tu che non era colpa mia.»

«È vero. E così il nuovo pony si chiamerà Hugo?»

«Sì, perché Hugo è simpatico e buono e lo sarà anche il pony.»

«Hugo è simpatico, papà, ha ragione Dulcie. È una delle persone più gradevoli che abbia conosciuto finora», dichiarò Daphne.

* * *

Un'ora dopo Dulcie era tornata nella nursery e Daphne sedeva nella biblioteca con suo padre e Charlotte. Charles le aveva riferito ogni cosa, ripetendo, quasi parola per parola, ciò che aveva detto Hugo prima di partire per Zurigo.

«E adesso, papà?»

«Quando Hugo tornerà nello Yorkshire per partecipare al ballo, vorrà sapere cosa ne pensi.»

«Intendi dire che si aspetta una risposta?» Daphne fissò il padre con durezza.

«Sì.» Charles si mise comodo e incrociò le gambe.

«Ma una risposta a cosa esattamente? Vuole sposarmi o ti ha chiesto se può corteggiarmi, con l'intenzione di sposarmi?»

«Vorrebbe corteggiarti, Daphne. Mi ha fatto capire che vuole darti la possibilità di conoscerlo meglio. Da parte sua, è assolutamente sicuro dei suoi sentimenti. Non ha fatto che ripetermelo. Desidera che tu abbia tutto il tempo che vuoi per decidere. In altre parole, non vuole che tu lo respinga su due piedi, ma non vuole neppure farti pressione.»

Daphne non rispose immediatamente.

Charles guardò Charlotte e alzò un sopracciglio.

«Hugo non vuole farti fretta, ma ha voluto che tu sapessi quello che prova per te», spiegò Charlotte. «Vedi, Daphne, Cecily si era accorta di come aveva reagito Hugo quando ti ha visto il primo giorno, appena arrivato, e a me ha confidato che non riusciva a staccarti gli occhi di dosso. Poi ha detto di aver trovato una nuova moglie. Nel senso ovviamente di una donna che avrebbe desiderato avere in moglie.»

«Ho fiducia in Cecily, non le sfugge mai niente ed è molto matura per la sua età», osservò Daphne. «Quello che state dicendo, quindi, è che Hugo vorrebbe corteggiarmi e che, se lui mi piacesse tanto da volerlo sposare, questo sarebbe il risultato finale. Il matrimonio. Ma se non mi affezionassi a lui, il corteggiamento si estinguerebbe di morte naturale. Ho ragione? Ho riassunto bene la situazione?»

«Sì, mia cara.»

Daphne rifletté un momento. «Hugo mi piace, è un uomo adorabile», aggiunse poi. «Potrebbe anche funzionare. Andiamo d'accordo, ci piacciono le stesse cose. Ma c'è un enorme problema, papà. Sono incinta. Bisognerebbe dirgli che sto aspettando un bambino, sarebbe sbagliato nasconderglielo. Disonesto. Disonorevole, da parte mia. Ma sarebbe rischioso rivelarglielo. Potrebbe allontanarsi da me, perdere ogni interesse e... conoscerebbe il mio segreto. E se se lo lasciasse sfuggire io sarei rovinata.»

«Non credere che non ci abbiamo pensato, io e Charlotte», rispose Charles. «Dobbiamo correre il rischio.»

«Hugo è un Ingham, un membro della famiglia, il primo cugino di tuo padre, Daphne», intervenne Charlotte. Lo ritengo un uomo onesto e onorevole e, come tutti gli uomini Ingham, assolutamente leale e fedele. Non credo che parlerebbe. Ricorda inoltre che gli verrebbe detto che sei stata aggredita e violentata, e questo non lo svelerebbe di sicuro.»

«Secondo me», commentò Charles, «se perdesse interesse in te o se tu rifiutassi con sdegno la sua corte, se ne andrebbe via senza più tornare. A me ha detto che avrebbe trovato insopportabile vivere nella Whernside House senza di te come moglie. Ha usato l'aggettivo insostenibile.»

La testa di Daphne si affollò di pensieri e gli tornò in mente l'immagine di Peggy Swift che si chinava sul suo Kevin. «E come la mettiamo con la mia gravidanza?» chiese. «Potrei cedere questo bambino? Non lo so, papà. È un Ingham e sono certa che lo amerò dal primo momento in cui lo avrò tra le braccia. Diciamo che ci sposiamo, Hugo potrebbe negarmi la possibilità di tenere il bambino.»

Quelle sue parole colsero Charles in contropiede, perché

non aveva mai pensato che avrebbe voluto tenere il bambino. Con un piccolo sforzo riuscì a parlare con pacatezza. «Ci sono molte cose da prendere in considerazione, oltre al bambino. Se tu sposassi Hugo, non sarai mai una duchessa come avevi sognato. Ma lui ti tratterebbe come una regina e non ti farebbe mancare nulla. Hugo è estremamente ricco.»

«So che è un uomo di successo negli affari, l'ho capito dai nostri colloqui.»

«Ti adora, ti vizierà, ti offrirà il mondo. È un multimilionario», ribadì Charles. «È anche sincero, mi ha chiarito molte cose sulla sua ricchezza.»

«Non posso lasciare che questo mi influenzi, papà.» Poi Daphne si rivolse a Charlotte: «Non posso, vero?»

«No, Daphne. So tuttavia che rifletterai a fondo su tutto questo prima di giungere a una decisione. È così che sei fatta. Sei molto prudente.»

Daphne meditò. «È gentile e affettuoso e mi fa ridere», ragionò a voce alta. «Mi piace la sua energia... e la sua appassionata personalità.» S'interruppe per qualche istante. «Ritengo che per il momento possa farmi la corte», concluse. «Ma lasciate che ci pensi su per qualche giorno. Poi vi darò la risposta definitiva.»

«Sta a te decidere, è quello che voglio, mia cara.»

«Che ne pensa mamma del serio interesse di Hugo per me?»

«Non gliene ho ancora parlato. Non si è sentita molto bene ultimamente e non ho voluto gravarla di un altro fardello.»

«Forse gliene parlerò io quando tornerà a casa da Harrogate. Mamma è una donna pratica come me o, per meglio dire, io sono come lei.»

* * *

In camera sua, Daphne chiuse a chiave la porta, si tolse l'abito e andò davanti allo specchio a bilico.

Si esaminò attentamente e da tutti gli angoli. Non si vedeva ancora che era in attesa, ma ebbe l'impressione che le si fossero ingrossati un po' i seni che ogni tanto le facevano male. Appena fosse cominciato a crescerle il pancino, avrebbe dovuto lasciare Cavendon. Non aveva alternative. Non poteva neppure andare nella casa a Mayfair, esponendosi ai pettegolezzi della servitù.

Scelse una vestaglia di seta dal guardaroba. Mentre la infilava, si chiese se ce l'avrebbe fatta a fingere per molti mesi di non essere incinta, ad andare a vivere a Parigi appena si fosse cominciato a notare il suo stato, a imparare il francese, l'arte e la storia di Francia come una studentessa. A essere elegante e chic come una francese. Sarebbe riuscita a mettere in pratica il programma elaborato per lei da Charlotte Swann?

Poteva farcela, ma sì. La forza di volontà non le faceva difetto e una volta presa la decisione di fare qualcosa, la faceva.

Ma per la prima volta, si chiedeva se voleva veramente percorrere quella strada fino in fondo. Voleva dire comportarsi da disonesta e arrendersi all'arte della simulazione.

Si sedette alla toletta. Per una volta in vita sua si osservò con obiettività e riconobbe la sua bellezza. Hugo si era innamorato di lei a causa di quella bellezza.

Chiuse gli occhi e pensò a lui. Era attraente e le aveva già dato prova di un animo gentile. Le persone che lo conoscevano lo prendevano subito in simpatia. La famiglia e il personale che l'avevano conosciuto da ragazzo l'avevano accolto a braccia aperte, il che la diceva lunga.

Sposare un uomo potente e ricco l'avrebbe protetta, o no?

Una cosa era sicura, il matrimonio avrebbe sollevato il terribile peso che gravava sui suoi genitori. Aveva sentito sua madre dire a suo padre che era come vivere sotto la spada di Damocle.

Poteva sposare Hugo? Lo voleva? E lui le avrebbe permesso di tenere il bambino? O avrebbe dovuto darlo in adozione? E sarebbe riuscita a farlo?

Non ultima c'era la questione dell'intimità. Alla fine sarebbe diventata sua moglie e non solo di nome. L'unione sessuale avrebbe fatto parte del matrimonio. Era pronta a condividere una vita intima con Hugo?

Rabbrividì, pensando a Richard Torbett e alla sua crudeltà quando l'aveva stuprata. Per colpa di quel demonio, temeva ancora il sesso. Nello stesso tempo, sposandosi, avrebbe acquisito non solo un compagno per la vita, ma anche la sua protezione. Se avesse avuto un marito come Hugo Stanton, Torbett non avrebbe osato fare niente a lei o alla sua famiglia.

D'altra parte, sposandolo, non avrebbe mai provato quella meravigliosa sensazione di innamorarsi e di adorare l'uomo che amava, di voler essere sua in ogni senso. Non avrebbe mai conosciuto il vero amore...

Che fare?

Daphne si sdraiò sul letto e nascose la faccia nel cuscino. Era alle prese con un dilemma... non sapeva decidersi.

Di una cosa però era certa, avrebbe dovuto essere forte e mantenere il controllo del proprio destino. Non avrebbe permesso a nessuno di prendere decisioni per lei.

33

Felicity sapeva bene che a Charles piacevano le ore della tarda sera, quando la cena era conclusa e tutti si erano ritirati per la notte. Solo allora poteva restare solo con lei nell'accogliente salottino comunicante con la sua stanza da letto.

A suo agio in pigiama, si sedeva a chiacchierare davanti al caminetto. A volte portava con sé un bicchierino di cognac o di whisky, mentre lei preferiva un bicchiere di acqua fredda con qualche goccia di limone.

Quella sera, dopo la lunga giornata a Harrogate, era felice di potersi finalmente rilassare davanti al fuoco, sorseggiando la sua acqua al limone mentre aspettava che Charles la raggiungesse. Non che fosse particolarmente ansiosa di passare del tempo sola con lui, ma si adeguava di buon grado a un'abitudine consolidata.

Lo sentì parlare dall'altra parte della porta con Walter Swann di Winston Churchill, il politico. Da ciò che riusciva a udire, erano entrambi a suo favore e lodavano la sua genialità e la sua eloquenza.

Quando Charles entrò, lei alzò gli occhi e osservò: «Lodavate molto Winston Churchill», notò quando il marito entrò in salotto. «C'è gente a cui non va a genio, sai.»

Charles annuì, ma la contemplò con un'espressione sorniona. «Sono solo invidiosi della stupefacente abilità che dimostra in ogni cosa che fa, tutto qui.»

«Sono sicura che hai ragione.»

«Non mi hai riferito molto su Anne al tuo ritorno, come sta?»

«Il suo atteggiamento è più o meno lo stesso, Charles. Mai vinta, sempre positiva. Non cede all'autocommiserazione. In questo senso è estremamente inglese... molto stoica. Fa mostra di coraggio, ma so che soffre e prende morfina sempre più spesso. È una delle persone più coraggiose che io conosca.»

«Lo è davvero e mi dispiace tanto, mia cara. So quanto soffri tu per la sua condizione e ti sono vicino. Farò sempre tutto il possibile per sostenerti.»

Lei gli strinse il braccio e sorrise debolmente. «Grazie.»

Charles bevve un sorso del suo Napoleon. «C'è qualcosa che devo dirti», esordì con qualche titubanza. «Non ne ho avuto l'occasione prima. Be', in realtà, l'ho avuta, ma non volevo opprimerti, so che non ti sei sentita molto bene ultimamente.»

«Oggi sto molto meglio. C'è qualcosa che non va?»

«No, non potrei metterla così...» S'interruppe, bevve un altro sorso di cognac, posò il bicchiere su un tavolino vicino alla sua sedia e si protese verso di lei. «Il giorno che Hugo è partito per Londra è venuto da me. Mi ha confidato che è innamorato di Daphne e mi ha chiesto il permesso di corteggiarla. Se non fosse stata già fidanzata, naturalmente. Ha detto che era stato amore a prima vista e che le sue intenzioni erano serie.»

«Spero tu abbia risposto di sì!» esclamò Felicity. Le sue guance prima pallide si erano improvvisamente colorite, i suoi occhi si erano rianimati.

«No. Gli ho detto che avrei dovuto prima chiedere a

Daphne cosa ne pensava lei. Gli ho spiegato che toccava a lei decidere.»

«No! No! No!» proruppe Felicity con una veemenza insolita. «Non tocca a lei decidere. Dobbiamo decidere noi per lei. Hugo è la soluzione a tutti i suoi e i nostri problemi. Che coincidenza che sia arrivato a Cavendon proprio adesso. O forse non è affatto una coincidenza. Doveva succedere, era la volontà di Dio.»

Charles era disorientato, non si era aspettato tanto fervore da parte della moglie, meno che mai che alludesse alla volontà di Dio. Felicity non invocava spesso il Padreterno. Corrugò la fronte. «Non posso costringere Daphne ad accettare le proposte di un uomo se non ne è interessata», proseguì. «Né la indurrei a sposare un uomo di cui non fosse innamorata. Sarebbe impensabile, mostruoso. Vivere con qualcuno che non si ama sarebbe una tortura.»

«Ma tu l'avresti data in sposa al figlio di un duca e con ogni probabilità lei non avrebbe amato neppure quello.»

«Ma non l'ho mai inteso in quel senso, Felicity, e tu lo sai benissimo. Volevo trovare l'uomo giusto, farli incontrare e sperare che s'innamorassero. Sono troppo moderno per accettare un matrimonio combinato per una mia figlia.»

«A volte funzionano bene», obiettò Felicity in tono sarcastico. «Si sa che i matrimoni combinati sono quelli che durano di più.»

Charles era seccato, ma si controllò. «Male, però, durano malamente. Ed entrambi sono infelici, *tristi* e alla fine divorziano. Non è questo che voglio per Daphne.»

«Quindi Hugo verrà respinto?»

«Tutt'altro», rispose Charles. «Le ho spiegato la situazione e Daphne ha detto che Hugo le è simpatico. Lo trova affascinante e spiritoso. Mi darà una risposta entro uno o due giorni. Secondo me accetterà la sua corte.»

«Speriamo, perché secondo me è la miglior soluzione

possibile. Sarebbe sposata e di conseguenza protetta dalle malelingue.»

«Se non volesse sposarlo, dovremmo tornare al piano di Charlotte, nascondere la gravidanza e mandarla all'estero.»

«Immagino che faremmo così, ma sappiamo quanti disagi e preoccupazioni ne deriverebbero Devi persuaderla, Charles, farle capire che sarebbe la cosa più saggia.»

Charles annuì e fece roteare il cognac nel bicchiere, fissandone l'intensità ambrata. Strano che sua moglie avesse immediatamente accettato l'idea che Hugo e Daphne si sposassero, senza considerare i desideri della figlia, la sua felicità. Non era affatto da lei, ma forse dipendeva dal fatto che ultimamente era stata tanto sotto pressione.

Benché il marito fosse rimasto in silenzio, Felicity seppe leggere nel suo cuore. «Voglio il meglio per lei e questa è la soluzione migliore», dichiarò in tono rassicurante. «Credo sia una benedizione giunta dal cielo e ci è stata offerta su un piatto d'argento. Charlotte cosa ne dice?»

Charles la guardò divertito. Certo che lo conosceva proprio bene. Aveva subito immaginato che avesse già discusso la questione con Charlotte.

«Pensa anche lei che questa sarebbe la soluzione perfetta a un problema spinoso, ma ritiene che la decisione spetti a Daphne.»

«Capisco.»

«Inoltre bisognerebbe rivelare a Hugo la verità e sperare che non desista dal suo proposito perché è incinta. È un rischio che dobbiamo correre, ma io sono propenso a concordare con Charlotte, che si aspetta che sappia rispettare il segreto e proteggere la famiglia. Che sia leale come tutti gli uomini della famiglia Ingham.»

«Non potrebbe dire altro», gridò Felicity in tono sprezzante.

Charles si incupì e la osservò attentamente. «Cosa stai

insinuando? Che noi uomini Ingham siamo privi di onore e integrità morale?»

«No, ma Charlotte è stata influenzata da tuo padre ed è una Swann. Prenderà sempre le difese degli Ingham, morirebbe per un Ingham, se necessario. È il loro ruolo nella vita e lo è da generazioni.»

«So tutto sugli Swann.»

«Non tanto quanto loro sanno degli Ingham», ribatté Felicity. «In ogni caso adorava tuo padre.»

«Tutti amavano mio padre, era fatto così.»

«Oh, sai cosa intendo dire, Charles!» replicò in tono esasperato. «Non far finta di non saperlo.»

«Non c'è mai stata una briciola di insinuazione su mio padre e Charlotte e tu lo sai bene.»

Felicity si alzò. «Ora devo andare a dormire.»

Si alzò anche lui. «Posso dormire nel tuo letto questa notte o preferisci stare da sola?»

Lei gli rivolse un debole sorriso. «Sai che sei sempre ben accolto nel mio letto», mentì, tentando di celare il suo disappunto.

Non è vero, pensò Charles, non ultimamente in ogni caso. Negli ultimi sei mesi era stato sempre respinto e aveva sinceramente cercato di capirne il motivo. Non poteva darne completamente colpa alla sua ansia per la sorella. Semplicemente non era più interessata al lato intimo del loro matrimonio. Ma non sapendo quale ne fosse la ragione, non riusciva a mettersi il cuore in pace.

Felicity andò a letto e spense la lampada sul comodino. Anche Charles spense una lampada, andò alla finestra e scostò le tende. La luna piena inondò di luce la stanza.

S'infilò nel letto accanto alla moglie e l'abbracciò, poi la baciò sulla bocca. Nel sentire che lei rispondeva al suo bacio, le accarezzò i seni, mormorandole parole affettuose.

Felicity rimase in silenzio, immobile, in attesa che lui facesse all'amore con lei. Avrebbe fatto fronte ai suoi cosiddetti doveri coniugali con lealtà anche se senza passione. Ma con suo grande sollievo Charles non pretese niente. Felicity non lo desiderava più, ma si sforzava di celare questa caduta d'interesse. Per la sua stessa protezione, in un momento come quello.

Mentre continuava a baciarla e ad accarezzarla, Charles si rese conto di non riuscire a fare sesso con Felicity. Era impotente. Per un attimo si sentì afferrare dal panico, ma poi respinse una diagnosi così melodrammatica. Era semplicemente stanco, assillato da tutti i recenti eventi.

«Mi dispiace, tesoro», le mormorò parlandole attraverso i capelli, «ma anch'io sono molto stanco, non è sera.»

«Va tutto bene. Buona notte, Charles.»

«Buona notte, cara.»

Charles non riusciva a dormire e dopo essere rimasto sveglio per parecchie ore, si alzò e passando per lo spogliatoio andò in camera sua. Accese la luce e si guardò nello specchio, scuotendo la testa sconcertato.

Non riusciva a capire perché non fosse riuscito ad avere un'erezione, cosa che non gli era mai capitata prima. Era diventato di colpo impotente, si domandò di nuovo? Permanentemente? Come era possibile? Aveva solo quarantaquattro anni.

Chiuse gli occhi e si chiese se era dipeso dal fatto che lei lo evitava da mesi. Ancora turbato, spense la luce del bagno e andò a coricarsi. Quella notte avrebbe dormito da solo, come quasi sempre in quegli ultimi mesi. L'indomani lo attendeva una giornata impegnativa.

34

Seduta alla scrivania in stile georgiano sotto la finestra del suo salotto, Charlotte stava prendendo appunti per l'incontro del mattino con Charles. Avrebbero esaminato insieme alcuni dei vecchi registri della proprietà. Charles le aveva anche detto che voleva assumere altri uomini del villaggio ed esortare i fittavoli a estendere le aree coltivate, cosa che aveva rallegrato Charlotte, che aveva a cuore la sua gente tanto quanto lui. E a Little Skell, Mowbray e High Clough nuove occasioni di lavoro erano sempre ben accette.

La proprietà terriera e una grande casa nobiliare esistevano proprio per dare lavoro alla gente del posto, non solo all'esterno ma anche al servizio dei proprietari. Governanti, cameriere, cuochi, maggiordomi e valletti in casa e all'esterno giardinieri, guardacaccia e battitori e contadini che coltivavano i terreni intorno al villaggio. Era un intero mondo a se stante, un residuo dell'antica organizzazione feudale, in un certo senso.

Accantonando per un attimo gli appunti, Charlotte bevve e gustò un sorso di cognac. Lei preferiva il brandy allo scotch che piaceva ad Alice e a Walter e che teneva per quando l'andavano a trovare.

Lanciò un'occhiata alla fotografia di David nella sua cornice d'argento che toglieva dal cassetto ogni sera per collocarla sullo scrittoio. Le mancava e a volte piangeva per lui. Era morto troppo giovane.

Quando avevano calato la bara nella fossa, avrebbe voluto gettarsi su di essa, abbracciarla e farsi seppellire con lui. Aveva addirittura contemplato il suicidio, perché senza di lui la sua vita era vuota.

Non si era uccisa, perché considerava il suicidio un atto di debolezza e si era sempre vantata di essere una donna forte. Inoltre aveva promesso a David di vegliare su Charles e di aiutarlo quando ne avesse avuto bisogno. E gli aveva giurato che sarebbe rimata a Cavendon.

«Ho bisogno che i miei Swann restino in quella che è anche la loro casa, e in particolar modo che ci rimanga tu», aveva dichiarato prima di morire. «Solo allora potrò riposare in pace.»

E così lei era rimasta.... Ma dove sarebbe potuta andare? Era l'unico posto dove era stata felice. E David era sepolto lì.

Entrò Alice. Aveva bussato senza aspettare una risposta. Era arrivata in anticipo e Charlotte, colta di sorpresa, si dimenticò di rimettere la foto nel cassetto.

«Che aria stanca, Alice», le disse e sorrise. «Ti va di rimediare con uno scotch?»

«Grazie», rispose lei sedendosi in una delle poltrone. Mentre Charlotte versava lo scotch, Alice si guardò attorno e vide immediatamente la fotografia di David Ingham, il quinto conte. Si meravigliò che non fosse nel cassetto.

Incredibilmente non erano circolate illazioni su quei due, ma Alice aveva sempre saputo della loro relazione. Le vite degli Ingham e degli Swann si intrecciavano in ogni possibile modo da centosessanta anni. Che cosa avrebbe potuto modificare quel fato? Sarebbe sempre accaduto, non potevano evitarlo, non potevano resistere gli uni agli altri. Per la verità, neppure ci provavano. Gli uomini Ingham erano irresistibili per le donne Swann e viceversa.

Era il motivo per cui avrebbe dovuto allontanare Ceci da Cavendon. Tra Miles Ingham e Cecily Swann c'era un interesse reciproco che stava diventando troppo serio, erano sempre insieme. Al momento erano troppo giovani per pensare a rapporti intimi, ma se non fossero stati separati prima o poi sarebbe successo. Walter era d'accordo con lei e anche Charlotte.

Charlotte porse il bicchiere di scotch ad Alice e si sedette. «Cin-cin!»

«Cin-cin!» rispose Alice, facendo tintinnare i bicchieri. «Mi sa che me ne servirà un altro.» Scosse il capo e gemette. «Ho cucito per tutto il giorno. I vestiti che Ceci sta disegnando per Daphne sono belli, ma richiedono un sacco di lavoro.»

«Ti credo, sono progettati con grande talento. Ha solo dodici anni ma una straordinaria abilità. È... una bambina prodigio.»

«Mi sa di sì.» Alice lanciò un'occhiata alla foto, ma non la menzionò. «Sono contenta che tu abbia telefonato a Dottie. Ancora un paio di anni e Ceci sarà grande abbastanza per andare a Londra.»

Charlotte annuì, pensando, e non per la prima volta, che il telefono installato a casa sua dal quinto conte era una benedizione. Seguì lo sguardo di Alice e vide la fotografia che non aveva riposto. «So a cosa stai pensando. Ceci se ne andrà di qui, te lo prometto.»

«Grazie. Ora vorrei un altro scotch, se non ti dispiace», e andò a versarselo da sola.

Charlotte aspettò che Alice fosse tornata a sedersi. «Ho parlato con il conte questa mattina», annunciò, «e mi ha dato alcune notizie interessanti. Ecco perché ho voluto vederti questa sera.»

«Su, parla! Non tenermi in sospeso.»

«Prima di partire per Zurigo, Hugo è andato a parlare con Charles. Gli ha detto di essersi innamorato di Daphne a prima vista e gli ha chiesto il permesso di corteggiarla.»

«Quindi Ceci aveva ragione! Il conte gli ha dato il suo permesso?»

«No. Ha detto che dipendeva da Daphne. Che la decisione era sua.»

«Spero che dica di sì. È un bel colpo, vero? Il fatto che Hugo sia arrivato proprio ora, intendo.»

«Lo è e io spero che Daphne sia tanto ragionevole da accettare la proposta. Ha ammesso che Hugo le piace.»

«Ma questo non è amore, non è la stessa cosa. Si deve desiderare un uomo così tanto da non capire più niente. Si sente la necessità di stare con lui tutto il tempo. Si deve provare la sensazione di non poter vivere senza di lui. Questo è essere innamorati.» Alice guardò Charlotte in attesa di una risposta.

Ma Charlotte rimase in silenzio, fissando Alice con un'espressione enigmatica.

Alla fine Alice si lasciò andare: «Sai benissimo di cosa sto parlando. Desideravi David da impazzire Gli hai dedicato gran parte della tua vita da quando avevi diciassette anni».

«Non posso negarlo», ammise, «ma lo sapevano solo gli Swann.»

«Esatto, e non ci sono stati pettegolezzi solo perché ti abbiamo protetta. E non solo te, anche il conte. Ascoltami, Charlotte, dobbiamo tentare di influenzare Daphne. Fare allusioni, dire cose carine su Hugo.»

«Daphne è intelligente, molto più di quanto creda la maggior parte della gente. Non si lascerebbe ingannare. Dobbiamo giocare d'arguzia, Alice.»

«Oh, lo so, ma Daphne potrebbe innamorarsi di Hugo senza incoraggiamenti da parte nostra. Dopotutto è un bell'uomo che sa essere seducente. Non dimentichiamo che è un Ingham e tu conosci meglio di chiunque altro l'effetto che hanno gli uomini Ingham sulle donne. C'è qualcosa di speciale in loro.»

Charlotte sorrise. «Si chiama fascino fatale.»

Non molto lontani dalla casa di Charlotte, a Little Skell, vicino al lago nel parco di Cavendon, Peggy Swift e Gordon Lane stavano passeggiando.

Era una bella serata di luglio, con una luminosa luna piena appesa alla volta del cielo ad argentare la superficie del lago.

Peggy era sulle spinte perché erano nel parco. Non avrebbero dovuto essere lì, quello era il regno esclusivo della famiglia Ingham, non come i boschi e i pascoli dove potevano andare tutti.

«Stiamo sconfinando, Gordon», gli bisbigliò. «Affrettati a finire la tua sigaretta, così possiamo tornare alla casa.»

«Che ne dici di un bacio e qualche effusione? Questa sera niente, Peg?»

«No, no, ma dobbiamo fare alla svelta e *quello* non lo farò, capito. Quello no, finché non saremo sposati.»

«Lo so! Lo so! Ti rispetterò, signorina Swift, fino al giorno in cui sarai la signora Lane.» Gettò il mozzicone a terra e lo schiacciò sotto il piede nella ghiaia del sentiero. «Forza, Peggy, entriamo per un paio di minuti in quella rimessa.»

«Sarebbe un'altra intrusione», protestò Peggy.

«Suvvia, amore, solo per un momento», la implorò lui.

A malincuore e sapendo di fare una cosa sbagliata, Peggy si lasciò condurre da Gordon nella rimessa per barche. All'interno non c'erano lampade, ma la luna illuminava leggermente il locale. Gordon vide un mozzicone di candela in un piattino sul davanzale e accese un fiammifero. La fiammella tremolò.

«Non male, Peggy. Almeno possiamo vedere qualcosa. Oh, guarda, là, un mucchio di corde. Un sedile perfetto.»

«Un po' tetro», borbottò Peggy, sedendosi sulle cime accanto a lui.

Subito Gordon cominciò a baciarla, poi le scostò la camicetta e le accarezzò i seni. La stava eccitando, come al solito, e lei si agitò.

«Te lo prometto, non ti costringerò», le mormorò lui tra i capelli. «Ma posso toccarti, Peg, per piacere?»

«Ti desidero anch'io, Gordon, ma dobbiamo andarcene. Siamo servitori, non dovremmo essere nel parco, per non parlare della rimessa. Se non stiamo attenti, ci metteranno alla porta.»

«È tardi, sono tutti a letto. Su, solo per pochi minuti.» Mentre parlava dolcemente, la spinse contro il mucchio di gomene, le sollevò la gonna e cominciò ad accarezzarle una gamba, su per la coscia e oltre.

Gordon le baciò il viso, poi trovò la sua bocca. Avrebbe voluto averla tutta, ma aveva promesso di non costringerla a fare qualcosa contro al sua volontà e mantenne la parola. Peggy era troppo importante per lui, non voleva perderla.

Alla fine si alzarono a sedere e Peggy sussurrò: «Gordon Lane, sei un bambino cattivo! Un vero diavoletto».

«Il diavoletto che ami, però.»

«È vero, amore mio.» Peggy si sistemò la gonna, si allacciò la camicetta e si ravviò i capelli. In quel momento la fiammella crepitò e si spense.

«Non mi piace il buio, Gordon», disse Peggy sottovoce.

«Lo so, amore, ma non posso farci niente. La candela si è spenta e la luna si è nascosta dietro una nuvola. Accendo un fiammifero, così possiamo trovare l'uscita.»

«Che sollievo», esclamò Peggy guardando la finestra. «Fuori è veramente buio senza luna.»

Gordon accese un fiammifero e Peggy lanciò un urlo. Nel riquadro della finestra c'era la faccia di un uomo.

«Che diavolo ti prende?» domandò Gordon.

«C'è un uomo là fuori che ci spia dalla finestra.»

Gordon si girò immediatamente, ma non vide nessuno. «Devi avere le traveggole.»

Peggy si alzò in piedi. «Qualcuno ci ha visti. Ho visto la sua faccia. Giuro», insistette.

«Oh, mio Dio, allora siamo nei pasticci.» La prese per una mano e la trascinò verso la porta. «Andiamocene alla svelta e affrontiamo la punizione.»

Uscirono piano piano, ma scoprirono di essere soli.

«Sei sicura...» cominciò Gordon, per interrompersi di colpo. Davanti a loro aveva visto un uomo alto correre via, diretto verso il lato opposto del lago.

«Ne sono sicurissima», esclamò in tono indignato Peggy. «So ciò che ho visto e non sono stupida. Guarda! Sta correndo laggiù!»

«Lo so, l'ho appena visto», confermò Gordon.

«Era un vagabondo», dichiarò Peggy.

Gordon la fissò. «Come fai a saperlo? L'hai visto solo per un secondo.»

«Aveva la faccia sporca e qualcosa di strano attorno alla testa. Una specie di vecchio straccio.»

«Non mi piace che un balordo vaghi per il parco, troppo vicino alla casa. E alla famiglia. Torniamo a casa, Peggy, prima che il vecchio Hanson inizi la sua caccia notturna.»

Mentre attraversavano di corsa il parco tenendosi per mano, Peggy non poté fare a meno di ricordare l'ultima volta che erano stati nel bosco, quando aveva sorpreso il guardone. Ora ne avevano visto un altro alla finestra della rimessa. Il pensiero che qualcuno li stesse spiando la spaventò.

35

I GIARDINI d'acqua di Cavendon erano stati creati nel diciottesimo secolo ed erano molto belli. Si trovavano alle spalle dell'ala ovest della casa e ora, lungo la discesa, Daphne si sentì entrare in sintonia con la particolare tranquillità di quella parte del parco.

A metà strada arrivò alla terrazza fatta costruire da una contessa molti anni prima. Sul fianco della collina era stato creato un punto di ristoro, una specie di grotta rivestita di lastre di granito. Daphne si sedette sulla panchina di pietra ad ammirare il paesaggio sottostante.

Prati ben curati ricoprivano come un tappeto verde il fondovalle al cui centro c'era un grande lago ornamentale dal quale, come raggi di una ruota, sfociavano quattro canali. L'effetto ruota era evidenziato da un canale circolare che attraversava le quattro rogge incoronando il lago. Più giù c'erano cespugli fioriti e un altro lago ornamentale con una fontana che quel pomeriggio lanciava un getto d'acqua in alto nel cielo.

Fin da bambina aveva sempre amato quel posto. Nel lago galleggiavano ninfee e oltre le statue che abbellivano i prati circostanti si ergeva il tempietto della luna incoronato da una spettacolare formazioni di faggi. Serenità Eterna era il nome certamente azzeccato che un secolo prima era stato dato ai giardini d'acqua.

Quel mattino Daphne aveva scritto un bigliettino a Hugo, chiedendogli di raggiungerla lì alle tre del pomeriggio e di non parlare a nessuno di quell'incontro.

Aveva chiuso il biglietto in una busta che aveva lasciato sul cassettone nella camera azzurra. Doveva tornare per le due ed era arrivato puntuale. Dalla finestra aveva visto suo padre e Dulcie salutarlo sui gradini dell'ingresso.

Daphne si alzò e riprese la discesa, imboccò il viottolo in ghiaia, quindi quello in listelli di pietra che portava al tempietto.

All'interno c'erano due sedie di legno intagliate e dipinte di bianco. Si sedette e controllò l'orologio da tasca che portava appuntato sulla camicetta in chiffon verde pallido. Mancavano quindici minuti alle tre, per cui si concentrò su Hugo e su ciò che gli avrebbe detto.

Non aveva fatto parola con nessuno di quell'appuntamento, perché aveva deciso di affrontare il suo destino da sola.

Lo vide spuntare in cima alla collina. Era in anticipo, il che voleva dire che era ansioso di vederla. Le si serrò il cuore e si chiese se avrebbe avuto il coraggio di andare fino in fondo. Sì, si disse, devo farlo. Non ho scelta.

Notò che lui, avvicinandosi alla base della collina, si guardava attorno, allora si alzò, andò sulla soglia del tempio e gli fece un cenno con la mano.

Hugo la vide e rispose al saluto sorridendo, poi percorse quasi di corsa il vialetto, salì i tre gradini e passò fra le colonne doriche.

Daphne pensò che stesse per abbracciarla, ma in qualche modo lui riuscì a trattenersi, le prese la mano e la tenne stretta nella sua, poi con qualche esitazione le baciò una guancia.

«Grazie di essere venuto», esordì lei, guidandolo verso le due sedie appoggiate alla parete in fondo al piccolo edificio.

«Non ti vedevo», si scusò Hugo sedendosi. «Ma da lontano non si riesce ad allungare lo sguardo fino qua.»

Poi decise di tagliare i preamboli e l'affrontò. «Tuo padre mi ha detto che avresti riflettuto sul mio proposito», cominciò con coraggio. «Che avresti deciso prima della mia partenza se concedermi di farti la corte nella speranza che accetterai di diventare mia moglie. Grazie.»

«Papà mi ha spiegato che da parte tua è stato amore a prima vista, che avevi sentito subito di volermi sposare. Per me non è stato amore a prima vista, Hugo, mi piaci molto, con te mi sento a mio agio. Andiamo d'accordo, siamo compatibili.» Rise. «E tu sei un bell'uomo e molto attraente. E così...» Lasciò la frase in sospeso, poi con dolcezza aggiunse: «Ti fermerai qui due settimane, ma ti darò una risposta entro la prima. Per allora sarò sicura della mia decisione».

«Una risposta a cosa, Daphne? Al corteggiamento o...»

«No, no», lo interruppe lei. «Ti farò sapere se ti sposerò o no.»

Quella risposta lo rallegrò. Hugo tirò un sospiro di sollievo con la sensazione che gli fosse stato tolto un grosso peso dalle spalle. La ringraziò con un sorriso affettuoso.

«Ci sono molte cose che devo discutere con te, Hugo», dichiarò Daphne prima che lui potesse avviare una conversazione. «Adesso. Immediatamente. Prima di parlare di qualsiasi altra cosa.»

«Sembri molto seria», commentò lui un po' allarmato.

«Sono questioni serie.»

«Capisco. Sono tutto orecchi.»

«Credo che ci sia un ostacolo al nostro matrimonio.»

«Ma come è possibile?» protestò Hugo. «Io sono vedovo senza alcun legame e tu sei una donna assolutamente libera.»

«Se non hai niente in contrario, vorrei raccontarti una storia», ribatté lei ignorando la sua reazione.

«D'accordo.»

«Un paio di mesi fa, esattamente il tre di maggio, sono stata aggredita nel bosco delle campanule e...»

«Oh, mio Dio!» la interruppe inorridito. «Ti hanno fatto del male? Mia povera bambina. Ti hanno ferita?»

Daphne alzò una mano. «Per favore, Hugo, vorrei continuare con il resto della storia. Prima di perdere il coraggio. Poi ne discuteremo. Per favore, ascoltami e non interrompermi.»

«Va bene. Rimarrò in silenzio. A te la parola.»

Lentamente raccontò a Hugo di essere stata stuprata e minacciata. Se avesse parlato di ciò che le era successo il suo violentatore avrebbe ucciso sua madre e Dulcie. Aggiunse che a soccorrerla era stata Ginevra, la ragazza rom, che l'aveva aiutata ad attraversare il bosco per tornare a Cavendon Hall.

Si interruppe per riprendere fiato, guardando la sua espressione di spavento e orrore pensò che stesse per porle qualche domanda, ma Hugo non lo fece.

Le strinse invece le mani tra le sue. «Mia cara, che esperienza terribile. Grazie a Dio sei viva. Uomini come quello hanno spesso intenzioni omicide. Mi spiace che sia capitato proprio a te, una ragazza tanto innocente.»

Poi si ritrasse per guardarla negli occhi. «Mi occuperò io di te, ti terrò al sicuro. E questo non è di certo un ostacolo al nostro matrimonio. Tu sei solo una vittima innocente.»

Si alzò e fece alzare anche Daphne, poi la strinse a sé, mormorandole parole di conforto. Non sopportava neppure il pensiero di ciò che aveva passato. In quel momento l'amò più che mai, era colpito dal suo coraggio e dalla sua onestà nell'aver voluto che lui fosse a conoscenza dell'aggressione.

Rabbrividì al pensiero dalla brutale violenza che aveva subito quella povera giovane donna indifesa.

«Grazie, Hugo, grazie per quello che hai detto», sussurrò lei.

«Chi è stato, Daphne?» domandò Hugo. «E tuo padre? Che cosa ha detto Charles? Non l'ha cercato? Non ha voluto che la polizia l'arrestasse?»

«All'inizio non avevo visto la sua faccia, aveva una sciarpa attorno alla testa, ma dopo, quando aveva finito con me, gliela ho strappata. E sono rimasta sbigottita.» Trasse un profondo respiro e concluse a voce bassa. «Era il mio amico d'infanzia, Julian Torbett.»

«Mio Dio, che cosa agghiacciante! Della famiglia Torbett di Havers Lodge, immagino.»

«Sì.»

«Che fine ha fatto? Che cosa ha fatto tuo padre, diamine?»

«Ricorda che mi aveva spaventata con la minaccia di uccidere mamma e Dulcie. Non ho osato dire una sola parola a papà. Una settimana dopo Julian ha avuto la faccia tosta di venire qui con la sua fidanzata, Madge Courtney e di invitarmi a una passeggiata a cavallo. Non ho potuto fare altro che acconsentire. Hanno cavalcato con noi anche papà e DeLacy, per cui ero al sicuro, ma poi è successa una cosa strana. Ci sono stati degli spari nei campi, il cavallo di Julian si è spaventato, è scappato e ha disarcionato Julian. Era svenuto quando è stato portato all'ospedale di Harrogate e non ha mai ripreso conoscenza. È morto quella stessa notte.»

Hugo allungò la mano e dolcemente le girò il viso verso di sé. «Non l'hai detto ai tuoi, vero? Non hai raccontato a tuo padre di essere stata aggredita. È così, vero?»

«Che senso aveva parlarne loro? Specialmente dopo che Julian Torbett era morto cadendo da cavallo.»

Hugo annuì, si appoggiò allo schienale della sedia, sempre tenendole la mano. Aveva paura di lasciarla andare e il suo amore per lei lo sommerse.

Nessuno parlò per minuti entrambi assorti nei propri pensieri. Alla fine fu Daphne a rompere il silenzio.

«La signora Alice lo sapeva. Mi aveva vista entrare nel corridoio delle camere da letto e mi aveva subito trascinata in camera mia, prima che DeLacy e Ceci potessero farmi domande. Erano presenti anche loro e io ero inzaccherata, la giacca era strappata e sporca. La signora Alice mi ha aiutata a superare quel trauma.»

«Tipico di Alice. Era stata mia amica d'infanzia, sai, è una persona premurosa e affettuosa. Sono contento che abbia potuto aiutarti, mi fa sentire un po' meglio, Daphne.»

«Mi ha detto una cosa importante e cioè che non devo fidarmi di nessuno a Cavendon Hall. Solo dei miei genitori e degli Swann. Non lo dica a nessuno, non si fidi di nessuno, sono state queste le sue parole. E io non l'ho detto a nessuno e non mi fido di nessuno, a parte mamma e papà. E gli Swann... e ora te, Hugo. Affiderei la mia vita alle tue mani.»

Quelle parole e la sua fiducia in lui commossero Hugo e gli diedero speranza per un futuro insieme. Prima che lui potesse parlare, Daphne lo baciò sulla guancia. «Grazie, grazie per essere come sei, quello che sei.»

«Daphne, non ho parole. Penso che tu sia straordinariamente coraggiosa e più matura della tua età. Mi sbalordisci.»

«Non è finita, Hugo, ho qualcosa d'altro da confessarti.»

«Mia cara Daphne, ascolterò qualsiasi cosa tu mi debba raccontare e sarò felice di farlo per tutta la vita.»

«C'è un ostacolo al nostro matrimonio», riprese lei.

«Stiamo ancora parlando di ostacoli?»

«Sì.» Si raddrizzò e lo fissò direttamente negli occhi. «Sono incinta, Hugo. Sono stata stuprata e messa incinta.»

Questa rivelazione lo lasciò senza parole. C'era una possibilità su un milione che venisse violentata nella tenuta di suo padre e una possibilità su un milione che il bastardo la mettesse incinta. Desiderò che Torbett fosse vivo per poterlo uccidere a mani nude.

«Come hai fatto a sopportare tutto questo, Daphne?» chiese soffrendo per lei. «Deve essere stato un inferno. Che fardello.»

«Lo è stato e lo è ancora. Ma la signora Alice e la signorina Charlotte mi hanno dato tutto il loro appoggio e si sono prese cura di me.»

«Charles e Felicity lo sanno, vero? Hai detto loro che sei incinta?»

«Ho dovuto, e Charlotte mi è stata di grande aiuto, ha parlato con loro prima di me. Naturalmente mi hanno mostrato tutto il loro amore, sanno che la colpa non era mia.»

«Perché dici che è un ostacolo al nostro matrimonio?»

«Perché aspetto il figlio di un altro uomo.»

«Un uomo che ti ha violentata, che in un solo istante ha messo a repentaglio tutto il tuo futuro!» Fece schioccare il pollice e medio insieme. «Non permetterò che questa situazione ti rovini la vita. O la mia. Ti farò vivere un'esistenza meravigliosa, se me lo permetterai.»

Lei non gli rispose, ma rimase seduta, un'espressione molto preoccupata sul viso.

«Pensi che possa smettere di amarti così, di punto in bianco? Perché mi hai rivelato una cosa tremenda? Come potrei mai disamorarmi di te? A dire il vero, Daphne, la tua onestà, la tua sincerità e il tuo senso dell'onore mi spingono ad amarti ancora di più. Mi sono innamorato di te dal primo momento che ti ho vista e se mi sposerai, renderai la mia vita completa. E credimi, ti terrò per sempre al sicuro, per il resto della tua vita.»

«E il bambino? Vorrai che lo dia in adozione? Che lo ceda? Non sono sicura di volerlo fare.»

Hugo chiuse gli occhi e si sentì invadere da una familiare

tristezza. Sospirò, poi aprì gli occhi e la guardò con un mezzo sorriso.

«Vedi quest'uomo seduto qui? Una volta era un bambino, un bambino che era stato mandato via, allontanato dal padre che amava, dalla famiglia che amava, dalla casa in cui era nato e che amava. Era stato mandato via dal Paese che amava, spedito senza alcun riguardo in un Paese che non conosceva, a costruirsi la vita fra estranei. Gettato via come spazzatura. Pensi che questo uomo, che una volta era un bambino, costringerebbe la donna che ama più di chiunque altro al mondo a dare via il suo? Non in un milione di anni, mai. Daphne, il bambino che porti nel ventre è un Ingham e io sono sia Ingham sia Stanton. E che sia dannato se a far crescere questo bambino non sarò io stesso.»

Più tardi, mentre risalivano la collina diretti a casa. Hugo le domandò: «Cosa farai se non mi sposi, Daphne?»

Daphne rispose di getto. «Charlotte ha escogitato un piano per farmi superare i prossimi mesi», gli rivelò.

«Che genere di piano?» Hugo si fermò e la guardò perplesso.

Daphne gli riferì l'idea di Charlotte, dandogli tutti i dettagli.

Lui l'ascoltò con attenzione. «È un buon piano, ma sarà dura rispettarlo, lo sai vero?» osservò poi.

«Sì, ma quando decido di fare una cosa, la faccio.»

Hugo le sorrise. «Ma ti divertiresti molto di più se tu fossi sposata con me», commentò in tono scherzoso.

36

QUANDO Cecily vide Ginevra seduta sul muretto ringhiò a labbra chiuse. Aveva fretta e non voleva perdere tempo con la zingara.

Per parte sua, appena la vide, Ginevra saltò giù dal muretto e al solito le sbarrò la strada.

Cecily si fermò e la salutò.

Sorridendo, la zingarella le porse un pacchettino.

Cecily posò per terra la cartella, prese il pacchetto e tolse la sudicia carta rosa che l'avvolgeva. «Che cos'è?» domandò, osservando pensierosa il frammento di osso legato con pezzetti di nastro celesti e scarlatti.

«Un talismano per te. L'ho intagliato io. Guardalo bene.»

Cecily lo esaminò e notò i piccoli intagli nell'osso. Riuscì a malapena a riconoscere la forma di un cigno e l'abbozzo di una campana. «Che significato ha?» chiese.

«E un portafortuna. Tienilo e non perderlo.»

«Lo conserverò, ma che significato hanno le incisioni?»

«Nessuno», rispose Ginevra ridendo, come faceva sempre, e saltò dall'altra parte del muro. «Sii prudente, piccola Ceci», aggiunse, prima di attraversare di corsa il pascolo senza guardarsi indietro.

Cecily la guardò allontanarsi, come sempre sorpresa dalle

sue stravaganze, poi infilò il pezzo d'osso in una tasca, raccolse la cartella e riprese la strada verso Cavendon.

Arrivata alla casa, evitò la cucina dove sicuramente ferveva un'attività frenetica, dal momento che la cuoca stava preparando il tè pomeridiano. Passò invece dalla veranda, attraversò l'atrio ed entrò nella biblioteca. C'era un gran silenzio e nessuno in vista.

Zia Charlotte le aveva dato il permesso di copiare la rosa bianca di York e il cigno bianco di Cavendon dalla grande pergamena con lo stemma degli Ingham. Tirò fuori il blocco da disegno e si sedette sullo sgabello che zia Charlotte aveva lasciato lì per lei.

Venti minuti dopo Cecily aveva fatto parecchi disegni del cigno e della rosa bianca. Si congratulò con se stessa, le sue copie erano perfette in ogni dettaglio.

«Ciao, Ceci cara», la salutò Charlotte.

Cecily trasalì e si raddrizzò di scatto. «Oh! Mi hai fatta saltare in aria!» proruppe girandosi.

«Mi dispiace», si scusò Charlotte, «non era mia intenzione entrare furtivamente e spaventarti.»

«Non fa niente. Guarda, penso che i miei disegni siano buoni, che ne dici?»

Charlotte si avvicinò e osservò i disegni. «Sono veramente belli, brava.» Le sorrise. «Ma a che ti servono, Ceci?»

«Quando avrò il mio atelier il cigno sarà sulle etichette di tutti i vestiti che disegnerò», spiegò lei. «E copierò la rosa bianca di York in tessuto. Cotone e seta, forse anche satin, sarà come una spilla. Da puntare sul risvolto di un abito o di un completo o addirittura di un mantello. E sarà sempre bianca. Sarà... una specie di marchio, ecco.»

Charlotte non riuscì a celare il suo stupore. «Che idea brillante! Quale marchio migliore della rosa bianca di York? E, naturalmente, il cigno bianco starà benissimo sull'etichetta.»

Cecily le sorrise raggiante. «Sto cercando di pensare a ogni cosa.»

«E non avresti potuto scegliere un modo migliore per cominciare. Dovesse venirmi in mente qualche buona idea, te la passerò. E ora andrai nella stanza del cucito?»

«Sì, per salutare mamma e dare un'occhiata al vestito bianco da sera. Lady Daphne lo indosserà domani al ballo estivo.»

«Allora verrò con te, piacerebbe anche a me vederlo.»

Cecily si chinò per raccogliere la cartella e il pezzo d'osso le uscì dalla tasca.

«Te lo ha dato Ginevra?» chiese Charlotte.

«Sì, come fai a saperlo?»

«L'altro giorno mi ha regalato qualcosa di simile. Posso vederlo, Ceci?»

«Eccolo.» Porse il talismano alla prozia. «C'è la forma intagliata di un cigno e un'altra simile a una campana.»

«Sul mio ci sono un cuore e delle croci, ma non so che cosa dovrebbero voler dire.»

«Nemmeno io. Cioè, non conosco il significato della campana, mentre immagino che il cigno sia legato al mio nome.»

«In ogni caso non aveva cattive intenzioni, voleva solo essere carina con noi», commentò Charlotte, avviandosi verso la scala con Cecily. «La sua famiglia è qui da anni. Credo anzi che Ginevra sia nata qui sui nostri terreni.»

«Oh, non lo sapevo», esclamò Cecily, sorpresa da quella rivelazione.

Charlotte e Cecily erano nella stanza da pochi minuti, in ammirazione del vestito da ballo bianco, quando fece irruzione DeLacy.

Alice e Cecily si affrettarono a schierarsi davanti all'abito per proteggerlo, poi scoppiarono tutte a ridere, quando

DeLacy gridò: «L'abito bianco! Allora meglio che me ne stia sulla soglia, vero?»

«Penso proprio di sì», rispose Charlotte, ma stava sorridendo.

«Sono venuta per ringraziarla, signora Alice. Il mio abitino di chiffon è delizioso e sono contenta di avere scelto con lei il motivo a fiori rosa e scarlatti. Fa tanto estate.»

«Lady Gwendolyn sarà felicissima», disse Charlotte. «Si emozionerà nel vedere che non è azzurro.»

Le due ragazze ridacchiarono, poi DeLacy chiese: «Cecily può venire a prendere il tè con noi, signora Alice? Per favore, dica di sì. Mamma ha detto che potevo invitarla e mi lascia portare anche Dulcie».

«Certamente.» Alice le sorrise.

Le due ragazzine scomparvero in un battibaleno e Charlotte andò a sedersi nella poltroncina d'angolo. «Resta con me un attimo, ho qualcosa d'importante da dirti.»

Alice si accomodò e lanciò un'occhiata interrogativa a Charlotte. «Che cosa c'è? Hai un'espressione strana.»

«Gli ha raccontato tutto... anche che è incinta.»

«Oh, mio Dio!» esclamò Alice, sgranando gli occhi e portandosi una mano alla bocca.

«Ma se temevamo che scoppiasse il finimondo, dobbiamo ricrederci. A lui non importa e vuole ugualmente sposarla. Dobbiamo quindi fare tutto il possibile per agevolarli.»

Alice non poté fare altro che annuire, ma il suo cuore si gonfiò di sincera felicità per Daphne. Hugo era la soluzione perfetta al suo dilemma.

37

Il ballo era in pieno svolgimento e Daphne Ingham ne era la reginetta. Con le scarpe argentate e il bianco vestito di pizzo che veleggiava in sincronia con i suoi movimenti, era la personificazione della leggiadria.

Hugo aveva danzato con lei all'inizio della serata, ma poi altri uomini si erano accalcati pretendendo il loro turno di farla volteggiare per la pista. Ora, finalmente, l'aveva di nuovo tra le braccia e stavano ballando un walzer sulle note del *Danubio Blu* di Strauss.

«Sei leggera come una piuma», le sussurrò Hugo. Le aveva posato le labbra sui capelli, inalando la fragranza di rose e giacinti della sua pelle.

«Presto non lo sarò più», replicò lei, inclinandosi all'indietro e guardandolo con un'espressione maliziosa. «Sarò grassa come un panetto di burro.»

«Questa è una delle cose che amo in te, Daphne, il tuo senso dell'umorismo.»

«E che altro ami in me?» gli domandò lei, continuando a fissarlo.

Hugo socchiuse gli occhi come per scrutarla. «Stai flirtando con me», disse, sorridendo per la sorpresa, contento e divertito da questa improvvisa svolta.

«Lo so. E in questa sala da ballo tutte le donne sono gelose, perché stai ballando con me e non con loro.»

«Spero che non siano gelose proprio tutte. Ce ne sono alcune parecchio attempate, per non dire di peggio.»

Daphne rise e si strinse a lui. «Ho notato qualcosa in te, qualcosa che m'intriga.»

«E cioè?» chiese lui, facendola girare su se stessa e guidandola verso le porte della terrazza, aperte su una serata di clima mite.

«Le donne sciamano su di te come api attorno a un vaso di miele. Non ti lasciano mai solo. A un certo punto non riuscivo ad avvicinarmi, era come trovarsi davanti a un muro. In realtà, quello che...»

Si interruppe, gli rivolse un sorriso enigmatico e rimase in silenzio mentre si dirigevano verso le portefinestre sempre ballando.

«Quello *cosa*? Completa la frase, per piacere.»

«Ho sentito qualcosa di strano dentro di me.»

«Eri gelosa, ammettilo, lady Daphne Ingham. Eri gelosa, non è vero?»

«Sì», mormorò lei. «Immagino sia stato questo.»

Lui la tenne stretta a sé. «Sei *tu* che io amo e adoro. Sei tu quella che desidero sposare, con cui voglio passare il resto della mia vita. Non saprei che fare con una qualsiasi delle donne che in questo momento ci stanno guardando.»

«Sapresti che fare con me?»

Hugo rimase momentaneamente disorientato. La domanda di Daphne era impertinente e provocatoria. Decise di risponderle a tono. «Oh, sì, saprei esattamente che fare con te, mia cara.»

«E allora dimmelo», mormorò, per poi aggiungere a voce bassa: «Oh, guarda, Hugo, ti stanno mangiando tutte con gli occhi!»

«*Noi*, stanno mangiando *noi*», la corresse Hugo, facendole attraversare ballando la soglia di una delle portefinestre e guidandola in fondo alla terrazza. Appena staccatosi da lei, la costrinse in un angolo e la fissò negli occhi. «La prima cosa che farei sarebbe baciarti. Posso?»

Lei fece cenno di sì con la testa.

Hugo la strinse tra le braccia e la baciò sulla bocca. Lei rispose con ardore e lui ne fu incoraggiato. I suoi baci si fecero più appassionati, ma lei non si tirò indietro, anzi, si strinse ancora di più a lui. A un certo punto Hugo sentì di doversi fermare, era pericolosamente vicino a esplodere.

L'allontanò da sé con dolcezza, fece un passo indietro e respirò a fondo.

Daphne si appoggiò al parapetto della terrazza, anche lei senza fiato.

Dopo un attimo Hugo chiese: «Tua madre ti ha spiegato qualcosa sul matrimonio, Daphne?»

Lei scosse il capo e sorrise. «Mamma non parlerebbe mai di queste cose e io non oserei farle delle domande. Ma ultimamente era comunque troppo preoccupata per mia zia, come sai.»

«Già», rispose Hugo, chiedendosi come mai Felicity trascurasse tanto Daphne in un momento come questo, con così tanto in gioco per la figlia. Trovava incredibile che tutta l'attenzione di Felicity fosse concentrata su sua sorella. Hugo sapeva che erano molto unite e che Anne aveva cresciuto Felicity dopo l'improvvisa morte della madre, ma era dell'opinione che sua figlia Daphne meritasse e avesse bisogno del suo amore in un momento della sua vita particolarmente delicato.

«Ho parlato con Alice e Charlotte l'altro giorno», riprese Daphne interrompendo la pausa di silenzio. «Mi avevano invitata a prendere il tè in casa della signorina Charlotte e mi hanno chiesto se avevo bisogno di aiuto... su questioni...

riguardanti il matrimonio. E così ho posto loro alcune domande.»

«Sono sicuro che ti hanno aiutata.»

«È vero, mi hanno spiegato con gentilezza alcune cose importanti che ritenevano dovessi sapere. Ora ho molta meno paura.»

Hugo rise scuotendo il capo. «Che il Signore benedica gli Swann! Cosa avrebbero fatto gli Ingham senza di loro per tutti questi anni?»

Daphne rise con lui. «Sono d'accordo. Non dimenticare che è stata una Swann a riadattare completamente il vestito che indosso e che tu ammiri tanto.»

Hugo le passò le braccia attorno alle spalle e Daphne si accoccolò contro di lui, sentendosi a suo agio e al sicuro. «Ho meno paura delle cose adesso, Hugo, davvero.»

«Intendi uomini e letto matrimoniale?»

Daphne annuì.

«Devo ammettere che ero preoccupato pure io, come lo sarebbe qualunque uomo intelligente. Avere subito una violenza come è successo a te, rende ogni donna timorosa degli uomini e del matrimonio e di tutto ciò che il matrimonio implica.»

«Ho avuto paura all'inizio, nei giorni immediatamente successivi, ma poi, quando ho ritrovato un po' di calma, ho cominciato a ragionare con maggiore chiarezza. Poi, quando sei arrivato qui, mi sono ricordata che in questo mondo esistono anche gli uomini buoni. Uomini come te, come papà e i miei due fratelli e questo prima che papà mi riferisse quello che provi per me.»

«E tu cosa provi per me? E quando me lo farai sapere?»

Un sorriso guizzò sulle labbra di Daphne. «Prima di quanto pensassi. La signorina Charlotte ha detto che dovrei prendere una decisione il più presto possibile, che te lo dovevo. Ed è vero.»

Lui rimase un attimo in silenzio, cercando le parole giuste da dire, parole per rassicurarla. Poi gli vennero in mente. «Ti prometto che, se mi sposi, cancellerò tutti i tuoi brutti ricordi, ti offrirò solo felicità, piacere e amore per il resto della mia vita.»

«Lo so, Hugo...»

Rimasero abbracciati, lo sguardo perso in lontananza, ciascuno in compagnia dei propri pensieri.

Era una bella nottata. Il cielo di mezzanotte era disseminato di puntini luminosi e la luna piena sembrava adagiata sulla superficie del lago. Nell'aria si sentivano i profumi dei fiori, in particolar modo del gelsomino che sbocciava di notte.

Quel piccolo angolo della terrazza era tranquillo e intimo, nessuno poteva vederli. In quel momento apparteneva solo a loro.

Sono a casa, è questo il mio posto, pensò Hugo. Con la donna a cui appartengo, e che so appartenere a me, anche se ancora non se ne è resa conto. Si sentì invadere da un impeto di felicità. In sottofondo sentiva la musica, le risate, il chiacchiericcio della gente che si stava divertendo. Ma lui era altrove, era in un bozzolo di amore. Con Daphne. Null'altro contava qualcosa. Lei era tutto ciò di cui avrebbe avuto bisogno finché fosse vissuto.

«Sarà meglio entrare, Hugo», disse Daphne, divincolandosi delicatamente dalle sue braccia.

«Hai ragione.» Hugo le prese la mano e insieme attraversarono la terrazza. «Dimmelo presto, mia signora. È insopportabile dover aspettare a lungo la tua risposta.»

«Lo farò, lo prometto.»

Tornati nella sala da ballo, Hugo si accorse subito che gli occhi di tutti erano puntati su di loro. La prese allora tra le braccia e percorse la sala ballando, tenendola staccata da sé, nel modo più corretto e decoroso. Quando la musica finì, andarono da Charles che stava parlando con Diedre e DeLacy vicino all'ingresso del salone.

«Eccovi qui», li salutò Charles, sorridendo a entrambi. «Mi stavo chiedendo dove foste finiti.»

«Siamo andati a prendere una boccata d'aria fresca», rispose Hugo.

«Vorrei scambiare due parole con te più tardi, Hugo», continuò il conte. «Se ti va un bicchierino dopo che gli ospiti se ne sono andati.»

«Mi farebbe un gran piacere, Charles. Grazie.»

«Non abbiamo ancora trovato il tempo di aggiornarci dopo il tuo ritorno e devo ammettere di essere ansioso di sentire cosa è accaduto a Zurigo. Non i tuoi affari privati, ma cose in generale. Che aria tira, cose del genere...»

«Ti capisco e sarò felice di ragguagliarti.» Hugo si rivolse poi a Diedre: «Un ballo?»

«Volentieri», rispose lei, facendo un passo verso di lui e sorridendogli. Mentre Hugo la conduceva sulla pista da ballo, pensò a quanto fosse carina quella sera. In verità, tutte le ragazze Ingham erano belle e le loro ospiti erano tutte altrettanto eleganti e ingioiellate e gli uomini attraenti nei loro smoking.

Era l'una e mezzo del mattino quando Charles e Hugo si accomodarono in biblioteca con un brandy davanti al caminetto dove il fuoco si stava spegnendo. Tutti gli ospiti si erano congedati, la famiglia era andata a letto e Charles aveva appena chiesto a Hanson di chiudere la casa per la notte.

«Ho delle guardie in servizio», gli confidò sottovoce Charles, una volta rimasti soli. «Dopo quel dannato incendio, Percy Swann ha ritenuto fosse fondamentale dislocare dei guardaboschi in giro per la tenuta, in particolar modo quando c'erano ospiti, gente arrivata da fuori. E così ha assunto altri uomini dei nostri villaggi per controllare la tenuta e soprattutto la scuderia. Dobbiamo proteggere i nostri cavalli.»

«Capisco e Percy ha ragione: gatto scottato dall'acqua calda, ha paura anche di quella fredda.»

«Percy è un ottimo guardacaccia, il migliore.»

«Come lo sono stati tutti gli altri Swann», concordò Hugo, senza comunque trattenere un sorrisino. Gli Swann erano ovunque, ma a Cavendon erano una moltitudine e facevano parte dello scenario, praticamente della famiglia.

«La nostra ultima chiacchierata mi aveva allarmato. Ora, quando leggo i giornali, noto cose a cui forse prima non avrei prestato attenzione, Hugo. Di questo ti ringrazio.»

«Stai leggendo tra le righe, come faccio io. Tutto ciò che ti avevo raccontato sta per accadere, ne sono sicuro. Non so però quando. Si parla di continuo della sete di potere del Kaiser, del suo desiderio di governare l'Europa intera. Tutto il problema nasce da lì... tra la Germania e l'impero austroungarico. Temo che, se entrassero in guerra,verremmo trascinati nel conflitto.»

«Ma come?» Accigliato, Charles fissò Hugo. «Non c'entriamo niente con le loro liti e di certo il Kaiser eviterebbe di coinvolgere l'Inghilterra. Dopotutto, lui e il re sono cugini di primo grado, tramite la regina Vittoria, che è la loro nonna.»

Hugo si lasciò sfuggire una risatina e scosse la testa. «Non penserai che un uomo come il Kaiser, un tiranno assetato di potere, si lascerebbe ostacolare da legami di parentela, vero, Charles? Non gli possono importare di meno il re o l'Inghilterra. Io ho anzi la sensazione che sia geloso del nostro grande impero, del successo che abbiamo nel mondo.»

«Proprio per questo non dovremmo lasciarci attirare in situazioni che potrebbero diventare pericolose per l'impero e soprattutto per il nostro Paese.»

«Sono d'accordo con te.» Hugo bevve un sorso del suo brandy e posò il bicchiere sul tavolino. «Se tu avessi degli investimenti all'estero, e con estero intendo l'Europa, ti consiglio di vendere. Già lunedì, di sicuro al più presto. Io ho disinvestito tutte le mie azioni straniere, tranne quelle in Svizzera. Le banche svizzere sono solidissime. So che lì il mio denaro è al sicuro.»

«Seguirò di certo il tuo consiglio», dichiarò Charles.

38

Comodamente seduto in poltrona, Hugo teneva al caldo il bicchiere di brandy tra le mani e ascoltava con attenzione Charles che aveva iniziato a raccontare di Cavendon.

«E così, dopo avere esaminato i vecchi registri della proprietà, sotto la guida di Charlotte, ho deciso di sostenere finanziariamente la mezzadria, promuovendo agricoltura e allevamento del bestiame. Ai tempi del mio bisnonno, Cavendon era un'azienda agricola. Il mio obiettivo sarebbe di tornare a quel livello di produttività», spiegò Charles.

«La ritengo una mossa molto saggia», affermò Hugo. «Non voglio spaventarti, ma credo che in Europa scoppierà una guerra e che noi vi verremo trascinati dentro, a torto o a ragione. La produzione nazionale avrà una parte importante nell'alimentazione di questo Paese, perché, in caso di guerra, non potremo più importare derrate alimentari.»

«A questo non avevo pensato quando ho deciso di accrescere l'agricoltura qui, ma dopo che sei partito per Zurigo, ho capito di avere preso una buona decisione.»

«Che cosa coltivi? Qui ci sono milleduecento ettari, se ricordo bene.»

«Hai ragione, togliendo il moor dei galli cedroni, naturalmente, ma...» Charles s'interruppe e lanciò un'occhiata alla porta.

Aveva sentito bussare leggermente e vide la porta aprirsi e Daphne che si affacciava dalla soglia.

Charles si alzò, subito imitato da Hugo.

«Scusami, papà», disse Daphne entrando prima che suo padre potesse dire qualcosa, «scusa se ti disturbo, ma ho qualcosa di importante da dire. Posso entrare?»

Il conte scoppiò a ridere. «Sei già entrata, per cui resta e dicci cosa hai in mente. E perché sei sveglia a quest'ora e indossi ancora il tuo abito da ballo.»

Daphne avanzò senza rispondere, ma guardando Hugo. Si fermò a mezzo metro da lui. «Ti sposerò, Hugo», dichiarò scandendo bene le parole. «La verità è che desidero sposarti. Ho appena preso questa decisione e volevo dirtelo immediatamente. Ti ho cercato in camera tua, ma non c'eri, così ho pensato che ti avrei trovato qui con papà. In ogni caso, eccomi qui, con la mia decisione.»

Sbalordito, Hugo era rimasto senza parole. Poi, lentamente, il suo viso si illuminò di un grandissimo sorriso.

«Oh, stavo per dimenticarmene!» esclamò Daphne. «Hugo deve chiedere il tuo benestare, papà?»

«Non fare la sciocca. Lo ha già!»

Hugo prese Daphne tra le braccia. «Sei sicura?»

«Sì.»

«Sei sicura di essere sicura?»

«Lo sono, sul serio. Perciò, se vuoi, puoi baciarmi.»

Stringendola a sé, la baciò sulla bocca, poi si separarono e si sorrisero.

Nel vedere la spontaneità e l'affetto che c'era tra loro, il conte si convinse che la figlia aveva preso la decisione giusta per se stessa e che, a modo suo, amava Hugo. Si sentì sollevato e provò quella felicità che un padre prova quando sa che sua figlia è nelle mani ideali, le mani più sicure al mondo.

Daphne gli si avvicinò e lui l'abbracciò e la baciò sulle guance. «Sono contento, Daphne, veramente felice che tu abbia preso questa decisione, e in totale autonomia.»

Con l'aiuto di due Swann, pensò Hugo, ma rimase in silenzio. Qualsiasi cosa le avessero detto, sarebbe stato eternamente grato a quelle due straordinarie donne.

«Sediamoci», li invitò Daphne. «Vedete, ci sono alcune... condizioni. Vorrei esaminarle con te, Hugo, e anche con te, papà.»

«Condizioni», ripeté lentamente Charles, rabbuiandosi.

«Accetterò tutto quello che chiederai», disse subito Hugo, che non stava in sé dalla felicità. Prima aveva temuto di esplodere dal desiderio, ora pensò che sarebbe esploso di gioia. Non gli importavano le sue condizioni, le avrebbe accordato qualsiasi pretesa. Più o meno.

«Papà, la prima condizione è che tu e mamma annunciate subito il nostro fidanzamento. Vorrei poterlo leggere su *The Times* entrò la metà della prossima settimana. Non più tardi. Sei d'accordo, Hugo?»

«Assolutamente.»

«Preferirei che ci sposassimo in fretta. Appena possibile. E per un certo numero di motivi, il principale dei quali è che zia Anne potrebbe morire in qualsiasi momento. Non voglio posporre le nozze per un lutto in famiglia.»

«Cosa intendi per presto, cara? Cosa hai in mente?» le domandò il padre. «Non voglio che si pensi che il tuo sia un matrimonio riparatore.»

«In settembre. Ai primi di ottobre, al più tardi», rispose Daphne. «Naturalmente vorrei sposare Hugo la settimana prossima o sul finire di agosto, ma so che il dodici di agosto inizierà la stagione della caccia e che per questo motivo a te e mamma agosto non andrebbe bene. Settembre sarà perfetto. Che ne dici, Hugo?»

«Qualsiasi cosa tu dica, qualsiasi cosa desideri, io sono

dalla tua parte.» Non riusciva ancora a credere a ciò che stava succedendo, e per di più alle due del mattino.

«Mi accontenterò di un matrimonio privato, papà. Solo i nostri parenti stretti, vale a dire anche zia Lavinia e zia Vanessa. Verranno? Non vengono spesso a trovarci, vero?»

«Solo perché hanno una vita frenetica a Londra», le giustificò Charles. «Sono sicuro che vorranno essere presenti. E tuo zio Jack non se lo perderebbe per nulla al mondo.»

«Se zia Lavinia gli permetterà di venire... sai che non vanno molto d'accordo ultimamente.»

«Daphne, ma insomma! Questa è solo una stupida diceria che Diedre avrebbe fatto bene a respingere, invece di raccontarla a te.»

Daphne si strinse nelle spalle «Spero non ti dispiaccia», riprese, «ma non vorrei damigelle, papà, solo una bambina con i fiori. In altre parole solo Dulcie.»

Charles era poco convinto. «Ma DeLacy e Diedre saranno deluse, ci resteranno male, Daphne. Devono farti da damigella, sono le tue sorelle.»

«DeLacy sarà contenta di camminare dietro di me con Dulcie, ma ti posso assicurare che a Diedre non piacerebbe. Dopotutto, è più grande di me e non le andrà giù che io l'abbia battuta sul tempo.»

«Oh, non credo, mia cara. Diedre ti adora. Forse dovresti parlarne con tua madre. In ogni caso, credo sinceramente che se non potesse farti da damigella con DeLacy, Diedre ne soffrirebbe tremendamente.»

«Ma io voglio solo la bambina con i fiori, solo Dulcie», ripeté Daphne.

«Sai che è una monella, avremo bisogno di una damigella per tenerla sotto controllo», le fece notare Charles.

Daphne lanciò un'occhiata a Hugo. «Tu che ne pensi?»

«Capisco che vuoi avere un matrimonio intimo, Daphne, ma credo che tuo padre abbia ragione. Dulcie potrebbe veramente avere bisogno di qualcuno che badi a lei durante la cerimonia. Pensaci.»

«D'accordo, due damigelle e una bambina con i fiori. Papà mi accompagnerà all'altare e tu hai bisogno di un tuo testimone. Mi chiedevo se in quel ruolo ti andrebbe bene Guy.»

«Ne sarei onorato.» Hugo si chiese quando aveva pensato a tutto questo.

«Per quel che riguarda la chiesa, papà, potremmo usare la chiesa della tenuta. So che non è grande, ma conterrà tutta la famiglia Ingham e tutti gli Swann. Devono parteciparvi, non lo pensi anche tu?»

«Senza alcun dubbio. Hanno partecipato a tutti i matrimoni Ingham. Erano presenti al mio e dovranno esserlo anche al tuo. Ma rifletti un attimo sulla chiesa. Non è abbastanza grande per contenere tutti gli abitanti del villaggio. Forse sarebbe meglio se la cerimonia si facesse nella chiesa del villaggio, allora potrebbero venire tutti.»

«Sono d'accordo con te, Charles», fece eco Hugo. «E c'è qualcos'altro. Se non sbaglio, agli abitanti del villaggio viene offerto un tè dopo la cerimonia nei locali del municipio. Per festeggiare il matrimonio di una Ingham.»

«Hai ragione, Hugo, non ci avevo pensato. Devo organizzare quel ricevimento e a mie spese.»

«Fare la cerimonia nella chiesa del villaggio è un'ottima idea. Per quello che riguarda il pranzo di nozze...» Daphne s'interruppe guardò Hugo, poi continuò: «Possiamo farlo nell'ala sud? Che ne pensi Hugo? Papà?»

«Secondo me non c'è posto migliore. E tu cosa ne pensi, Charles?»

«È il posto ideale», concordò il conte.

Daphne sorrise a entrambi, poi si rivolse a Hugo. «A te tocca decidere sul viaggio di nozze. Io andrò ovunque vorrai.»

«Mi fa piacere. Che ne dici di Parigi? È una delle città che preferisco, poi potremmo recarci a Zurigo. La mia villa è sul lago ed è bellissima.»

«Mi piacerebbe, Hugo.»

«Il bambino deve nascere a Cavendon. È un Ingham, no?» disse Charles.

«Torneremo per Natale, papà. Il bambino dovrebbe nascere in gennaio.»

39

«Qualcosa di *vecchio*, qualcosa di *nuovo*, qualcosa di *prestato* e qualcosa di *blu*», disse Cecily a DeLacy, quindi dalla una cartella prelevò un pacchettino che posò sul lungo banco da lavoro.

Le due ragazze erano nella stanza del cucito di Cavendon, il regno di Alice, al piano sopra quello delle camere da letto. Mancavano due giorni al matrimonio di Daphne con Hugo e Cecily aspettava che Daphne arrivasse per l'ultima prova dell'abito nuziale.

«Che cosa hai portato per lei?» domandò DeLacy. «Su, mostramelo prima che arrivi Daphne.»

«Non posso, Lacy, non voglio aprirlo. Mamma lo ha avvolto tanto bene e c'è un bel fiocco. Ma posso descrivertelo.»

«D'accordo, per adesso basterà.»

«È una giarrettiera in seta azzurra. Secondo mia madre è una cosa che ha molto successo tra le spose... l'azzurro c'è come richiesto, ma non si vede.»

DeLacy scoppiò a ridere. «Che furbata. Io le ho comperato un fazzoletto di pizzo e mamma le presta la sua spilla a nastro con diamanti, così abbiamo risolto il *nuovo*, il *blu* e il *prestato*. Non so chi le darà qualcosa di vecchio.»

«Lo so io», rispose Ceci, coprendo con un lenzuolo bianco il vestito appeso.

«Davvero? Chi?»

«Zia Charlotte. Credo che sia un braccialetto.»

«Oh, che brava. E così anche questa è fatta. Hugo ha regalato a Daphne orecchini di diamante. Credo che Diedre sia verde d'invidia.»

Cecily fece solo un cenno d'assenso, non voleva farsi coinvolgere in una discussione su lady Diedre che non le era molto simpatica. Dal grande armadio prese l'abito da damigella di DeLacy e lo appese sull'attaccapanni. «Vuoi provarlo ancora una volta?» domandò. «Tanto per essere sicura.»

«No, mi sta alla perfezione. È bellissimo, mi piace il modo in cui hai accostato il tulle e il taffettà rosa.» DeLacy le sorrise. «Sei in gamba.»

In quel momento entrò Miles dopo un colpetto di preavviso alla porta.

«Ce l'ho fatta!» gridò, chiudendosi la porta alle spalle. «Ciao Ceci, DeLacy.»

«Fatto cosa?» chiese DeLacy.

«Sono riuscito a mettere insieme gli accompagnatori dello sposo. Finalmente. Ci saranno Mark Stanton, cugino di Hugo e unico parente in vita da parte di suo padre e i tre figli del maggiore Gaunt. Il cugino e i Gaunt sono i suoi unici invitati, come sapete. Con me e zio Jack saremo in sei, il numero giusto per un matrimonio non molto speciale.»

«Oh, non dirlo!» esclamò DeLacy. «Sarà molto speciale. Indosseremo tutte abiti e gioielli bellissimi e tu e gli altri uomini sarete in frac. La signorina Charlotte trasformerà l'ala sud in qualcosa di meraviglioso, con tante piante e fiori.»

«L'ho saputo da Guy che mi ha informato anche che ci sarà un'orchestrina o un quartetto, qualcosa di simile. E la cuoca ha assunto altri aiutanti per preparare una gustosa cena leggera con i piatti che prediligo, involtini alla salsiccia e pasticcio di maiale. Mi piace l'idea di un matrimonio pomeridiano, e a te?»

«Anche a me», rispose DeLacy sfiorando l'abito rosa. «Guarda, Miles, non è bellissimo?» domandò. «Lo ha creato Ceci per me.»

Miles lanciò un'occhiata a Cecily e le sorrise. «Ti sei superata, Ceci. Ho saputo da Daphne che il suo abito da sposa è meraviglioso.»

«Non esageriamo, ma è davvero carino, anche se sono io a dirlo.»

«Daphne ti ha mostrato i diamanti, Miles?»

«Sì, e anche gli zaffiri. Li indosserà stasera. Non vedo l'ora di vedere la faccia di Diedre quando Daphne scenderà per la cena. È sempre stata gelosa di lei.»

«Lo so e papà non ha migliorato la situazione, sostenendo sempre che Daphne avrebbe sposato il figlio di un duca, cosa che faceva impazzire Diedre.»

«Ho chiesto a papà perché tanta fretta. Il fidanzamento è stato annunciato su *The Times* in agosto e oggi è solo il diciotto di settembre. Il venti sarà una donna sposata. Non riesco neppure a immaginarlo, Daphne sposata.» Miles si avvicinò alla finestra e l'aprì. «Questa stanza è soffocante.»

«Che cosa ti ha risposto papà?»

«Che Daphne temeva che zia Anne potesse morire all'improvviso, cosa che accadrà con ogni probabilità. Daphne non voleva dover rinviare le nozze di un anno per lutto.»

«Oh, sì, è vero.» DeLacy andò a sedersi. «Chi è arrivato finora, Miles? Lo sai?»

«Zio Jack e zia Lavinia. Mi sono imbattuto in loro e ho subito acchiappato zio Jack come testimone. Lui era gioviale come al solito, zia Lavinia invece mi è parsa contrariata, di cattivo umore.»

«Ha un amante», le confidò DeLacy a bassa voce.

«Chi ti ha raccontato questa cattiveria?»

«Diedre. Ha detto che papà era furioso, sarebbe un grosso scandalo per la famiglia. Il nuovo amante di zia Lavinia è un uomo sposato, un membro del parlamento.»

«Santo cielo! Che odiosa accusa contro Lavinia. E Diedre, come lo ha saputo?»

«Credo abbia sentito per caso papà che ne parlava con mamma.»

«Scommetto che stava origliando», insinuò Miles con una smorfia.

Continuando ad appendere gli abiti delle damigelle e controllando scarpe e guanti, Cecily se la rideva di nascosto. Miles si era sempre lamentato con lei della passione di DeLacy per i pettegolezzi che circolavano sulla famiglia, ma poi ci cascava anche lui. Sapeva inoltre che Miles riteneva che Diedre parlasse male di tutti e di certo era noto a tutti che era gelosa di Daphne, specialmente della sua grande bellezza.

Daphne era la più dolce delle quattro dee e Cecily era sollevata e felice che sposasse Hugo. Secondo sua madre e la prozia Charlotte aveva preso la decisione giusta. Cecily era al corrente dei retroscena, ma aveva giurato di non svelare niente a nessuno. *La lealtà mi vincola*, ricordò a se stessa.

Cecily aveva smesso da un po' di ascoltare le chiacchiere di Miles e DeLacy, troppo presa dal suo lavoro, ma quando DeLacy cominciò a ridere fragorosamente, le lanciò un'occhiata, poi guardò Miles, ancora in piedi alla finestra. «Che cosa mi sono persa?» volle sapere.

«DeLacy aveva menzionato i famosi zaffiri che Hugo ha regalato a Daphne», le rispose Miles sorridendo, «e io ho detto che senza alcun dubbio a zia Gwendolyn non sarebbero piaciuti perché s'intonano al colore degli occhi di Daphne. Come tutti i vestiti che crei per lei.»

«Scommetto che zia Gwendolyn insinuerà che possano

essere falsi», commentò con malizia DeLacy. «A volte è proprio eccentrica.»

Tutti risero.

Poco dopo arrivò Daphne, molto elegante in color crema con profili neri. Cecily l'approvò con un cenno del capo.

«Oh, quanto sei chic, Daphne, l'eleganza personificata», si complimentò DeLacy.

«Grazie, Lacy, è un abito nuovo fatto dalla signora Alice e naturalmente disegnato da Cecily. Mi piacciono tutti quei tocchi di nero, la cintura in vernice, i bottoni lucidi, il cordoncino.»

Poi si rivolse a Miles: «Ho saputo che hai trovato cinque accompagnatori dello sposo, sei con te. Mi fa piacere, ti avevo visto molto preoccupato».

«Non ti deluderei mai, vecchia mia. Ma ora penso che farei meglio ad andarmene... vorrai provare il tuo abito da sposa e nessuno deve vederlo, vero?»

Daphne lo ringraziò con un cenno del capo e Miles si fermò un attimo sulla soglia, sorridendo, per un'ultima occhiata a Cecily.

Una volta sole, Cecily tolse il lenzuolo dall'abito nuziale. «L'aiuterò a indossarlo, lady Daphne. Non credo di dover apportare cambiamenti, ma è meglio che controlli.»

Cecily portò l'abito dietro il paravento e poco dopo, quando Daphne uscì e si fermò in mezzo alla stanza, DeLacy applaudì. «Oh, Daphne, sei favolosa! L'abito è... incredibilmente bello. Congratulazioni, Cecily.»

L'abito nuziale era interamente in pizzo Chantilly, sopra un corpino e una gonna in taffettà bianco. La gonna era stretta e il pizzo scendeva in una lunga coda sul retro. La vita era tagliata molto alta, in quello stile Impero che tanto piaceva a Giuseppina Bonaparte. Le lunghe maniche erano in solo pizzo e la scollatura rotonda copriva appena le spalle.

Daphne guardò il corpino. «La spilla di mamma verrà

appuntata qui, appena sotto lo scollo e in mezzo. Ho ragione, Cecily?»

«Sì, milady.» Cecily le portò il copricapo, una coroncina di bianchi fiori in seta e pizzo che pose sul capo di Daphne, premendola leggermente.

«Questa terrà fisso il velo, lady Daphne. Non abbia paura, non cadrà, me ne assicurerò io.» Poi si scostò e la osservò, eccitata per l'effetto. «Il velo completerà il quadro, ma non voglio farglielo provare di nuovo. È talmente delicato.»

Daphne le sorrise. «So che va bene, Ceci, di certo andava bene l'altro giorno e non dubito che farà lo stesso sabato. Grazie. Grazie per tutto il tuo duro lavoro.»

Daphne era appena tornata in camera sua quando sentì bussare piano alla porta. Andò ad aprire e trovò Charlotte Swann.

«Ho qualcosa per lei, lady Daphne. Posso entrare?»

«Certamente, signorina Charlotte», rispose Daphne aprendo del tutto la porta per lasciarla passare.

Come era nel suo stile, Charlotte andò dritta al punto. «Desidero darle questo, lady Daphne. È molto vecchio e lei deve avere qualcosa di vecchio, di nuovo, di blu e di prestato.» Porse a Daphne il suo dono che era avvolto in carta d'argento e legato con un nastro di seta grigio.

«Grazie, signorina Charlotte. Il suo è l'ultimo regalo per rispettare l'antica tradizione. Posso aprirlo adesso?»

«Perché no?»

Rimossa la carta, Daphne si ritrovò in mano un astuccio in velluto azzurro. Quando sollevò il coperchio, rimase senza fiato. L'astuccio conteneva un sottile braccialetto di diamanti. «È meraviglioso!» esclamò. «Ma è troppo prezioso, non può assolutamente regalarmelo, signorina Charlotte. E io non posso accettarlo.»

«Può e deve. Mi ascolti, lady Daphne, questo doveva essere suo. È un cimelio della famiglia Ingham, quindi suo di diritto. Desidero che lo indossi, sapendo che suo nonno David me l'aveva regalato per il mio venticinquesimo compleanno. L'ho conservato con cura per tutti questi anni e ora deve goderlo lei.»

Con il braccialetto in mano, Daphne capì che insistendo a volerglielo restituire l'avrebbe offesa. Ed era l'ultima cosa che voleva fare a quella donna che le era stata di tanto conforto.

«Se era un cimelio della mia famiglia, a chi era appartenuto all'inizio? Lo sa, signorina Charlotte?»

«Sì, apparteneva alla madre del quinto duca, la quarta contessa... la sua bisnonna.» Tese la mano per farselo dare, poi glielo agganciò al polso. «Ecco fatto. È bellissimo e molto semplice, per nulla vistoso.»

«Grazie, signorina Charlotte. Lo conserverò per sempre.»

Charles era in biblioteca con sua sorella Lavinia e a stento riusciva a controllarsi. Dire che era arrabbiato era un eufemismo.

Il conte di Mowbray era furibondo, ma piantare una scenata non sarebbe stato in carattere. A Cavendon erano già arrivati alcuni ospiti, il cugino di Hugo, Mark, e l'altra sua sorella Vanessa che aveva un suo appartamento nella casa.

«So che sei in collera, Charles», si schermì Lavinia, «ma non si può dare tutta la colpa a me. Jack e io abbiamo dei problemi.»

«È una vecchia storia, questa, ma non vuole dire che puoi trovarti allegramente un altro uomo e lasciarti coinvolgere totalmente, come evidentemente stai facendo.»

«Non sono andata in giro a cercarmi un altro uomo. È successo. È così che va il mondo, Charles. Nella vita capitano queste cose.»

«Se dovevi prenderti un amante, perché in nome di Dio hai scelto un politico in vista, una persona che è sotto i riflettori? E per di più sposato?»

Lavinia emise un lungo sospiro e si lasciò cadere contro i cuscini del divano. «Non l'ho fatto. Voglio dire che è stato Alex a corteggiarmi, non io a sedurre lui.»

Charles compresse le labbra. «Avevo sentito dire che era una canaglia e adesso ne ho la conferma.»

«Charles, ti prego, scendi dalla cattedra e dimmi cosa vuoi che faccia.»

«Devi chiudere questa relazione immediatamente. Prima di coinvolgere la famiglia, la tua famiglia, in un enorme scandalo. Già circolano voci e vedrai che tra poco finiranno sui giornali.»

Lavinia si raddrizzò e spinse indietro i capelli biondi con un lampo di ira negli occhi celesti. Osservandola attentamente, Charles non poté fare a meno di pensare che a quarant'anni Daphne avrebbe somigliato molto alla zia. Fisicamente almeno, di carattere erano molto diverse. Lavinia era imprudente e impulsiva, Daphne cauta e riflessiva.

«Non so come potrebbero esserci dei pettegolezzi. Non ho parlato a nessuno di Alex.»

«Eppure io l'ho saputo da parecchie persone, amici di cui mi fido e che sembrano sapere tutto della tua tresca. Forse è stato il tuo amante a parlare a sproposito. Non ne sarei sorpreso. Non ha una briciola di classe.»

«Non posso credere che abbia parlato di me, della nostra relazione», protestò Laviania incredula. «Sarebbe una cosa indegna, assolutamente avvilente. Nei sei sicuro?»

«Sì, in che altro modo ne sarebbero venuti a conoscenza? Se non sei stata tu a spifferare tutto, l'ha fatto lui. Sei un buon partito, sai. La figlia di un conte di una delle più importanti famiglie inglesi, con un proprio titolo nobiliare, sposata a un magnate. Perdio, Lavinia, non comprendi? Si è vantato di averti conquistata.»

«Parlavi seriamente quando hai detto che la mia relazione potrebbe finire sui giornali?» domandò, pallida in volto.

«Certamente. Non voglio che uno scandalo ci sommerga, specialmente in questo momento, con Daphne che si sposa.»

«Nemmeno io. Cosa dovrei fare?»

«Io romperei subito la relazione e non metterei per iscritto assolutamente niente. Non renderti più disponibile e se devi parlare con lui fallo per telefono. Se fossi in te non lo rivedrei mai più.»

«D'accordo, te lo prometto, seguirò i tuoi consigli.»

«Senti, non ti sto giudicando moralmente, Lavinia, voglio solo proteggerti. Sono molte le donne che si prendono un amante quando il loro rapporto coniugale va in crisi, ma di solito entrambi sono discreti, proteggendosi così dalle malelingue. E dai guai. Tu hai pescato il tipo sbagliato, tutto qui.»

«Lui ha pescato me.»

«Il che spiega tutto.»

Lavinia sospirò. «Perché Daphne ha voluto sposarsi così precipitosamente?» domandò a quel punto.

«Per parecchi motivi», rispose Charles con naturalezza. «In primo luogo temeva di dover rinviare il matrimonio se Anne fosse improvvisamente deceduta; in secondo luogo Hugo deve viaggiare molto, dovrà andare a New York e a Zurigo e non volevano stare separati per troppo tempo.»

«Capisco, si sono innamorati rapidamente. È stato un *coup de foudre*, come dicono i francesi?»

«Proprio così. Amore a prima vista.»

«Che bello. È una ragazza fortunata e Hugo un vero seduttore.»

«E molto solido, sarà un buon marito. Ora faremmo meglio ad andare nel salotto giallo per il tè. Ci staranno aspettando.»

40

Mentre saliva a Cavendon, Charlotte non poté fare a meno di chiedersi perché Olive Wilson volesse parlare con lei e perché avesse fissato l'appuntamento per quel pomeriggio sul tardi. In cucina tutti, dalla cuoca a Hanson, erano indaffarati a preparare il tè pomeridiano. Ma era logico: essendo la cameriera personale della contessa, a quell'ora Olive non avrebbe avuto nulla da fare, dato che la contessa sarebbe stata impegnata con i suoi ospiti nel salotto giallo.

Qualcosa doveva preoccupare Olive ed evidentemente voleva parlarne con Charlotte a tu per tu, forse nella stanza della servitù, che a quell'ora sarebbe stata vuota.

«Ehi, ehi!» gridò all'improvviso una voce per attirare la sua attenzione.

Charlotte si fermò e quando si girò vide lady Vanessa, la sorella minore di Charles e Lavinia, che scendeva le scale della terrazza, agitando la mano tutta sorridente.

Vanessa l'abbracciò. «Char, sei bellissima! E quanto ti dona questo vestito color lavanda!»

«Anche tu sei splendida, Vans.» Come al solito, quando si incontravano dopo un lungo periodo, le due donne riesumavano i nomignoli che usavano da bambine. Vanessa ora viveva per lo più a Londra e tornava a Cavendon solo per le vacanze e per le occasioni speciali.

«Mi sento bene, in gran forma, direi.»

«Immagino che tu stia ancora sostenendo la lotta delle suffragette, vero?»

«Sì, ma non sono più una vera attivista. Stiamo facendo buoni progressi. Emmeline Pankhurst è una donna affascinante, brillante e potente, capace di indurre la gente ad ascoltarla, a prestare attenzione. Vedrai, Charlotte, un giorno le donne avranno diritti pari a quelli degli uomini.» Rifletté un attimo, poi chiese. «Dove stai andando?»

«Nell'ala sud, mi occupo io della decorazione floreale delle sale che verranno usate per le nozze.»

«Allora sei nel tuo elemento: giardini e giardinaggio sono la tua vocazione. Ti terrò compagnia per qualche minuto.»

Le due donne si avviarono con lo stesso passo. Erano state molto amiche fin da bambine, erano cresciute insieme e si trovavano bene in reciproca compagnia. Vanessa Ingham era una donna moderna, un po' visionaria, tollerante, priva di pregiudizi.

«Ammetto di essere rimasta sorpresa nel ricevere l'invito al matrimonio», buttò lì a un certo punto Vanessa. «Si erano appena fidanzati. C'è un motivo per tanta fretta?» Rivolse a Charlotte un'occhiata indagatrice.

«Uno dei motivi è la malattia di Anne Sedgewick, la sua morte avrebbe fatto rinviare il matrimonio.»

«Oh, perdinci, è vero, non ci avevo pensato. Ma c'è dell'altro?»

«Gli affari di Hugo. È un uomo di successo e presto dovrà recarsi a Zurigo e poi a New York e desidera portare con sé Daphne. Non posso certo biasimarlo.»

«Nemmeno io. Sono stati fortunati a incontrarsi, non è tanto facile innamorarsi di questi tempi. Non ci sono molti buoni partiti in giro.»

«Vedrai quanto sono felici. Sono ben assortiti e Hugo è speciale.»

«Mi fa piacere. Charles ti ha detto nulla sul conto di Lavinia?»

«Sì, è preoccupato per lei e il suo nuovo amante. Ma non ne ha parlato molto.»

«È realmente adirato con lei, Char, pensa che si stia rendendo ridicola con quell'Alex Mellor, un individuo spregevole, un dongiovanni, se ce n'è mai stato uno, e io sono propensa a concordare con Charles. Teme che uno scandalo possa coinvolgere la famiglia.»

«Lo so. Rammenti quanto era turbato quando l'odiosa Harriette si ubriacava, faceva scenate nei club di Mayfair e finiva sui giornali? Per Charlie era un'umiliazione vedere suo padre subire quella vergogna.»

Vanessa fece una smorfia. «È stato estremamente imbarazzante per lui e non vuole altri scandali in famiglia.» Strinse il braccio di Charlotte. «Devo correre via o sarò l'ultima ad arrivare per il tè. A presto.»

«Sarò qui per te, Vans. Per tutta la mattinata di domani nell'ala sud.»

Charlotte seguì con lo sguardo Vanessa attraversare di corsa il prato. Era sempre stata così, snella, elegante e veloce, come una puledra di razza. Charlotte le voleva bene e la considerava un'amica sincera e leale.

Pochi secondi dopo entrò in cucina e fu accolta dalla cuoca che cantava: «Ecco la sposa! Ecco la sposa!» La signora Jackson era tutta sola davanti alla lunga tavola in legno di quercia e agitava un cucchiaio di legno come un direttore d'orchestra.

Smise di colpo di cantare quando vide Charlotte. «Che bello vederla, signorina Charlotte. La signorina Wilson mi ha detto di dirle che arriverà tra un minuto.»

«Non ho fretta, signora Jackson, ma devo constatare che è dell'umore giusto per il matrimonio.»

«Sono tutta elettrizzata. È un piacere vedere lady Daphne tanto felice. Il signor Hugo è adorabile.»

«È sicura di non avere bisogno di altri aiutanti sabato? Potrei mandarle altre ragazze dal villaggio, signora Jackson.»

«Non ne ho bisogno, signorina Charlotte. Come sa, Hanson è un maestro nell'organizzare eventi.»

In quel momento entrò Olive Wilson. «Scusami per averti fatta aspettare, Charlotte», disse subito. «Ho dovuto controllare qualcosa per sua signoria.»

«Vi preparo una tazza di tè», annunciò la cuoca.

Charlotte guardò Olive che annuì e disse: «Grazie mille, Nell».

Poco dopo Olive entrava con due tazze di tè nella stanza della servitù, che era fresca e tranquilla dopo il caldo della cucina.

Olive versò il tè. «Grazie per essere venuta, Charlotte. Alice mi aveva detto che eri nell'ala sud, ma non volevo che tu mi sfuggissi, per questo ti ho inviato un messaggio.»

«Immagino tu voglia parlare di qualcosa di privato», commentò Charlotte, guardando Olive con un'espressione interrogativa.

«Sì, e mi rendo conto che questo non potrebbe essere il momento migliore, nell'imminenza di un matrimonio. Ma sono molto preoccupata per sua signoria. Preoccupata da morire a essere sincera.»

«Come mai? Che problema ha?»

«Ecco, non è più quella che era prima che andassi a Londra per occuparmi degli affari di mia madre. Credo sia malata.»

«Che cosa te lo fa pensare?» chiese Charlotte. Olive aveva forse notato qualcosa in Felicity che a lei era sfuggita?

«Non si comporta come la donna che conosco e ovviamente la conosco da anni. È distante, ansiosa, distratta. So che non dorme bene, perché me lo ha riferito, e non ha appetito. A dire il vero, Charlotte, sua signoria sembra vivere in un mondo separato. Percepisco, in qualche modo, che si è isolata.»

«Ho notato anch'io un certo distacco, una distanza, e so cosa la preoccupa, Olive», disse con cautela Charlotte dopo aver riflettuto per un momento. «Senza alcun dubbio la salute di sua sorella.»

«Va spesso in ospedale a trovarla, ma io ho la sensazione che abbia parlato con un medico, gli abbia chiesto un consiglio.»

Charlotte si sorprese. «Come fai a saperlo?»

«Non lo so per certo. È solo un'intuizione da parte mia. Credo che si sia ammalata anche lei e che voglia che non lo sappiamo. Noi tutti, compreso il conte.»

«Spero che ti sbagli, Olive. Ma perché non le chiedi direttamente se non si sente bene?»

«Ci ho pensato, ma non mi piace immischiarmi.»

«Devi chiederglielo. Con te si confiderà, dopotutto sei sempre con lei. Lei dipende da te, l'aiuti a vestirsi e a spogliarsi e le acconci i capelli. Ti occupi dei suoi vestiti e dei gioielli. Chiediglielo e poi fammi sapere cosa ti ha risposto. Forse noi possiamo aiutarla, tu e io. Forse ha bisogno di attenzioni e di qualcuno con cui confidarsi, qualcuno come te.»

Olive annuì e sorrise per la prima volta da giorni. «Grazie per avermi ascoltata. Mi fido del tuo giudizio e parlerò con la contessa, ma dopo le nozze, non vorrei sconvolgerla poco prima del matrimonio di sua figlia.»

«Giusto, non affrontare l'argomento prima che lady Daphne e il signor Hugo siano partiti per il viaggio di nozze.» Charlotte vuotò la tazza di tè e si alzò. «Mi dispiace, ma adesso devo andare, Olive. Ho mille cose da fare nell'ala sud.»

«Lo so e grazie per essere venuta.»

«Tenta di non preoccuparti, risolveremo anche questo problema. Tienimi aggiornata.»

Charlotte uscì dalla stanza, salì la scala di servizio e attraversò la casa diretta all'ala sud. Rifletté su quanto Olive le aveva confidato, colpita dalla sua perspicacia. Olive aveva notato lo strano comportamento di Felicity appena tornata a Cavendon e Charlotte non poteva fare altro che concordare con lei. C'era qualcosa che non andava nella contessa, era necessario scoprire che cosa. Di certo non aveva nulla a che fare con Anne Sedgewick, era più probabile qualcosa che aveva a che fare con Felicity stessa. Era un mistero. L'affronterò appena Daphne sarà sposata, decise. Un passo alla volta.

41

Quando la sposa e lo sposo attraversarono il porticato della chiesa e scesero i gradini, aveva smesso di piovere e il sole stava brillando in un cielo azzurro. Daphne alzò lo sguardo e sorrise nel vedere un arcobaleno.

«Hugo, guarda! L'arcobaleno! Siamo proprio fortunati!»

«Siamo fortunati a essere insieme, ecco cosa penso, lady Daphne Ingham Stanton.» Le sorrise. «Siamo sposati, Daphne, siamo davvero stati uniti dal buon vicario di Little Skell e questo è ciò che più conta per me.»

Tra applausi e grida di incoraggiamento, gli abitanti del villaggio, che si erano allineati lungo il sentiero, si avvicinarono per vedere la loro bellissima sposa, la figlia del loro conte e della contessa. Ed era veramente bella nel suo bianco abito nuziale di pizzo e il velo svolazzante che l'avvolgeva come una nuvola.

«Congratulazioni, lady Daphne! Congratulazioni, signor Hugo!» gridarono alcuni, mentre altri scandivano: «Hip, hip, hurrà per la sposa e lo sposo!»

Daphne e Hugo si offrirono ai loro ammiratori e quando vennero ricoperti da petali di rose risero con loro. Alcune donne intonarono: «Ecco la sposa!» e Daphne fu colpita dall'armonia delle loro voci.

Si meravigliò che tante persone fossero rimaste fuori, ma la chiesa non era sufficientemente grande per accogliere tutti.

Mentre andavano in chiesa, suo padre l'aveva avvisata che con ogni probabilità per ammirare il matrimonio e salutarla si sarebbero presentati tutti gli abitanti dei tre villaggi. Avrebbero poi partecipato al ricevimento nel municipio di Little Skell.

Nell'alzare la mano per salutare la folla, Daphne lo vide. *Richard Torbett.* Fermo in disparte, la fissava con un'espressione truce e sfrontata.

Colta di sorpresa, si irrigidì e si strinse a Hugo che intuì che qualcosa non andava. «Cosa c'è? Stai bene?» le chiese allarmato.

«Sto bene, ma stavo per scivolare sulle pietre bagnate, tutto qui», improvvisò alla svelta. Poi non riuscì a non lanciare un'altra occhiata verso la strada, ma Richard non c'era più. Che se lo fosse immaginato?

Dimenticò Torbett appena furono circondati da tutta la famiglia: i suoi genitori e la prozia Gwendolyn, come al solito in rosso porpora, le zie Lavinia e Vanessa, zio Jack, i suoi fratelli, Guy e Miles, tanto eleganti nei loro frac, e le tre dee nei loro vestiti da damigelle in taffettà rosa. Dulcie era adorabile nel suo abito lungo con il mazzo di rose rosa in mano.

Si avvicinarono poi il maggiore Gaunt e i suoi tre figli, felici di essere presenti al matrimonio di Hugo e incredibilmente emozionati nel venire a sapere che sarebbe tornato a vivere nello Yorkshire.

Quando infine riuscirono a districarsi, raggiunsero l'automobile che era addobbata con bianchi nastri di raso.

«Lady Daphne! Lady Daphne!»

Si voltò e vide Ginevra attraversare di corsa la strada agitando qualcosa. La zingara si fermò a un metro da lei e le offrì qualcosa. «Un portafortuna, non lo perdere.»

«Grazie, Ginevra», ringraziò Daphne e prese il frammento d'osso che le veniva offerto, senza capire cosa fosse.

«Felicità», borbottò Ginevra, allontanandosi di corsa senza un'altra parola.

«Chi era?» chiese Hugo, perplesso.

Prima di poter rispondere, Daphne venne circondata da DeLacy, Cecily e sua madre e la signorina Charlotte che l'aiutarono a salire in macchina, sollevando il voluminoso velo e il lungo strascico. DeLacy le prese il bouquet di rose bianche. Un attimo dopo lei e Hugo si stavano dirigendo a Cavendon Hall.

La casa era praticamente deserta, dato che tutto il personale era andato ad assistere al matrimonio. Hugo la prese sottobraccio e la condusse nella biblioteca, dove Daphne posò il mazzo di rose ed esaminò l'osso. Era decorato con nastri bianchi e argentei e su un lato c'erano delle incisioni. «Sono piccoli cuori», notò, mostrandolo a Hugo. «Ginevra è strana, ma innoffensiva.»

Hugo osservò l'osso. «Ci sono ben sette cuori. Che significano?»

«Un sacco di amore, forse», rispose Daphne, girandosi verso di lui.

«Allora tienilo al sicuro.» Poi Hugo la strinse a sé. «Ti amo, Daphne, con tutto il cuore, adesso e per sempre, finché vivremo. Ho pronunciato con grande serietà il voto coniugale.»

«Anch'io», confermò Daphne, alzandosi sulle punta dei piedi e baciandolo sulla guancia. «E andrà tutto bene, vedrai.»

«Oh, Daphne, questo lo so.»

«Intendo questa notte. Tu e io insieme, la nostra luna di miele inizia qui a Cavendon. Deve iniziare questa notte... la nostra vita coniugale, intendo. È così che voglio.»

Hugo le porse il bouquet e la condusse fuori dalla biblioteca.

«Dobbiamo andare nel salotto rosa», spiegò Daphne. «Per le fotografie con la famiglia. Poi potremo rilassarci e ballare per tutta la notte.

«Non per l'intera notte, spero?» Il sorriso di Hugo era allusivo.

«Non essere sciocco, ho in mente qualcosa di meglio», rispose Daphne e l'espressione nei suoi occhi gli rivelò tutto ciò che aveva bisogno di sapere.

PARTE TERZA

Brina sui vetri
Gennaio 1914-Gennaio 1915

Spezzerò e ricreerò le stelle,
frantumerò il cielo con una canzone;
Immortale nel mio amore per te,
Perché ti amo, con tutte le mie forze.

RUPERT BROOKE

Stiamo danzando su un vulcano.

CONTE DI SALVANDY

42

ALLE tre del pomeriggio del ventinove gennaio 1914, nell'ala sud di Cavendon Hall, Daphne diede alla luce una bambina. Era un giovedì.

La neonata aveva un ciuffo di capelli biondi in cima a una testolina ben proporzionata ed era sana e perfetta in ogni senso, con grande sollievo di sua madre.

Il travaglio era durato dieci ore e per tutto il tempo Daphne aveva rivolto una silenziosa ma fervente preghiera, perché la neonata nascesse senza deformità o imperfezioni. La sua preghiera era stata esaudita.

Il pomeriggio del sabato seguente, due giorni dopo il parto, Daphne era seduta sul divano nel salotto verde chiaro dell'ala sud con la bambina in braccio.

Non riusciva a smettere di guardarla e continuava a spostare la morbida sciarpa di cashmere per contemplare il suo visino delicato, le minuscole mani con quelle unghie piccolissime e così perfette. Viveva immersa in un mare di amore per quella bimba tutta sua.

Come aveva capito mesi prima, non sarebbe mai stata capace di darla in adozione. Quel fagottino rosa e vellutato, era parte di lei e lo sarebbe sempre stato. Il legame tra loro sarebbe durato in eterno.

Alla felicità della maternità si sommava quella di essere moglie di un uomo meraviglioso che aveva sostenuto di essere il padre della neonata. Grazie a Hugo, sarebbe cresciuta al sicuro sotto la protezione sua e del suo cognome.

Ufficialmente la bambina era nata prematura e nessuno aveva contraddetto quella versione, comunque la pensasse. Daphne e Hugo erano stati sordi anche al minimo cenno di insinuazione, sorridendo serenamente. Come stavano facendo quel pomeriggio.

Hugo era seduto accanto alla moglie, cortese con tutti, ma dedito solo alla bambina. Si girava in continuazione a spiare il suo visino con un amore che non solo gli si leggeva negli occhi, ma si manifestava in tutto il suo atteggiamento.

Felicity aveva preso posto in una poltrona accanto a Daphne e con lei c'era Olive Wilson. La contessa aveva sofferto di esaurimento, ma stava meglio. L'arrivo della neonata aveva riacceso di sorrisi un volto troppo spesso esangue e il suo umore aveva ritrovato un po' di leggerezza.

Il nonno, conte di Mowbray, era felice come sua moglie, e come Hugo non faceva che lanciare occhiate alla neonata tra le braccia di sua figlia. Era affascinato dal nuovo arrivo, la sua prima nipote, che inaugurava una nuova generazione di Ingham.

«Ti vedo radiosa, Daphne», constatò Charles. «È stata dura, ma l'hai superata bene, sono fiero di te.»

«Lo sono anch'io», fece eco Hugo. «Sei stata stupenda, mia cara.» Diede un'occhiata all'orologio. «Mi chiedo cosa stia succedendo agli altri?» borbottò. «Dovevano essere qui alle tre per vedere la neonata, prima del tè.»

In quell'attimo apparve sulla soglia Hanson. «Lady Gwendolyn è arrivata, milord, e con lei c'è la signorina Charlotte», annunciò.

«Grazie Hanson. Le faccia accomodare.»

«I valletti le stanno aiutando a togliersi i soprabiti. Ha ripreso a nevicare, milord.»

Quando lady Gwendolyn entrò nella stanza, elegante come al solito, Charles e Hugo si alzarono. Quel pomeriggio la zia indossava un abito di lana grigio e una camicetta azzurra di seta.

Daphne la salutò con una risatina. «Mi piace molto la tua camicetta azzurra, zia Gwendolyn», l'apostrofò.

Lady Gwendolyn, pungente e schietta com'era, era dotata anche di un notevole senso dell'umorismo e rise. «L'ho scelta per intonarmi agli occhi della bambina, sai? Voglio che si senta a casa, dal momento che tutte voi vi vestite sempre di azzurro.»

«Oh, si sente già a casa», esclamò Hugo, «e proprio qui nell'ala sud. L'altro giorno Charles ci ha proposto di vivere in questa ala e noi abbiamo accettato di cuore la sua offerta. Alloggeremo qui permanentemente, non acquisterò Whernside House.»

«Saggia decisione, Hugo e mi piace l'idea di avervi tutti e tre a Cavendon, a pochi passi da me.»

Lady Gwendolyn andò a sbirciare la neonata «Una vera Ingham», sentenziò. «Si vede dai polsi minuscoli e dalle mani delicate. Caratteri molto aristocratici.»

«Anche le caviglie», aggiunse Felicity. «Sottilissime.»

Charlotte entrò nella stanza e salutò tutti. «Il tempo è brutto», avvertì i presenti. «Dobbiamo aspettarci una tempesta di neve.»

«Forse, ma non preoccuparti, Charlotte», osservò Charles. «Gregg potrà riportare a casa zia Gwendolyn e te con l'automobile.»

«Grazie.» Charlotte andò a sedersi di fianco a Daphne sul divano.

«Non è dolce?» domandò Daphne, scostando lo scialle. «Guardi, ha una bocca che sembra un bocciolo di rosa.»

Charlotte riuscì solo ad annuire, soffocata dall'emozione. La neonata era bellissima e al sicuro come lo era Daphne. Le cose non si sarebbero risolte così bene senza l'arrivo di Hugo a Cavendon al momento giusto. Ciò che è scritto nel destino succede, pensò.

Mentre Charles faceva accomodare la zia, Hanson apparve per annunciare che erano arrivate la signora Alice, Cecily e le tre figlie del conte, Diedre, DeLacy e Dulcie, la quale si precipitò nella sala per arrivare per prima, incapace di controllarsi come sempre.

Si fermò davanti a Daphne. «Voglio questa bimba», dichiarò. «Me la darai, Daphne? Ti prego.»

«Temo di non poterlo fare, cara Dulcie. In ogni caso potrai essere la sua migliore amica. Sì, è una buona idea, ti nomino sua migliore amica. È un onore speciale, sai, e vuol dire che potrai passare molto tempo con lei.»

«Oh, grazie, Daphs. Tu sei la più brava di tutte le sorelle!» gridò. Poi, moderando il volume, aggiunse: «Baderò a lei attenta».

«Con attenzione», la corresse Daphne, accarezzandole i riccioli biondi. «E quando sarai grande e sposata, potrai avere una bambina tutta tua, proprio come la mia.»

«Sposerò Hugo», dichiarò Dulcie, cercando Hugo e sorridendogli.

Lui le strizzò l'occhio.

«Non è possibile, ma io troverò un secondo Hugo tutto per te», promise Daphne.

La bambina la ringraziò, poi scrutò la neonata e chiese: «Perché ha il viso rugoso come una mela vecchia?»

«Perché ha solo due giorni. Domani non sarà più così, vedrai.»

«Verrò a controllare.» Dulcie corse dal padre e si arrampicò sulle sue ginocchia.

«Signora Alice e anche tu, Cecily, venite a vedere la bambina.»

A loro si unì DeLacy che esclamò: «Ha una bocca a bocciolo di rosa. Dovresti chiamarla Rosebud, Daphers. O Rose o Rosalie o Rosamund o Rosemarie. Ci sono così tanti nomi che ricordano le rose. Ma come la chiamerai?»

«Sto per dirvelo.»

Diedre attraversò la stanza con calma, si fermò davanti a Daphne, guardò la neonata, poi di colpo tolse lo scialle. «Una bambina adorabile, Daphne», commentò. «Ma un po' grande per essere prematura, non ti pare?»

«Ha le misure tipiche dei prematuri», intervenne Hugo, in tono calmo, ma irritato. Aveva scoperto che Diedre era tanto bella quanto acida e maligna, chiaramente invidiosa delle sorelle e non solo di sua moglie.

Capiva perché Dulcie non l'amasse e avesse paura di lei. Da quando viveva nell'ala sud, Hugo aveva instaurato un buon rapporto con Dulcie, che, secondo lui, la madre trascurava. Felicity si stava riprendendo da un esaurimento, ma quel giorno pareva di nuovo ansiosa, a volte sembrava distratta e si comportava in modo strano. Ultimamente era molto cambiata.

Appena tutti si furono seduti, Daphne porse la neonata a Charlotte e si alzò. Andò vicino al caminetto e fece cenno a Hugo di unirsi a lei.

«Abbiamo chiamato nostra figlia baby, come fanno tutti, ma intanto abbiamo riflettuto su diversi nomi. Ora che abbiamo deciso, abbiamo pensato che questo pomeriggio sarebbe stato perfetto per annunciarli.»

«Ha quattro nomi», li avvertì Hugo. «Nomi che mi piacciono molto, tutti ricchi di significato per noi.»

Daphne lanciò un'occhiata ad Alice Swann. «Il primo nome è Alicia e così verrà chiamata, in suo onore, signora

Alice. Perché mi è sempre stata di grande conforto, soprattutto in questi ultimi mesi.»

Alice non riuscì a rispondere tanto era stupita e commossa e gli occhi le si colmarono di lacrime. Poi, con voce tremante, li ringraziò entrambi.

«Il suo secondo nome è Felicity, in tuo onore, mamma e per tutti i motivi che conosci. Hugo e io speriamo che ti faccia piacere.»

«Certamente, e grazie di cuore.»

Poi toccò a Hugo. «Eccoci al terzo nome di baby. Gwendolyn, le abbiamo dato il tuo nome, zia, per ciò che hai significato per me, specialmente durante la mia infanzia.»

«Grazie, Hugo e grazie anche a te, Daphne», disse lady Gwendolyn con gli occhi lucidi e un filo di voce. «Temo di non riuscire a dire altro. Mi avete lasciata senza fiato, questa vecchia signora per una volta è rimasta senza parole.»

Tutti risero.

«Eccoci arrivati all'ultimo nome, ultimo ma non meno importante», riprese Daphne quando il momento di ilarità si fu esaurito. «Le abbiamo dato il suo nome, signorina Charlotte, per la sua devozione e saggezza. E per l'aiuto che mi ha sempre offerto e per essere l'esempio che è sempre stata della lealtà degli Swann verso gli Ingham.»

Commossa, Charlotte deglutì un paio di volte, incapace di reagire. «Grazie, lady Daphne», riuscì a dire dopo qualche istante, «per le sue gentili parole e per avere dato alla vostra primogenita il mio nome. Sono realmente onorata.»

Charlotte fissò la bimba che dormiva tra le sue braccia. «Essendo una Swann, sarò sempre al suo fianco ogni volta che avrà bisogno di me. La proteggerò sempre.»

43

DALLA finestra della biblioteca, Hugo guardava fuori, ma non vedeva niente. La brina creava un disegno intricato che opacizzava il vetro. Era già marzo, ma da giorni non smetteva di nevicare. Tutto era ricoperto da un manto bianco e la campagna circostante era meravigliosa, ma era difficile uscire in perlustrazione e faceva un gran freddo. In casa, grazie ai caminetti accesi, l'atmosfera era lieta.

Per fortuna, pensò, non aveva acquistato Whernside House, perché con un tempo simile sarebbero stati isolati. Daphne l'aveva capito e aveva anche concluso che la casa era troppo grande per loro. Inoltre i periti che aveva assunto gli avevano riferito che il tetto e le fondamenta erano in cattivo stato e necessitavano di consistenti interventi di ristrutturazione.

Charles aveva proposto loro di alloggiare nell'ala sud, offerta che avevano accettato prontamente, e Daphne aveva detto a suo padre, con sua grande felicità, che avrebbero preferito vivere sempre a Cavendon invece di stabilirsi in un'altra residenza.

Oltre a essere bella, l'ala sud era anche confortevole e facile da gestire. La sistemazione soddisfaceva Hugo, anche perché avrebbe dovuto presto mettersi in viaggio. Doveva recarsi a Zurigo per numerose riunioni con una tappa a Londra. Aveva rinviato quel viaggio, ma l'indomani sarebbe partito, ormai non poteva più evitarlo.

Sapere che Daphne e la neonata erano in seno alla grande famiglia lo rasserenava. Amava entrambe e si sentiva felice come non avrebbe mai pensato possibile. Era un uomo fortunato.

Charles entrò nella biblioteca interrompendo le sue riflessioni. «Gregg ti porterà a Harrogate e ti verrà a riprendere», annunciò il conte. «Per fortuna le strade sono sgombre e i treni viaggiano in orario.»

«Grazie, Charles.»

«Sei sicuro di non voler alloggiare nella casa di Mayfair?»

«Grazie Charles, sei molto gentile, ma mi fermerò a Londra solo due notti. Non vale la pena di aprire la casa per così poco tempo.»

«Come preferisci, vecchio mio.»

«Vado a Zurigo passando per Londra, perché devo incontrare la mia ex assistente personale, Jill Handelsman. Aveva lavorato per Ben Silver, e alla sua morte era diventata la mia segretaria. Jill e suo marito vivono a Londra da cinque anni e io sono rimasto in contatto con lei. Spero accetti di trovare e aprire un ufficio per me lì e di dirigerlo.»

«È così brava?» domandò Charles, inarcando un sopracciglio.

«È una delle donne in affari più in gamba che abbia mai conosciuto.»

Charles si accomodò in una poltrona Chesterfield con un'espressione un po' perplessa. «Non intendo impicciarmi, ma sono curioso. Come mai ti occorre un ufficio a Londra?»

«Ho bisogno di una struttura adatta a gestire il denaro e gli investimenti personali che ho in giro per il mondo. In altre parole, ciò che ho creato io rispetto a ciò che ho ereditato dai Silver vale a dire l'intera società immobiliare che a New York è diretta da Leonard Peters, che ne è stato presidente per anni, ancora quando Ben era vivo. Sta facendo un ottimo lavoro; gli piace che passi da New York di tanto in tanto, ma fondamentalmente è lui il diretto responsabile.»

«E quando intendi andare a New York?» s'informò Charles. «Pensi di portare con te Daphne ogni volta che parti? Mi avevi spiegato che volevi andare avanti e indietro.»

«Volevo, ma non più. Non credo sia possibile né, francamente, sicuro. Secondo il mio parere, le acque internazionali saranno molto pericolose.»

«Guerra? Stai pensando di nuovo alla guerra?»

Hugo annuì.

«Quindi il Kaiser è pronto a mettersi in marcia?»

«Credo di sì. Sta rinforzando la marina militare tedesca, ma, grazie a Dio, Churchill sta facendo la stessa cosa. Aveva iniziato quando era stato nominato Primo Lord dell'Ammiragliato nel 1911. Conosce gli obiettivi del Kaiser. Quando i tedeschi costruiscono una corazzata, lui ne costruisce due per la Royal Navy e quando la Germania ne costruisce due, lui ne costruisce tre.»

«Una corsa agli armamenti, è evidente.»

«Esatto. Ecco perché Winston sta cercando di spremere sempre più soldi dal parlamento per finanziare le sue iniziative a favore della Marina. Immagino li stia facendo impazzire con le sue pretese, ma per quanto mi riguarda ha ragione.»

«Amici ben informati mi hanno riferito che ad Asquith Winston piace, e tanto mi basta.»

«Io oserei direi che il primo ministro ammira Winston Churchill, e non solo lui, c'è anche Lloyd George. Nel governo di Asquith ci sono brave persone che sapranno come affrontare un conflitto armato. Ma è comunque una prospettiva dannatamente brutta.»

«Ho fiducia nel senno di Churchill. Ha grandi capacità», sentenziò Charles.

«Vorrei che si potesse evitare il conflitto, ma l'Inghilterra ha promesso alla Francia che se fosse stata invasa sarebbe corsa in suo aiuto», commentò Hugo.

«Lo so. Temo che se la situazione dovesse precipitare non si potrà fare altrimenti.»

«E che Dio ci aiuti.» Hugo scosse la testa e guardò lontano, come se stesse contemplando qualcosa che vedeva solo lui. «Si stanno preparando momenti difficili e il mondo non sarà più lo stesso», mormorò.

44

«GRAZIE mille, Hanson, la stanza è elegante e nello stesso tempo misuratamente virile», concluse Daphne, sorridendo al maggiordomo.

«È stato un piacere darle una mano, lady Daphne, ma il merito è tutto suo.»

Daphne e Hanson erano sulla soglia di un piccolo salotto trasformato in biblioteca.

Nei tre giorni di assenza di Hugo, la maggior parte dei mobili era stata portata in solaio e scambiata con altri. La stanza sfoggiava ora librerie in mogano, un piccolo scrittoio in stile georgiano e una sedia girevole, mentre il divano e una poltrona erano rimasti al loro posto.

«Qui il signor Hugo si troverà a suo agio», commentò Hanson, guardandosi in giro. «Sono soddisfatto che abbiamo trovato quelle stampe con scene di caccia, stanno benissimo qui, milady.»

«È vero, Hanson. Ora devo solo andare a prendere in prestito alcuni libri dalla biblioteca di papà per riempire gli scaffali.»

Hanson meditò un attimo. «Credo ci siano delle casse di libri rilegati in pelle nei solai sopra l'ala est, lady Daphne. La signora Thwaites ripone sempre tutto con cura, sono certo che saranno in ottime condizioni. Vuole che glieli faccia portare?»

«Senza dubbio, Hanson, grazie mille. Ma ora devo fare un salto nella nursery per vedere la bambina.»

«Sì, certamente, e troverà i libri qui già al loro posto.»

La signorina Jane Willis, la bambinaia, era arrivata a Cavendon pochi giorni prima della nascita della bambina. Era sui venticinque anni, giovane, piena di energia e molto premurosa con Alicia. Daphne era soddisfatta di lei.

Jane Willis aveva frequentato il Norland College, dove balie e bambinaie venivano educate nella miglior tradizione. Daphne era contenta d'avere seguito il consiglio di sua madre. Era stata Felicity a insistere di assumere una tata esperta in neonati per le prime sei settimane, per aiutare la figlia a riprendersi e per creare una giusta routine per la piccola. Per Daphne la signorina Willis era un dono dal cielo.

Quando Daphne aprì la porta della nursery, la signorina Willis si portò un dito alle labbra, poi le fece cenno di entrare sorridendo. Alicia era semiaddormentata nella culla e Daphne la guardò, ammirandola ancora una volta. «Tornerò più tardi», disse a bassa voce e uscì in silenzio, diretta alla stanza color lavanda che condivideva con Hugo. Nello spogliatoio attiguo c'era un sommier. «Ma è solo per far scena», aveva borbottato Hugo quando l'aveva visto. «Non ho alcuna intenzione di dormire da solo. Voglio averti sempre vicina a me nel letto.» E così era stato e sempre lo sarà.

Daphne sorrise al ricordo dei commenti di Hugo, non solo sulle notti, ma anche su molte altre cose. Aveva un modo di pensare molto moderno e franco e parlava liberamente con lei di qualsiasi argomento.

Daphne contemplò gli abiti appesi nel guardaroba, chiedendosi quale indossare per cena. Qualcosa di semplice, pensò, visto che sarebbe stata sola con sua madre, a meno che fosse stata invitata zia Gwendolyn. L'avrebbe chiesto più tardi a Hanson. A Daphne la casa sembrava più silenziosa del solito. Guy era a Oxford, Miles a Eton; il giorno prima Diedre era andata nel Gloucestershire per passare un po' di tempo con Maxine Lowe nella sua casa a Cirencester e quella mattina suo padre si era recato in auto a Northallerton per assistere al funerale di un vecchio amico. Aveva preteso che Felicity rimanesse a Cavendon, sostenendo che la sua presenza non era necessaria. E Hugo era partito per uno dei suoi viaggi d'affari e sarebbe arrivato a Zurigo quella sera. Le mancava la sua allegra e amorevole presenza, senza di lui si sentiva persa e non vedeva l'ora che tornasse.

Sentì bussare alla porta e Peggy Swift sbirciò dentro. «Posso parlarle un minuto, lady Daphne?»

«Naturalmente, entra», le rispose con un caloroso sorriso. Dopo il matrimonio Peggy Swift era diventata la sua cameriera personale e lei la preferiva a tutte le altre. Era una gran lavoratrice, si occupava bene del suo guardaroba, era efficiente e simpatica.

La giovane entrò e chiuse la porta. Daphne corrugò la fronte insospettita dal suo atteggiamento. «Cosa c'è, Peggy, mi sembri tesa.»

«No, non proprio, milady, ma c'è qualcosa che mi angustia da tempo e desideravo... ecco, togliermi questo peso. Ma prima devo chiederle di non ripetere a nessuno ciò che le dirò.»

«Prometto che non violerò la tua fiducia.»

Peggy Swift ammirava lady Daphne e si fidava di lei, sapendo che era una persona buona, premurosa e compassionevole. C'era in lei una dolcezza che la metteva a suo agio. Eppure ora non riusciva a parlare.

«Qui siamo sole, Peggy, lo sai. Puoi parlare liberamente.» Di fronte all'esitazione della giovane donna, Daphne domandò: «Non sei ammalata, vero?»

«No, no, nulla di simile, lady Daphne. È che non so come cominciare.»

«Dillo e basta, ho scoperto che è l'unico modo.»

«Riguarda Gordon e me e non voglio che finisca nei guai. Manterrà il segreto, vero, milady?»

«Ho detto che lo farò, Peggy, e parlo sul serio. Forza, dimmi tutto», la esortò Daphne. Non poté evitare di pensare che fosse incinta, ma poi scartò quell'idea. Peggy non sarebbe ricaduta in quel tranello.

«Ecco, vede, le cose stanno così. A volte Gordon e io sgattaioliamo fuori alla sera. Dopo cena, quando abbiamo finito le pulizie. A Gordon piace fare una passeggiata e fumarsi una sigaretta. Quando il tempo è bello. E, ecco, l'estate scorsa siamo usciti per un...» Peggy s'interruppe, poi continuò abbassando la voce. «Parecchie volte ho avuto la sensazione che qualcuno ci spiasse», concluse.

«Cosa?» Daphne trasalì allarmata.

«Una volta, nel bosco delle campanule, avevo sentito dei rumori, come se tra i cespugli ci fosse qualcuno che ci osservasse amoreggiare. Fruscii, rametti spezzati. E così eravamo tornati a casa di corsa. Ma poi è successo di nuovo, quando siamo andati a fare una passeggiata attorno al lago.»

Peggy scosse il capo e posò la mano sul cassettone. «So che non avremmo dovuto essere là...»

«Continua, Peggy, non riferirò a Hanson che eravate fuori quando avreste dovuto essere in casa.»

«Siamo andati nella vecchia rimessa delle barche, lady Daphne. Entrava la luce della luna e Gordon aveva trovato un mozzicone di candela. Io odio il buio. Ci stavamo accarezzando... lei sa che ci sposeremo appena possibile.» Peggy si morse il labbro. «Poi la candela si è spenta e la luna si è nascosta dietro una nuvola e Gordon ha acceso un fiammifero, per trovare la porta. Io ero di fronte alla finestra e ho visto un uomo che ci fissava.»

«Oh, mio Dio, che spavento!» esclamò Daphne.

«È vero, lady Daphne. Gordon e io ci siamo precipitati fuori e abbiamo visto quell'uomo che scappava.»

«Chi era?» chiese Daphne, ancora più preoccupata.

«Non ho idea, lady Daphne. Ma sapere che qualcuno ci stava guardando mi aveva fatto provare una brutta sensazione. Siamo tornati a casa e abbiamo smesso con le passeggiate.»

«Sei sicura che non era qualcuno che conosci?» s'informò Daphne.

«Era buio, ma chi farebbe una cosa simile? Di certo non qualcuno che lavora qui.»

«Sono d'accordo.»

«Non ci tradisca, lady Daphne. Gordon non vuole perdere il lavoro e nemmeno io. Gliel'ho raccontato, perché... be', è preoccupante che qualcuno si stia aggirando di nascosto per Cavendon.»

«Prometto che non vi coinvolgerò, Peggy, ma devo dirlo a qualcuno.»

«Ma non a Hanson o alla signora Thwaites, per favore, lady Daphne.»

«Potrei parlarne alla signorina Charlotte e lei a sua volta potrebbe discuterne con Percy Swann. Come capo guardacaccia è responsabile della tenuta. Come minimo questo lo metterebbe all'erta.»

«C'è un'altra cosa, milady», aggiunse Peggy dopo un attimo di esitazione. «Ora che se ne è andata perché ha trovato un altro lavoro, posso dirle che una volta Mary Ince è stata sorpresa da un uomo. Era balzato fuori dai cespugli e aveva tentato di afferrarla, ma lei è stata veloce ed è scappata. Lui l'ha rincorsa, ma quando lei è uscita dal bosco, ha smesso di inseguirla.»

Ora Daphne era realmente impaurita, ma mantenne la

calma. «Dovrò riferirlo alla signorina Charlotte, lei saprà qual è la cosa migliore da fare.»

«Ci terrà fuori da tutto questo, vero, milady?»

«Dovrò parlarle di voi due, impossibile non farlo, ma lei eviterà di immischiarvi, te lo prometto. Parola d'onore.»

«Sono contenta di avergliene parlato, lady Daphne, era da tempo che questa storia mi tormentava. Non possiamo permettere che ci siano individui che girano furtivi per la tenuta, vero?»

«Esatto. Lascia fare a me, Peggy, e nel frattempo, decidiamo insieme cosa potrei indossare per cena.»

45

«STAI benissimo, mamma», esclamò Daphne guardando sorpresa il volto sereno di sua madre riflesso nello specchio sulla toletta. «Non ti vedevo così bene da molto tempo.»

«Mi sento meglio, Daphne», rispose Felicity, sorridendo all'immagine della figlia riflessa.

Daphne andò a sedersi per permettere a Olive Wilson di terminare di sistemare i capelli della madre e nel giro di pochi minuti la cameriera aveva messo l'ultima forcina e, come tocco finale, un pettinino in tartaruga e diamante.

«Ecco fatto, sua signoria», annunciò la Wilson, facendo un passo indietro e controllando la pettinatura della contessa da varie angolature.

«Sinceramente, Wilson, sei fantastica!» si complimentò Daphne. «Mi piacciono quei riccioli e come hai fissato queste ciocche con il pettinino su un lato solo.»

«Grazie, lady Daphne.» Poi Olive Wilson aiutò Felicity ad alzarsi dallo sgabello.

«Per la prima volta da mesi, mi sento di scendere per cenare con te, Daphne. Era da secoli che non avevo voglia di vestirmi per cena, per non parlare di mangiare.»

«Sei molto elegante, mamma, devo dirtelo. Il vestito bordeaux ti dona.»

Felicity rise. «È uno dei miei vecchi abiti parigini, adattato da Cecily. Non so come faccia, ma quella ragazza riesce a dare un aspetto nuovo ed elegante a qualsiasi capo d'abbigliamento.»

«Lo so. Charlotte dice che i suoi disegni sono molto elaborati. So che la signora Alice ci mette un sacco di tempo a cucirli. Ma non c'è dubbio che Cecily possieda un grande talento.»

«È un piccolo genio.» Felicity si rivolse a Olive Wilson. «Grazie, Olive, questa sera con i miei capelli ti sei superata.»

«Di niente, milady.» Titubò, poi chiese: «Ha bisogno di aiuto per scendere le scale, lady Mowbray?»

«Credo di no, grazie. Questa sera sono sicura di poter percorrere i corridoi di Cavendon senza che qualcuno mi assista.»

Mentre scendevano, Daphne badò a che la mano destra di sua madre poggiasse sulla balaustra e la tenne d'occhio. Una volta nel grande atrio d'entrata Felicity si girò verso la figlia e sorrise. «Hai visto, ce l'ho fatta.»

Daphne annuì e, presa la madre a braccetto, si diresse verso il salotto adiacente alla sala da pranzo dove si riunivano sempre.

«Saremo solo noi due questa sera, una piacevole sorpresa. Ultimamente non abbiamo avuto occasione di parlare un po' a quattr'occhi.»

«Lo so ed è strano, mamma, visto che viviamo nella stessa casa.»

«Nella stessa *grande* casa», la corresse Felicity. «Tuo nonno sosteneva che per percorrerla tutta ci voleva una bicicletta e io penso che avesse ragione.»

«Non sapevo che papà non sarebbe tornato questa sera, finché non mi ha informata Hanson. E che non ci sarebbe stata neppure zia Gwendolyn.»

«Fuori si affonda, con tutta quella neve che si sta sciogliendo, e Gregg ha dovuto tenere la macchina a disposizione di tuo padre, che si è trattenuto a Northallerton per una cena con la famiglia e alcuni amici più intimi. Non c'era nessuno che potesse andare a prendere la zia.»

«Capisco. In ogni caso è bello, noi due sole, e io sono particolarmente felice di vedere che stai meglio.» Le scoccò un'occhiata d'intesa. «Tutto merito della bimba che ti ha dato un'iniezione di vitalità, mamma.»

«Stai ridendo e io sono felice di ridere con te, Daphne, ma quello che hai detto è la verità. La nascita di Alicia mi ha fatto meglio di una medicina.»

«E si vede.»

«Mi dispiace, cara, di non avere partecipato alla tua vita per così tanto tempo. Temo di avere trascurato tutte le mie figlie, anche se eri tu quella che più aveva bisogno di me e ti ho delusa.»

«Mamma, per favore, non pensarci neppure.» Daphne andò a sedersi accanto a lei sul divano. «So quanto eri preoccupata per zia Anne e scoraggiata per non poterla aiutare.»

Felicity strinse la mano della figlia tra le sue. «Come sai, è stata lei a crescermi da quando io avevo tre anni e lei tredici. Quando è morta, è stato come perdere non solo una sorella ma anche una madre. Una doppia perdita. Ero scoraggiata, hai ragione, e arrabbiata con Grace e Adrian. Dopotutto Grace era la sua unica figlia e sarebbe dovuta tornare appena saputo della gravità della malattia di sua madre. Non capirò mai perché se ne sono rimasti al Cairo.»

«Sono d'accordo, ma, come direbbe papà, ormai è acqua passata.»

«Sono felice che tu abbia sposato Hugo e che abbia insistito per sposarti il più presto possibile. Sono contenta anche perché non ti ho lasciata tornare per il funerale, preservando la tua luna di miele. Anne me lo aveva fatto promettere, sapeva che tu le volevi bene e questo le bastava.»

* * *

Daphne dormì male quella notte, aveva troppi pensieri. La sua principale preoccupazione era l'informazione avuta da Peggy Swift di una presenza sinistra nei terreni di Cavendon, nei boschi e nel parco della proprietà.

Quando Peggy aveva menzionato il bosco, le era venuta la pelle d'oca e aveva immediatamente pensato a Richard Torbett. Ma di certo lui non si aggirava furtivamente per i boschi come un guardone o aggrediva giovani donne, no? Eppure aveva aggredito lei...

Scacciò quei pensieri. Aveva giurato di farlo il giorno del suo matrimonio, quando l'aveva visto per un attimo dall'altra parte della strada, di fronte alla chiesa. Forse l'aveva solo immaginato. Poi non aveva più pensato a lui, neppure quando aveva dato alla luce sua figlia. A quel punto era amata teneramente e appassionatamente da Hugo e lei ricambiava il suo amore. Per quello che la riguardava, il padre di sua figlia era Hugo.

Girandosi e rigirandosi nel letto, Daphne ricordò la prima notte di nozze. Lì, con Hugo. Lentamente, teneramente, con infinita pazienza lui l'aveva stimolata nel modo più sensuale e lei aveva scoperto la passione e il desiderio ed era diventata sua.

«Se tu non fossi già in stato interessante, ti avrei messa incinta questa notte, tesoro», le aveva detto dopo. «Non ho mai fatto all'amore con una donna in questo modo... con tanto slancio, amore, intensità e passione.»

Daphne sapeva che era sincero. Avevano continuato a fare all'amore e ogni volta lei aveva provato estasi e gioia.

Lasciò svanire anche quei pensieri. Erano troppo stuzzicanti. Si mise invece a pensare a Charlotte.

L'avrebbe vista il giorno seguente e le avrebbe riferito ciò che le aveva raccontato Peggy e forse si sarebbe potuto fare qualcosa contro quel guardone. Se esisteva veramente. Forse era un altro uomo determinato a fare del male a una giovane coppia, o a una ragazza.

Questa riflessione la fece rabbrividire, ma si calmò e finalmente si addormentò. Non fu un sonno senza sogni. Per tutta la notte fu ossessionata da incubi e solo la luce del giorno le restituì un po' di pace.

Il mattino seguente andò da Charlotte che stava lavorando per il conte nell'edificio annesso alla scuderia.

Avvolta in un caldo cappotto, Daphne si guardò in giro mentre si dirigeva verso l'ufficio. Durante la notte era caduta una pioggia che aveva portato via fango e neve sciolta. Ora brillava il sole e la giornata era bella, anche se ancora fredda. Un tipica giornata di marzo e non più pieno inverno, pensò, e tra poco sbocceranno le giunchiglie.

«Lady Daphne!» esclamò Charlotte, meravigliata di vederla entrare nel suo ufficio. «Che bella sorpresa.»

«Buongiorno, signorina Charlotte. Ha qualche minuto da dedicarmi? C'è qualcosa di cui desidero parlarle.»

«Naturalmente, si accomodi.»

Guardandosi in giro, Daphne dichiarò: «So che il personale della tenuta è negli uffici dall'altra parte dell'atrio, forse dovremmo andare a parlare fuori. Non le dispiace?»

«No, tutt'altro, lasci solo che m'infili il cappotto.»

«Camminiamo verso le stalle», propose Daphne. «Vorrei vedere Greensleeves.»

Charlotte annuì. «Desidera parlare di qualcosa di... delicato, diciamo?» chiese.

«Sì.» Daphne le riferì tutto ciò che Peggy Swift le aveva detto il giorno precedente, concludendo così: «Lei e Gordon temono di venire licenziati, perché hanno infranto la regola e sono usciti di notte. Non vogliono essere colpiti dall'ira divina di Hanson. Peggy mi ha implorata di non dirlo a nessuno e io l'ho promesso, anche se l'ho avvertita che avrei dovuto parlarne con lei».

«È una strana storia, lady Daphne. Lei sa che in questo periodo ci sono molti lavoratori in ogni angolo della tenuta, ma ovviamente non di notte. Pensa che dovremmo far pattugliare la proprietà anche di notte? È questo che sta dicendo?»

Daphne scosse il capo. «No!» ribatté con forza. «In questo modo metteremo in allarme tutti. Non è necessario, perché, per quanto ne so, la maggior parte del personale a quell'ora è in casa.» Daphne rimase un attimo in silenzio, poi aggiunse: «Mi fido di Peggy. È una ragazza con i piedi per terra, non è persona che si lasci suggestionare facilmente. Sono sicura che mi ha detto la verità».

«Sono d'accordo. Perché mai dovrebbe inventare una storia simile? Presumo che tutto ciò sia accaduto l'estate scorsa, dopo che lei è stata... aggredita nel bosco delle campanule.»

«Sì, ma io conoscevo il mio aggressore», rispose Daphne. «Ed è morto. Allora, che cosa facciamo?»

«Niente», rispose Charlotte con fermezza. «Non posso chiedere a Percy Swann di mandare dei suoi uomini fuori di notte. Lo riferirebbe al conte e come potrei spiegare la mia richiesta senza infrangere la fiducia di Peggy?»

«Capisco.» Daphne era pensierosa mentre si dirigevano verso i box. «Forse potrebbe chiedergli di far controllare la tenuta di giorno.»

«Lo stanno già facendo, lady Daphne, da mesi.» In silenzio Charlotte si chiese chi potesse vagabondare per la proprietà, spiando la gente. Non aveva senso.

Daphne si avvicinò al box e Greensleeves mise fuori la testa e nitrì. Aveva amato questo cavallo dalla prima volta che l'aveva visto e di colpo i suoi pensieri tornarono all'incendio. «L'ha scampata bella quella notte», osservò Daphne, guardando Charlotte. «Parlo dell'incendio.»

«È vero. Mi ascolti, lady Daphne, penso che la cosa migliore sia non farne parola. Mi pare di capire che questi incidenti risalgono all'estate scorsa, molti mesi fa. Dovrà solo ammonire Peggy Swift perché non esca con Gordon di notte. Le dica che se lo farà di nuovo, lei non potrà evitare di avvertire Hanson.»

«Ha ragione, signorina Charlotte. Non ho scelta, vero?»

«Temo di no, ma ricordi che in giro di giorno ci sono molti lavoratori.»

«Lo so, li vedo.»

Le due donne tornarono verso l'ufficio di Charlotte. Per strada Daphne le confidò che la salute di sua madre era migliorata. «Tutto merito di Alicia», le confidò.

«La verità», mormorò Charlotte, «è che Alicia è stata un benedizione per tutti.»

46

In quei giorni Alicia Felicity Gwendolyn Charlotte Ingham Stanton, una neonata con un nome lunghissimo, era l'attrazione principale di Cavendon Hall. Tutti volevano vederla, toccarla, addirittura prenderla in braccio, anche se non potevano farlo.

A famigliari e amici era consentito soltanto guardarla e la bambinaia Willis stava attenta a che nessuno infrangesse le sue regole. A Daphne era piaciuta tanto Jane Willis, che le aveva chiesto di restare definitivamente a Cavendon.

Le tate dei neonati, diplomate a Norland, si occupano dei bambini solo per le prime sei settimane, poi vanno in un'altra famiglia. Ma lei aveva violato la consuetudine per restare con Alicia. Come tutti, era stata conquistata da quella splendida piccola dagli occhi celesti, i pochi capelli biondi come fili di seta e la carnagione di pesca, tutto ereditato dalla madre.

Come Daphne, piangeva raramente ed era dolce, sempre pronta a sorridere e a ridere.

I suoi genitori, i nonni e gli zii la veneravano, tranne, naturalmente Diedre che non faceva altro che borbottare che ci si occupava troppo di una neonata. Diedre aveva comunque passato gli ultimi mesi lontana da Cavendon, in viaggio per l'Europa con la sua amica Maxine Lowe, una ricca ereditiera. Dulcie era la più contenta della sua assenza.

Dulcie adorava Alicia e la colmava di piccoli doni: pacchettini di lavanda, tulipani creati con carta colorata rossa e gialla, e fiocchi per i suoi ciuffetti biondi. DeLacy era orgogliosa quando Daphne consentiva a lei e a Cecily di spingere il passeggino su e giù per la terrazza.

Ed era proprio quello che stava facendo DeLacy quella domenica pomeriggio di maggio. Il tempo era buono, le nuvole nere erano state spazzate via e la piccola rideva e scalciava con le gambette grassocce.

Daphne sedeva al tavolo rotondo con Jill Handelsman che aveva trascorso il fine settimana a Cavendon con suo marito Marty. Di lì a poco Gregg li avrebbe accompagnati a Harrogate dove avrebbero preso il treno per Londra.

A Daphne erano entrambi simpatici, ammirava il senso degli affari di Jill e le era riconoscente per avere trovato un bell'ufficio per Hugo che aveva allestito nel giro di un paio di settimane. Lui andava a Londra due volte al mese per qualche giorno e quando tornava tesseva le sue lodi. Secondo Hugo era grazie al suo aiuto se tutte le sue attività procedevano sotto controllo.

Dopo qualche secondo di silenzio, Jill dichiarò: «Desidero ringraziarla per avermi permesso di ammirare la collezione di argenti antichi di Cavendon. Suo padre è stato molto gentile e istruttivo».

«Hugo mi aveva detto che lei colleziona argenti in stile reggenza e georgiano, Jill, quindi ero sicura che le sarebbero piaciuti gli argenti di Paul Storr.»

«Eccome, in particolare quel magnifico candeliere del 1815. Ho sempre ammirato il suo lavoro, è stato uno dei grandi argentieri.»

«Uno dei massimi interpreti di quell'arte. Ho ricordato a papà di mostrarle anche la ciotola dal bordo ansato creata da William Denny per la regina Anna. Un altro grande argentiere inglese, precedente a Storr.»

«Lo so, suo padre mi ha spiegato che quella coppa era stata fatta nel 1702. Il conte è un vero intenditore, non ho conosciuto nessuno competente come lui.»

Daphne sorrise. «È il massimo esperto di tutto quello che concerne Cavendon. Mio padre se ne considera il custode.» Daphne tese il braccio. «La casa, tutto ciò che contiene, la terra, il moor dei galli cedroni. Ripete spesso che vuole mantenere tutto così come è e in perfette condizioni per la prossima generazione e per quelle che seguiranno. Suo padre, il quinto conte, gli ha tramandato tutte le sue conoscenze e papà le passerà a Guy, è così che funziona. Di padre in figlio e via dicendo...»

«Eccoci!» esclamò Hugo, uscendo sulla terrazza con Marty e interrompendo Daphne. «Gregg è già in attesa con la Rolls-Royce per portarvi alla stazione.»

Più tardi quel pomeriggio, mentre si recavano nel salotto giallo per il tè, Daphne si fermò all'improvviso e afferrò il braccio di Hugo.

«Che cosa c'è?»

«Da alcune settimane, dal giorno del battesimo, c'è qualcosa che mi preoccupa... Pensi che abbia offeso Diedre non avendole chiesto di fare da madrina ad Alicia?»

«Ma no, non l'hai proposto a nessuna delle tue sorelle, come avrebbe potuto offendersi lei?»

«Dulcie ha solo cinque anni, non avrebbe potuto farle da madrina», osservò ridendo Daphne.

«Penso che tu abbia preso la giusta decisione. Lavinia e Vanessa faranno il loro dovere di madrine e, diciamolo, sono adulte.»

«Lavinia no, secondo papà. Dice sempre che è infantile.»

«Lo so, ma non lo intende veramente. Ti preoccupi per Diedre perché è lontana da settimane, ma si tratta del Grand Tour, lo sai, Parigi, Roma, Berlino, Vienna e così via. In ogni caso potrai proporglielo per il prossimo bambino.»

«Hai ragione. Riesci sempre a farmi sentire meglio, Hugo.» Si alzò in punta di piedi e gli scoccò un bacio sulla guancia. «E hai avuto ragione a chiedere a Guy e a tuo cugino Mark di fare da padrini.»

Hanson stava travasando una bottiglia di Pomerol nella piccola dispensa adiacente la sala da pranzo quando al suo fianco comparve improvvisamente Gordon Lane.

«Mi scusi, signor Hanson, ma potrei scambiare due parole con lei?»

«Non possiamo parlare più tardi? Come vedi, sono impegnato.»

«Lo so, e mi dispiace, ma non trovo mai l'occasione per parlarle. Lei è troppo indaffarato, signor Hanson. Ci metterò solo un secondo. È importante.»

«D'accordo, allora. Di che si tratta?»

«Come sa, Peggy Swift e io siamo fidanzati e vorremmo sposarci presto, signor Hanson. In agosto, se va bene per lei.»

Hanson annuì. «Immagino tu mi stia chiedendo una giornata libera?»

«Sì, per tutti e due, signor Hanson. Devo andare a chiedere alla signora Thwaites la giornata libera per Peggy?»

«No, non sarà necessario, Lane. Perché non vi prendete la prima domenica di agosto, parlerò io con la signora Thwaites. Avete lavorato sodo questo fine settimana e sono particolarmente soddisfatto per come vi siete occupati degli Handelsman. Vi sposerete nella chiesa del villaggio?»

«Penso di sì, signor Hanson, e grazie mille. Poter fissare una data renderà felice Peggy.»

«Congratulazioni», disse Hanson e tornò al suo lavoro.

Dulcie scendeva canticchiando la collina diretta al bosco. Le campanule erano in fiore e per tutta la giornata aveva desiderato raccoglierne un mazzo per Alicia, ma finora non ne aveva avuto l'opportunità. Ma adesso la sua bambinaia le stava preparando il bagnetto e Dulcie ne aveva approfittato.

Erano solo le sei e mezzo e non era ancora buio. Entrò nel bosco a passi decisi, con gli occhi che guizzavano a destra e a sinistra, scorse un tappeto di campanule e corse da quella parte, sorridendo felice. Si chinò e iniziò a raccogliere i fiori, ma si fermò bruscamente. Accanto alla sua mano c'era una grossa scarpa nera.

Alzando gli occhi, Dulcie vide un uomo in piedi che la fissava. Un uomo che non aveva mai visto prima. «Ma guarda, la piccola Dulcie!» esclamò lui mentre lei si rialzava.

«Lady Dulcie», ribatté lei. «E lei chi è?»

«Sono l'uomo delle campanule», rispose lui sorridendole.

Dulcie si accigliò. «Non ho mai sentito parlare di lei. E questa terra è di mio padre.»

«Lo so, è stato lui a nominarmi Uomo delle campanule, *lady* Dulcie.» Fissò i fiori che la bambina teneva in mano. «Non è un gran mazzo. Vieni con me, ti porterò dove c'è il miglior tappeto di campanule al mondo.»

Dulcie esitò. Non temeva quell'uomo, ma era diffidente. Prima che lei potesse indietreggiare, lui le afferrò la mano. «Affrettiamoci. Dobbiamo raccogliere le più belle prima che faccia troppo buio.»

«Penso di averne a sufficienza», replicò Dulcie, cercando di liberarsi dalla sua presa, ma lui la tenne stretta.

L'uomo stava per avviarsi con lei, quando udì il rumore

di un fucile che veniva armato. Lasciò la mano di Dulcie e in un istante scomparve tra gli alberi.

Un attimo dopo Dulcie stava guardando Percy Swann che imbracciava un fucile.

Gli sorrise. «Salve, signor Percy. Quell'uomo non mi piaceva. Voleva portarmi a cogliere fiori in un altro posto. Ma io non l'avrei seguito.»

«Ha fatto la cosa giusta, lady Dulcie. Venga con me, l'accompagno a casa.» Si chinò, la prese in braccio e la riportò a casa, tenendo il fucile nell'altra mano.

Non ci mise molto ad arrivare alla serra, dove tutti erano già in grande apprensione. Quando mise a terra Dulcie gli parve di poter toccare con mano il sollievo che si diffuse tra i presenti.

Dulcie corse dal padre, gridando: «Sono andata a raccogliere campanule per Alicia, papà, e il signor Percy è arrivato e ha mandato via quell'uomo buffo. Poi mi ha portata a casa». Sorrise a Percy e lo ringraziò.

Felicity era ancora bianca come gesso. Afferrò la mano di Dulcie e, guardando Percy, gli occhi arrossati pieni di gratitudine, lo ringraziò a sua volta. «Grazie, signor Percy, è stato un bene che lei si trovasse là.» Poi si allontanò con la figlioletta che stringeva ancora in mano le sue campanule. La bambinaia le seguì asciugandosi gli occhi.

«Cos'è accaduto esattamente, Percy?» chiese Lord Mowbray.

«Stavo pattugliando la zona attorno al bosco delle campanule, è dall'anno scorso che lo faccio, da quando si sono avvistati dei bracconieri. Ho visto lady Dulcie dirigersi verso il bosco e mi sono messo a correre a tutto spiano, milord. Appena entrato nel bosco ho visto un uomo che teneva per mano lady Dulcie e cercava di portarla via con sé. Ho alzato il cane e lui ha sentito il rumore, come avevo previsto. Allora è fuggito nel bosco e io ho preso la piccola e l'ho portata a casa.»

«Ha riconosciuto l'uomo?»

«No, sua signoria. Aveva basette e un berretto, era quasi impossibile vedergli la faccia.» Percy Swann scosse la testa. «Avrei potuto inseguirlo, ma non l'avrei preso e ho pensato che era meglio riportare a casa lady Dulcie.»

«Ha fatto la cosa giusta. La signorina Charlotte ha insistito sulla necessità di far controllare in particolare il bosco delle campanule, sa per quale motivo?»

«Perché in quella parte è molto fitto ed è al limitare della proprietà. Dietro passa una strada in terra battuta che separa la sua tenuta da quella degli Havers e da quella di lord Judson.»

«Abbiamo bisogno di un recinto di filo spinato?»

«Secondo me dovremmo costruire un muro alto, lord Mowbray. Con del filo spinato in cima.»

«Così si bloccherebbe l'entrata al bosco dalla strada, ma per quello che riguarda il resto della proprietà?»

«Dovremmo costruire muri dove ci sono dei varchi.»

«Alcune parti del perimetro di Cavendon sono sempre state aperte, ma i tempi sono cambiati. Sarà meglio rendere più sicura la nostra terra. Domani ne parlerò con il gestore della tenuta. Grazie ancora, Swann, non voglio nemmeno provare a immaginare cosa sarebbe potuto succedere a lady Dulcie, se lei non si fosse trovato nei paraggi.»

Si salutarono e Charles andò a cercare Felicity che trovò nella nursery con la bambinaia, Maureen Carlton, ancora in lacrime.

La invitò a uscire nel corridoio e la informò che per la sua negligenza non la poteva più tenere al suo servizio. Il giorno seguente per mezzogiorno avrebbe dovuto lasciare Cavendon.

Scese poi con Felicity al piano inferiore e, una volta soli

in camera da letto, Charles giustificò con la moglie la sua decisione. «Doveva andarsene. È senza testa. Non posso accettare che una delle nostre figlie sia in pericolo per la stupidità di un'altra persona.»

«Sono d'accordo, Charles. Stavo per comunicarle che intendevo licenziarla quando sei arrivato tu.» Felicity si sedette, colpita da un attacco di nausea. «Grazie a Dio Dulcie non si è resa conto ed è beatamente seduta nella vasca da bagno. Il solo pensiero di cosa sarebbe potuto accadere, se Percy Swann non fosse intervenuto in tempo, mi è insopportabile.»

«Sarebbe stata rapita», dichiarò Charles a denti stretti. Più tardi non poté evitare di chiedersi invano chi fosse il trasgressore.

Charles si scusò, andò nello spogliatoio e si tolse la giacca. Indossò la vestaglia in seta e tornò nella camera da letto di Felicity.

Si sorprese nel vedere che era ancora seduta con la testa tra le mani, e che non si era cambiata. Quando alzò lo sguardo, la sua espressione tetra lo spaventò. Era chiaro che era in preda di uno dei suoi frequenti sbalzi d'umore.

«Cosa c'è?» le chiese con pacatezza dalla soglia, non volendo contrariarla quando era in quello stato d'animo.

«È tutta colpa tua, Charles. Hai trascurato la sicurezza di questa tenuta», lo accusò. «C'è bisogno di guardie armate, non di guardaboschi. Questa sera Dulcie avrebbe potuto essere rapita, stuprata e uccisa.»

«È stato uno dei miei uomini *armati* a trovarla e rapidamente», protestò Charles. «È al sicuro proprio grazie a Percy Swann, come hai rilevato tu stessa. L'hai elogiato, Felicity. La sua squadra armata è dappertutto e da tempo. E domani faremo chiudere i varchi lungo il perimetro.»

Avanzò di un passo. «È stata una terribile esperienza per entrambi», riprese, «per tutti, terribile e spaventosa, lo so. So quanto eri sconvolta, ma ora la tenuta è al sicuro e lo sarà ancora di più.»

Quando lei non reagì, continuò: «Non voglio più vederti in pena. Dulcie è protetta e d'ora in poi lo sarà sempre».

«Non mi sono mai preoccupata di Dulcie, grazie alla presenza di tutte le tue amate donne Swann. So che la accudiscono con tutti i riguardi per compiacerti.»

Benché seccato da questo commento, Charles non volle bisticciare con lei. In questo periodo gli sembrava una sconosciuta, era cambiata in modo incredibile e non capiva cosa potesse aver provocato quella metamorfosi. Di certo non era più la donna che aveva sposato.

«Torno tra un momento e forse allora potremo chiudere questa discussione, parlarci in modo più calmo, come facevamo di solito», tagliò corto girandosi per tornare nello spogliatoio. «Potrei dormire con te questa notte, cara.»

«Non credo», rispose Felicity in un tono di voce piatto e spento.

Charles si voltò. «Perché no? Cosa c'è che non va?»

Lei glielo disse.

47

La storia di Dulcie che si allontanava nel bosco delle campanule e che per poco non veniva rapita da uno sconosciuto, scosse Cavendon come un'onda d'urto. Alle otto di sera di quella domenica la notizia era arrivata fino a Little Skell.

Prima di tornare a casa Percy Swann era andato a trovare sua zia Charlotte, che come matriarca doveva essere sempre avvisata per prima di tutto quello che succedeva a Cavendon. E lei l'avrebbe annotato sul suo registro. O almeno era così che tutti pensavano.

Quando, sentendo bussare, aprì la porta e vide Percy, Charlotte lo accolse con un gran sorriso. Come il fratello maggiore Walter, Percy era un giovane di bell'aspetto, alto, atletico e forte. Come Walter e Charlotte, anche lui dimostrava meno dei suoi trentatré anni, una caratteristica degli Swann. Percy era già capo guardacaccia e gestiva i moor e i terreni boschivi con grande efficienza e tanto amore. Era nato nella tenuta e ne conosceva ogni centimetro. Era anche un ottimo tiratore e non aveva mai mancato un bersaglio. I suoi collaboratori lo chiamavano «Colpo Perfetto».

Per quanto contenta di vederlo, Charlotte capì subito che aveva qualcosa di importante di cui discutere, dato che Percy non l'avrebbe mai disturbata di domenica sera per questioni di poco conto.

Come era nel suo stile, non chiese niente, ma lo fece accomodare e gli offrì qualcosa da bere.

«Grazie, zia Charlotte, gradirei uno scotch, ma solo a patto che tu mi faccia compagnia.»

«Ovviamente», rispose e versò lo scotch in due bicchieri.

Si sedettero uno di fronte all'altra, bevvero un primo sorso, poi Charlotte affrontò la situazione. «Qualcosa non va, Percy o questa è solo una visita di cortesia?» domandò.

Lui le raccontò ogni cosa, le descrisse l'inquietante presenza nel bosco e le riferì che il conte aveva intenzione di far costruire un muro alto tra il bosco delle campanule e la sterrata e di chiudere tutti i varchi lungo il perimetro della proprietà.

Rendendosi conto che se Percy non fosse apparso al momento giusto Dulcie sarebbe stata rapita, Charlotte sbiancò. Si portò il bicchiere alla bocca con una mano che tremava vistosamente.

Quando si fu calmata, trasse un sospiro e prese la parola. «Sto violando una confidenza, Percy, ma so che rimarrà tra noi», mormorò. «Peggy Swift e Gordon Lane, che come sai sono fidanzati, erano soliti fare passeggiatine notturne, per lo più nel bosco. Peggy ha raccontato a lady Daphne che lei in particolare aveva avuto l'impressione che un guardone li stesse spiando. Ne aveva parlato a sua signoria perché la preoccupava che ci fossero sconosciuti che si aggiravano per la tenuta vicino a Cavendon Hall e le ha dato il permesso di parlarne a me.»

Percy l'ascoltò attentamente. «Deve trattarsi di un estraneo», commentò, «qualcuno che si è trasferito in un paese qui vicino, perché io conosco tutti gli uomini che vivono nei tre villaggi del conte. Sono sicuro che non si tratta di uno degli zingari. Se ne stanno per i fatti loro e l'unica ad aggirarsi per la tenuta è Ginevra, che non farebbe male a una mosca.»

«Sì, lo so. La sua tribù è troppo contenta di poter vivere in questo posto con il permesso del conte, nessuno di loro penserebbe a comportarsi male.»

«Non si tratta neppure di un bracconiere, zia Charlotte. Dev'essere una persona animata da brutte intenzioni, qualcuno che vuole fare del male alla gente.»

Charlotte chiuse gli occhi e sentì un brivido lungo la schiena. «Oh, Percy, non dirlo neppure per scherzo. L'idea che ci sia un pericolo nascosto nel parco o nel bosco mi fa star troppo male, ci siamo sempre sentiti al sicuro qui.»

«Siamo al sicuro, zia, non ti preoccupare. I miei ragazzi se ne vanno in giro armati finché cala il buio.» Percy s'interruppe per un ripensamento. «Per favore, suggerisci a lord Mowbray di imporre un coprifuoco o qualcosa di simile. Deve avvertire tutta la famiglia di non uscire di notte. Hanson dovrà fare altrettanto con il personale.»

«Glielo dirò, certo, ma è tremendo, decretare il coprifuoco, intendo. Questa è Cavendon Hall, per amor di Dio.»

«Lo so, ma è necessario. Mentre tornavo al villaggio, mi è venuto in mente che potrei mettere insieme una squadra da appostare di notte nel bosco. Credo tuttavia di avere spaventato quel tipo quando ho ingaggiato il cane. Si era reso conto che ero armato.»

«Grazie a Dio l'hai fatto!»

«Allora parlerai con il conte?»

«Promesso, ma sarà lui a volerne discutere. Domattina lavorerò con lui, sono certa che vorrà affrontare la questione.»

«Avevo pensato di posizionare alcune trappole in giro, ma se poi catturassero un piccolo animale e non l'intruso?»

«No, non farlo, Percy, danneggerebbero solo gli animali selvatici. Dubito che torni sapendo che c'è un uomo armato che lo aspetta.»

Più tardi, dopo che Percy si fu congedato per tornare a casa da sua moglie Edna, Charlotte salì al piano superiore e aprì la cassaforte nell'armadio. Prese il registro del 1914 e annottò i particolari del suo incontro con Percy. Nel rimetterlo al suo posto, vide quello blu scuro in fondo alla pila e lo tirò fuori come faceva spesso.

Si sedette e lo aprì alla pagina che aveva letto centinaia di volte, incuriosita da un'annotazione che era stata scritta trentasette anni prima.

Di mia propria mano. Luglio 1876
Ho amato la mia donna. Sopra ogni cosa.
Lo Swann si adatta perfettamente all'Ingham.
Ho giaciuto con lei. Lei è mia.
Mi dà ogni cosa. L'ho messa incinta.
Oh, la nostra gioia. Il bambino morto nel suo ventre.
Ci ha distrutti. Lei mi ha lasciato.
È tornata da me. Le mie notti sono
Di nuovo sue. Fino al giorno in cui morirò. M. Swann.

Per anni Charlotte aveva tentato di scoprire quale delle donne Ingham fosse stata l'amante di M. Swann. Era quasi sicura che quel particolare Swann fosse Mark, il padre di Percy, che era stato il patriarca degli Swann in quegli anni.

Sospirando, chiuse il registro e lo ripose nella cassaforte. Segreti, pensò. Così tanti segreti tra gli Swann e gli Ingham... intrecciati per sempre. E una volta anche lei aveva fatto parte di quei segreti. Aveva vissuto una vita nascosta.

Non riuscendo a dormire, Charlotte si alzò, s'infilò la vestaglia e scese a pianterreno. Mise a scaldare del latte, si preparò della Ovomaltina e la portò nel salotto. Si sedette alla finestra e guardò fuori. C'era la luna piena e il giardino era disseminato di luccichii argentei. C'era una gran pace là fuori, con gli alti sicomori e le querce che creavano l'impressione di un torreggiante muro verde in fondo al prato.

Ma non c'era pace, là fuori, era un'illusione. Adesso c'era uno sconosciuto che si aggirava nella tenuta e l'unico motivo di quella presenza, pensò, doveva essere la vendetta, qualcuno che odiava la famiglia, che provava rancore verso tutti loro; qualcuno con cattive intenzioni. Oppure, pensò, si trattava di un pervertito sessuale, uno che attirava nella sua rete donne e bambine.

Rabbrividendo al pensiero di Dulcie portata via e violentata, Charlotte bevve qualche sorso della bevanda calda e chinò la testa sconsolata. Infine si calmò e tentò di far ordine nei troppi pensieri che minacciavano di confonderla.

Inizia dal principio, si ammonì.

Il primo incidente era avvenuto un anno prima, in maggio. Daphne era stata stuprata nel bosco delle campanule da uno sconosciuto o da Julian Torbett come sosteneva? Perché mai avrebbe dovuto mentire?

Per proteggere i suoi genitori? Avevano colto al volo l'idea che si trattasse di Julian perché era andata a trovarlo quel giorno. Ma se non fosse stata quella la verità? Non era meglio lasciare che i suoi genitori credessero che il colpevole fosse stato Julian, un giovane di elevato ceto sociale, e non un losco farabutto arrivato da chissà dove? D'altra parte Daphne era tanto sincera e retta che Charlotte non poteva immaginare che mentisse.

E invece sì, decise. Per proteggere Charles. Daphne adorava suo padre e aveva assecondato tutti i suoi piani per lei... i loro sogni condivisi.

Se l'avesse violentata uno sconosciuto, l'avrebbe fatto per ferire lei e la famiglia; forse per far cadere in disgrazia gli Ingham, con una delle loro fanciulle ingravidata da uno stupratore... Poi c'era stato l'incendio nella scuderia e il bersaglio era stato il cavallo di Daphne, Greensleeves.

Come lei, anche Charles e Hugo ritenevano fosse stato un incendio doloso, per non parlare della polizia di West Riding. I poliziotti avevano interrogato tutti gli autisti presenti quella sera per accertarsi che nessuno fosse andato alle stalle per fumare e avesse lasciato in giro un mozzicone acceso. Nessuno degli autisti l'aveva fatto, o così avevano sostenuto.

Infine c'era il racconto di Peggy Swift e l'episodio di Mary Ince, la cameriera che se ne era andata da poco. E ora un uomo dall'aspetto strano aveva tentato di rapire Dulcie. Doveva essere lo stesso uomo, perché era impensabile che per la tenuta circolassero intere comitive di intrusi malintenzionati.

Cosa fare? Rendere Cavendon più sicura di quanto già fosse. Ma, secondo Percy, questo era ciò che avrebbero iniziato a fare il mattino seguente. Alte mura e filo spinato. Sospirò, l'idea la ripugnava e di sicuro avrebbe disgustato pure il quinto conte.

D'altra parte bisognava proteggere la famiglia Ingham e forse ora, in un mondo così cambiato, gli Swann avrebbero avuto bisogno di qualcuno che li aiutasse. Nulla era più come prima.

48

Charles Ingham, sesto conte di Mowbray, era turbato, adirato e stanco.

Stanco perché non aveva chiuso occhio tutta la notte. Turbato perché sapeva che il suo matrimonio era giunto alla fine e lo era stato da tempo. Ed era arrabbiato con se stesso per non avere assunto la direzione di casa sua più di un anno prima.

Si era alzato presto e ora, dopo essersi rasato e vestito, stava scendendo per fare colazione, consapevole del suo pessimo umore. Erano le otto e mezzo.

In fondo alle scale si fermò un attimo, tirò un profondo respiro e si diresse verso la sala da pranzo, cercando di dominare le sue emozioni.

Hanson lo stava aspettando, come sempre calmo e affabile.

«Buongiorno, lord Mowbray», lo salutò il maggiordomo, spostando la sedia a capotavola per il conte.

«Buongiorno, Hanson, e grazie. Immagino d'essere il primo questa mattina.»

«No, lady Daphne ha fatto un salto qui circa tre quarti d'ora fa per dirmi che lei e il signor Hugo l'avrebbero raggiunta per colazione verso le nove. Poi è salita di sopra con la bambinaia Willis. Poco dopo hanno portato Dulcie nell'ala sud, dove la bambinaia le avrebbe preparato la colazione e avrebbe badato a lei fino al ritorno di lady Daphne.»

«Mi fa piacere, Daphne pensa sempre a tutto. Sono contento che la bimba sia al sicuro lontana dalla sua bambinaia. La voglio vedere fuori casa per mezzogiorno, Hanson, se ne assicuri. La signorina Carlton è un'incompetente, per non dire di peggio.»

«È vero, e me ne occuperò io, milord. Cosa posso servirle questa mattina?»

«Per prima cosa una tazza di tè e poi forse uova strapazzate e pancetta, come le sa fare la cuoca. Ammetto che ho appetito, Hanson, ieri sera non posso dire di aver veramente cenato.»

«Non mi sorprende, milord, con tutto quello che è successo. Un fatto inquietante, per non dire spaventoso.»

«Esatto. Oh, Hanson, credo che sua signoria desideri la colazione a letto. Olive Wilson mi ha detto che sta ancora dormendo.»

Hanson versò il tè, pose di fronte a Charles il piatto con le uova, quindi si ritirò nella dispensa dietro la sala da pranzo.

Charles mangiò adagio e presto si sentì meglio: dopo il mancato rapimento di Dulcie, la cena era stata caotica.

Lui era stato fuori di sé e piano piano, durante la sera, aveva capito di essersi comportato stupidamente con Felicity. Lei era stata una madre assente per la maggior parte dell'anno precedente, si era dedicata totalmente alla sorella e lui non l'aveva aiutata nella maniera giusta. Aveva capito la sua preoccupazione per Anne e le aveva offerto tutto il suo appoggio, ma a discapito dei figli, soprattutto delle figlie, dato che i maschi erano lontani a Eton e a Oxford.

Gli bruciava ancora che sua moglie non fosse stata a disposizione di Daphne dopo lo stupro e che avesse accettato immediatamente l'idea del matrimonio tra Daphne e Hugo, senza prestare la minima attenzione ai desideri della figlia, alla sua felicità. Aveva voluto soltanto liberarsi del problema il più velocemente possibile.

Aveva trascurato anche Dulcie, abbandonata nelle mani di una bambinaia incompetente e stupida che non l'aveva sorvegliata.

Diedre, la maggiore, quindi capace di badare a se stessa, aveva trascorso più tempo con la madre delle altre.

DeLacy, sempre in compagnia di Cecily, aveva almeno avuto chi si occupava dei suoi vestiti per la stagione estiva e con ogni probabilità non solo di quelli: Alice Swann. Era stata Alice ad aiutare Daphne dopo lo stupro, a starle accanto. E sullo sfondo c'era sempre Charlotte, disponibile, devota, legata alla famiglia e sempre pronta a occuparsi delle ragazze. Ancora una volta, che Dio benedicesse gli Swann, pensò.

Charles si rimproverò. Avrebbe dovuto impuntarsi da tempo e non sostenere ciecamente la devozione quasi anomala di Felicity per la sorella. Felicity aveva anteposto Anne ai loro figli e lui glielo aveva permesso.

Quanto al suo matrimonio, era un capitolo chiuso. Felicity glielo aveva detto la sera prima, cogliendolo di sorpresa.

Angosciato, esausto e ansioso dopo la brutta esperienza occorsa a Dulcie, aveva avuto bisogno di condividere pensieri e sensazioni con la moglie. Aveva immaginato che l'avrebbe voluto anche lei e per questo le aveva chiesto di poter dormire insieme. Non aveva nemmeno pensato di fare all'amore, aveva solo voluto ricevere e dare conforto e affetto e condividere le loro ansie.

Lei l'aveva rifiutato nel modo più freddo, e le sue parole, il suo tono l'avevano riempito di sconcerto.

Sentiva ancora la sua voce. «Il nostro matrimonio è finito, Charles. Non posso più condividere con te il letto né avere rapporti intimi.»

Lui era rimasto lì, a guardarla immobile, con la sensazione di aver ricevuto un pugno alla bocca dello stomaco. «Perché?» era riuscito infine a chiederle. «Che cosa si è guastato così all'improvviso?»

«Non è una cosa improvvisa. È da tempo che non mi interessi più, sessualmente parlando. Ho finto e ora non riesco più a mentire e a far finta di provare piacere. Preferirei che per il futuro tu dormissi nella tua camera.»

«Se è questo che vuoi, va bene.» Ora, ricordando le sue parole, si chiese come mai era rimasto lì, disarmato, mentre era adirato e offeso. Era stato respinto come se i suoi sentimenti non importassero, come se lui non contasse niente.

Poi Felicity aveva aggiunto: «Se vuoi il divorzio, puoi averlo».

Di fronte al suo silenzio, lei l'aveva incalzato: «Allora, vuoi divorziare?»

«Te lo farò sapere», era sbottato lui, poi si era girato e si era avviato verso lo spogliatoio. Sulla soglia si era voltato per guardarla in faccia. «Ho quarantacinque anni, non sono vecchio. Che cosa dovrei fare?»

«Quello che vuoi. Sei libero come un uccello.»

Ora, seduto a tavola a sorseggiare il suo tè, Charles pensò che quando lei l'aveva tanto gelidamente respinto, si era sentito ferito e castrato. Felicity lo aveva invitato a fare quel che voleva, ma al momento non avrebbe saputo che cosa volere.

Era ancora sconcertato dalla freddezza del suo atteggiamento, dalla sua totale mancanza di sentimenti nei suoi confronti. Dopotutto, erano stati sposati per più di venti anni, avevano avuto sei figli e lui aveva creduto che il matrimonio fosse solido. Evidentemente si sbagliava.

Forse era stato l'esaurimento a cambiarla in quel modo. A dire il vero, si comportava in modo strano già da qualche anno, da prima che Anne si ammalasse.

Aveva cominciato a essere riluttante e poco appassionata

un anno dopo la nascita di Dulcie, quindi cinque anni prima. Lui si era sforzato di ignorare la sua freddezza, di chiudere un occhio, e così era diventato impotente. Non riusciva a raggiungere l'erezione, perché lei non lo desiderava, non aveva più alcun interesse e lui l'aveva capito.

«Buongiorno, papà», lo salutò Daphne. «Dulcie è nelle buone mani della tata Willis, per cui non devi preoccuparti.»

«Sta bene?» le chiese Charles alzandosi.

«Oh, sì, non credo abbia capito cosa è successo», lo rassicurò.

«Grazie per esserti presa cura di lei, sei la migliore e anche ben organizzata. Se vuoi, puoi darmi una mano a gestire la proprietà.»

Lei rise. «Sono sempre a tua disposizione, papà. Sono come te, molto efficiente.» Lo fissò e commentò: «Hai la faccia tirata».

«Sono un po' stanco, ma nulla che una buona dormita non possa curare.»

Entrò Hugo accolto dal saluto di Charles.

«Buongiorno a te, Charles», disse Hugo, scostando una sedia per Daphne.

Un attimo dopo Hanson era al loro fianco, con un valletto pronto a intervenire.

Mentre discutevano su cosa prendere per colazione, Charles mise da parte i pensieri su Felicity e si concentrò su Olive Wilson. Si era imbattuto in lei nel corridoio e lei aveva mormorato qualcosa sul dover preparare un gran numero di bagagli. Il forte mal di testa gli aveva impedito di soffermarsi a chiederle di essere più esplicita.

Ora pensò che forse Felicity aveva intenzione di partire per Londra. Gli aveva accennato di essere delusa per aver perso ancora una volta la stagione estiva. Forse faceva bene ad assentarsi per qualche settimana, stare lontani avrebbe reso la vita più facile a entrambi.

Charles sarebbe stato molto impegnato quel mattino, doveva parlare con Percy Swann e con Jim Waters, l'amministratore della tenuta, della necessità di un adeguato muro di cinta per rendere Cavendon più sicura.

Daphne s'insinuò nei suoi pensieri. «Credo che la Willis ci possa procurare una bambinaia per Dulcie», disse. «Ha un'amica, anche lei diplomata a Norland, che sta cercando lavoro. Le ho chiesto di contattarla, spero tu sia d'accordo.»

«Senza dubbio, e speriamo che questa persona abbia voglia di venire qui.» Si rivolse poi a Hanson: «Sa per caso dove è DeLacy?»

«Lady DeLacy sta chiacchierando in terrazza con Cecily e la signorina Payne. Le vacanze estive della governante iniziano oggi, milord.»

«Oh, me ne ero dimenticato.»

«Volevano salutarla», soggiunse Hanson.

Lo squillo del telefono nella dispensa del maggiordomo interruppe la loro conversazione. Hanson andò a rispondere. «È lady Diedre, sua signoria. Chiama da Berlino.»

«Mio Dio!» esclamò Charles, correndo a rispondere al telefono.

«Ciao, Diedre, gentile da parte tua chiamarmi. Hanson ha detto che sei a Berlino.»

Dopo alcuni commenti, Charles ascoltò la figlia senza parlare, poi lo sentirono dire: «Hai preso la decisione giusta. Facci sapere quando arriverai a Londra».

«Cosa succede? Sta già tornando a casa?» domandò Daphne.

«Sì, arriverà presto, detesta Berlino, dice che l'atmosfera è aggressiva, che tutti parlano solo di guerra e di Wagner. Domani prenderà un treno per Parigi e da lì quello per Londra. Dovrebbe arrivare entro pochi giorni.»

«Continuo a pensare che il viaggio sia stato abbreviato», insistette Daphne, poi decise di lasciar perdere.

«Oh, a proposito, tua madre sta meditando di recarsi a Londra oggi. Ha bisogno di cambiare aria. Potrai occuparti tu dei menu, vero?»

«Certamente. Ma sta abbastanza bene per andarci da sola?»

«Sì, sta molto meglio, in ogni caso l'accompagnerà Olive Wilson, per cui non ti preoccupare. E nella casa di Mayfair c'è il personale al completo. Con Eric Swann a capo di tutti, non dovrà preoccuparsi di niente. Ricorda che è stato addestrato da Hanson. E Laura Swann è un'ottima governante.»

Mentre si recava alla scuderia, Charles si chiese come mai Felicity avesse scelto proprio la sera precedente, con tutto lo scompiglio che c'era stato attorno a Dulcie, per annunciargli che il loro matrimonio era finito. Poi capì: le aveva detto che avrebbe voluto dormire con lei e lei si era ritratta come davanti a un rospo. Era evidente che non sopportava più di averlo vicino. Così sia, bofonchiò incupito. Il suo matrimonio era finito e lui era libero.

49

«HANNO trovato la scusa che cercavano», spiegò Adam Fairley a Charles. «Ci troveremo in guerra dall'oggi al domani. Nessun dubbio.» Attorno al tavolo della cena tutti fissarono Adam in silenzio. Era il nuovo presidente del consiglio di amministrazione della *The Yorkshire Gazette* e l'azionista di maggioranza del giornale. Aveva sempre le ultime notizie prima di tutti gli altri, perché aveva accesso a molte fonti d'informazione, compresa la Reuters.

«Ti stai riferendo all'assassinio dell'arciduca Francesco Ferdinando e di sua moglie, non è vero?» domandò Charles.

«Sì. Come sappiamo, sul finire di giugno sono stati uccisi a Sarajevo da un nazionalista serbo e così l'impero austro-ungarico sta esercitando pressione sulla piccola Serbia, a suon di ultimatum, pretendendo che ai loro funzionari venga consentito di entrare in Serbia per trovare e punire i responsabili della morte dell'arciduca e della duchessa. Da ciò che ho dedotto, i serbi hanno accettato alcune pretese, ma vogliono negoziarne altre e al momento sono in una situazione di stallo.»

«Speriamo che laggiù qualcuno abbia un po' di buon senso», commentò Hugo. «Se dovesse scoppiare la guerra, sarà una guerra di logoramento e non finirà in pochi mesi.»

«Perché?» volle sapere Guy. «Di solito le guerre non durano a lungo.»

«Una sì», disse Charles. «La guerra dei cento anni.» Strizzò l'occhio al figlio e tutti risero.

«Mia madre pensava che, se il mondo fosse governato dalle donne, non ci sarebbero più state guerre», intervenne Olivia Fairley, la seconda moglie di Adam, con la sua voce piacevole e melodiosa. «E io sono incline a crederle.»

Guy guardò Olivia con interesse: era tra le donne più belle che avesse visto e le sue parole lo incuriosirono. «Come mai? Voglio dire, come potrebbero le donne evitare le guerre, se gli uomini non ci riescono?»

«Come diceva mia madre, non sono gli uomini a partorire, ma le donne», spiegò Olivia, sorridendogli. «Dopo avere portato un bambino in grembo per nove mesi, una donna non metterebbe a rischio la vita di suo figlio da adulto. E così, basta guerre, basta uccisioni. La chiamava 'il dettato della donna'.»

«Credo che ci sia tanta verità in questo», dichiarò Daphne. Era stufa di sentire parlare di guerra, ne era spaventata. Era certa che Hugo avrebbe voluto partire e combattere, da quel patriota che era. Era tornato in Inghilterra proprio per l'importanza che aveva per lui il suo Paese.

Diedre si schiarì la voce e si rivolse al padre. «Ti avevo raccontato come era l'atmosfera a Berlino quando ero là in maggio, papà», gli rammentò. «I tedeschi parlavano solo di guerra. Se si butteranno nella mischia, sarà una guerra sanguinosa con tanti morti.»

«Ha assolutamente ragione, Diedre», dichiarò Adam, con un cenno di assenso. «Grazie a Dio Churchill era a conoscenza già nel millenovecentoundici dell'impegno con cui il Kaiser stava rafforzando la marina militare e fu allora che iniziò a creare le corazzate monocalibro. Era deciso a confermare la superiorità navale inglese nelle acque internazionali e c'è riuscito. La Royal Navy è la più grande al mondo, non c'è nulla che la uguagli. Purtroppo non posso dire lo stesso per l'esercito o la forza aerea.»

«Ho saputo da un amico che l'esercito è un po' disorganizzato», intervenne Hugo. «Anche se ho sentito dire che Churchill sta tentando di rimediare, sia per le forze di terra, sia per quelle dell'aria.»

Per alleggerire l'atmosfera Daphne iniziò a parlare della stagione della caccia al gallo cedrone che partiva il dodici agosto e Adam Fairley la sostenne, avendo capito il suo scopo. Smisero di parlare di guerra e passarono ad argomenti più leggeri, pettegolezzi e chiacchiere sugli ultimi spettacoli a Londra e sui nuovi libri usciti.

Dopo cena gli uomini si ritirarono nella biblioteca per un cognac e un sigaro e subito ripresero a parlare di guerra. Adam si rivolse a Charles. «Ci sono alcune cose che dovresti sapere, vecchio amico», ricominciò. «Se l'Europa entrasse in guerra, noi ci finiremo dentro perché abbiamo firmato un accordo di aiuto con la Francia in caso di attacco.»

«E ne abbiamo firmato uno uguale con la Russia, se non sbaglio. La Triplice Intesa, la chiamano.»

«È vero. Ma noi non abbiamo un servizio di leva obbligatoria. Entrare in una qualsiasi forza armata è volontario. Nessuno si aspetta che noi due si vada a combattere.»

«Perché no?» chiese Hugo, rispondendo poi alla sua stessa domanda: «Oh, è perché avete entrambi superato i quarant'anni, giusto?»

«Sì», rispose Adam. «Sono venuto a sapere che il War Office chiederà di arruolarsi ai giovani dai diciotto ai trent'anni. In ogni caso, io ho una pessima vista, per cui non sarei loro di alcuna utilità, anche se avessero bisogno di me.»

Charles sorrise. «Anch'io. L'altro giorno mi sono fatto visitare dall'oculista, a quanto pare avrò bisogno degli occhiali.»

Hugo abbassò la voce. «Il mio amico con agganci nel War Office mi ha riferito che, se scoppiasse la guerra, potrebbero chiedere un grosso sacrificio all'aristocrazia e cioè aprire parte delle loro residenze per aiutare il Paese.»

Charles lanciò uno sguardo perplesso a Hugo, poi comprese. «Per i feriti! È a questo che vuoi arrivare? Il governo prevede molte vittime e i nostri ospedali saranno strapieni, e non in grado di ricoverarli tutti. Il War Office avrà bisogno delle nostre residenze per accogliere i soldati feriti.»

Hugo annuì.

«Non m'importa», gridò con fervore Charles. «Sono disposto a offrire due ali della casa se servirà alle nostre truppe. Ciò che mi turba è sentire che il War Office si aspetta un così grande numero di vittime ancor prima che la guerra inizi. Perché diavolo dobbiamo farci convincere a entrare in questa contesa? È difficile invaderci. Siamo isolani. La nostra marina militare può difenderci da un attacco. Dovremmo tenerci fuori da questa guerra.» Charles era contrariato.

«Colpa dei politici», spiegò Adam in tono di disapprovazione. «Dei nostri rumorosi, avidi, assetati e ambiziosi governanti. Il cugino di re Giorgio si è assunto l'iniziativa. Il Kaiser si scatenerà, perché vuole un impero come il nostro.»

«Non l'avrà mai!» esclamò Guy, colorito in viso, con un lampo di orgoglio negli occhi.

Charles guardò il figlio maggiore e pensò: Oh, mio Dio, vorrà arruolarsi, essere un vero patriota, combattere per il re e il Paese. Dovrò impedirglielo. Non posso permettergli di mettersi in pericolo di sua spontanea volontà. È il mio erede. È il futuro degli Ingham.

Il mattino seguente Charles si chiuse nella biblioteca a leggere i giornali e i titoloni che predicevano l'imminenza della guerra lo preoccuparono ancora di più.

Dopo cinque minuti sentì bussare ed entrò Daphne. «Ti disturbo, papà?»

«No, e sei splendida, mi sei mancata a colazione.»

«Ecco, ora che sono sposata, mi è permesso di fare colazione a letto. E ieri sera ci siamo ritirati molto tardi.»

«È vero, ma che piacere avere avuto Adam Fairley a cena. Siamo vecchi amici, ma non ci vediamo spesso quanto vorremmo. Sua moglie è carina, non pensi?»

«Olivia è affascinante e bellissima. Mi è piaciuta moltissimo.» Daphne si accomodò di fronte al padre. «Vorrei parlare con te di una cosa che mi turba da tempo.»

«Che cosa c'è, mia cara, sembri molto seria.»

«Riguarda te e mamma. C'è qualcosa che non va? Cosa succede? Non capisco.»

«Chiudi la porta, per favore.»

Daphne andò a chiudere l'uscio, poi tornò a sedersi e lo guardò, in attesa di una sua risposta. Non poté evitare di pensare che aveva un ottimo aspetto. Fino a quel momento il tempo di luglio era stato buono e lui era stato spesso all'aperto per controllare la costruzione del muro di cinta. Nel viso leggermente abbronzato gli occhi parevano ancora più azzurri e i capelli, scoloriti dal sole, più biondi. Dimostrava meno dei suoi quarantacinque anni e il suo viso cominciava appena a segnarsi di rughe. Era un uomo buono, gentile e premuroso non solo con la sua famiglia e gli Swann, ma con tutti gli abitanti dei tre villaggi. A differenza di molti nobili, trattava tutti allo stesso modo, con cortesia e dignità, e non era affatto snob. Lei lo rispettava e si sforzava di essere come lui.

«Perché sei rimasto in silenzio? Non hai intenzione di spiegarmi perché tu e mamma sembrate vivere più o meno separati?»

Charles sospirò, allungò le gambe, poi si decise a parlare. «Mi stavo chiedendo da dove iniziare.»

«Spara, papà, è quello che faccio io quando devo dire qualcosa di difficile.»

Charles rise per la prima volta da settimane. «D'accordo, sparerò. Tua madre mi ha lasciato il mattino dopo il tentato rapimento di Dulcie nel bosco. Se ricordi, era andata a Londra. Di fatto, la sera precedente mi aveva detto che non voleva più... vivere con me e che se avessi voluto avrei potuto chiedere il divorzio.»

«Non posso crederci!» proruppe la figlia, sgranando gli occhi per lo choc. «Perché mai aveva dovuto scegliere quella sera, dopo che eravamo tutti sconvolti e tesi per la brutta avventura di Dulcie? Non capisco. E tu?»

«In tutta sincerità, no, non l'ho capita. Senti, ti ho fatto un riassunto della situazione, e deve restare tra noi. Nessun altro mi ha chiesto di tua madre, né le tue sorelle né i tuoi fratelli. O almeno nessuno mi ha chiesto come mai non è qui. Quello che ti ho detto è confidenziale, Daphne. Sono certo che te ne rendi conto.»

«Sì, e non ne parlerò con nessuno, neppure con Hugo, se è questo che vuoi, papà.»

«Credo che per il momento sia meglio tenere la cosa tra noi due, Daphne. Non che Hugo parlerebbe, ma, ecco, è meglio mantenere il silenzio per il bene di tua madre, non pensi?»

«Ma perché dovrebbe lasciarti? Sei l'uomo più meraviglioso del mondo e ti sei sempre curato di lei con amore e affetto. Sei stato un buon marito e sei un buon padre...» Daphne s'interruppe, gli occhi colmi di lacrime. «Non capisco.»

Charles si alzò e andò ad abbracciare la figlia che piangeva disperata. «Io sto bene, è stato uno choc, ma ora l'ho accettato. Su, mia cara, smetti di piangere e siediti qui con me sul divano.

«Abbiamo avuto dei buoni anni insieme, tua madre e io, ma a volte la gente cambia e io credo che *lei* sia cambiata.

Almeno nell'affetto verso di me. Non vuole più stare con me in alcun senso. Io non ho lottato né ho tentato di dissuaderla dal lasciarmi, perché dopo la nascita di Dulcie è cambiata e me ne ero accorto da tanto.»

«In che modo?»

«Erano cambiati i suoi sentimenti nei miei confronti. Si era... raffreddata, ecco, meglio di così non potrei esprimermi.»

«Forse l'esaurimento e doversi occupare di zia Anne hanno avuto un effetto negativo», azzardò Daphne. Che sciocca era stata sua madre ad andarsene in quel modo.

«Ci ho pensato, Daphne, ma il cambiamento era avvenuto molto prima che tua zia si ammalasse di cancro.»

«Stai dicendo che questa... separazione era nell'aria da tanto?»

«Sì, avevo notato una differenza cinque anni fa, ma l'ho ignorata, una cosa sciocca da parte mia, a ben pensarci.»

«Ritieni, voglio dire, potrebbe avere... un altro uomo?»

«Non credo, ma, a dire il vero, non lo so.»

Daphne esitò. «Una cosa la so io», disse poi. «E cioè che tu non hai un'altra donna, papà? Vero?»

Lui scosse la testa. «Vero. Non sono mai stato infedele a tua madre, non l'ho mai tradita. Ma tu non preoccuparti per me, sto bene ora, anche se devo ammettere che da principio ero piuttosto addolorato. Ma adesso sono sereno e ritengo sia meglio per noi vivere separati che ai ferri corti.»

«Io sarò sempre qui, avessi bisogno di aiuto, papà.» Dopo un attimo di esitazione, chiese: «Che cosa pensi di fare?»

«Niente. Meglio non svegliare il can che dorme, come si dice. Non ho alcun motivo per chiedere il divorzio, a meno che sia tua madre a volerlo. Ho già tanto lavoro nella tenuta e se ci sarà una guerra sarò fin troppo preso. Le guerre cambiano tutto.»

50

Due settimane dopo, il cinque agosto 1914, Charles ricordò le parole che aveva usato con sua figlia e le ripeté a Charlotte Swann: «Le guerre cambiano tutto e cambiano anche le persone, il mondo intero diventa un luogo differente».

«Da tempo incombeva su tutti noi e ora è arrivata», commentò rattristata Charlotte, scuotendo il capo. «Eppure non avevo mai realmente pensato che sarebbe potuto accadere.»

Charles e Charlotte erano nella biblioteca a Cavendon con una pila di giornali ai piedi del divano. La notte precedente, il quattro agosto, la Gran Bretagna aveva dichiarato guerra alla Germania dopo che quest'ultima aveva invaso il Belgio, che era un Paese neutrale.

«L'attacco tedesco era immotivato», le spiegò Charles, «e ha spostato l'ago della bilancia nel nostro governo. La Triplice Intesa era nata per fornire mutuo aiuto in caso di guerra, ma la Gran Bretagna e le altre grandi potenze si erano impegnate anche a garantire la neutralità belga. È questo il motivo per cui ora siamo coinvolti.»

«Pensi che sarà una guerra lunga?»

«Temo di sì. Adam Fairley me lo ha confermato ieri sera al telefono. Mi aveva chiamato sul tardi, dopo mezzanotte, quando il giornale era andato in stampa. In questo periodo mi tiene sempre al corrente di tutti gli sviluppi. Secondo lui non si risolverà in poche settimane.»

«E così lo sapevi prima di leggere la notizia sulla *Gazette* questa mattina?»

«Sì. In un certo senso, è stato un sollievo saperlo. Almeno ora possiamo fare programmi sapendo a cosa andiamo incontro. Molto meglio che essere nel limbo, all'oscuro, ansiosi. Credo che il governo non avesse altra alternativa che dichiarare guerra, non possiamo permetterci di lasciare che i tedeschi catturino i porti del Belgio sulla Manica. Per noi sarebbe una sconfitta sul piano strategico. Ma ho fiducia in Churchill e in Asquith.

«Ci aspetta un lungo assedio, Charles?» Charlotte si torceva le mani in grembo, pensando al gran numero di giovani uomini che sarebbero partiti per combattere. Erano sempre loro che si precipitavano al fronte, spinti da entusiasmo, forza e temerarietà. Purtroppo la guerra esercitava una sinistra attrazione sui giovani di tutto il mondo.

Perso per qualche istante nelle sue riflessioni, Charles rispose infine alla sua domanda. «Sarà una grande guerra, Charlotte», dichiarò. «Altre nazioni sono già in guerra e, sì, durerà almeno un anno.»

«La Germania ha ammassato un'enorme quantità di armamenti. Potranno combattere per mesi e mesi.» Scosse la testa e si alzò. «Andiamo a dare un'occhiata alle ali nord e ovest. È per questo che sei venuta qui stamattina. Sono quelle le ali che dovremo trasformare. Dovranno essere pronte per quando il governo ci chiederà di accogliere i soldati feriti. E lo farà, non ho alcun dubbio.»

Il sei agosto l'impero austro-ungarico dichiarò guerra alla Russia. Il dodici di quel mese, la Francia e la Gran Bretagna entrarono in guerra con l'impero. Come Charles aveva previsto, sarebbe stata una guerra lunga e globale, la Grande Guerra, quella che secondo alcuni avrebbe posto fine a tutte le guerre. Illusorio, pensava Charles.

In tutto il Paese, nelle metropoli e nelle cittadine di provincia e nei piccoli villaggi il governo attaccò manifesti su pali della luce, alberi, muri e porte. Dovunque ci fosse uno spazio disponibile.

IL TUO PAESE HA BISOGNO DI TE, dicevano e gli uomini risposero, come avevano risposto alla richiesta di volontari di Lord Kitchener. Dopo il suo primo appello, si erano arruolati in centomila.

Kitchener era stato nominato segretario di Stato per la guerra e tutti avevano accolto con sollievo la sua decisione di assumersi un ruolo così delicato. Non era solo un eroe di guerra, era una leggenda.

I manifesti comparvero anche nei tre villaggi delle Dales, le valli dello Yorkshire, e dappertutto vennero aperti in loco dei centri di reclutamento.

Ovunque andasse, la gente rivolgeva domande a Charles, voleva avere informazioni sul conflitto, su ciò che avrebbe significato per loro e su cosa potevano fare per aiutare.

«Credo sia meglio convocare un'assemblea nella sala della chiesa di Little Skell», dichiarò un pomeriggio di metà agosto a Hugo e Daphne. «Per il prossimo venerdì. Devo includere anche gli abitanti di Mowbray e High Clough e tutti i lavoratori esterni della tenuta. È importante che dia loro udienza, che risponda alle loro domande. Potranno parteciparvi anche le donne, hanno lo stesso diritto dei loro mariti di sentire ciò che devo riferire.»

Daphne e Hugo si dichiararono d'accordo e Daphne chiese: «Non credi che dovresti parlare anche con il personale di casa? Potresti farlo oggi prima di cena».

«Buona idea, tesoro. Credo sia fondamentale che incontriamo gli abitanti dei villaggi nelle vesti di famiglia Ingham.

Dobbiamo portare i bambini, anche Alicia con la Willis e Dulcie con Clarice. A proposito della nuova tata, questa Clarice è stata una scelta felice, vero?»

Daphne rise. «Non stacca mai gli occhi da Dulcie che, fortunatamente, si è affezionata subito. Vanno d'amore e d'accordo, soprattutto perché Clarice la tratta da adulta. Chiede la sua opinione anche su quale abito indossare. Su questo versante va tutto bene.»

«Chiederai a Felicity di venire nello Yorkshire per questo evento?» domandò Hugo.

«No, non credo che le interesserebbe, Hugo», rispose Charles. «Ho saputo da Diedre che ultimamente la contessa era molto affaticata. Per quel che riguarda Diedre, immagino che preferisca la vita a Mayfair. Non vorrebbe essere qui, te lo garantisco.»

Quando lady Gwendolyn ebbe notizia dell'assemblea nella chiesa di Little Skell, informò Charles che le sarebbe piaciuto parteciparvi, che anzi si sarebbe sentita offesa se l'avessero esclusa.

«Dopotutto sono la Ingham più vecchia», rammentò al nipote. Charles concordò che era basilare che presenziasse anche la matriarca della famiglia.

«Be', papà, come gruppo di famiglia direi che facciamo la nostra bella scena», osservò Daphne mentre arrivavano tutti gli altri.

In terrazza con loro c'erano Hugo e Guy che non era ancora tornato a Oxford. Lady Gwendolyn era seduta su una sedia e Clarice teneva per mano Dulcie. DeLacy e Miles aspettavano sul sentiero sotto la terrazza con la bambinaia Willis e Alicia, seduta nel passeggino, più bella che mai.

La famiglia Ingham attraversò il parco diretta a Little Skell e Charles, ultimo della fila, ebbe un breve moto di orgoglio. Ognuno di loro era sicuro di sé e si comportava bene. Per non parlare di quanto tutti fossero belli.

Raggiunta la sala della chiesa, uno sciame di Swann era già lì ad accoglierli: Charlotte, Alice, Cecily e Harry con Walter, cui Charles aveva dato il permesso di essere presente. Naturalmente c'erano anche Percy con sua moglie Edna, il figlio tredicenne Joe e il nipote di Percy, Bill, il ventottenne capo giardiniere di Cavendon.

Gli Ingham entrarono nella sala accolti da un applauso. Ristabilita la calma, Charles andò a piazzarsi di fronte a loro e parlò con voce ben modulata, incantandoli con il suo carisma.

«Sono venuto qui con la mia famiglia per parlarvi della guerra. Purtroppo la contessa è a Londra e non è potuta unirsi a noi, ma vi invia i suoi auguri insieme con quelli di Diedre.

«Credo che tutti noi sappiamo cosa dobbiamo fare e cioè sostenere il nostro Paese in questo momento di grande pericolo. Questo è ciò che faremo, tutti uniti, con il massimo impegno, come abbiamo fatto in altri momenti di difficoltà del nostro Paese.

«So che lord Kitchener ha radunato una forza armata di centomila uomini che s'imbarcheranno presto per combattere nelle Fiandre. L'esercito richiede ancora volontari tra i diciotto e i trent'anni. Per il momento solo scapoli. E quelli che sentono di dover andare al fronte, dovranno farlo.

«Non starò a dirvi cosa dovete o non dovete fare, questo è un Paese libero. Noi prendiamo le nostre decisioni da inglesi. Ciò che chiedo è che gli uomini sposati valutino con saggezza la loro situazione personale. Potrebbe essere opportuno attendere fino a che non verranno chiamati a prestare servizio, nel rispetto delle loro responsabilità di capofamiglia.

«Ora devo spiegarvi un'altra cosa. Stiamo trasformando

due ali di Cavendon Hall in corsie d'ospedale. Siamo stati avvertiti che il governo potrebbe avere bisogno di letti per i soldati feriti che tornano dal fronte. Chiedo a ciascuno di voi con capacità infermieristiche o mediche di offrirsi già ora spontaneamente per aiutare i feriti quando sarà il momento. La signorina Charlotte inizierà oggi stesso a compilare un elenco.

«Forse ci sarà razionamento del cibo, dato che non potremo importare. Per questo faccio conto sugli agricoltori, perché incrementino come meglio possono la produttività dei loro campi.

«Concludo dicendo che siamo uniti in questa grande battaglia. Staremo uniti per portare il nostro Paese alla vittoria. E vinceremo. Ora la signorina Mayhew suonerà l'inno nazionale e poi verranno serviti i rinfreschi.»

Altri applausi, quindi la signorina Mayhew, l'organista della chiesa, iniziò a suonare il piano in un angolo della sala e le voci di tutti echeggiarono fino alle travi del soffitto.

Quando l'inno finì, molti degli uomini si avvicinarono per parlare al conte, facendogli domande cruciali sulla guerra e chiedendo il suo consiglio.

Come era nella sua natura, Charles Ingham, il sesto conte di Mowbray, ascoltò con attenzione e rispose a tutti con cortesia, rispetto e gentilezza.

Le donne dei tre villaggi si assieparono attorno alle donne di Cavendon Hall, specialmente alle bambine e, come Miles aveva previsto, Alicia divenne la star dello spettacolo.

Per il venti di agosto le prime quattro divisioni del corpo di spedizione britannico avevano attraversato il canale della Manica, seguite ai primi di settembre dalla quinta e dalla sesta divisione.

Non era affondata una sola nave, non si era persa una

sola vita. Un trionfo per Winston Churchill, brillante capo e fiduciario militante della regia marina britannica.

La Gran Bretagna si mobilitò per la guerra con slancio e a una velocità impressionante. In un modo o nell'altro ogni cittadino ne fu coinvolto, mentre si susseguivano giorni di ansia e lutto, giorni interminabili che parevano senza speranza.

I fucili che avevano iniziato a tuonare in agosto continuarono a tuonare nei mesi seguenti fin nell'anno nuovo. Il 1915 arrivò quasi all'improvviso e il successo non era neppure in vista.

Centinaia di migliaia di giovani erano morti nei campi inondati di sangue del Belgio e della Francia. Mentre i morti si accatastavano, i feriti venivano riportati nel Paese che amavano e per il quale avevano combattuto con tanto coraggio.

PARTE QUARTA

Fiume di sangue
Maggio 1916-Novembre 1918

Noi pochi, noi felicemente pochi, noi banda di fratelli;
perché chi oggi verserà con me il suo sangue
sarà per me fratello.

William Shakespeare

Se dovessi morire, pensa solo questo di me:
che c'è qualche angolo del campo straniero
che sarà per sempre Inghilterra. Ci dovrebbe essere
in quella ricca terra una più ricca polvere nascosta;
una polvere che l'Inghilterra creò, formò, informò,
a cui diede, una volta, i suoi fiori da amare, le sue vie
da esplorare;
un corpo inglese, respirante aria inglese,
lavato dai fiumi, benedetto dal sole di casa.
E pensa, questo cuore, tolto tutto il male,
un battito nella mente eterna, nondimeno
restituisce da qualche parte i pensieri dati dall'Inghilterra;
le sue immagini e i suoi suoni; sogni felici come il suo
giorno;
e il riso, imparato dagli amici; e dolcezza,
nei cuori in pace, sotto un cielo inglese.

Rupert Brooke

51

SEDUTA allo scrittoio nella serra, Daphne stava compilando il foglio di lavoro per la settimana seguente. Lanciò un'occhiata all'agenda: era domenica, 28 maggio 1916.

Millenovecentosedici, sussurrò, chiedendosi, sbalordita, cosa fosse successo al tempo, passato in un lampo.

Si soffermò sulla foto incorniciata di Guy e Miles, adulti e belli. L'aveva scattata Hugo in terrazza l'estate precedente. Miles era ancora a Eton, ma Guy era al fronte, in Francia con i Seaforth Highlanders, il reggimento preferito da molti uomini dello Yorkshire.

Si appoggiò allo schienale e chiuse gli occhi, pensando a suo fratello e recitando una muta preghiera. Lo faceva alla sera e al mattino, come anche suo padre. Lui non avrebbe voluto che Guy si arruolasse, ma il giovane aveva spiegato che doveva farlo.

Come tutti gli Ingham, era un patriota, amava il suo Paese ed era fiero del suo retaggio. Alla fine Charles aveva dovuto cedere, non aveva avuto alternative. Guy era maggiorenne e aveva acquisito il diritto di decidere della propria vita.

Erano comunque tutti in ansia per lui. Le notizie dal fronte erano tremende e sembrava che peggiorassero giorno dopo giorno. Migliaia e migliaia di giovani erano stati massacrati e, mentre i morti si accumulavano sui campi stranieri, i feriti venivano riportati in patria per essere curati e guariti.

Le due ali di Cavendon Hall che allo scoppio della guerra nel 1914 suo padre aveva trasformato in corsie, erano stipate.

Antichità, dipinti e altri oggetti preziosi erano stati portati nei solai, mentre le sale erano state riempite di letti per ospitare quanti più feriti possibile.

Appena erano cominciati ad arrivare i soldati, le donne dei villaggi erano venute a dare una mano, e con loro le donne della famiglia Swann e lei stessa. Si erano date da fare anche DeLacy, a modo suo, e Cecily, prima di partire.

Di tanto in tanto passava il dottor Shawcross e suo padre aveva assunto delle capoinfermiere per dirigere le corsie, infermiere diplomate e medici. Aveva anche comperato l'attrezzatura per rendere più efficiente l'assistenza ai degenti.

Suo padre era fantastico, gestiva la proprietà al meglio delle sue possibilità, un impegno difficile dal momento che così tanti uomini dei villaggi erano partiti per combattere il nemico. Le mogli avevano preso il loro posto, molte con grande perizia, e così le attività agricole proseguivano come prima della guerra.

Davano una mano anche gli adolescenti troppo giovani per indossare la divisa, le ragazze e le giovani donne. Era straordinario come tutti contribuissero con impegno a far sì che le cose continuassero nel modo più normale possibile.

Daphne completò la sua lista e la rilesse un'ultima volta. Quel giorno avrebbe potuto pranzare con suo padre e Hugo, loro tre soli perché DeLacy era di turno nelle altre ali con Cecily.

Sorrise pensando a quelle due. Avevano entrambe quindici anni, erano deliziose e decise a dare il loro apporto allo sforzo bellico. Arrotolavano bende, portavano bevande calde e fredde ai pazienti, distribuivano riviste e giornali a chi li voleva, lisciavano le lenzuola e sprimacciavano i cuscini. E sbrigavano commissioni.

Quel pomeriggio Alice avrebbe diretto la cucina dell'ala nord che era stata ingrandita e che serviva pure per l'altra ala. L'avrebbero aiutata la signora Thwaites e Peggy Swift che era rimasta a Cavendon dopo il matrimonio. Usava il suo cognome da ragazza per non creare confusione con Gordon Lane, anche lui ancora alla villa.

Malcolm Smith, l'altro valletto, se ne era andato da tanto, felice di essere passato dal servizio domestico a quello militare. Erano rimasti Hanson, troppo vecchio per combattere, e Percy Swann che, quando aveva cercato di arruolarsi, aveva scoperto di essere scarso di petto.

Anche Walter Swann era tuttora a Cavendon, perché non erano stati ancora arruolati gli uomini sposati e lui aveva promesso ad Alice che non si sarebbe offerto volontario.

Daphne era felice che Hugo fosse rimasto con lei, anche se sapeva che era impaziente di partire e combattere. Sfogliando le pagine della sua agenda, Daphne notò i suoi appunti sulle zie Lavinia e Vanessa. Le sorelle di suo padre si erano rivelate delle vere Ingham, sempre pronte ad aiutare. Vanessa sarebbe tornata da Londra il giovedì della settimana successiva e sarebbe rimasta a Cavendon per tutto il mese di giugno a lavorare nelle corsie assieme alla sorella maggiore Lavinia.

Con grande sorpresa di Daphne, Lavinia si era dimostrata un'ottima infermiera, compassionevole ed efficiente. Era instancabile e tanto cordiale e amorevole che i soldati l'adoravano. Lei e Vanessa riuscivano sempre a farli sorridere.

Daphne era orgogliosa di come la sua famiglia, gli Swann e tutti gli abitanti dei villaggi avessero reagito alla guerra e alle condizioni avverse, ma non poteva includere né Diedre né Felicity.

La sorella maggiore aveva trovato lavoro al War Office,

e Felicity, dopo essersene andata nel maggio del 1914, era tornata a Cavendon solo raramente. Era rimasta a Londra e non si faceva quasi mai sentire, anche perché odiava l'idea di Cavendon Hall trasformata in ospedale ed era troppo schizzinosa per lavorare nelle corsie.

Con sua grande meraviglia, Daphne aveva scoperto che né ai fratelli né alle sorelle importava molto dell'assenza della madre. Prima di partire per la Francia, Guy era andato a salutarla nella nuova casa che aveva comprato, ma solo per educazione.

Miles aveva confessato a Daphne che riteneva sua madre irritante e volubile, un aggettivo che Daphne non avrebbe mai pensato di accostarle. La separazione di Felicity aveva fatto infuriare DeLacy che ne aveva parlato come del «peggior abbandono che si sia mai sentito».

Dulcie, che ora aveva otto anni, era indipendente come al solito, ma adorava Clarice, la bambinaia, che tra le altre cose le aveva insegnato le buone maniere. Dato che Felicity era stata assente dalla sua vita da quando Anne si era ammalata, a Dulcie non mancava affatto.

E non manca neppure a papà, pensò Daphne. Sapeva quanto era impegnato con il lavori nella tenuta e le visite ai feriti, ma aveva capito che si sentiva solo e si preoccupava per lui.

Daphne chiuse infine l'agenda e si alzò. Nel pomeriggio, quando fosse stata sola con Hugo, gli avrebbe rivelato un segreto.

Quindici minuti dopo entrò nella sala da pranzo e sentì immediatamente che qualcosa non andava. Hugo e suo padre stavano parlando in toni peggio che seri.

«Che cosa è successo? Cosa c'è?» chiese apprensiva, spostando lo sguardo da uno all'altro, temendo che fossero arrivate brutte notizie su Guy.

«Il governo ha appena approvato una nuova legge. Verranno arruolati tutti gli uomini, sposati o no, purché abili e in buona salute», rispose Charles. «È la nuova legge sul servizio militare e ha ricevuto il consenso reale.»

Gli occhi di Daphne si riempirono di lacrime, aveva compreso esattamente cosa voleva dire.

Hugo le cinse le spalle. «Prestare servizio nelle forze armate è diventato obbligatorio. Dovrò arruolarmi, tesoro, dovrò partire.»

Con le guance rigate di lacrime, Daphne si aggrappò a lui, ma dopo un attimo si calmò. «Capisco, so che ogni uomo deve compiere il proprio dovere. E le donne Ingham non piangono. Si assumono le loro responsabilità e vanno avanti.»

«Così mi piaci», si complimentò suo padre. «Sediamoci e tentiamo di pranzare... visto che la cuoca ci ha messo il cuore.»

«Sì, dobbiamo mangiare. Almeno io devo farlo», dichiarò Daphne guardando suo padre e rivolgendosi poi a Hugo. «Volevo svelarti un segreto dopo pranzo, anche a te, papà, ma tanto vale che lo sveli a entrambi adesso.» Trasse un respiro profondo e fece un gran sorriso. «Sono in attesa, Hugo», disse. «Ti darò un altro bambino.»

Pieno di gioia, Hugo saltò in piedi, l'abbracciò, le baciò le guance e l'abbracciò di nuovo. «È meraviglioso, tesoro. Davvero fantastico. E questa volta sono sicuro che sarà un maschio.»

Suo padre la strinse a sé sorridendo «Congratulazioni, Daphne. Sono felice per te e Hugo e di sapere che tra poco avrò un altro nipote.»

52

«LORD Mowbray!» esclamò Alice, chiudendo velocemente la porta del forno mentre Charles Ingham entrava nella cucina dell'ala nord. «Ha bisogno di me? Come posso aiutarla, milord?»

«Mi scusi per questa irruzione, signora Alice, ma non riesco a trovare la signorina Charlotte. Sembra che nessuno sappia dove sia, neppure lady Daphne. Speravo che lei potesse assistermi.»

«Venerdì mi aveva detto che questo fine settimana sarebbe venuta a lavorare, non credo che abbia il weekend libero. Forse è dovuta andare a casa.»

«Ho provato a chiamarla a casa, ma non ha risposto.»

Alice rifletté un secondo. «Forse è andata a riposarsi, milord», ipotizzò. «Potrebbe essere in giardino e non avere sentito il telefono. Vuole che cerchi Cecily e la mandi da lei con un suo messaggio?»

«No, no», rispose lui scuotendo il capo. «Non sarà necessario. Ho bisogno di parlarle urgentemente, andrò a casa sua io stesso. Ma grazie, signora Alice.» Le sorrise. «Il pollo ha un profumino delizioso. Stasera quei ragazzi mangeranno di gusto.»

«Grazie, milord. Cerchiamo sempre di offrire loro un pasto nutriente alla sera. Se lo meritano, dopo tutto quello che hanno passato.»

Charles uscì ancora sorridente dalla cucina. Alice si era decisamente sbalordita quando lo aveva visto irrompere nel suo regno senza farsi annunciare. Quando mai qualcuno aveva visto il sesto conte di Mowbray in una cucina di Cavendon?

Attraversò il parco diretto al villaggio tentando di dominare l'ansia. Si era preoccupato per Charlotte, che per tutta la settimana gli era parsa provata e impensierita, ma non aveva mai trovato il tempo per parlare con lei. Era andato a cercarla sabato e poi quel pomeriggio e stranamente nessuno sapeva dove fosse. Di solito gli diceva dove avrebbe passato il fine settimana, cosa che però venerdì non aveva fatto.

Forse era malata e sola, con nessuno a prendersi cura di lei.

Allungò il passo, convinto che avesse bisogno d'aiuto. Fortunatamente la sua casa era una delle prime del villaggio dalla parte da cui stava arrivando lui. Non rispose quando bussò alla sua porta pochi minuti più tardi e così entrò.

«Ecco dove sei!» gridò nel vederla su una scala nel salotto intenta a raddrizzare un quadro.

Charlotte, che non l'aveva sentito entrare, trasalì violentemente, si girò troppo in fretta e perse l'equilibrio.

Charles si accorse di cosa stava accadendo, corse verso di lei e riuscì a evitare che cadesse, spalancando le braccia e tenendola stretta.

Barcollò leggermente, poi ritrovò l'equilibrio. Charlotte non era pesante, ma l'impatto del suo corpo per poco non li aveva fatti cadere entrambi.

La tenne tra le braccia e la fissò.

Lei alzò gli occhi su di lui e i loro sguardi s'incrociarono.

Nessuno dei due riuscì a distogliere lo sguardo, erano come ipnotizzati.

«Ero terribilmente preoccupato per te, Charlotte», mormorò, e prima di riuscire a trattenersi, abbandonò ogni remora, chinò la testa e la baciò sulla bocca.

Charlotte rispose al suo bacio e si strinse a lui. In qualche modo riuscirono a raddrizzarsi, ma continuarono a restare abbracciati, a baciarsi con passione, come se volessero spegnere un'arsura insopportabile.

A un tratto Charles la lasciò andare, si ritrasse e sostò in mezzo alla stanza stordito. Allora andò a chiudere a chiave la porta d'ingresso e tornò da lei carico di un'intensa passione, desideroso di prenderla così, in quella stanza.

La strinse di nuovo tra le braccia, le loro bocche si unirono con frenesia. Gli batteva il cuore all'impazzata e la desiderava tanto da non crederci. Premette il suo corpo contro quello di lei e seppe di non essere affatto impotente.

Charles allungò la mano, le tolse le forcine dai capelli che le si sciolsero intorno al viso, lussureggianti, percorsi da bagliori fulvi. Si staccò da lei, tenendo gli occhi fissi nei suoi... splendidi occhi luminosi di un insolito colore azzurro grigiastro sfumato di lavanda, il marchio degli Swann. Ciò che vi vide lo commosse, vi riconobbe un desiderio che era pari al suo.

Lei allungò la mano, gli sfiorò la guancia e l'accarezzò dolcemente. Il cuore gli sobbalzò in petto e la tenne ancora più vicina a sé, premendo il corpo contro il suo. Stava per perdere ogni controllo, travolto da un desiderio che non aveva provato per nessun'altra donna.

Cominciò a slacciarle i bottoni della camicetta e le baciò il collo. «Non possiamo trovare un letto?» le sussurrò nei capelli. «Abbiamo già sprecato troppo tempo. Troppi anni.»

Charlotte lo prese per mano e lo guidò al piano superiore, nella sua camera, dove troneggiava un grande letto a baldacchino.

All'improvviso Charles si fermò e la guardò con un'espressione interrogativa negli occhi. «Sei sicura di voler andare avanti?» domandò. «Perché, se tu lo fossi, oltrepasseremmo un punto di non ritorno. Per me. So che lo desideri ardentemente, ma se facciamo all'amore adesso, non finirà più. Sarà per sempre, Charlotte Swann.»

«Lo so, Charles Ingham. È così che stanno le cose, è così che sono sempre state... tra te e me.»

Gli prese la testa tra le mani e lo baciò con intensità, le loro lingue si incontrarono avide l'una dell'altra. Per la prima volta nella sua vita Charles sperimentò il brivido del desiderio reciproco.

Quando lei smise di baciarlo e cominciò a svestirsi, lui gettò la giacca su una sedia e nel giro di pochi secondi si ritrovarono nudi sul letto.

Charles si puntellò su un gomito e contemplò il suo bel volto. I capelli che si aprivano a ventaglio sul cuscino e l'intensità del colore rendevano il pallore del suo viso ancora più straordinario. Si chinò su di lei, le toccò il viso con delicatezza e ammirò il suo splendido corpo, snello e armonioso.

Le accarezzò i seni e le passò la mano sullo stomaco, giù fino alle cosce. Aveva la pelle liscia come raso. Quando le toccò il nucleo della femminilità, lei si irrigidì per poi rilassarsi. Gli lasciò fare ciò che desiderava, perché lui era finalmente suo e lei sapeva che lui l'amava, proprio come lei amava lui e altro non le importava.

Aveva reagito con tanta rapidità alla sua mano che Charles la circondò con le braccia e si girò sopra di lei.

«Desidero assaporare ogni parte di te, prolungare questo momento, ma ho bisogno di essere dentro di te», bisbigliò, colmo di desiderio e carico di emozione.

«Lo voglio anch'io, Charles.» Lui sentì l'urgenza nella

sua voce e il suo respiro affrettato. Era eccitata quanto lui e il suo ardore intensificò la sua eccitazione. Baciandola, scivolò dentro di lei rapidamente e con forza. Quando si sentì avvolgere dalla sua calda umidità, ebbe l'impressione di essere trattenuto in una morsa di velluto e gemette di piacere.

Lei si mosse in sincronia con il suo ritmo e le parve di fondersi in Charles, di diventare parte di lui. Tremante, inarcò il corpo per incontrare il suo, lo circondò con le gambe e le braccia e lui cominciò a fremere con lei, con il cuore che martellava contro il suo. Vennero insieme e lui le si aggrappò come se non volesse lasciarla più andare via. E sapeva che non l'avrebbe fatto. Lei era parte di lui e lo era sempre stata, senza che lui se ne fosse mai reso conto.

Charles, con Charlotte tra le braccia, si sentì invadere da una serenità che non aveva mai provato. Era una totale assenza di dolore... uno stato di soddisfazione e qualcosa d'altro ancora, qualcosa che non riusciva a definire.

Charlotte parlò per prima. «Sei silenzioso, Charles.»

«Stavo pensando a te, a quanto mi sento appagato e sereno», rispose con la voce piena di amore e tenerezza.

«Ne sono felice, ma per quale motivo eri venuto a cercarmi?»

«Ti avevo cercata anche ieri, volevo vederti, parlare con te, stare semplicemente con te. E, non trovandoti, mi ero preoccupato.»

«Come mai?»

«Ero in pensiero. Da parecchie settimane mi eri sembrata sofferente e turbata. E quando oggi tutti mi dicevano che eri nelle corsie, ma io non riuscivo a trovarti, mi sono sentito a disagio, disperato, ansioso.»

«Avevo capito che questo fine settimana non potevo venire a Cavendon, non volevo venire e così sono restata a casa.»

Charles si voltò a fissarla. «Che cosa c'è, Charlotte? Non ti senti bene?»

«No, va tutto bene», rispose, appoggiandosi ai cuscini e fissandolo a sua volta. Gli sfiorò il viso con la punta delle dita, poi, di colpo, gli occhi le si riempirono di lacrime.

Lui le prese la mano, più agitato che mai. «Ma cosa c'è?» domandò.

«Niente che non possa affrontare.»

«Devo prendermi cura di te più di quanto abbia fatto finora. Stai lavorando troppo. E anch'io. Abbiamo bisogno di distrarci, tirare il fiato. Dobbiamo andare a Londra per qualche giorno, allontanarci da Cavendon...» S'interruppe bruscamente, rendendosi conto di ciò che stava dicendo. «Ho bisogno di te. Ti amo, Charlotte, ti amo tanto», concluse.

Lei sorrise debolmente. «Ci siamo amati fin da quando eravamo bambini.»

«Riformulo ciò che ho detto. Quello che intendo è che *sono innamorato di te*. E tu lo sei di me, vero?»

«Sì e mi preoccupo per te, so quanto ti senti solo e lo sono anch'io. Continuo a chiedermi perché non stiamo insieme. È per questo che sono rimasta qui questo fine settimana. Perché non ce la facevo più. Era una tortura, vederti ogni giorno, amarti tanto, desiderarti tanto. Volevo confortarti renderti felice. E fare all'amore con te.» Si asciugò con un dito le lacrime che sgorgavano di nuovo. «E non potevo fare nessuna di queste cose.»

«Oh, mia cara, non piangere.» La strinse a sé. «Siamo degli sciocchi, lo siamo stati troppo a lungo. Siamo due quarantenni che si comportano come due bambini. Dobbiamo stare insieme, cogliere la nostra occasione di felicità prima che sia troppo tardi. Come ti ho detto, se avessimo fatto all'amore non ci sarebbe stata via di ritorno e tu hai accettato. E così temo che mi dovrai sopportare.»

«Grazie al cielo», esclamò lei sorridendogli.

«Hai detto spesso che certe cose accadono, che dovevano succedere... e questa era destinata a succedere.»

«Lo so... è il nostro destino, immagino.» Gli lanciò un'occhiata con la coda dell'occhio e represse un sorriso. «Anni fa avevo trovato qualcosa in uno dei vecchi registri degli Swann e recentemente mi è capitato di nuovo sotto gli occhi. È qualcosa che non ho mai dimenticato.»

«So dell'esistenza di quei registri. Sono vietati agli Ingham. Ma che cosa hai scoperto? Ti è permesso rivelarmelo?»

«Posso riferirtene un pezzettino, sì. Era un appunto di uno Swann, un certo M. Swann, per essere esatti, ed era datato 1876. Questo M. Swann aveva avuto una lunga storia con una donna Ingham e questo è ciò che ha scritto: *Lo Swann si adatta perfettamente all'Ingham*. Pensi sia vero?»

Lui notò l'espressione provocante nei suoi occhi e scoppiò a ridere. «Preferirei metterla in un altro modo, mia cara. In questo caso è lo Ingham che si adatta perfettamente alla Swann. Cosa dici?»

«Dico che è vero», rispose lei ridendo. Scese dal letto e indossò una vestaglia di seta presa dall'armadio. «Andiamo giù e accendiamo il fuoco, beviamo qualcosa insieme. Ti va?»

«Certamente. Vorrei avere qui una vestaglia, posso portarne una domani?»

«Non ho mai rubato niente in vita mia, ma quando David è morto, ho portato via una sua vestaglia da Cavendon...»

«Per quale motivo?» chiese, spinto dalla curiosità.

«Perché desideravo qualcosa di personale che gli era appartenuto, qualcosa che avrei potuto indossare.»

«Lo amavi?»

«Sì.»

«E lui ti amava, vero?»

«Credo di sì.»

«Non essere sciocca, so che ti amava. L'avevo capito e ultimamente me ne sono convinto. Sei stata con lui per così tanti anni, come avrebbe potuto resisterti? Sai di essere una donna bella e intelligente. Lui era rimasto vedovo due volte, si sentiva solo e tu lavoravi con lui, ti eri affezionata a lui.»

«C'è un'altra cosa che devo dirti, Charles.»

«Cosa?»

«Sebbene abbia iniziato a lavorare per lui a diciassette anni, fu solo dopo che ebbi compiuto i ventuno anni che il nostro rapporto divenne intimo. Lui fu sempre molto corretto, sempre gentiluomo.»

«Lo so. Anch'io ho qualcosa da rivelarti, Charlotte. La tua relazione con mio padre non mi ha mai turbato, né mi turba ora. Voglio solo che tu ne sia consapevole. Sono contento che abbia potuto condividere un po' di felicità con te, lo sono sinceramente.»

«Allora puoi indossare la sua vestaglia. So che ti andrà bene.»

53

Scesero insieme. Sulla grata del focolare in salotto c'erano trucioli di legno e rotoli di giornali e Charlotte sfregò un fiammifero e lo avvicinò alla carta che si incendiò immediatamente. Accese alcune lampade e andò a sedersi sul divano di fronte al fuoco. Charles la raggiunse con due bicchieri di scotch e acqua.

Gliene porse uno, poi si accomodò sulla poltrona vicina al caminetto. Di fronte allo sguardo interrogativo di Charlotte, spiegò: «Voglio ammirarti. Sono pur libero di fare quello che voglio, vero?»

Lei annuì, si chinò in avanti e fece tintinnare il suo bicchiere contro quello di lui.

Charles cambiò espressione, diventò serio e pensieroso. «Vorrei dirti una cosa, ma riguarda Felicity. Non ti dispiace se parlo di lei?»

«No, va benissimo.»

«In primo luogo voglio spiegarti. So che ci sono stati pettegolezzi a Cavendon sull'assenza di Felicity; nel caso tu non l'avessi indovinato, è stata lei a lasciarmi.»

«È quello che ho pensato, sì, dopo che non era più tornata, se non per qualche breve visita, ho intuito che vi eravate separati. Ma perché ti ha lasciato? Puoi dirmelo?»

«Felicity ha ammesso di avere perso ogni interesse per me, in particolare ogni interesse sessuale. Mi ha detto che non voleva più che dormissi con lei, che il nostro matrimonio era finito.»

«Ha usato proprio queste parole?»

«Sì. È stata piuttosto asciutta e molto, molto gelida e io ho capito che non provava più nulla per me, tranne forse disprezzo. E io ero rimasto lì, scioccato, a guardarla come un ebete.»

«Non capisco. Come è possibile che una donna, una qualsiasi donna voglia lasciarti?»

Lui rise. «Sei prevenuta, mia cara. Credo che la cosa che più mi aveva ferito fosse stato che me lo avesse annunciato la sera in cui Dulcie ha rischiato di essere rapita. Io volevo solo condividere il suo letto, parlare di quel terribile episodio, scambiarci le nostre impressioni. Il suo discorsetto mi aveva spiazzato e solo in seguito mi sono reso conto che lei era arrivata a un punto della sua vita in cui non sopportava più di avermi vicino. Se ne è andata il mattino seguente e, come sai, è tornata solo di rado.»

«Quello che racconti è insopportabile!» esclamò Charlotte. Doveva essersi sentito tremendamente ferito e umiliato e anche offeso nella sua virilità. Sentì crescere in lei una forte rabbia contro Felicity, ma si controllò. Non avrebbe mai pronunciato una parola contro sua moglie, sarebbe stato un gioco pericoloso, in qualsiasi circostanza.

«Quando le ho ricordato che io ero un uomo di soli quarantacinque anni, e le ho chiesto cosa avrei dovuto fare, intendendo della mia vita, lei mi ha risposto che ero libero come un uccello.» Ridacchiò lanciando un'occhiatina eloquente a Charlotte.

«Sono felice che tu sia volato nel mio nido, Charles. Molto, molto felice», disse lei ridendo.

«Immagino che a Cavendon tutti sappiano che è stata lei ad abbandonarmi. Ho ragione?»

«Naturalmente. È stata lei a scomparire di punto in bianco», confermò Charlotte. «In ogni caso, tu sei il sesto conte di Mowbray, non dimenticartelo.»

«Non lo dimentico, ma cosa intendi dire?»

«Che tu qui sei sinceramente amato, ammirato e rispettato. Sei la bussola morale di tutti. In altre parole, gli abitanti dei villaggi e il personale della casa saranno sempre dalla tua parte, Charles.»

«Volevo solo che *tu* sapessi che io non ho mai tradito mia moglie, che è stata lei a lasciarmi.»

Uno scintillio divertito guizzò negli occhi luminosi di Charlotte. «Non avevi bisogno di sottolinearlo, sai, Charlie, specie dopo avere detto che sono una donna intelligente.»

«Lo so, ma ho sempre avuto un certo codice morale e non ho mai tradito né ho mai avuto un'amante, cosa di cui sei certamente a conoscenza, visto che gli Swann sanno sempre tutto.»

Charlotte bevve un lungo sorso di scotch, mentre pensava che l'amor proprio di Charles era stato umiliato dalla donna che aveva sposato e con la quale aveva messo al mondo sei figli. «Forse anche il suo esaurimento ha avuto il suo peso nella sua decisione», commentò.

«No, non è vero. Ho considerato anch'io questa possibilità e pure Daphne. Felicity era cambiata già un anno dopo la nascita di Dulcie.»

Charlotte notò che fuori la luce era cambiata, stava scendendo il crepuscolo. Si alzò e andò ad accostare le tende di tutte le finestre, chiedendosi cosa fare. Era seduta lì con l'uomo che conosceva dall'infanzia, che di fatto era sempre stato il suo più caro amico. Si era innamorata di lui parecchi anni prima e quel pomeriggio erano diventati amanti. Non gli doveva la verità? L'unico motivo per cui aveva esitato a parlargliene prima era stata la paura di ferirlo.

Quando tornò accanto al caminetto, lui le chiese: «Perché ti sei data tanto da fare con le tende? Che cosa mi nascondi, Charlie?»

Lei scrollò il capo, incapace di mentirgli, e sorseggiò il suo scotch.

«So che c'è un altro uomo», ammise Charles. «So che Felicity ha un altro uomo, per essere precisi.»

«Come fai a saperlo?»

«Me lo ha confessato circa sei mesi fa Lavinia, anche se già lo sospettavo. C'è quasi sempre un altro uomo quando una donna se ne va come ha fatto Felicity, senza pensare ai figli, per non dire al marito. Il sesso è un potente afrodisiaco, specialmente con un uomo di dieci anni più giovane. Quando lui ha abbandonato sua moglie e l'ospedale di Harrogate e aperto un ambulatorio privato a Londra, lei lo ha seguito.»

«Come ha fatto Lavinia a scoprirlo?»

«Li ha visti insieme e a Londra erano circolate delle voci. Come ho detto, è più giovane di lei e la storia andava avanti da anni.»

Lui si sporse verso Charlotte e le appoggiò una mano sul ginocchio. «Tu lo sapevi, vero, mia cara?»

«Non sapevo che ti avesse detto tanto aspramente e cinicamente che non voleva più saperne di te, ero però a conoscenza di un altro uomo nella sua vita e che era un chirurgo.»

«Chi altri lo sa?»

«Walter e Alice, nessun altro. Ed è stato Walter a svelarmelo.»

«Oh, mio Dio, il mio valletto sa tutto della vita sessuale di mia moglie!»

«È stata Olive Wilson a riferirlo a Walter, Charles», gli spiegò. «Era salita per prendere alcuni vestiti della contessa. Circa sei mesi fa.»

«Vorrei che mi avesse informato», mormorò Charles.

«C'è un limite che non possiamo oltrepassare e noi Swann lo rispettiamo.»

«Gli Swann e gli Ingham possono fornicare, e l'hanno fatto per generazioni, da quanto ho capito, ma non possono confidarsi?»

«È così, ma non sono stata io a stabilire le regole.» Si alzò e andò a mettersi in ginocchio davanti a lui. «Per essere sinceri, Walter non sapeva cosa fare. Era stato spesso sul punto di parlartene, ma aveva sempre perso il coraggio. Nessuno di noi desidera ferirti.»

Charles la baciò. «Non sono adirato con Walter, spero tu lo capisca, non mi viene in mente nessun Ingham che sia mai stato arrabbiato con uno Swann. Che cos'altro ha rivelato la Wilson? Puoi dirmelo?»

«Certo. Lei disapprova e non è affatto contenta di lavorare per sua signoria, ma ha bisogno del lavoro.» Non disse altro, non voleva ripetere i dettagli più scabrosi che Olive Wilson aveva riferito a Walter.

Lui annuì, poi domandò: «Potrò cenare qui con te?»

«Sì, ma cosa penserà Hanson se non ti vede tornare a casa per quell'ora?»

«Non m'importa, gli telefonerò e lo avviserò che ceno qui con te. Solo affinché sappia dove sono, nel caso avesse bisogno di me.»

Charlotte si rese conto che lui si stava sforzando di non ridere, cosa che poi fece senza più riuscire a trattenersi. La sua ilarità era contagiosa e lei rise con lui.

«Perché hai cominciato a ridere in questo modo?» volle sapere dopo.

«Perché ho quarantasette anni, sono il sesto conte di Mowbray e tu mi chiedi come spiegherò al mio maggiordomo dove sono. Non sono più quel ragazzino di dieci anni che comandavi a bacchetta, sai.»

«Non l'ho mai fatto. E stavo solo pensando che dobbiamo essere discreti, o la gente si metterà a spettegolare.»

«Chi se ne frega dei pettegolezzi!» esclamò lui, poi si chinò e le sussurrò: «Scusami, so che non ti piace sentirmi imprecare».

«Per quello che mi riguarda, puoi fare tutto ciò che vuoi.»

«Dirò a Hanson che se qualcuno chiedesse dove sono, dovrà semplicemente dire che sono fuori. Ma non dove. È il mio fedele maggiordomo.»

«Come Walter, non essere contrariato con lui.»

«Non lo sono.» Charles sospirò. «Ho una brutta notizia per te, Charlie. Tutti gli uomini abili verranno arruolati, l'arruolamento è obbligatorio.»

«Tu non dovrai andare, vero?» chiese, subito preoccupata.

«Sono troppo vecchio, e ho problemi di vista», confessò con rammarico.

«Per me non sei troppo vecchio e i tuoi occhi sono bellissimi. Ma mi tranquillizza che tu non debba andare al fronte.»

«Però molti abitanti dei villaggi e dei lavoratori esterni dovranno partire», aggiunse lui mesto. E infatti in tanti sarebbero partiti per la guerra.

54

Il giorno tanto temuto da Daphne arrivò. Hugo sarebbe partito da Cavendon per l'addestramento a Catterick prima di imbarcarsi per la Francia.

Aveva tante cose importanti da dirgli e così si alzò presto per potergli parlare in privato prima di fare colazione con il padre.

Hugo la trovò ad aspettarlo nella piccola biblioteca che lei gli aveva allestito due anni prima. Nel vederla pensò che era più bella del solito, che quel giorno aveva qualcosa che gli dava il batticuore.

Lei si alzò appena lo vide. «Vieni fuori con me, Hugo? Facciamo due passi? Fino al giardino delle rose?»

«Perché no? Hai detto che dovevi parlarmi e quello è il luogo perfetto. Molto appartato, cara.»

Lei gli tese la mano, lui gliela prese e insieme uscirono dalla stanza, avviandosi verso l'atrio. Aveva arguito che doveva rivelargli qualcosa di segreto o di esplosivo, altrimenti non avrebbe proposto una passeggiata. Ma nel giardino nessuno avrebbe potuto sentirla.

Il parco era deserto, molti uomini erano già partiti. Kitchener aveva un bisogno disperato di uomini, i soldati venivano falciati a migliaia. Ed era là che stava per andare, nei campi di morte della Francia. E alla battaglia della Somme.

Mise da parte quelle riflessioni e si sedette su una delle panche in ferro del giardino. Lei gli stringeva la mano e lui la guardò, e temette che gli si sarebbe spezzato il cuore. Doveva abbandonarla e fare il suo dovere per il re e il Paese e forse non sarebbe tornato. Era un pensiero che non riusciva a sopportare. Se fosse morto non l'avrebbe più rivista. E che cosa avrebbe fatto lei senza di lui?

Vestita di rosa, si armonizzava con i fiori che la circondavano, un'immagine di perfezione che avrebbe portato con sé al fronte. Un'immagine che l'avrebbe sostenuto assieme al pensiero del figlio che portava in grembo.

«Hugo, ascoltami, ho una cosa molto importante da dirti», cominciò Daphne, appoggiandosi a lui e guardandolo con quei suoi occhi color fiordaliso. Sembrava molto più seria del solito.

«Ti ascolto, tesoro», la rassicurò sottovoce, preparandosi a ricevere brutte notizie.

«Quando mi avevi vista la prima volta, per te era stato amore a prima vista», esordì Daphne. «È quello che avevi detto a mio padre e quando siamo andati a Parigi in luna di miele, anch'io ho provato un *coup de foudre*. Non per Parigi, per te, Hugo. Voglio che tu sappia che mi sono innamorata di te allora, che ti amo con tutto il cuore e che sempre ti amerò. E tu tornerai da me, lo so.»

Gli occhi gli si colmarono di lacrime e la strinse tra le braccia, inalando il suo profumo, come faceva sempre, quell'inconfondibile miscuglio di rose e giacinto.

«Hai ragione, tornerò, Daphne, perché abbiamo una lunga vita da vivere e tanta gioia da condividere. Mi rende felice sapere che ti sei innamorata di me durante la luna di miele, era quello che pensavo.»

«Avremo cinque figli.»

Si scostò da lei e la contemplò con tenerezza. «Perché non sei?» le chiese.

«Perché Ginevra sostiene che saranno cinque. L'ho implorata di svelarmi il significato dei sette cuoricini su quel pezzo d'osso, ma non ha voluto. Quando però le ho detto che stavi per andare al fronte e che avevo paura per te, ha ceduto. Ha detto che sarai al sicuro perché avremo cinque figli in tutto. Gli altri due cuori erano per te e per me. Mi fido delle sue previsioni, Hugo.»

«Anch'io», concordò Hugo, desideroso di farle piacere e di credere che sarebbe tornato a casa.

«Ciò che devo dirti ora è una specie di confessione. Su qualcosa che non ho mai rivelato ad alcuno. Devi promettermi che manterrai il segreto per tutta la vita, Hugo.»

Il suo tono solenne e l'atteggiamento teso fecero capire a Hugo che questa era la rivelazione che non voleva che qualcuno le carpisse. «Non ti tradirò. Sono pronto. Svelami cosa mi hai tenuto nascosto.»

«Quando i miei genitori vennero a sapere che ero stata violentata e che ero incinta, saltarono a una conclusione. Si erano fissati su Julian Torbett, dal momento che eravamo amici d'infanzia e perché quel pomeriggio mi ero recata a Havers Lodge a incontrarmi con lui. Ma non c'era. Sono stata aggredita mentre tornavo a casa nel bosco delle campanule. Quell'uomo aveva il volto coperto da una sciarpa, ma quando mi riuscì di tirargliela via, rimasi inorridita. Era Richard, il fratello di Julian. È lui quello che mi stuprata. Ho lasciato che i miei genitori credessero che il colpevole fosse Julian, perché era morto. E ho mentito a te, per lo stesso motivo.»

«Oh, mio Dio, ma Torbett è vivo, potresti essere ancora in pericolo, Daphne. Potrebbe venire a cercarti di nuovo. E Alicia? Noi diciamo che è nostra, anche se in verità è figlia sua.»

«No, non è sua, è nostra figlia e nessuno sosterrà mai il

contrario. Non dovrai farlo nemmeno tu, perché sei tu suo padre. Avevamo fatto sesso in luglio, quando sei arrivato la prima volta, perché non siamo riusciti a trattenerci e la bambina è nata prematura.»

Hugo annuì, il suo ragionamento era più che sensato. Doveva sostenerla a ogni costo, ma doveva sapere di più su Torbett e dove era in quel momento. «Quell'uomo vive ancora qui? Oppure è a Londra?»

«Non è né qui né là. Torbett si è arruolato nell'esercito un anno fa ed è stato mandato in Francia.»

«Come fai a saperlo, Daphne? Hai indagato su di lui? Potrebbe essere pericoloso!»

«No, non lo farei mai. Per caso la cuoca si era imbattuta nella cuoca dei Torbett, Annie Thorpe, ed era stata lei a dire alla signora Jackson che in casa non c'erano più figli maschi: uno era morto, e gli altri due erano andati a combattere i crucchi, come li ha chiamati lei.»

«Te lo ha detto la cuoca?» chiese lui perplesso. Daphne non entrava mai in cucina.

«No, lo ha detto a Hanson che l'ha riferito alla signorina Charlotte che l'ha rivelato a mio padre che l'ha detto a me... così, en passant, un piccolo pettegolezzo.»

«Spero che venga colpito da una pallottola tedesca e, se m'imbattessi in quel bastardo, gli sparerò io stesso!» esclamò Hugo, con un moto di stizza. Daphne lo abbracciò per calmarlo.

«Mi perdoni per averti mentito, per avere tenuto segreta questa verità?» domandò poco dopo, mordendosi nervosamente il labbro inferiore.

«Ma certo, mia cara Daphne, mia bellissima moglie. Hai fatto ciò che pensavi fosse la cosa migliore. E hai ragione, dobbiamo metterci alle spalle questa storia, guardare al futuro e credere nella previsione di Ginevra.»

«C'è solo un'altra cosa. So che vuoi parlarmi delle tue ultime volontà e del testamento, dei tuoi affari e di Jill Handelsman. Anche dei tuoi affari finanziari. Papà mi ha detto che ha capito tutto, che seguirà il tuo consiglio e che telefonerà alla signora Handelsman ogni settimana e si prenderà cura di ogni cosa per me.»

«Mi fa piacere che tu sia a conoscenza di tutti questi accordi, ma ero pronto a spiegarteli meglio, se tu avessi voluto.»

«Non volevo e non voglio. In particolare non voglio sapere nulla del testamento, perché, come ha predetto Ginevra, tu tornerai a casa da me. Metti qui la tua mano, Hugo, per favore.»

Gli prese la mano e se la pose sul ventre. «È il nostro bambino, nostro figlio, Hugo. Oh, scegliamo adesso un nome, così, in attesa che nasca, possiamo parlare di lui chiamandolo per nome.»

«Ottima idea. Che ne dici di Charles? Per il tuo amorevole padre e mio migliore amico?»

«Penso che sia un nome meraviglioso e possiamo dirglielo a colazione.»

«E se fosse una bambina?»

«La chiamerei Charlotte, per tutto quello che lei ha fatto per me.»

«Ma Alicia porta già il suo nome», obiettò Hugo.

«Lo so, ma non lo useremo mai. Per noi è solo e soltanto Alicia.»

Lui mantenne un po' più a lungo la mano sul ventre di Daphne, sognando un poco il futuro, quando sarebbero stati di nuovo insieme. Un ricordo che gli avrebbe dato forza quando avrebbe messo in pericolo la sua vita nelle campagne di Francia nella guerra che avrebbe posto termine a tutte le guerre.

55

Il tenente Hugo Stanton, comandante di un plotone del secondo battaglione del reggimento dello Yorkshire, si sedette su una grossa cassa contenente scatolette di carne. Era la loro razione e l'unica cosa che non sprofondasse nel fango della trincea.

Trovato un pacchetto di sigarette in tasca, ne tirò fuori una, l'accese e inspirò a fondo la nicotina.

Quel giorno era veramente esausto. Aveva solo trentasei anni, ma si sentiva come se ne avesse centocinque. Era lì da troppo tempo, undici lunghi mesi. Era arrivato sul fronte occidentale nel settembre del 1916 e ora era il mese di luglio del 1917 e i britannici e i loro alleati erano ben lungi dall'avere vinto la guerra.

Mentre era al centro di addestramento di Catterick, aveva ricevuto una telefonata da un Charles controllato ma straziato. Il War Office gli aveva inviato un telegramma informandolo che Guy, il figlio maggiore, era disperso, presumibilmente morto. Charles sperava ancora che fosse ricoverato in qualche ospedale di Verdun o che fosse stato fatto prigioniero dai tedeschi.

Successivamente Hugo aveva parlato con Daphne, anche lei piena di speranza. Era stato bellissimo sentire la sua voce e avere altre notizie della famiglia, ma appena aveva riappeso, aveva provato un cordoglio profondo.

Hugo sospirò, sapendo in cuor suo che Guy era con ogni probabilità morto. Tutti conoscevano la storia di Verdun e di come l'anno precedente i tedeschi avessero atteso che la grande forza armata britannica si avvicinasse alle porte di quella città.

Durante il bombardamento preliminare, i tedeschi erano rinchiusi in profondi bunker sotterranei dai quali erano usciti, incolumi, per affrontare le truppe britanniche che erano state istantaneamente falciate dai mitra tedeschi.

Il generale Haig aveva allora ordinato un secondo attacco. Il primo giorno si era concluso con ventimila morti e quarantamila tra feriti e dispersi, eppure i britannici avevano continuato a combattere, con perdite sempre più pesanti, prima che si riconoscesse che era una causa persa. Quella battaglia era terminata verso metà novembre a un prezzo esorbitante. Gli alleati avevano denunciato seicentoquindicimila soldati uccisi, feriti, dispersi o fatti prigionieri. Forse Guy Ingham era tra loro.

Al suo arrivo al fronte, il maggiore comandante del loro battaglione aveva riferito l'esito di quella battaglia a Hugo che era rimasto sconvolto da quel massacro di uomini. Se Guy aveva partecipato a quella battaglia, difficilmente poteva essere ancora vivo.

Il maggiore Thompson gli aveva raccontato altri episodi da brivido e Hugo ne aveva vissuti abbastanza di persona da non aver più dubbi sul grado di orrori in cui una guerra sapeva sprofondare. Era contento di non essersi arruolato in cavalleria, come aveva pensato di fare, e di essere invece in fanteria. I cavalli correvano ogni giorno il rischio di spari, bombardamenti, recinti in filo spinato, malattie e fango. L'anno precedente aveva accompagnato per alcuni giorni il maggiore nel settore della Somme per uccidere tre cavalli che erano rimasti incastrati nel filo spinato e per salvarne altri che stavano affogando nella fanghiglia.

Era cresciuto con i cavalli nell'allevamento del padre ed era stato straziante per lui dover partecipare a quella corvée. Era stato però con un senso di pietà che aveva sparato ai cavalli per liberarli da sofferenze atroci. Il filo spinato aveva squarciato loro il ventre e stavano morendo dissanguati. Una pallottola in testa era rapida e indolore.

C'erano state delle vittorie inglesi che avevano fatto sperare Hugo. In aprile il Corpo Canadese, l'ala destra della prima armata britannica, aveva conquistato il crinale di Vimy vicino ad Arras, controllato fino a quel momento dai tedeschi.

Era stato un attacco coraggioso e aveva offerto ai combattenti un'iniezione di morale. Da qualche settimana, tuttavia, Hugo era molto preoccupato. Il maggiore Thompson gli aveva riferito che, in maggio, il governo francese aveva sospeso gli scontri nella regione della Somme, perché in molte unità francesi c'erano stati degli ammutinamenti. Il maggiore gli aveva spiegato che molti soldati francesi avevano raggiunto il punto di saturazione e che erano demoralizzati.

«Tocca a noi, adesso», aveva detto a Hugo e al suo plotone la sera prima. «A quanto pare spetta a noi accollarci il peso di questa guerra. Dovremo difendere il fronte occidentale da soli.»

Ora era seduto con il fucile sul ginocchio in una trincea piena di fango nella periferia di Ypres. In giugno, il generale Herbert Plumer, a capo della seconda armata, aveva attaccato il crinale di Messines, un baluardo tedesco. Dopo avere esploso più di cinquecento tonnellate di TNT sotto la cresta, le nove divisioni di Plumer avevano conquistato il crinale, con grande sollievo di Hugo che, tuttavia, non riusciva a evitare di pensare che ci sarebbe stata una ritorsione e si chiedeva che cosa li avrebbe colpiti.

Aveva l'impressione di avere combattuto in così tante battaglie negli ultimi otto mesi da averne perso il conto e ormai si sentiva a pezzi.

Sentiva il rumore del metallo che colpiva con precisione il metallo anche nel sonno, e quando una voce gridava: «Baionette in canna!» istantaneamente tutti si lanciavano fuori dalle trincee per un combattimento corpo a corpo con i tedeschi. Nel cervello sentiva rimbombare le cannonate anche quando non stava sparando nessuno.

Hugo si appoggiò alla parete della trincea e chiuse gli occhi, escludendo la guerra, concentrandosi sui suoi ricordi. Immaginò Daphne seduta nel giardino delle rose a Cavendon nell'abitino rosa che indossava quel giorno, ricordò quando lei gli aveva preso la mano e se l'era messa sul ventre per fargli sentire il bambino. Era nato a dicembre, un maschietto che adesso aveva sette mesi. Provò un palpito inconsulto nel vedere Charles Hugo Ian Ingham Stanton con gli occhi della mente.

Rise tra sé. Un altro neonato con un nome lunghissimo, ma quella era la tradizione, il modo di fare del loro mondo, il mondo in cui lui e Daphne erano nati.

Avrebbe ricordato quel mattino di giugno finché viveva, la gioia e il furore che l'avevano invaso quando lei gli aveva parlato di Richard Torbett e di come l'aveva costretta al silenzio dopo lo stupro. Ancora adesso, pensando a quel bastardo, sentì l'ira salirgli in bocca come bile.

Fece cadere la sigaretta nel fango sotto gli stivali e la schiacciò, per poi fare una smorfia per la puzza che si era immediatamente alzata. Il fango non era soltanto fango, ma mota mista a sangue umano ed equino, alle viscere di qualche poveraccio e a sterco di cavallo, una miscela nauseante. Cominciò a tossire.

«È questo dannato fango, tenente», spiegò il soldato semplice Robby Layton. «Se non ci ucciderà una pallottola, lo farà questo maledetto fango. Ecco, signore, le ho portato del tè.»

«Grazie, Layton.» Hugo accettò con gratitudine la tazza di latta colma di tè caldo, forte e dolce. Ne aveva un gran bisogno.

«L'ha notato, signore?»

Hugo guardò Layton, accigliandosi. «No, cosa intendi dire?»

«I maledetti fucili non sparano più, tenente. I soldati tedeschi sono improvvisamente silenziosi.»

«Per Giove, Layton, hai ragione!» Hugo sorrise al soldato semplice. «Ero così immerso nei pensieri che non ho neppure notato il silenzio.»

«Stava pensando a sua moglie, vero, signore?»

«Lo ammetto, sì. A proposito, sai dov'è il sergente Crocker? Non lo vedo da circa un'ora.»

«Non lo so, signore, ma se vuole vado a cercarlo.»

Hugo scosse il capo. «No, non importa, non ho bisogno di lui in questo momento. E il maggiore Thompson?»

«Non l'ho visto, signore. Penso sia al quartier generale. C'è stato un periodo di calma, sa.»

«Spero che non sia la calma prima della tempesta», borbottò Hugo alzandosi.

In quel momento scoppiò il finimondo, un fuoco concentrato. Cannonate, esplosioni di bombe, raffiche di mitragliatrici e i soldati tedeschi stavano attraversando di corsa la «terra di nessuno», lo spazio aperto tra i due schieramenti.

«Santiddio!» gridò il soldato semplice mentre guardava assieme a Hugo da dentro la trincea. «I maledetti crucchi sono vicini.»

«Direi che ci sono addosso», replicò Hugo e si girò verso i soldati che stavano correndo verso di lui. «Baionette in canna!» urlò. «Tutti fuori dalla trincea! Resistete fino alla fine.»

Balzò fuori seguito dal suo plotone. Come sbucarono dalla trincea, furono inghiottiti dai fanti tedeschi, tutti con le baionette in canna.

La battaglia fu micidiale, il combattimento corpo a corpo spaventoso. I soldati cadevano attorno a lui, schizzando sangue sulla sua uniforme. Soldati tedeschi e inglesi morirono insieme, lacerando la calda aria estiva con le loro grida di dolore e agonia.

I bombardamenti e le esplosioni non finivano più. Il nemico che affrontavano era quasi invincibile, forte di armi potenti e di truppe numerose. Gli alleati erano in inferiorità da ogni punto di vista.

Combatté con coraggio, totalmente concentrato nel difendere se stesso e restare vivo. Pregò Dio che i suoi uomini stessero facendo la stessa cosa, come aveva insegnato loro: non pensare ad altro che a sopravvivere.

Poi, proprio quando stava pensando che non ce l'avrebbe fatta, che sarebbe crollato per la spossatezza, Hugo sentì uno strano rumore che non riuscì a definire assordato com'era dal fragore dei combattimenti. Era una specie di rombo, o così gli parve. Poi capì: i tedeschi si stavano ritirando, stavano correndo verso le loro trincee.

Alle sue spalle sentì la voce del sergente Crocker: «Sono le signore dall'inferno, tenente».

Guardò alla sua sinistra e vide marciare verso di loro un grande contingente di Seaforth Highlanders, i kilt svolazzanti nella brezza, le zampogne che riempivano l'aria di un suono falsamente lamentoso. Erano arrivati i loro salvatori.

«D'ora in avanti saranno gli *angeli* dall'inferno, per quanto mi riguarda», gridò a Crocker.

56

Dopo l'intervento dei Seaforth Highlanders, ci furono due giorni di tregua. Entrambe le parti si occuparono dei feriti, seppellirono i propri morti e recuperarono le forze.

Sempre all'erta e pronto ad affrontare l'imprevisto e a entrare in azione, Hugo intuì che i tedeschi si stavano preparando a un nuovo assalto e mandò in ricognizione il suo sergente Bill Crocker, e una squadra di quattro soldati.

Un'ora dopo saltarono dentro la trincea. «Faremo meglio a stare pronti, signore», riferì Crocker a Hugo a bassa voce. «Quegli stronzi sono in preallerta. Con ogni probabilità attaccheranno domani o dopodomani.»

Hugo annuì. «Fa' quello che devi, sergente.»

Più tardi quel pomeriggio, Crocker tornò al quartier generale, in cerca del tenente. «Alcuni sbandati sono finiti nella nostra trincea», gli riferì appena l'ebbe intercettato. «Vuole interrogarli?»

«Vengo subito», rispose Hugo, sospirando. «Pensi si tratti di disertori, Crocker?»

«No, signore, ecco, non lo so, tenente, non ne sono sicuro. Ma sembrano tre soldati britannici finiti lontano dai loro reggimenti.»

«Conoscendoti, hai già i loro gradi e numeri di matricola e tutto il resto.»

«Sì, li ho annotati, signore.»

«Di quali reggimenti sono?»

«Due del Lancashire e uno del Kent occidentale.»

«Come si chiamano?»

«I soldati semplici Arthur Jones e Sam Tyler dal Lancashire e il tenente Richard Torbett dal Kent occidentale.»

Hugo non credette alle sue orecchie. «Richard Torbett», ripeté, pietrificato. Il cuore prese a martellargli nel petto e il sangue gli montò alla testa. Il bastardo che aveva violentato sua moglie era lì! A sua disposizione. Lo ucciderò, pensò subito. Sparerò in testa a quella canaglia, giurò Hugo a se stesso. Daphne sarebbe stata vendicata.

Vagamente udì Crocker chiedere: «Tutto bene, signore?»

«Mai stato meglio, Crocker», rispose, ricomponendosi. «Qualcuno di loro è ferito?»

«I due ragazzi del Lancashire sembrano sul punto di crollare.»

«Prendi Layton e Macklin e andiamo. Quel Torbett? È ferito?»

«Nossignore.»

Crocker si girò e uscì dalla tenda. Hugo prese il revolver e lo infilò in tasca, poi seguì Crocker verso la trincea difesa dal suo plotone.

Hugo ignorò il tenente Richard Torbett, ma rivolse qualche domanda ai due soldati semplici. Resosi conto con soddisfazione che si erano davvero persi e che non erano dei disertori, li mandò via con Layton e Macklin.

Poi si piazzò davanti a Torbett e lo squadrò per pochi secondi. L'impressione che ebbe fu di un uomo alto sulla trentina, dalla carnagione olivastra e dall'aspetto ordinario. Un individuo di poco spessore e poco conto.

Dopo avergli posto le domande di rito su come era finito lontano dal suo reggimento e così via, chiese: «Per caso viene dallo Yorkshire, tenente Torbett?»

Per la prima volta Torbett si rilassò. Con occhi pieni di curiosità rispose: «Sì, tenente. Come mai me lo chiede?»

«Conosco il suo nome. La sua famiglia non abita forse a Havers Lodge nella tenuta Havers?»

«Proprio così», rispose Torbett, sorridendo di nuovo.

Hugo fece un passo avanti, gli afferrò il braccio, estrasse il revolver e gli piantò la canna in mezzo alla fronte. «Maledetto bastardo!» ringhiò. «Figlio di buona donna! Hai stuprato una giovane donna, schifoso. Ti sparerò per avere rovinato una ragazza innocente. Meriti di morire. Anche se con una pallottola in testa te la caveresti troppo a buon mercato.»

«Tenente, tenente, si calmi», gridò Crocker. «Metta via quell'arma, la prego, signore. Non ne vale la pena, non lo faccia, se preme quel grilletto, finisce davanti alla corte marziale.»

«Non me ne importa. Morirà per quello che ha fatto.»

Torbett stava tremando dalla testa ai piedi. Era talmente terrorizzato che si orinò nei calzoni. E come tutti i gradassi cominciò a implorare. «Non mi uccida. Non mi uccida. Per favore, non mi uccida.»

Hugo armò il cane e fissò Torbett negli occhi. «Ti sparo.»

«Per piacere, tenente, per piacere», lo implorò Crocker. Amava e ammirava il comandante del suo plotone e voleva scongiurare un gesto che finita la guerra avrebbe potuto rovinare il resto dei suoi giorni.

«È stata tutta colpa sua!» strillò Torbett. «Era lei che mi provocava sempre. Mi prendeva in giro.»

«Sei un bugiardo, una canaglia», sbraitò Hugo. «Eri tu che la cercavi, e non solo lei. Anche bambine piccole. Eri tu l'uomo ombra che vagava per le terre degli Ingham. Lo so per certo. Sei stato riconosciuto.»

Torbett tremava. «Non volevo fare del male a nessuno», gemette. Era sul punto di scoppiare a piangere.

«Ma lo hai fatto del male, bastardo! Che cosa intendevi fare con la bambina che hai cercato di rapire? Dimmi la verità. E non ti ucciderò. Ti lascerò vivere, se me lo dici.»

«Niente, non le avrei fatto niente. L'avrei solo portata nel bosco delle campanule, poi l'avrei lasciata andare.»

«Maledetto bugiardo! Volevi violentare anche quella bambina, come avevi stuprato sua sorella. Meriti di morire.»

«Per favore, tenente, metta giù quella pistola», lo esortò Crocker con maggiore fermezza. Non osava avvicinarsi al tenente per paura di spaventarlo, avrebbe potuto premere il grilletto per sbaglio.

Hugo non rispose. Torbett piagnucolava.

«Non vale la pena ucciderlo», continuò Crocker con calma. «Metta via l'arma, signore. Pensi a sua moglie. Per favore, non lo faccia. Pensi ai suoi figli, tenente, non si abbassi al suo livello. Sia superiore a questo vigliacco.»

Hugo continuò a fissare con durezza il volto di Torbett, tenendogli il revolver sempre puntato alla fronte.

«Per l'amor di Dio, non lo faccia, tenente Stanton», insistette il sergente. «Rifletta, signore. Non dimentichi che lei è un ufficiale e un gentiluomo. E ricordi sua moglie, ricordi quanto bene vuole a lady Daphne.»

Il nome di Daphne riportò Hugo alla ragione.

Doveva tornare a casa da lei. Cosa avrebbe fatto senza di lui? Aveva bisogno di lui. I suoi figli avevano bisogno di lui e anche Charles. Lentamente Hugo Stanton abbassò il braccio e puntò il revolver verso terra. Poi lasciò andare il braccio di Torbett sul cui viso affiorò un'espressione di sollievo, anche se i suoi occhi erano ancora colmi di paura.

«Scappa, Torbett!» urlò Crocker. «Scappa. Corri in fondo alla trincea, trovati un altro reparto.»

Torbett ubbidì, si girò e fuggì a gambe levate dal sergente e dal suo tenente.

Hugo guardò il suo sergente. «Grazie, Crocker. Mi hai riportato alla ragione.» Poi lanciò un'occhiata lungo la trincea. «Ma l'hai mandato dalla parte sbagliata. L'hai mandato verso le linee nemiche. Le nostre unità sono dietro di noi.»

«No, signore, l'ho mandato dalla parte giusta. L'ho mandato all'inferno, tenente, al suo posto.»

In quel momento i fucili tedeschi cominciarono a sparare. Hugo e Crocker si girarono verso le linee tedesche. In fondo alla trincea caddero alcune granate e una mitragliatrice crepitò con un fragore assordante.

«È spacciato, signore. Torbett è appena stato fatto in mille pezzi», annunciò Crocker. Prese il braccio del suo tenente e lo riaccompagnò al quartier generale.

Il reggimento Yorkshire rimase a Ypres. In agosto cominciò a piovere, trasformando tutta la zona in un mare di fango. La divisione di Hugo si spostò più vicina a Passchendaele dove la situazione si aggravò. I primi bombardamenti avevano distrutto il sistema di drenaggio delle terre basse delle Fiandre e tutte le divisioni britanniche finirono intrappolate nel fango. Come quelle tedesche. Ne sortì una strana tregua.

«Volevo solo dirle, signore, che è stato un onore militare sotto di lei», dichiarò un giorno Crocker. «Non avevo mai conosciuto un uomo come lei. Un vero ufficiale e un gentiluomo. Desidero ringraziarla per essere tanto buono con i ragazzi e per guidarci tanto bene.»

Le parole del sergente commossero e sconcertarono Hugo che chiese: «Mi abbandoni, sergente? Ti unisci a un altro plotone?»

«Nossignore.»

«Perché allora mi ringrazi? Ho come l'impressione che tu mi stia dicendo addio.»

«In un certo senso è così, signore. Il fatto è che non credo che usciremo vivi da questo dannato fango. Ci moriremo annegati dentro.»

Hugo scosse il capo. «No, sergente. Ricordi quando mi hai invitato a pensare a mia moglie? È ciò che faccio ogni giorno. E tornerò a casa da lei.»

Nell'aprile del 1917 gli Stati Uniti dichiararono guerra alla Germania e si unirono agli Alleati nella lotta contro le forze dell'Asse. Avevano gli uomini per creare e addestrare un esercito, ma ci misero mesi. Solo quando i reparti furono pronti, le truppe e gli armamenti americani furono inviati sul fronte occidentale, con grande sollievo di Churchill e del governo.

Quell'intervento a sostegno dei britannici e dei loro alleati mutò le sorti della guerra. Gli americani ebbero un impatto massiccio e distruttivo sull'esercito tedesco e nell'estate del 1918 ebbero il sopravvento. La vittoria era ormai nell'aria, e l'inizio della riscossa restituì morale ed energia ai soldati.

In ottobre i tedeschi sapevano di avere perso la Grande Guerra e in novembre si arresero agli Alleati in un vagone ferroviario nei boschi vicino a Compiègne in Francia. Alle undici del mattino dell'undicesimo giorno dell'undicesimo mese la guerra che doveva porre fine a tutte le guerre era terminata.

Ovunque gioia, ma anche dolore. Molti soldati tornarono a casa relativamente indenni. Molti altri erano feriti, altri erano stati lasciati sui campi di battaglia, morti a migliaia nell'adempimento del loro dovere.

Hugo Stanton fu fortunato, come pure il sergente Crocker, entrambi imbarcati sulla stessa corazzata britannica che li riportava sani e salvi nel Paese che amavano e per il quale avevano combattuto con tanto coraggio. Hugo non vedeva l'ora di riabbracciare la sua amata Daphne.

Walter Swann e suo figlio Harry furono accolti a braccia aperte da Alice, e Gordon Lane da Peggy Swift. In tanti tornarono nei tre villaggi Cavendon, accolti con sollievo e gioia dalle loro famiglia.

L'onorevole Guy Ingham non tornò. Era morto a Verdun ed era stato sepolto in terra straniera. Charles era devastato per il figlio e lo piangeva, ma traeva conforto da Miles, che non aveva superato l'esame medico a causa della vista debole e non era andato in guerra. Charles aveva il suo erede per la contea. La stirpe Ingham era salva.

PARTE QUINTA

Una questione di scelta Settembre 1920

E così iniziò: mai una giovane donna aveva intrapreso una così tenace scalata al successo e fama, con un programma di lavoro tanto preciso e inesorabile.

EMMA HARTE, protagonista del romanzo
Una vera donna

Ricordati di me, quando me ne sarò andata via,
andata lontano nella terra del silenzio:
quando non potrai più tenermi per mano,
né io potrò più scegliere se andarmene o restare.
Ricordati di me, quando non potrai più parlarmi
di giorno in giorno di quel futuro che avevi
in mente;
solo ricordati di me; tu comprendi
sarà tardi allora per consigli o preghiere.

CHRISTINA ROSSETTI

PARTE QUINTA

Una questione di sette
Settembre 1920

57

L'ABITO da sera era straordinario, realizzato in diverse gradazioni di chiffon azzurro, dall'indaco al blu delfinio, dal fiordaliso al colore del cielo e un ultimo tono blu-grigiastro che metteva in risalto l'azzurro delle altre sfumature. Dal corpino sagomato alla vita stretta c'erano strati di petali di chiffon che cadevano fino a metà polpaccio. E ogni petalo aveva un orlo a fazzoletto.

Dorothy Pinkerton, nata Swann, la zia di Cecily, annuì raggiante. «È bellissimo, Ceci, un abito da sogno. Ti sei superata.»

Cecily la ringraziò, poi si rivolse a DeLacy. «Sei uno splendore, Lacy», osservò. «E sono contenta di avere fatto tingere di azzurro cielo le scarpe, sono così... leggere, come aria.»

«Non so come ringraziarti per avermi creato un vestito così speciale, Ceci. Sei un genio.»

«Non sarò un genio, ma so cosa dona alle donne e a te in particolare.»

A diciannove anni, lady DeLacy Ingham era una bionda affascinante, effervescente e un po' svagata. Le piaceva divertirsi e girare per Mayfair, presa dal turbinio della società di Londra, scambiare sguardi con gli uomini e flirtare con loro.

La sua migliore amica, la diciannovenne Cecily Swann, aveva aperto un minuscolo negozio di sartoria in South Audley Street. Era una ragazza seria, dedita al lavoro in modo ossessivo, spinta dall'enorme ambizione di realizzare con successo il suo sogno di bambina. Era sincera e leale, franchezza e integrità erano i tratti dominanti del suo carattere.

«Dovunque andrà venerdì, milady, sarà la reginetta del ballo», decretò Dorothy.

«Grazie, Dorothy, ma non si tratta di un ballo. Andrò alla festa di fidanzamento di Miles.»

Cecily fissò DeLacy incredula, ma l'amica pareva seria e allora capì che doveva essere vero. Si sentì precorrere da un brivido gelato e cominciò a vacillare. Si avvicinò a una sedia e vi si appoggiò per reggersi. Le gambe le tremavano come gelatina. Non era possibile! Come poteva Miles essere fidanzato? Era promesso a lei e lei si era sempre considerata sua, si appartenevano l'uno all'altro. Vagamente sentì sua zia chiedere chi fosse la fortunata.

«Clarissa Meldrew», rispose DeLacy, sorridendo a Cecily. «Ricordi come storpiavamo il suo nome? Mildew, la chiamavamo, muffa.»

Cecily non ripose. Aveva la bocca secca e la gola chiusa da un groppo enorme.

Dorothy notò che Cecily era impallidita e che pareva affranta; per un attimo non seppe che fare, che cosa dire. Quanto era stata stupida DeLacy a saltar su in quel modo senza riflettere.

All'improvviso DeLacy capì. «Non lo sapevi!» proruppe. «Miles non te l'aveva detto! Oh, mio Dio, Cecily. Mi dispiace tanto d'essere stata io a darti questa notizia. Vedo che sei... oh, perdonami, perdonami...»

«No, non me lo aveva detto», riuscì a sussurrare Cecily. Poi disse: «Aveva chiesto *a me* di sposarlo».

«Vuoi dire quando eri più giovane, quando avevi dodici anni, vero?» chiese DeLacy.

Cecily annuì. «Ma anche non molto tempo fa, di nuovo.»

DeLacy scosse la testa. «Come hai potuto pensare che ti avrebbe sposata? Miles è l'erede della contea. Deve sposare una nobile, non una ragazza comune come te. Deve avere figli nobili per portare avanti la stirpe Ingham.»

Cecily rimase in silenzio, il cuore di ghiaccio, pietrificata, incapace di muoversi.

Dorothy era furiosa, ma non volle agitare ancor più la nipote. E così tenne a freno la lingua e porse a lady DeLacy la mano per aiutarla a scendere dalla pedana. «Dovrebbe cambiarsi, milady. Io impacchetterò l'abito e le scarpe, poi potrà andare. Tra dieci minuti chiudiamo. Non voglio affrettarla, ma abbiamo un altro appuntamento.»

«Oh, sì, naturalmente, Dorothy. E forse sarà tanto gentile da mandarmi un fattorino con il vestito.»

«Oh, no, Tim si è licenziato. Al momento non abbiamo alcun fattorino. Temo che dovrà portarlo via lei.»

Pochi minuti dopo Dorothy accompagnò DeLacy fuori dal negozio. Sulla soglia, DeLacy si girò e salutò Cecily con la mano.

In strada Dorothy fece segno a un taxi di fermarsi, aprì la portiera, aiutò DeLacy a salire, quindi spinse la scatola dietro di lei. Le rivolse un gelido sorriso e chiuse lo sportello, sbattendolo con forza.

Tornata in negozio, chiuse a chiave la porta e corse da Cecily che, ancora aggrappata alla sedia, pareva sul punto di svenire.

«Stai bene, mia cara?» le chiese, ma la domanda era puramente retorica, si vedeva benissimo che non stava bene «Siediti, vado a scaldare l'acqua per un tè.»

«Dammi solo qualche minuto per riprendermi e non disturbarti con il tè.»

«Sistemo in giro, mando Flossie a casa, poi noi potremo andare al nostro appuntamento con Charlotte.»

«Sì», rispose Cecily automaticamente, ma sembrava che non la stesse ascoltando.

Poco dopo qualcuno bussò con forza alla porta e Cecily si alzò, andò ad aprire. Era Miles. «Ciao, Ceci», la salutò, entrando nel negozio prima che lei riuscisse a fermarlo.

Dorothy, che aveva sentito bussare, uscì dalla piccola stanza del cucito, lo vide e lo salutò con un cenno della testa, si voltò e corse via.

Miles tentò di afferrarle il braccio, ma Cecily lo evitò sottraendosi. Poi lo affrontò. «Quando me l'avresti detto?»

Miles sapeva cosa intendeva e rispose: «Oggi, per questo sono qui. Ti volevo invitare a prendere un tè. Avevo bisogno di parlarti dei miei problemi». La scrutò e comprese che non solo sapeva, ma anche che aveva il cuore infranto.

«Chi te lo ha detto?» chiese, appoggiandosi alla sedia.

«DeLacy. Ma questo non importa. Quello che importa è che *tu* non me lo hai detto, Miles.»

«Senti, Ceci, mi ci hanno costretto. So che non mi crederai, ma è la verità. Non posso farci niente. Immagino dipenda dal fatto che sono chi sono. Ma non era questo che volevo...» La voce gli si incrinò e gli si inumidirono gli occhi.

Lei vide le lacrime e si girò dall'altra parte. Non voleva che vedesse che piangeva anche lei.

«Deve esserci un modo per risolvere il problema...»

«Mai!» urlò lei, interrompendolo. «Non sarò mai la tua amante.»

«Non è questo che volevo proporti, Ceci. Io ti amo, ti ho sempre amata e non potrei mai umiliarti. Stavo pensando che forse, dopo qualche anno, una volta avuto un erede, potrei lasciarla. Divorziare...»

«Sai che non accadrà mai. Non essere sciocco. Miles, se mi ami veramente, allora devi andartene adesso. Immediatamente. Non posso continuare questa conversazione. Ti prego, fallo per me. Esci e lascia che io mantenga la mia dignità.»

Era quasi impossibile per lui lasciarla, era come strapparsi il cuore dal petto. Ma lo fece. Senza dire un'altra parola, senza neppure tentare di toccarla o abbracciarla, uscì dal negozio e chiuse adagio la porta.

Lei non lo poteva sapere, ma Miles percorse mezzo incespicando South Audley Street, barcollando come un ubriaco, seminando fiumi di lacrime sul marciapiede. Raggiunse la casa di suo padre in Grosvenor Square, entrò e salì in camera sua senza vedere nessuno.

Dopo avere chiuso a chiave la porta, Miles si gettò sul letto, gemendo nel cuscino, tentando di soffocare i singhiozzi. Aveva appena rinunciato all'unica persona che gli importava veramente, oltre a suo padre. L'unica donna che avesse mai amato e che avrebbe amato per il resto della sua vita. Sapeva che stava per compromettersi in un matrimonio senza amore e ne era terrorizzato. Ma era stato educato a fare il suo dovere verso la famiglia. Non c'era via d'uscita.

Sdraiato sul letto, il viso affondato nel guanciale, provò un vero dolore fisico. Il dolore di perdere Cecily Swann era qualcosa che sentiva nelle ossa. E sapeva che non l'avrebbe mai lasciato in pace, quella brama dolorosa, la passione che aveva per lei. Lo avrebbe torturato fino alla fine dei suoi giorni.

58

In qualche modo Cecily era riuscita a riprendersi e ora stava camminando con Dorothy verso la Burlington Arcade a Piccadilly, dove avevano appuntamento con Charlotte alle cinque. Era stata Dorothy a proporre la passeggiata, un po' d'aria fresca avrebbe fatto bene a entrambe, specialmente a Cecily.

«Dove incontreremo Charlotte di preciso?» chiese Cecily entrando nella galleria da Piccadilly.

«Un po' più avanti. Vuole che tu veda alcune vetrine che secondo lei potrebbero interessarti.»

«D'accordo, perché no», borbottò Cecily, tentando invano di togliersi Miles dalla mente.

«Eccoci arrivate», esclamò Dorothy in tono eccitato. Prese Cecily per un braccio e la guidò verso un grande negozio con doppia facciata e due vetrine ai lati della porta.

«Guarda, non è chic?» domandò Dorothy. Sospinse Cecily verso la vetrina a sinistra. «Piccoli tocchi per un grande effetto.» Nella vetrina c'era una semplice sedia da sala da ballo francese su cui era posato un cappello... un nonnulla, un frou-frou. Pizzo nero e un fiore nero. Nella vetrina a destra, un manichino era avvolto in metri e metri di seta scarlatta che cadevano allargandosi sul pavimento della vetrina. E lì vicino, un paio di scarpe rosse.

«Non c'è nulla di prezioso nelle vetrine, è vero, ma sono suggestive», ammise Cecily affascinata.

«Sono d'accordo», fece eco Dorothy. «Ma guarda in alto, alza la testa.»

Cecily alzò lo sguardo e rimase di stucco. «Oh, Dorothy! Oh, santo cielo!»

Scritto in bianco sulla fascia nera dell'architrave sopra porta e vetrine campeggiava un nome: CECILY SWANN. E ai lati del nome due cigni bianchi che si guardavano.

La porta del negozio si aprì e comparve una sorridente Charlotte. «Ti piace, Ceci?» volle sapere, prendendole la mano e attirandola nel negozio.

«Come potrebbe non piacermi? Sono senza parole, zia Charlotte. Ma quando hai fatto tutto questo?»

«Negli ultimi mesi. Volevo fosse una sorpresa. Ecco perché lo sapeva solo Dorothy. Mi ha dato una mano e da domani gestirà il negozio per te. E tu lavorerai nel tuo laboratorio di sopra.»

«Grazie, zia Charlotte, grazie mille e anche a te, Dorothy.» Cecily continuò a scuotete la testa incredula, mentre facevano il giro del negozio. Era enorme, molto più grande di quello vecchio, che era minuscolo, poco più di un buco. La nuova sede aveva due camerini, una zona per le prove, spazio più che sufficiente nel seminterrato per scorte di tessuti e, al piano superiore, il laboratorio e un piccolo ufficio.

Quando ridiscesero, Dorothy le salutò. «È meglio che me ne vada, devo preparare la cena per Howard. Vorremmo invitarvi entrambe a pranzo domani, portarvi fuori per festeggiare il lancio della Cecily Swann Couture.»

«Volentieri», la ringraziò Charlotte e Cecily aggiunse il suo grazie.

Dorothy abbracciò Cecily e le sussurrò: «Su col morale, c'è un grande mondo là fuori».

Mentre usciva dal negozio, Dorothy incrociò lo sguardo di Charlotte che comprese che Dorothy voleva parlarle in privato e la seguì alla porta. Cecily notò quella muta comunicazione, ma non fece commenti. Sapeva che Dorothy avrebbe riferito a Charlotte di Miles.

«Dorothy mi ha informata che oggi gli Ingham, DeLacy e Miles, ti hanno sconvolta. Raccontami tutto.» Charlotte si accomodò nel salotto della sua suite al *Brown*. Sorrise con affetto a Cecily per incoraggiarla.

«A DeLacy è scappato detto che avrebbe indossato il vestito che avevo disegnato per lei alla festa di fidanzamento di Miles. È stato un colpo terribile.»

«Non sapevi che era fidanzato?»

«No. Non vedo DeLacy molto spesso. Io lavoro e lei si diverte. Siamo ancora amiche intime, e come sai ha assolutamente voluto prestarmi i soldi per il mio negozietto, ma al momento i nostri interessi sono diversi. Non ha mai avuto l'occasione per dirmelo.»

«Capisco. Nemmeno Miles ti aveva avvisata?»

Cecily scosse la testa, incapace di rispondere, temendo di rimettersi a piangere.

Charlotte si alzò e andò alla finestra che dava su Green Park. Un pensiero tremendo le attraversò la mente e si spaventò, ebbe paura per Cecily. Aveva forse frequentato Miles durante tutti gli anni vissuti a Londra da Dorothy e Howard? *Cinque anni.* Aveva iniziato a lavorare nel reparto moda di Dorothy da Fortnum, poi nel piccolo e angusto locale che aveva preso in affitto con l'aiuto di DeLacy.

Miles era a Eton, non molto lontano da Londra. Neppure Oxford lo era. Sarebbe stato molto facile per loro due incontrarsi e iniziare un rapporto sentimentale. Oh, mio Dio, spero di no, pensò, con la morte nel cuore.

Osservò Cecily e, con stupore, vide che aveva le guance rigate di lacrime. L'espressione affranta e le lacrime le fecero capire tutto. Andò a sedersi accanto alla nipote sul divano e le diede un fazzoletto.

Cecily si asciugò le lacrime, smise di piangere e'impose di sorridere. «Mi spiace, zia Charlotte, non intendevo crollare così.»

«Va tutto bene. Capisco, o almeno, credo di capire.» Charlotte rimase un attimo in silenzio, poi chiese: «Sei innamorata di Miles, vero?»

Cecily emise un debole «sì» da labbra di cui non riusciva a controllare il tremito, un «sì» tanto angosciato che spezzò il cuore di Charlotte. Stringendole la mano chiese: «Hai continuato a frequentarlo, vero? In tutti questi anni che hai passato a Londra, vivendo da Dorothy?»

«Sì.»

«E lui è innamorato di te, giusto?» Charlotte si chiese perché mai l'avesse domandato. Era ovvio che lo fosse... era un Ingham.

«Sì», mormorò Cecily afflitta.

Charlotte chiuse gli occhi. Che cosa era questa tremenda ossessione che legava gli Ingham agli Swann? Era qualcosa nel loro sangue? Dio solo lo sa, pensò, ma tra noi c'è un'attrazione irresistibile, che dura e si ripete da generazioni e generazioni. Finirà mai? Era certa che non sarebbe mai finita, perché avevano bisogno gli uni degli altri. Per quanto strano fosse, così era.

«Ti devo chiedere una cosa, Cecily», iniziò a dire Charlotte con un sorriso fugace. «Tu e Miles siete...» S'interruppe, poi continuò: «Stati insieme? Avete avuto rapporti sessuali?»

«No!» gridò Cecily. «Miles non avrebbe mai fatto una cosa simile. È un gentiluomo.»

Charlotte trovò difficile credere che non avessero mai fatto l'amore, ma lasciò cadere l'argomento, almeno per il momento. Dopo un po' chiese: «Quando avevi dodici anni hai fatto un giuramento, te ne ricordi?»

«Sì. La lealtà mi vincola. Sarò sempre fedele agli Ingham e anche a Miles, perché l'ho giurato.»

«È quello che pensavo. Lo stai proteggendo ora? Asserisci che non sei andata a letto con lui per proteggerlo? Dalla mia ira? O dall'ira di suo padre?»

«No», rispose con impeto Cecily. «E se non mi credi, zia Charlotte, portami da un dottore e fammi visitare, così saprai che dico la verità, che sono vergine.»

«Non penso di doverlo fare, Cecily. Ti credo.»

Cecily le rivolse un debole sorriso. «Grazie.»

«Non puoi più incontrarlo, da soli, intendo. Sono sicura che incapperai in lui a Cavendon, ma non puoi portare avanti questa... relazione sentimentale. Non puoi diventare la sua amante dopo il matrimonio.»

«Non lo vorrei neppure! Non lo farei mai!»

Charlotte la fissò. «Mi dispiace, mia cara, mi dispiace tanto. Ho tentato di proteggerti. Ti ho portata lontano, perché avevo previsto ciò che sarebbe accaduto fin da quando eravate bambini.»

«Lo so», proruppe Cecily, poi fissò gli occhi della zia, tanto uguali ai suoi, e chiese. «Cosa farò senza di lui? Lo amo tanto, è parte di me, parte del mio cuore e della mia anima.» Riprese a piangere.

Charlotte la strinse a sé. Due volte in vita sua si era trovata nella posizione di Cecily. Aveva amato due Ingham e uno lo amava ancora. Non aveva risposte da darle, stava piangendo anche lei.

Passarono una decina di minuti perché si riprendessero da quella crisi emotiva. «Cambiamo argomento per un attimo», suggerì finalmente Charlotte. «Mi piacerebbe parlare d'affari. Per essere precisa, della tua impresa. Partiamo dal negozio nella Burlington Arcade. D'accordo?»

«Va bene.»

«È tuo. La locazione è a tuo nome ed è quinquennale. L'affitto del primo anno è già pagato e lo pagherò io per gli altri quattro anni. E...»

«Ma, zia Charlotte, non posso permettertelo», la interruppe Cecily. «A meno che diventi mia socia.»

«Era quello che stavo per proporti. Io sarò la tua socia finanziaria, ma resterò in secondo piano. Puoi gestire la tua impresa come vuoi. È tua. Dimmi, quanto ti ha prestato DeLacy per aprire il tuo piccolo negozio?»

«Circa mille sterline e poi mi ha dato un'altra somma per i tessuti. In tutto le devo millecinquecento sterline.»

«È tua socia? Hai stipulato un contratto con lei?»

«No, perché?»

«Mi fa piacere che ti abbia prestato la somma solo per amicizia. Domani calcolerò gli interessi che le devi. Ti darò il denaro per renderle la somma intera. Non desidero che tu abbia obblighi finanziari con qualcuno al di fuori della famiglia Swann.»

«Capisco. E grazie, dal profondo del mio cuore.»

«Intendevo lasciarti questi soldi nel testamento, meglio darteli adesso.» Charlotte prese di nuovo la mano di Cecily tra le sue. «Hai diciannove anni con tutta la vita davanti a te. Hai due alternative, Cecily. Puoi agguantare quella vita e farne qualcosa. Possiedi bellezza e fascino, ma, ed è questa la cosa più importante, hai un talento che confina con la genialità. Oppure, se preferisci, puoi desiderare Miles, diventare la sua amante e lasciar perdere tutto il resto. Quale scelta farai?»

«Gli ho detto che non diventerò mai la sua amante, anche se lui neppure me lo ha chiesto. E non lo farò.»

«Lui ti cercherà, Cecily. Conosco gli uomini Ingham.

Non riescono a resistere alle donne Swann. Dovrai essere molto forte.»

Cecily rimase in silenzio, sapeva che la zia diceva la verità.

Dopo un po' Charlotte la esortò: «Forza, rispondimi, Cecily. Cosa farai?»

«Scelgo di diventare famosa nel campo della moda. Voglio realizzare il mio sogno. E ho deciso di farlo da sola.»

E così fece.

59

Miles fu il primo degli Ingham ad arrivare alla casa di lord e lady Meldrew in Charles Street, nei pressi di Berkeley Square. Del resto era la festa del suo fidanzamento e lui doveva essere là per accogliere gli ospiti assieme a lady Sara e a lord John, con Clarissa al suo fianco.

Si era stampato un sorriso sulla faccia, ma dentro di sé, pensando al futuro, provava solo sgomento, e non c'era niente che potesse fare per evitarlo.

Sapeva che Clarissa temeva l'arrivo della sua famiglia e non poteva biasimarla. Gli Ingham erano qualcosa di unico. Molte persone ne erano intimidite, per il fascino, le ricchezze e la posizione nella società, anche se nessuno di loro se ne era servito per assumere atteggiamenti di superbia.

Si rivolse a Clarissa. «Conosci le mie sorelle, Clarissa, è facile andare d'accordo con loro, quindi non preoccuparti. D'accordo?» le bisbigliò.

Lei annuì e, con un pizzico di ironia, rispose: «Conosco le tue sorelle e so che DeLacy mi chiamava l'onorevole signorina Muffa».

Lo sapeva anche Miles, che, non potendo fare altro, le sorrise. Non c'era nulla che non andava in Clarissa, una ragazza carina e gradevole, di estrazione aristocratica e con genitori ricchi. Timida per natura, era però facile parlare e andare d'accordo con lei appena si rilassava.

La maggior parte degli uomini sarebbe stata felice di sposarla, avrebbe scavalcato chiunque pur di portarla all'altare. Per lui era un dovere, amava un'altra.

Proprio mentre si stava chiedendo dove fossero finiti i suoi, li vide arrivare tutti insieme, tutti biondi e sorridenti e cordiali.

Suo padre, affascinante e impeccabilmente vestito, attraversò a grandi passi l'atrio, accompagnato da DeLacy e da Dulcie che a dodici anni era una vera bellezza. Miles rimase senza fiato nel vedere DeLacy venire verso di lui, con indosso uno straordinario vestito in tutte le tonalità dell'azzurro e scarpe celesti di raso. Senza alcun dubbio il vestito era una creazione di Cecily. Gli si strinse il cuore, ma si ammonì a non pensare a lei.

Dopo i saluti, suo padre, DeLacy e Dulcie passarono nel salotto. Arrivarono poi Hugo e Daphne, sua sorella splendida come sempre e molto felice. Era incinta del terzo figlio e Hugo gongolava come un pavone.

Li seguiva la prozia Gwendolyn, in uno svolazzante abito di satin, naturalmente color porpora reale, e tanti diamanti da fare affondare una corazzata. Li portava comunque con il totale aplomb di una persona che sapeva chi era, la matriarca degli Ingham.

Lady Gwendolyn si appoggiava al braccio di Diedre, anche lei stupenda quella sera e, una volta tanto, sorridente. Miles era orgoglioso della sorella maggiore, ancora impiegata al War Office, impegnata nel suo lavoro anche se la guerra era terminata da più di due anni.

Con l'arrivo di zia Lavinia con zio Jack e zia Vanessa gli ospiti invitati da lui erano tutti presenti. Tranne sua madre. Stava appunto pensando a questo, quando lei arrivò, sola. Miles non aveva ritenuto corretto invitare Lawrence Pierce, il famoso neurochirurgo che era anche il suo amante. A Miles, che l'aveva incontrato solo due volte, era risultato subito antipatico: era un uomo brillante, ma presuntuoso. Diedre gli aveva detto che tutti i chirurghi erano arroganti perché si consideravano semidei.

Miles fece un passo avanti, perché non voleva che sua madre entrasse da sola, ma suo padre arrivò prima. Charles, gentiluomo fino in fondo, si affrettò a salutare Felicity e fu lui a scortarla dagli ospiti in fila.

Lei conosceva i Meldrew, per cui non ci fu alcun imbarazzo e tutti si misero a chiacchierare amabilmente. Felicity era elegante ma smagrita, con un trucco troppo appariscente, ma almeno sembrava serena.

Dopo alcuni minuti Clarissa gli toccò il braccio. «Tra poco arriveranno i Meldrew e i Foster, Miles, e la mia amica Annabelle.»

«Mio padre conosce tuo zio, sir Malcolm Foster, e sua moglie Phyllis.»

«Phyllis è la sorella di mia madre e porta con sé i due figli. Ci sarà anche mia cugina, Johanna Meldrew.» Clarissa gli lanciò una strana occhiata. «Siete più voi di noi e devo ammetterlo, ti invidio le tue sorelle.»

Miles scoppiò a ridere. «Lo so. Siamo proprio un clan.» Si guardò in giro e si rese conto che il salotto era pieno di Ingham e ne fu contento. Era loro grato del sostegno che gli davano.

La cena era squisita, cibo e vino eccezionali, e Miles si sentì sollevato quando la conversazione si spostò su temi rilevanti, abbandonando i pettegolezzi e la vita sociale di Londra. Odiava le chiacchiere frivole che riteneva poco appropriate per quel periodo.

La Grande Guerra aveva irrevocabilmente cambiato il

mondo. Tutto era diverso. L'aristocrazia era stata pesantemente tassata, ed era una novità inaudita.

In tutta l'Inghilterra i villaggi, e i loro in particolare, si erano ridimensionati. Troppi uomini erano caduti in battaglia e molti ettari di coltivazioni erano stati trascurati. Gli uomini che erano partiti rispettosi erano tornati dalla guerra con un atteggiamento diverso, non erano più gli stessi. Avevano visto i loro fratelli morire nel sangue e nel fango di Francia, avevano combattuto per il loro Paese e pensavano che il Paese dovesse loro qualcosa. Una vita migliore, paghe più alte, maggior rispetto. Non li biasimava per questo, erano rivendicazioni giuste.

Pensò poi a Guy, perso per sempre, ucciso nella battaglia di Verdun. Lui e Guy erano sempre stati molto amici, malgrado la differenza di età, e Miles aveva ammirato suo fratello, l'erede designato. Gli sarebbe mancato per tutta la vita, l'avrebbe pianto e amato fino alla morte.

Violet Lansing aveva amato Guy. Alla fine della guerra aveva cercato Miles e gli aveva chiesto di riferirle tutto quello che sapeva su di lui. Aveva pianto tra le sue braccia, confessandogli l'amore che aveva provato per suo fratello. Miles aveva allora capito che Guy era stato negato a Violet, perché non era una nobile. Sospirò. Anche quella divisione tra classi presto o tardi sarebbe dovuta cambiare. Ma sarebbe mai successo?

Non sapeva rispondere, ma in quel momento sembrava non avere risposte a molte domande. Il mondo era in una sorta di limbo, pensò Miles. Di colpo desiderò che la cena finisse e che potesse andarsene, starsene da solo a pensare a lei. Al perduto amore che gli era proibito come Violet era stata proibita a suo fratello.

* * *

Parecchie ore dopo, in strada, Miles respinse l'offerta del padre di accompagnarlo in Grosvenor Square con la Rolls, spiegandogli che preferiva camminare, prendere un po' d'aria fresca, muovere le gambe.

Dopo la partenza di tutti i famigliari, Miles si avviò verso Berkeley Square, camminò lentamente verso Mount Street, poi si voltò e tornò indietro, dirigendosi verso Charles Street.

Era una piacevole serata di settembre, in un clima insolitamente mite. Alzò la testa e guardò in alto. Il cielo era nero come l'inchiostro, punteggiato da centinaia di stelle, minuscoli punti di luce attorno a una splendente luna piena. Desiderò che Cecily fosse lì con lui, che lui la stesse stringendo tra le braccia in una notte come questa, una notte per l'amore e gli innamorati come loro.

Si accorse di essersi fermato in South Audley Street e non poté trattenersi dallo svoltare a destra, diretto al suo minuscolo negozio, una sola stanza con lo spazio per cucire. Per quanto piccola, lei l'adorava e lui sapeva che a quell'ora non l'avrebbe trovata, voleva soltanto percepire l'eco della sua presenza, il suo spirito.

Quando arrivò davanti al negozio, Miles rimase di sasso. Appeso alla porta c'era un cartello con la scritta NEGOZIO IN AFFITTO. Lo rilesse, incredulo. Lunedì lei era lì, ed era solo venerdì. Tre giorni e se ne era andata.

Che cosa era successo? Dove era? Stava bene? Aveva lasciato Londra? Aveva trovato un altro negozio? Si sentì spaventato e ansioso.

Rimase immobile. Sarebbe stato così per sempre? Si sarebbe preoccupato per lei per tutta la vita? Si sarebbe agitato per lei? Sì, nulla sarebbe mai cambiato nei suoi sentimenti per la donna che amava oltre misura e più di ogni altra persona al mondo.

Non poteva averla, ma Cecily sarebbe per sempre rimasta

nel suo cuore e nella sua anima. La sua vita era stata pianificata e lui non poteva cambiarla. Avrebbe dovuto percorrere il cammino che aveva ereditato a causa della morte di Guy, ma l'avrebbe percorso da solo. E avrebbe sposato Clarissa, non aveva scelta.

Il dado era tratto.

Ringraziamenti

Mi sono divertita a scrivere questo romanzo, ma una volta posato il manoscritto finito sulla scrivania, la mia vita solitaria è terminata. Come al solito sono stata attorniata da tutte le persone che hanno il compito di revisionare il testo e di prepararlo per la pubblicazione. Avrei potuto tirare un sospiro di sollievo solo dopo che fosse stato mandato in stampa.

Desidero ora citare tutte le persone che mi assistono nel mio lavoro. Devo un grazie particolare a Lynne Drew, direttrice editoriale alla HarperCollins di Londra per essere una fantastica editor e un'ottima ascoltatrice. Apprezzo molto le sue idee, i suoi consigli e il suo grande entusiasmo. Grazie anche a Kate Elton della Harper Fiction; alla editor Thalia Suzuma, sempre pronta a occuparsi dei dettagli con efficienza e allegria. Un grazie alla sua assistente, Martha Ashby. Desidero ringraziare la mia editor Susan Opie e la mia redattrice Penny Isaac.

Elizabeth Dawson, delle pubbliche relazioni di Harper Fiction si merita un enorme grazie per tutto l'impegno nella promozione dei miei libri. Ringrazio anche Roger Cazalet, direttore della promozione, e Oliver Wright, direttore delle vendite in Gran Bretagna, come pure tutta la squadra della

HarperCollins di Londra, coinvolta nella pubblicazione dei miei romanzi.

Il mio grazie a Lonnie Ostrow della Bradford Enterprises per il suo aiuto nella preparazione del manoscritto per la pubblicazione. Un genio del computer, riceve tutte le mie numerose rettifiche e le inserisce benevolmente nel computer. Grazie a Linda Sullivan di WordSmart, la migliore dattilografa che abbia mai avuto.

Come sempre l'ultimo ringraziamento va a mio marito Robert Bradford, anche se dovrebbe essere il primo a riceverlo. È parte dei miei romanzi tanto quanto me, ascolta le trame senza mai protestare e le sue opinioni sono preziose. È un vero partner in ogni senso: si prende cura di gran parte della mia carriera con l'abilità di un uomo d'affari e la creatività di un produttore cinematografico. Sono fortunata ad avere il suo appoggio e il suo amore, sembra che non si agiti mai quando un libro richiede tutto il mio tempo e lui deve farsi carico della casa. Inoltre riesce a farmi ridere ogni giorno, anche se di me stessa.

L'autrice

Barbara Taylor Bradford è nata e cresciuta in Gran Bretagna. Dopo una brillante carriera nel giornalismo, esordisce sulla scena letteraria anglosassone con *Una vera donna*, che diventa un megaseller internazionale e inaugura la serie dedicata alla famiglia Harte. I suoi romanzi, tutti editi in Italia da Sperling & Kupfer, sono tradotti in quaranta lingue, pubblicati in più di novanta Paesi e hanno venduto oltre 88 milioni di copie nel mondo. Vive a New York con il marito, produttore cinematografico.
www.barbarataylorbradford.com

Finito di stampare presso ELCOGRAF S.p.A.
Stabilimento di Cles (TN)
Printed in Italy